ŒUVRES COMPLÈTES

DE

André Chénier

PUBLIÉES D'APRÈS LES MANUSCRITS

PAR

Paul DIMOFF

ANCIEN ÉLÈVE DE L'ÉCOLE NORMALE SUPÉRIEURE
AGRÉGÉ DES LETTRES

★★★

ÉLÉGIES – ÉPITRES   ODES
IAMBES   POÉSIES DIVERSES

PARIS

LIBRAIRIE DELAGRAVE

15, RUE SOUFFLOT, 15

V

ŒUVRES COMPLETES

DE

André Chénier

OEUVRES COMPLÈTES

DE

André Chénier

PUBLIÉES D'APRÈS LES MANUSCRITS

PAR

Paul DIMOFF

ANCIEN ÉLÈVE DE L'ÉCOLE NORMALE SUPÉRIEURE
AGRÉGÉ DES LETTRES

★ ★ ★

ÉLÉGIES — ÉPITRES — ODES
IAMBES — POÉSIES DIVERSES

PARIS
LIBRAIRIE DELAGRAVE
15, RUE SOUFFLOT, 15

INTRODUCTION AU TOME III

INTRODUCTION AU TOME III

Nous avons rassemblé dans ce volume[1] les catégories de poésies d'André Chénier où nous paraissaient se laisser apercevoir le mieux sa personne et son caractère : *Elégies, Epitres, Odes, Iambes*. Ainsi rapprochées, elles offrent, si on les examine attentivement, bien des renseignements d'un vif intérêt sur la vie de leur auteur, ses goûts, ses aspirations, sur ses amours et ses amitiés, ses antipathies et ses haines. Sans doute le lecteur regrettera-t-il que le poète s'en soit tenu parfois à des indications trop sommaires : c'eût été d'autre part sortir de notre rôle que d'aborder dans cette édition la discussion des problèmes compliqués qui se posent à propos de certaines pièces; nous avons seulement çà et là, quand la chose était possible, éclairé quelques allusions par un renvoi ou une courte note.

Pour les fragments de satires, nous nous sommes rangé, après mûr examen, à l'opinion de Becq de Fouquières[2] et nous avons jugé qu'ils étaient trop peu nombreux et trop peu importants pour qu'il valût la peine d'en former une section distincte. Nous les avons reportés à la fin du volume dans les *Poésies diverses,* dont ils constituent un groupe.

Ainsi que nous l'avons fait dans les volumes précédents, nous allons exposer comment nous avons procédé au classement des différentes catégories de morceaux qui composent celui-ci et nous signalerons à mesure les pièces et les fragments auxquels nous avons cru devoir donner une attribution nouvelle.

ÉLÉGIES. — Chénier, peu de temps avant sa mort, avait classé lui-même un certain nombre de ses élégies en vue d'une publication possible[3] : c'est ce que prouvent les chiffres inscrits par lui en

---

1. Nous tenons à rendre hommage ici à la mémoire de notre ami et ancien élève Marcel Perrot, agrégé de l'Université, tué à l'ennemi en 1915, qui nous a prêté une aide très utile pour corriger une partie des épreuves de ce tome sur le manuscrit.

2. *Documents nouveaux sur A. Chénier,* p. 337-338.

3. Chénier avait probablement classé en même temps d'autres catégories

tête de quelques-unes d'entre elles. Nous n'avons eu l'occasion de contrôler par nous-même l'existence de ces chiffres que pour deux élégies, la 20ᵉ (cf. IV, ɪɪ, 5) et la 29ᵉ (cf. V, ɪɪɪ, 2); mais Becq de Fouquières[1] l'a constatée sur les manuscrits, que nous n'avons pu retrouver, de trois autres élégies, la 3ᵉ (cf. IV, v, 2), la 5ᵉ (cf. V, ɪv, 1) et la 19ᵉ (cf. IV, ɪ, 7); il croit en outre pouvoir désigner à coup sûr celle qui devait être la 25ᵉ (cf. IV, ɪ, 1). Il convient de remarquer que les manuscrits de ces 6 élégies ont tous appartenu à Latouche, qui s'en est dessaisi à diverses époques, et qu'on ne trouve de chiffre en tête d'aucune des élégies dont les originaux sont à la Bibliothèque Nationale. Si l'on considère en outre que sur les 40 élégies contenues dans l'édition de 1819, il y en a 29 dont les manuscrits sont perdus et faisaient certainement partie du groupe de ceux conservés par Latouche à la Vallée aux Loups, on arrive à cette conclusion que le premier éditeur de Chénier a eu entre les mains au total les manuscrits de 35 élégies, dont 29 au moins numérotées et classées de la main de l'auteur.

Sur ce classement l'édition de 1819 ne nous donne malheureusement pas de précisions. Latouche n'a tenu à peu près aucun compte de la numérotation des élégies, soit, ce qui n'est guère admissible, qu'il n'en ait pas aperçu la signification et l'importance, soit plutôt qu'il ait cru devoir passer outre, pour des raisons qui nous échappent : s'il a conservé leur rang à la 19ᵉ et à la 25ᵉ élégie, il a fait de la 3ᵉ la 5ᵉ, de la 5ᵉ la 1ʳᵉ, de la 20ᵉ la 29ᵉ, et il a complètement supprimé [la 29ᵉ, qu'il a sans doute jugée indigne d'être publiée[2]. Il faut dès lors nous résigner à ignorer toujours l'ordre dans lequel Chénier souhaitait de voir présenter au public ses élégies, ordre qu'il n'avait d'ailleurs pris soin de déterminer que pour un petit nombre de pièces, achevées et recopiées au net.

Quant aux manuscrits de la Bibliothèque Nationale, ils sont d'un bien faible secours pour la mise en ordre de cette partie de l'œuvre de Chénier. Il arrive, il est vrai, que le poète, à côté de l'abréviation Ἐλεγ. ou Ἐλ., par laquelle il distingue les vers destinés aux élégies, inscrive une épithète et paraisse ainsi envisager des groupes d'élégies différentes : il a désigné neuf pièces ou fragments de pièces comme des élégies italiennes (ἐλ. ἰταλ.) et quatre autres comme des élégies orientales (ἐλ. ἡ.ῷ.). Mais quand on a placé à part ces 13 élégies, il reste à classer presque la totalité des morceaux et des vers élégiaques, et la difficulté subsiste entière.

---

de pièces, notamment des *Bucoliques* : cf. t. I, p. xvɪ sqq., ce que nous avons dit au sujet de la tradition « des trois portefeuilles » exposée par Latouche dans *la Vallée aux Loups*.

1. *Lettres critiques*, pp. 61 à 87.

2. L'édition de 1820 ne comprend plus que 37 élégies au lieu de 40, ce qui a obligé Latouche à remanier encore ce classement.

Aussi avons-nous dû nous résoudre à recourir pour les *Elégies,* à une classification artificielle, mais nette. La vie même de Chénier, dans la mesure où l'on en peut connaître le détail et la chronologie, nous en a fourni les bases : la maladie dont il souffrit vers sa vingtième année, son voyage en Italie et son projet de voyage en Orient, ses amours, ses amitiés, ses rêves toujours déçus de vie indépendante, son séjour en Angleterre servent de matière à la plupart de ses élégies et forment autant de thèmes d'inspiration entre lesquels elles se répartissent naturellement. Nous avons réuni sous le titre *Dernières Elégies,* trois morceaux que leur ton et les allusions qu'ils renferment permettent de dater des toutes dernières années de Chénier. Les fragments, notes et vers épars qui échappent à tout classement ont été recueillis dans une subdivision spéciale. Enfin nous avons mis en prologue et en épilogue aux *Elégies* deux pièces dont le caractère nous paraissait légitimer un tel emploi.

On trouvera parmi les *Elégies* quelques morceaux qu'on n'a point l'habitude d'y voir. Ce sont d'abord les trois projets d'élégies saphiques (cf. III, ii, 6, 7 et 8), dont les manuscrits sont à la Bibliothèque Nationale, mais que G. de Chénier n'avait pas admis dans son édition ; ils sont jusqu'à présent restés inédits ; M. Pierre Louys, qui les avait découverts et qui avait d'abord pensé à en faire l'objet d'un article, a bien voulu nous laisser le soin de les mettre au jour. C'est ensuite l'élégie à Marie Cosway où il est parlé de Niemcewicz (cf. IV, iv, 2) et qui a été trop longtemps, sur la foi de G. de Chénier, considérée comme une œuvre de ce poète polonais : nous l'avons rendue à Chénier, dont M. Bédier avait déjà rétabli les droits[1]. Ce sont enfin les vers élégiaques (cf. VIII, 1) découverts par Becq de Fouquières dans les *'Annales romantiques* et publiés par lui dans ses *Lettres critiques*[2].

Indépendamment de ces morceaux, dont la destination ne prête guère au doute, nous avons rattaché aux *Elégies* le contenu total ou partiel de divers feuillets du manuscrit. Cette attribution s'imposait pour le projet (cf. IV, v, 27), que nous avons repris au v° du f° 213 du tome II, puisque Chénier avait au-dessous écrit la mention Ἐλ. Sans être aussi nettement désigné pour les *Elégies,* le contenu des feuillets ci-après semble, en raison de particularités que nous spécifions pour chacun d'eux, avoir les plus sérieux titres à y être accueilli : t. II, f° 121 v° (il s'agit d'un fragment écrit d'abord pour l'*Art d'aimer,* puis refondu et introduit dans une élégie : cf. IV, vi, 2) ; — t. III, f° 6 r° (contient une première rédaction d'une partie d'une élégie : cf. VI, 2) ; — f° 7 r° et v° (contient une première rédaction d'une autre partie de la même élégie : cf. VI,

---

1. *Etudes critiques,* pp. 115 à 123.
2. Pp. 41 à 42.

2); — f° 9 r° (contient une pièce adressée à D'. z. n : cf. IV, III, 4);
— f° 12 r° et v° (contiennent une partie d'une élégie : cf. IV, I, 1); —
f°ˢ 13 et 14, r° et v° (contient un commentaire de la même élégie :
cf. IV, I, 1); — f° 17 r° et v° (contient un vers employé dans une
élégie : cf. IV, I, 6 et aussi IV, v, 4); — f° 24 r° et v° (contient une
partie d'une élégie : cf. IV, I, 5); — f° 5o r° (contient un fragment
où se lit le nom de D'.... : cf. IV, III, 4); — f° 119 r° et v° (contient
le brouillon de quelques vers d'une élégie : cf. IV, I, 1 et aussi IV,
VI, 19; IX, 5, 7, 8 et 11); — f° 120 r° et v° (contient des vers employés dans une élégie : cf. IV, I, 6 et aussi IV, v, 14 et 20; IV, VI,
11 et 13; IX, 6, 12 et 13); — f° 121, r° et v° (contient le début d'un
morceau dont les derniers vers sont au f° 120 : cf. IV, v, 20 et aussi
IV, v, 5); — f° 122 r° et v° (contient un vers employé dans une
élégie : cf. IV, v, 2 et aussi IV, VI, 15 et 17; VI, 3 et 4; IX, 14, 17 et
18); — f° 128 r° (contient une pièce adressée à Lycoris : cf. IV, I,
2); — f° 156 r° et v° (contient un vers employé dans une élégie :
cf. V, III, 4 et aussi IV, v, 13; IV, VI, 10, 12 et 14; IX, 4 et 9); — t. IV,
f° 341 r° (contient le projet et la première rédaction d'un morceau
élégiaque : cf. IV, v, 12).

Voici enfin quelques feuillets[1] où figurent des fragments que
nous avons attribués aux *Elégies* en tenant compte exclusivement
de leur caractère : t. I, f° 205 r° et v° (cf. IV, v, 8; IV, VI, 6; IX,
10 et 15); — t. II, f° 132 r° (cf. III, III, 3); — f° 203 r° (cf. VII, 1); —
f° 204 r° (cf. VII, 4); — f° 218 r° (cf. IX, 19); — f° 220 r° (cf. VII, 5);
— t. III, f° 20 r° (cf. VII, 10); — f° 33 {r° (cf. VII, 6); — f° 45 r° (cf.
VII, 7); — f°ˢ 47 r° et v° et 48 r°, qui forment page double (cf. III,
1, 6); — f° 52 r° (cf. IV, VI, 1); — f° 54, r° (cf. VIII, 2); — f° 55 r°
(cf. VIII, 2); — f° 74 r° (cf. IV, v, 7); — f° 76 r° et v° (cf. IV, v, 10
et 18); — f° 91 r° (cf. IV, VI, 3); — f° 95 r° (cf. VII, 8); — f° 100 r°
(cf. IV, VI, 4); — f° 161 r° et v° (cf. VII, 2); — t. IV, f° 15 r° (cf. I);
— f° 16 r° (cf. I); — f° 22 r° (cf. II, 1).

ÉPITRES. — Des sept pièces ou ébauches de pièces que nous
avons comprises dans cette section, trois, l'épître à Le Brun et à
Brazais (cf. I), l'épître à Le Brun (cf. II) et l'épître où le poète décrit
la manière dont il travaille à ses ouvrages (cf. VII) ont été publiées
dès 1819 et sont parmi les poésies les plus connues de Chénier[2].
Mais nous croyons devoir donner quelques éclaircissements au
sujet des quatre autres, moins familières au lecteur.

Le projet d'épître au Chevalier de Pange (cf. VI) a paru tout

---

1. Le contenu de tous ceux de ces feuillets et des feuillets énumérés plus
haut qui appartiennent au tome III des manuscrits avait déjà été placé dans
les *Elégies* par G. de Chénier.
2. Les manuscrits en sont perdus et nous ne les connaissons que par le
texte de 1819.

ıtier dans l'édition de 1874 : mais, quoique G. de Chénier sem-
le avoir vu qu'il avait affaire à une épître, c'est dans la *Notice* de
ɔn premier volume[1] qu'il a relégué ce morceau. Nous avons été
y chercher pour le classer avec les œuvres de même nature.

Les fragments qui composent l'épître à Bailly (cf. III) se trou-
ent également tous dans l'édition G. de Chénier, mais ils y sont
ispersés : le début (v. 1 à l. 28), désigné par le poète « pour l'é-
ître à M. Bailly », figure naturellement aux épîtres ; deux autres
ımbeaux de la même épître (l. 29 à v. 44) ont pris place dans la
Notice[2] ; enfin la dernière partie (v. 45 à la fin) est devenue le
rétendu poème de l'*Astronomie*[3]. Nous avons rassemblé ces débris
ɔars.

Pour reconstituer l'épître sur la superstition (cf. IV), il nous a
ıffi de rapprocher deux développements qui s'adaptent exacte-
ıent l'un à l'autre et dont jusqu'ici l'on n'avait pas reconnu la
arenté. Ils sont écrits sur deux feuillets du manuscrit aujour-
'hui séparés et reliés dans deux volumes distincts, mais qui pri-
ııtivement devaient former page double. Le premier (l. 1 à 73) a
aru dans l'édition G. de Chénier, où il est qualifié de poème de
ı *Superstition*; le second (l. 74 à la fin) a été mis au jour par
ı. Abel Lefranc[4] avec d'autres œuvres inédites de Chénier.

Enfin le projet d'épître à Marie-Joseph Chénier (cf. V) était resté
ʒaré au milieu des œuvres en prose et avait échappé à l'attention
es éditeurs des poésies. Nous lui restituons sa véritable place.

ODES. — Le rythme des vers, leur groupement en strophes carac-
:risent trop évidemment les *Odes*, pour qu'il soit besoin de jus-
fier le choix que nous avons fait des pièces mises par nous sous
ɜ titre[5]. Quant aux quelques projets et aux notes en prose[6] que
ous y avons joints, ils figurent tous sur des feuillets du manus-
ïit où se lit l'abréviation très claire : *Pindar. song.* ou simplement
ıvδαρ. Ce sont : t. II, fᵒ 212 rᵒ et vᵒ (cf. II, 4, 5, 7 et 8); — t. IV, fᵒ 336
ᵒ (cf. II, 1 et 2); — fᵒ 339 rᵒ (cf. II, 2, 3 et 6).

Le classement des odes est relativement aisé. Chénier a écrit

1. P. LVI sqq.
2. P. LVIII sqq.
3. Becq de Fouquières avait bien vu (*Documents nouveaux*, p. 329) que les
agments dont G. de Chénier formait ce poème supposé, devaient faire
tour à l'épître à Bailly.
4. *Revue d'histoire littéraire de la France*, 1901.
5. G. de Chénier a classé deux odes (cf. I, 1, 3 et III, 1) aux *Poésies diverses*
une (cf. III, 6) aux *Iambes*.
6. Parmi ces projets et ces notes, G. de Chénier en avait publié deux (cf. II,
et 5) dans l'*Amérique* et deux (cf. II, 7 et 8) dans les *Poésies diverses*. Tout
reste, demeuré inédit, a paru seulement le 15 janvier 1903, dans la *Renais-
ance latine*, par les soins de M. Abel Lefranc.

en tête d'une ébauche les mots : *spanish* πινδαρ, en tête d'une autre : *end of some span. Pindar.*, et a marqué comme suit la place de deux développements : *in a spanish Pindar. song; in the spanish Pindar. translat.* On voit par là qu'il se proposait d'écrire des odes espagnoles : nous avons donc groupé d'abord à part tout ce qui devait y entrer.

Toutes les autres odes auraient peut-être été rassemblées par le poète sous la dénomination commune de *Séquaniennes* (cf. II, 7); toutefois comme il est également possible qu'il entendît réserver ce nom à une catégorie d'odes qu'il ne nous fait pas connaître, nous n'avons pas voulu risquer de l'employer à faux. Nous avons réparti en deux groupes le reste des odes : d'un côté les odes amoureuses, adressées à Fanny et à la duchesse de Fleury; de l'autre, celles qui, parfois très analogues de ton aux iambes, traitent des sujets politiques; par opposition aux odes espagnoles, nous avons appelé celles-ci odes françaises; parmi elles nous avons placé, comme il convenait, la grande ode du *Jeu de paume* publiée par Chénier en 1791, en imprimant en tête quelques vers écrits sur un feuillet du tome IV du manuscrit, qui ont passé dans cette ode[1].

IAMBES. — Avec les pièces et les vers que leur rythme spécial rend facilement reconnaissables[2], nous n'avons admis dans les *Iambes* que quelques notes très brèves intercalées dans le manuscrit au milieu de fragments d'iambes et dont la destination est évidente de ce fait.

On sait que Chénier a eu la précaution de remplacer dans ses iambes tous les noms et tous les mots qu'il jugeait dangereux d'écrire, soit par des abréviations, soit par des équivalents grecs ou latins, soit même parfois par de véritables rébus. Nous avons, pour la commodité du lecteur, rétabli partout dans le texte les noms et les mots ainsi défigurés, en signalant dans les notes la leçon des manuscrits[3]. Pour interpréter certaines abréviations embarrassantes, résoudre certaines énigmes, les observations consacrées à cette partie de l'œuvre du poète par Becq de Fouquières[4] nous

---

1. M. Abel Lefranc a publié ces vers dans *Les Lettres et les Idées depuis la Renaissance*, t. II, mais sans s'apercevoir du rapport qu'ils avaient avec l'ode du *Jeu de Paume*.

2. De ce nombre sont l'*Hymne aux Suisses de Châteauvieux* (cf. I, 1), qu'on a toujours jusqu'ici laissé en dehors des *Iambes*, et deux morceaux (cf. I, 4 et 5) rangés à tort par G. de Chénier dans les *Satires* et dont Becq de Fouquières avait reconnu le vrai caractère (*Documents nouveaux*, pp. 339 à 341).

3. Nous avons procédé de même pour une ode (cf. III, 6) sur le manuscrit de laquelle plusieurs mots sont déguisés pareillement.

4. *Documents nouveaux*, pp. 343 à 368.

ont été d'un précieux secours, et nous avons plaisir à rendre une fois de plus hommage ici à l'ingéniosité de notre devancier.

Les iambes sont en trop petit nombre pour que leur mise en ordre présente des difficultés. Nous les avons rangés autant que possible dans l'ordre chronologique, en plaçant les dernières les pièces composées à Saint-Lazare et écrites sur trois petites bandes de papier pelure (t. III, f⁰ˢ 188, 189 et 190) en caractères microscopiques. On trouvera à part, à la suite des iambes, les vers isolés et les notes qui s'y rattachent.

POÉSIES DIVERSES. — Cette section englobe tout ce qu'il n'a pas été possible de classer ailleurs[1]. Nous y avons établi plusieurs subdivisions. D'abord viennent les poésies diverses proprement dites, c'est-à-dire les morceaux qui n'appartiennent à aucun genre défini ou qui sont seuls de leur espèce dans l'œuvre de Chénier; un deuxième groupe comprend des fragments qui semblent se rapporter à des poèmes projetés, puis abandonnés, ou qui pouvaient avoir été écrits pour tel ou tel poème existant, mais dont la destination reste par trop douteuse; un troisième contient tous les fragments satiriques; un quatrième quelques ébauches qui seraient peut-être devenues des épîtres, mais dont la nature est encore indécise; dans un cinquième se trouvent les notes et vers sans attribution; enfin nous avons mis dans un dernier groupe les vers composés par Chénier en diverses langues étrangères, italien, latin et grec.

Pas plus dans ce volume que dans les précédents nous n'avons l'illusion d'avoir toujours su découvrir pour chaque morceau le meilleur emploi et la place la plus convenable. Bien au contraire, nous avons trop souvent et trop longuement hésité au cours de notre travail pour n'en pas sentir la fragilité. Le lecteur ne s'étonnera donc pas que nous fassions appel une fois de plus à son indulgence et que nous nous excusions d'avance auprès de lui de toutes les inadvertances et les erreurs que nous avons pu commettre.

---

1. Nous ne croyons pas utile de signaler où avaient été placés par les précédents éditeurs les divers fragments qui constituent cette section. Nous noterons seulement que quelques-uns d'entre eux (cf. V, 6; VI, 2, 4, 5 et 6) étaient restés inédits jusqu'à ce jour.

ÉLÉGIES

I

PROLOGUE

Quand à peine Clothon, mère des destinées,
A mes trois lustres pleins ajoute quatre années,
Mon cœur s'ouvre avec joie à l'espoir glorieux
De chanter à la fois les belles et les Dieux.
Né citoyen du Pinde, et citoyen de Gnide,   5
Avide de plaisirs, et de louange avide,
Aux antres d'Apollon pontife initié,
Aux banquets de Vénus convive associé,
Au temple de Paphos, sur la lyre d'Orphée,
Mes chants vont à Vénus consacrer un trophée.   10
Peuple, sur nos climats le printemps ramené
A fait luire son front de rose couronné :
Ses yeux de la Déesse ont ranimé l'empire ;

I. — Manuscrit, t. IV, f° 16, r°. Une première rédaction de ce
morceau se trouve au f° 15, r°, du même tome IV. Les deux textes
étant presque identiques, nous reproduisons seulement ci-dessus
celui de la mise au net, en donnant, dans les notes, les corrections
et les variantes des deux rédactions.

V. 5-6 : 1ʳᵉ rédact. : ap. *Pinde* et *plaisirs,* pas de virg. — V. 7 : 1ʳᵉ rédact. : *Aux antres* en surcharge de : *Des bras d'une...*; cette correction
étant peu nette, Chénier a écrit ensuite : *antres,* dans l'interl. — V. 8 :
1ʳᵉ rédact. : ap. *associé,* pas de virg. — V. 9 : 1ʳᵉ rédact. : *Au temple*
en surcharge de : *Mes chants...* — V. 10 : 1ʳᵉ rédact. : ap. *trophée,* pas
de point. — V. 11 : 1ʳᵉ rédact. : *Peuples;* 1ʳᵉ leçon surchargée : *sur l'ho-
rizon.* — V. 12 : 1ʳᵉ rédact : *roses;* ap. *couronné,* point. — V. 13 : 1ʳᵉ rédact. : ap. *empire,* point.

Connaissez son génie aux feux qu'elle m'inspire :
Tant que la lyre d'or va chanter sous mes doigts,   15
D'un silence sacré favorisez ma voix.

V. 14 ; 1ʳᵉ rédact. : *au feu* ; ap. *inspire*, pas de ponctuation. — V. 15 :
1ʳᵉ rédact. : *chantera* ; ap. *doigts*, pas de virg. ; 2ᵉ rédact. : 1ʳᵉ leçon
biffée : *chantera*. — V. 16 : 1ʳᵉ rédact. : ap. *voix*, pas de point.

II

SOUFFRANCES

I

Ah! quand presque en naissant, hier presque, mon cœur
Se nourrissait au loin d'un avenir flatteur;
Quand le charme qui suit les premières années
Ne m'offrait devant moi que belles destinées;
Assuré de mes Dieux, quand mes jeunes projets   5
Me promettaient un nom, des plaisirs, des succès,
. . . .
Au sein de mes amis une vieillesse heureuse :
Ah! je ne pensais pas, faible et naissant flambeau,
Si tôt m'aller éteindre en un obscur tombeau.   10
De maux prématurés la foule qui m'assiège
Méconnaît de mes ans le faible privilège.
Et je vivrais, aux pleurs, aux tourments condamné,
Esclave volontaire à la vie enchaîné,

II, 1. — Manuscrit, t. IV, f° 22, r°.

V. 1 : les virg. aj. — V. 2-6 : ponctuat. aj. — V. 7 : dans le ms., un
point dans la marge marque la place de ce vers. — V. 9-10 : ponctuat.
aj.; après ces vers Chénier en avait d'abord écrit deux autres :

Sans apprendre mon nom à la gloire, à l'envie,
Sans avoir illustré ni ma mort, ni ma vie.

et il avait laissé en blanc entre ceux-ci et le v. 11, la place de deux vers;
par la suite, il a biffé ces deux vers, mis dans la marge, en face des vers
9, 10 et 11, les chiffres 1, 2, 3, pour marquer le raccord, et indiqué
dans l'espace laissé en blanc : *Cela est de suite.* — V. 12-16 : ponctuat. aj.

Pour maudire mon sort, mes douleurs, ma faiblesse, 15
Pour traîner à vingt ans une infirme vieillesse,
Dans mes reins agités quand des sables brûlants
S'ouvrent un dur passage et déchirent mes flancs !
. . . .
Il vaut mieux n'être pas que d'être misérable.   20

Finir par plusieurs pensées mélancoliques et un peu sombres, et enfin par ce mot ancien : que le premier bonheur
est de ne pas naître, et le second, etc.....

2

Aujourd'hui qu'au tombeau je suis prêt à descendre,
Mes amis, dans vos mains je dépose ma cendre.
Je ne veux point, couvert d'un funèbre linceul,
Que les pontifes saints autour de mon cercueil,
Appelés aux accents de l'airain lent et sombre,   5
De leur chant lamentable accompagnent mon ombre,
Et sous des murs sacrés aillent ensevelir
Ma vie, et ma dépouille, et tout mon souvenir.
Eh ! qui peut sans horreur à ses heures dernières
Se voir au loin périr dans des mémoires chères ?   10
L'espoir que des amis pleureront notre sort
Charme l'instant suprême et console la mort.
Vous-mêmes choisirez à mes jeunes reliques
Quelque bord fréquenté des pénates rustiques,
Des regards d'un beau ciel doucement animé,   15

V. 18 : ap. *flancs*, dans le ms., point. — V. 19 : Chénier a marqué par
des points de susp. la place de ce vers. — V. 20 : point aj. — L. 22-23 :
sauf les points de susp., ponctuat. aj.

II, 2. — Édition de 1819, p. 90-92. Le manuscrit, gardé par H. de
Latouche, est perdu.

V. 2 : éd. 1819 : ap. *amis*, point et virg. — V. 11 : éd. 1819 : ap. *sort*,
virg.

Des fleurs et de l'ombrage, et tout ce que j'aimai.
C'est là, près d'une eau pure, au coin d'un bois tranquille,
Qu'à mes mânes éteints je demande un asile :
Afin que votre ami soit présent à vos yeux,
Afin qu'au voyageur amené dans ces lieux,   20
La pierre, par vos mains de ma fortune instruite,
Raconte en ce tombeau quel malheureux habite ;
Quels maux ont abrégé ses rapides instants ;
Qu'il fut bon, qu'il aima, qu'il dut vivre longtemps.
Ah ! le meurtre jamais n'a souillé mon courage.   25
Ma bouche du mensonge ignora le langage,
Et jamais, prodiguant un serment faux et vain,
Ne trahit le secret recélé dans mon sein.
Nul forfait odieux, nul remords implacable
Ne déchire mon âme inquiète et coupable.   30
Vos regrets la verront pure et digne de pleurs ;
Oui, vous plaindrez sans doute en mes longues douleurs
Et ce brillant midi qu'annonçait mon aurore,
Et ces fruits dans leur germe éteints avant d'éclore,
Que mes naissantes fleurs auront en vain promis.   35
Oui, je vais vivre encore au sein de mes amis.
Souvent à vos festins qu'égaya ma jeunesse,
Au milieu des éclats d'une vive allégresse,
Frappés d'un souvenir, hélas ! amer et doux,
Sans doute vous direz : « Que n'est-il avec nous ! »   40

Je meurs. Avant le soir j'ai fini ma journée.
A peine ouverte au jour, ma rose s'est fanée.
La vie eut bien pour moi de volages douceurs ;
Je les goûtais à peine, et voilà que je meurs.
Mais, oh ! que mollement reposera ma cendre,   45
Si parfois un penchant impérieux et tendre
Vous guidant vers la tombe où je suis endormi,

V. 22 : éd. 1819 : ap. *habite*, point. — V. 26 : éd. 1819 : ap. *langage*,
point et virg. — V. 34 : virg. aj. — V. 42 : virg. aj. — V. 45 : éd. 1819 :
ô que.

Vos yeux en approchant pensent voir leur ami !
Si vos chants de mes feux vont redisant l'histoire ;
Si vos discours flatteurs, tout pleins de ma mémoire, 50
Inspirent à vos fils, qui ne m'ont point connu,
L'ennui de naitre à peine et de m'avoir perdu.
Qu'à votre belle vie ainsi ma mort obtienne
Tout l'âge, tous les biens dérobés à la mienne ;
Que jamais les douleurs, par de cruels combats,   55
N'allument dans vos flancs un pénible trépas ;
Que la joie en vos cœurs ignore les alarmes ; .
Que les peines d'autrui causent seules vos larmes ;
Que vos heureux destins, les délices du ciel,
Coulent toujours trempés d'ambroisie et de miel,   60
Et non sans quelque amour paisible et mutuelle.
Et quand la mort viendra, qu'une amante fidèle,
Près de vous désolée, en accusant les Dieux
Pleure, et veuille vous suivre, et vous ferme les yeux.

3

Souffre un moment encor ; tout n'est que changement,
L'axe tourne, mon cœur ; souffre encore un moment.
La vie est-elle toute aux ennuis condamnée ?
L'hiver ne glace point tous les mois de l'année.
L'Eurus retient souvent ses bonds impétueux ;   5
Le fleuve, emprisonné dans des rocs tortueux,
Lutte, s'échappe, et va par des pentes fleuries
S'étendre mollement sur l'herbe des prairies.
C'est ainsi que, d'écueils et de vagues pressé,
Pour mieux goûter le calme il faut avoir passé,   10
Des pénibles détroits d'une vie orageuse,

V. 51 : les virg. aj. — V. 64 : éd. 1819 : ap. *Pleure*, point et virg.

II, 3. — Édition de 1819, p. 134-135. Le manuscrit, gardé par H. de Latouche, est perdu.

V. 9 : ap. *que*, virg. aj.

Dans une vie enfin plus douce et plus heureuse.
La Fortune arrivant à pas inattendus
Frappe, et jette en vos mains mille dons imprévus :
On le dit. Sur mon seuil jamais cette volage   15
N'a mis le pied. Mais quoi! son opulent passage,
Moi qui l'attends plongé dans un profond sommeil,
Viendra, sans que j'y pense, enrichir mon réveil.

Toi, qu'aidé de l'aimant plus sûr que les étoiles,
Le nocher sur la mer poursuit à pleines voiles,   20
Qui sais de ton palais, d'esclaves abondant,
De diamant, d'azur, d'émeraudes ardent,
Aux gouffres du Potose, aux antres de Golconde,
Tenir les rênes d'or qui gouvernent le monde,
Brillante déité! tes riches favoris   25
Te fatiguent sans cesse et de vœux et de cris :
Peu satisfait le pauvre. O belle souveraine!
Peu; seulement assez pour que, libre de chaîne,
Sur les bords où malgré ses rides, ses revers,
Belle encor l'Italie attire l'univers,   30
Je puisse au sein des arts vivre et mourir tranquille!
C'est là que mes désirs m'ont promis un asile;
C'est là qu'un plus beau ciel peut-être dans mes flancs
Eteindra les douleurs et les sables brûlants.
Là, j'irai t'oublier, rire de ton absence;   35
Là, dans un air plus pur respirer en silence
(Et nonchalant du terme où finiront mes jours)
La santé, le repos, les arts et les amours.

V. 28 : ap. *que,* virg. aj. — V. 33 : éd. 1819 : ap. *ciel* et *flancs,* virg.

III

LE VOYAGE EN ITALIE ET LE PROJET DE VOYAGE EN ORIENT

I

LE DÉPART ET LA ROUTE

I

Vous restez, mes amis, dans ces murs où la Seine
Voit sans cesse embellir les bords dont elle est reine,
Et près d'elle partout voit changer tous les jours
Les fêtes, les travaux, les belles, les amours.
Moi, l'espoir du repos et du bonheur peut-être, 5
Cette fureur d'errer, de voir et de connaître,
La santé que j'appelle et qui fuit mes douleurs
(Bien sans qui tous les biens n'ont aucunes douceurs),
A mes pas inquiets tout me livre et m'engage.
C'est au milieu des soins, compagnons du voyage, 10
Que m'attend une sainte et studieuse paix
Que les flèches d'amour ne troubleront jamais.
Je suivrai des amis; mais mon âme d'avance,
Vous, mes autres amis, pleure de votre absence,

III, 1, 1. — Édition de 1819, p. 87-89. Le manuscrit, gardé par H. de Latouche, est perdu.

V. 2 : éd. 1819 : ap. *reine*, point et virg. — V. 8 : virg. aj. — V. 10 : ap. *soins*, virg. aj.

Et voudrait, partagée en des penchants si doux,   15
Et partir avec eux et rester près de vous.

Ce couple fraternel, ces âmes que j'embrasse
D'un lien qui, du temps craignant peu la menace,
Se perd dans notre enfance, unit nos premiers jours,
Sont mes guides encore ; ils le furent toujours.   20
Toujours leur amitié, généreuse, empressée,
A porté mes ennuis et ne s'est point lassée.
Quand Phœbus, que l'hiver chasse de vos remparts,
Va de loin vous jeter quelques faibles regards,
Nous allons, sur ses pas, visiter d'autres rives,   25
Et poursuivre au midi ses chaleurs fugitives.
Nous verrons tous ces lieux dont les brillants destins
Occupent la mémoire ou les yeux des humains :
Marseille où l'Orient amène la fortune ;
Et Venise élevée à l'hymen de Neptune ;   30
Le Tibre, fleuve-roi, Rome, fille de Mars,
Qui régna par le glaive et règne par les arts ;
Athènes qui n'est plus, et Byzance, ma mère ;
Smyrne qu'habite encor le souvenir d'Homère.
Croyez, car en tous lieux mon cœur m'aura suivi,   35
Que partout où je suis vous avez un ami.

Mais le sort est secret ! Quel mortel peut connaître
Ce que lui porte l'heure et l'instant qui va naître ?
Souvent ce souffle pur dont l'homme est animé,   40
Esclave d'un climat, d'un ciel accoutumé,
Redoute un autre ciel, et ne veut plus nous suivre
Loin des lieux où le temps l'habitua de vivre.
Peut-être errant au loin, sous de nouveaux climats,
Je vais chercher la mort qui ne me cherchait pas.
Alors, ayant sur moi versé des pleurs fidèles,   45
Mes amis reviendront, non sans larmes nouvelles,

V. 18 . ap. *qui*, virg. aj. ; éd. 1819 : *les menaces.* — V. 28 : éd. 1819 :
ap. *humains*, point. — V. 31 : ap. *Tibre et Rome*, virg. aj. — V. 33 :
ap. *Byzance,* virg. aj.

Vous conter mon destin, nos projets, nos plaisirs
Et mes derniers discours et mes derniers soupirs.

 Vivez heureux! gardez ma mémoire aussi chère,
Soit que je vive encor, soit qu'en vain je l'espère.   50
Si je vis, le soleil aura passé deux fois
Dans les douze palais où résident les mois,
D'une double moisson la grange sera pleine,
Avant que dans vos bras la voile nous ramène.
Si longtemps autrefois nous n'étions point perdus! 55
Aux plaisirs citadins tout l'hiver assidus,
Quands les jours repoussaient leurs bornes circonscrites,
Et des nuits à leur tour usurpaient les limites,
Comme oiseaux du printemps, loin du nid paresseux,
Nous visitions les bois et les coteaux vineux,   60
Les peuples, les cités, les brillantes Naïades.
Et l'humide départ des sinistres Pléiades
Nous renvoyait chercher la ville et ses plaisirs,
Ou souvent rassemblés, livrés à nos loisirs,
Honteux d'avoir trouvé nos amours infidèles,   65
Disputer des beaux-arts, de la gloire et des belles.
Ah! nous ressemblions, arrêtés ou flottants,
Aux fleuves comme nous voyageurs inconstants.
Ils courent à grand bruit; ils volent, ils bondissent;
Dans les vallons riants leurs flots se ralentissent. 70
Quand l'hiver, accourant du blanc sommet des monts,
Vient mettre un frein de glace à leurs pas vagabonds,
Ils luttent vainement, leurs ondes sont esclaves :
Mais le printemps revient amollir leurs entraves,
Leur frein s'use et se brise au souffle du zéphyr, 75
Et l'onde en liberté recommence à courir.

V. 60 : éd. 1819 : *nous visitons.* — V. 65 : virg. aj. — V. 71 : ap. *hiver.*
virg. aj. — V. 75 : virg. aj.

2

Ἔλεγ.

Villefranche... Anse, etc...

Des monts du Beaujolais aspect délicieux,
Quand l'Azergue limpide, enfant de ces beaux lieux,
Descendant sur les prés et la côte vineuse,
Vient grossir de ses eaux la Saône limoneuse.   5

3

Ἔλ.

Marseille..... Raconter l'histoire de la fille gauloise d'un
roi des Gaules... laquelle, dans le banquet, présente la coupe
(c'était ainsi qu'on choisissait un mari) au chef de la colonie
phocéenne... Je feindrai qu'elle a été le voir descendre. Elle
était au haut d'une tour avec sa nourrice... Raconter tout   5
cela dans le goût du ıv^e livre de Properce...

Ἔλ.

MARSEILLE

O beautés de Marseille... vous avez une tournure vive et
attrayante... Vos cheveux... vos yeux noirs et... ont des regards bien doux. Heureux qui peut vivre près de vous...
Marseille est une ville... Dans son port tout hérissé d'une   10
forêt de mâts, on trouve le Musulman, l'Indien, etc... Mar-

III, 1, 2. — Manuscrit, t. III, f° 116, v°.

En tête du feuillet où se trouve ce fragment, Chénier avait d'abord
écrit la mention Βουζ... qu'il a biffée et remplacée par Ἔλεγ. — L. 1 :
virg. aj.; ces mots sont écrits en marge et à gauche des vers qui suivent.
— V. 2 : virg. aj. — V. 4-5 : ponctuat. aj.

III, 1, 3. — L. 1 à 6, manuscrit, t. III. f° 116, r°; l. 7 à la fin,
ibid., f° 111, r°.

L. 2 : les virg. aj. — L. 3 : ap. *mari*, dans le ms., point. — L. 4 : point
aj.; 1re leçon surchargée : *descendre du haut...* — L. 11 : les virg. aj.

seille est tout l'univers... Elle a toujours été florissante...
unissant le commerce aux sciences et à la guerre... Pythéas...
Depuis l'*Ibérie* jusqu'à la *Ligurie,* plusieurs opulentes cités
la reconnaissent pour mère... Fille des Phocéens, amie de 15
Rome, rivale de Carthage, elle a été l'Athènes gauloise...
Tel est le destin que lui promit le vieux Protée lorsque...
Les Phocéens sortant de leur pays... Ils mettent à la voile...
Leur serment... Protée s'élève sur la mer et leur prédit...
(c'est ici qu'il faut mettre ce que dessus). Ils arrivent pendant 20
que le roi de cette côte préparait le festin nuptial pour sa
fille... Cette belle les avait vus arriver... Elle avait dit à sa
nourrice : « ... Oh ! que cet étranger est beau !... Il n'a point
l'air sauvage de nos Gaulois... La douceur et la fierté sont
sur son visage... » Le héros grec est invité au festin... Elle 25
entre, la belle barbare... Suivant l'usage on lui donne la
coupe... Celui à qui elle la présentera sera son époux... Elle
tourne... et rougissant et baissant les yeux, elle présente au
héros grec la coupe nuptiale...

Et malgré les fureurs de la horde rivale,   30
Le héros..... boit la coupe nuptiale.
Salut, ô ville grecque, honneur du nom français,
Toi par qui, dans l'horreur de nos vieilles forêts,
Du cruel Teutatès le prêtre sanguinaire
Entendit les doux sons de la langue d'Homère;   35
Qui, disciple à la fois de Minerve et de Mars,
Fis couler sur nos bords l'opulence et les arts,
Et, de nos durs aïeux polissant la rudesse,
Sur des rochers gaulois sus transplanter la Grèce.

L. 14 : virg. aj.; les mots en italiques soulignés dans le ms. — L. 15-
16 : les virg. aj. — L. 19 : les mots : *leur serment,* rajoutés dans l'inter-
terl. — L. 20 : point aj. — L. 23 : guillem., deux points et points d'exclam.
aj. — L. 25 : guillem. aj. — L. 26 : virg. aj.; les mots : *la belle barbare*
rajoutés dans l'interl. — L. 28 : virg. aj. — V. 30-31 : ponctuat. aj.; ces
vers ont été écrits après coup au-dessus du v. 32. — V. 32 : sauf ap.
grecque, les virg. aj. — V. 33-38 : ponctuat. aj.

4

Ἐλ.

Peindre Nice... cette ville où les étrangers... les oranges... etc... Finir en imitant légèrement le sonnet de Pétrarque : muovesi il vecchiarel... et dire : J'examine avec soin tous les visages, pour voir si [je] trouverai sur quelqu'un d'eux quelqu'un de vos traits.

5

Commencem.

O mes amis, dans tous les plaisirs de mon voyage, je vous regrette : ils me seraient plus doux... Je vous y appelle en idée. Oh! quand je serai de retour, combien j'aurai de choses à vous conter!... J'étais ici, j'étais là... Il y eut telle ou telle circonstance... Hic ego mendacem... Mon Dieu, le bon vin que nous bûmes en tel endroit... Les habitants de tel pays sont les plus... Il n'y a nulle part d'aussi belles femmes qu'en telle ville. Oh! si vous entendiez l'opéra de telle autre!...

6

Je suis en Italie, en Grèce. O terres, mères des arts, favorables aux vertus. O beaux-arts, de ceux qui vous aiment délicieux tourments! Seul au milieu d'un cercle nombreux, tantôt

---

III, iv, 1. — Manuscrit, t. III, f° 116, r°.

L. 3 : sauf les points de susp., ponctuat. aj. — L. 4 : virg. aj.; Chénier a écrit : *si trouverai*.

III, i, 5. — Manuscrit, t. III, f° 137, v°.

L. 1 : les virg. aj. — L. 2 : deux points aj. — L. 3 : point d'exclam. et virg. aj. — L. 4-5 : les virg. aj. — L. 8 : sauf le point ap. *ville*, ponctuat. aj.

III, i, 6. — L. 1 à 29 : *savoir*, manuscrit, t. III, f° 47, r°; l. 29 : p *que les grandes*, à v. 47, ibid., v°; v. 48 à la fin, ibid., f° 48, r°.

L. 1-3 : les virg. aj.; Chénier avait d'abord écrit : *O terres favorables aux arts, aux vertus*; puis, sans rien biffer, il a écrit dans l'interl. : *mères des arts*.

De vivantes couleurs une toile enflammée

s'offre tout à coup à mon esprit.

... Ma main veut fixer ces rapides tableaux,
Et frémit et s'élance et vole à ses pinceaux.
Tantôt, m'éblouissant d'une clarté soudaine,
La sainte poésie et m'échauffe et m'entraîne,   10
Et ma pensée, ardente à quelque grand dessein,
En vers tumultueux bouillonne dans mon sein.
Ou bien dans mon oreille un fils de Polymnie,
A qui Naple enseigna la sublime harmonie,
A laissé pour longtemps un aiguillon vainqueur,   15

et son chant retentit dans mon cœur. Alors mon visage s'enflamme, et celui qui me voit

Se dit que ma raison a besoin d'ellébore.

Mais des choses bien plus importantes... Je parcours le
Forum, le sénat. J'y suis entouré d'ombres sublimes. J'en- 20
tends la voix des Gracchus, etc... Cincinnatus, Caton, Brutus... Je vois les palais qu'ont habités German. et sa femme...

Thraséa, Soranus, Sénécion, Rustique.

En Grèce, tous les peuples différents, chacun avec son
front, son visage, sa physionomie, passent en revue devant 25
mes yeux. Chacun est conduit par ses héros qu'il faut nommer. Comme l'énumération d'Homère. Périssent ceux qui
traitent de préjugé l'admiration pour tous ces modèles antiques et qui ne veulent point savoir que les grandes vertus,
constantes et solides, ne sont qu'aux lieux où vit la liberté. 30

V. 5 : vers dégagé par nous. — L. 6 : point aj. — V. 7-15 : vers dégagés par nous. — V. 7 : ponctuat aj. — V. 9-11 : les virg. aj. — V. 13-15 :
les virg. aj. — L. 17 : virg. aj. — V. 18 : vers dégagé par nous. — L. 19-
20 : sauf le point ap. *sublimes*, ponctuat aj. — L. 21 : les virg. aj.; *Cincinnatus* rajouté dans l'interl. — V. 23 : les virg. aj.; vers dégagé par
nous. — L. 24 : les virg. aj.; 1re leçon surchargée : *mille peuples*. —
L. 25 : les virg. aj. — L. 29-30 : les virg. aj.

Hos utinam inter heroas tellus me prima tulisset! Si j'avais vécu dans ces temps, je n'aurais point fait des Arts d'aimer, des poésies molles, amoureuses. Ma Muse courtisane n'aurait point... J'aurais mené la vie d'un jeune Romain. Au barreau, dans le Sénat, j'aurais défendu la liberté, ou je serais mort à Utique d'un coup de poignard. Mais, mes deux amis, mes compagnons, je ne veux point souhaiter un monde meilleur où vous ne seriez pas. Plût au ciel que nous y eussions été ensemble. Nous aurions formé un triumvirat plus vertueux que celui... Mais vivons comme ces grands hommes. Que la fortune en agisse avec nous comme il lui plaira : *nous sommes trois contre elle*[1]. Tout cela doit être fait de verve et sur les lieux.

35

40

Raphaël, Jules, Corrége, etc... qui ont porté au plus haut point de perfection cet art divin, mort depuis tels et tels et

45

Que, de ces grands pinceaux émule inattendu,
Le pinceau de David à la France a rendu.

Des belles voluptés la voix enchanteresse
N'aurait point entraîné mon oisive jeunesse.
Je n'aurais point, en vers de délices trempés,
Et de l'art des plaisirs mollement occupés,
Plein des douces fureurs d'un délire profane,
Livré nue aux regards ma Muse courtisane.
J'aurais, jeune Romain, au sénat, aux combats,
Usé pour la patrie et ma voix et mon bras ;

50

55

L. 31-32 : ponctuat. aj. — L. 33-34 : sauf les points de susp., ponctuat. aj. ; les mots : *ma Muse courtisane n'aurait point...* rajoutés dans l'interl. — L. 35-37 : les virg. aj. — L. 39 : point aj. — L. 42 : deux points aj. ; les mots en italiques soulignés dans le ms. — L. 44-47 : ce passage semble le développement des l. 2-6 du projet ci-dessus. — L. 44 : ap. *Corrége*, virg. aj. — L. 45 : virg. aj. — V. 46 : les virg. aj. — V. 47 : ce vers est biffé sur le ms. — V. 48-67 : ces vers sont le développement des l. 31-36 du projet ci-dessus. — V. 55 : ap. *bras*, dans le ms., virg.

1. Cf. *Épitres*, I, v. 77-78.

Et si du grand César l'invincible génie
A Pharsale eût fait craindre enfin la tyrannie,
J'aurais su, finissant comme j'avais vécu,
Sur les bords africains, défait et non vaincu,
Fils de la liberté, parmi ses funérailles,   60
D'un poignard vertueux déchirer mes entrailles.
Et des pontifes saints les bancs religieux
Verraient même aujourd'hui vingt sophistes pieux
Prouver en longs discours appuyés de maximes
Que toutes mes vertus furent de nobles crimes;   65
Que ma mort fut d'un lâche; et que le bras divin
M'a gardé des tourments qui n'auront point de fin.

II

L'ITALIE

I

Ἐλεγ. ἰταλ.

Au sommet de la mont. je découvre à mes pieds la belle
Italie.

Salut, terre où Saturne a trouvé le repos,
Mère de l'abondance et mère des héros.
Salut, Dieux paternels d'une terre sacrée,   5
O Romulus, et toi, Vesta, reine adorée,
Toi qui tiens sous ta garde, en tes asiles saints,
Et le Tibre toscan et les palais romains.

Et dans une autre, en quittant l'Italie :

Adieu.   10
Et toi, mère Vesta, qui règnes sur le Tibre.

III, II, I. — Manuscrit, t. III, f° 143, r°.
V. 7 : ap. *garde*, virg. aj. — L. 9 : ponctuat. aj. — V. 11 : les virg. aj.

2

‘El. Ἰταλ.

O belle (son nom; pas le véritable?)... tu crains... tu penses, dis-tu, qu'un poète est méchant... caust[ique]... Dé-
trompe-toi de cette erreur. Non, le jeune poète est doux,
innocent... l'enfant des neuf sœurs... (peint. romantique).
Tout entier aux Muses et aux belles, il ne songe point à   5
nuire, ni même à se défendre de ceux qui veulent lui nuire.

Il n'aime que l'amour; l'amour et les beaux-arts.

En lisant les poètes antiques, il voit, il poursuit, il tient
ces belles héroïnes qui exercèrent

D'Apelle et de Zeuxis les suaves pinceaux.   10
Raphaël et David, sur leurs toiles savantes,
Offrent à ses désirs vingt maîtresses vivantes.

Quand il voit passer des belles, il les poursuit des yeux,
il veut celle-ci, celle-là, il les veut toutes. En vain leurs
vêtements...   15

Sous la gaze et la soie il devine les charmes...

D'un flanc voluptueux l'agilité mobile.

Porté sur son imagination aux ailes de feu, il s'élance,
il pénètre jusqu'aux plus secrets appas. Souvent, sur les ailes
de sa pensée, il vole, il s'égare... Il va dans l'Orient, il perce 20
les murs des harems... Il y règne... Il appelle une beauté
que le Phase a fait naître la plus belle des mortelles.

Elle avance; elle hésite; elle traîne ses pas,

III, II, 2. — L. 1 à v. 24, manuscrit, t. III, f° 139 r°; v. 25 à la fin,
ibid., v°.

L. 1 : ap. *nom,* dans le ms., point. — L. 2 : ap. *dis-tu,* virg. aj.; Chénier a écrit *caust.* — L. 3 : les virg. aj. — L. 5 : virg. aj. — L. 6 : point aj.
— L. 8 : les virg. aj. — V. 11 : les virg. aj. — L. 13-14 : les virg. aj. —
V. 16 : vers dégagé par nous. — V. 17 : point aj.; ce vers a été rajouté
dans l'interl. — L. 18-20 : les virg. aj. — V. 23 : les points et virg. aj.;
ap. *pas,* dans le ms., point.

Grande, blanche. Sa tête, aux attraits délicats,
Est penchée. Elle rit; mais à demi troublée, 25
D'un léger vêtement couverte et non voilée[1].
Le Gange a filé l'or qui de ses noirs cheveux
Dans un réseau de soie emprisonne les nœuds.
Golconde à pleines mains sur sa riche ceinture
A jeté le rubis et l'émeraude pure, 30
Cercle étroit et facile où ses flancs sont pressés,
Dans leur souplesse molle avec grâce élancés.
Le diamant en feu, lumineuse merveille,
Presse son doigt de rose et pend à son oreille.
Son beau sein, éclatant de jeunesse et d'amour, 35
Et s'élève et repousse un précieux contour
De perles dont Ceylan voit son onde si vaine.
Et de perles encor serpente une autre chaine
Sur ses bras nus, divins, dont les yeux sont charmés,
Qu'avec un soin d'amour la nature a formés. 40
Assise auprès de lui, ses yeux, pleins de son âme,
Nagent dans les langueurs d'une amoureuse flamme,
Et sa voix sur un luth, voluptueux accents,
Lui soupire en chanson la langue des Persans.

Voilà comme l'enfant des neuf sœurs, affamé d'amour, 45
se livre à ses rêveries innocentes et va se chercher des
amantes lointaines... et s'il rencontre une belle (le nom du
commencement) qui surpasse les beautés que son imagination lui a formées, et que cette belle veuille de lui, il l'aime.
il l'aime, il ne voit plus qu'elle, 50

Et l'amour n'a point mis aux genoux d'une belle
D'esclave plus soumis, ni d'amant plus fidèle.

V. 24 : les virg. aj.: 1ʳᵉ leçon biffée : *aux charmes.* — V. 25 : virg.
aj.: ap. *rit*, dans le ms., point. — V. 30-35 : les virg. aj. — V. 41-43: les
virg. aj. — L. 45 : les virg. aj. — L. 49-50 : sauf ap. *formées*, les virg.
aj. — V. 52 : ponctuat. aj.

1. Cf. ce même vers, à peine modifié, *Art d'aimer*, VII, 3.

3

Elégie ἰταλ.

Oh! c'est toi! Je t'attends, ô ma belle Romaine.
Chez toi, dans cet asile où le soir nous ramène,
Seul je mourais d'attendre et tu ne venais pas.
Mon cœur en palpitant a reconnu tes pas.
Cette molle ottomane.   5
Ces glaces, tant de fois belles de ta présence,
Ces coussins odorants, d'aromates remplis,
Sous tes membres divins tant de fois amollis,
Ces franges en festons, que tes mains ont touchées,
Ces fleurs dans ces cristaux par toi-même attachées, 10
L'air du soir si suave à la fin d'un beau jour,
Tout embrasait mon sang : tout mon sang est amour.
Non, plus de feux jamais, non, jamais plus d'ivresses
N'ont chatouillé ce cœur affamé de caresses.
Je veux rassasier cet amour indompté   15
De la nudité... qui seule est la beauté.
Je veux que sur mon sein et plus qu'à demi nue,
Tu repaisses mes sens d'une si belle vue.
Viens encore opposer à mes brûlants transports
De tes bras envieux la lutte et les efforts,   20
Ou ton ordre... ou ta douce prière,
Ou du lin ennemi la jalouse barrière.
Mes bras, plus que les tiens agiles et pressants,

III, ɪɪ, 3. — V. 1 à 22, manuscrit, t. III, f° 133, r°; v. 23 à la fin,
ibid., v°.

V. 1-2 : sauf le point ap. *Romaine,* ponctuat. aj. — V. 5 : points de
susp. aj.; dans la marge de gauche, à côté de ce vers, ainsi qu'à côté des
vers 11 et 16, Chénier a placé une petite croix, sans doute pour marquer qu'il voulait les changer. — V. 6-11 : les virg. aj. — V. 12 : deux
points aj. — V. 13 : les virg. aj. — V. 14 : point aj. — V. 16 : points de
susp. aj.; *De la nudité* biffé et non remplacé; Chénier a écrit : *seul.* —
V. 17 : virg. aj. — V. 20 : virg. aj.; *envieux* biffé et non remplacé. —
V. 21 : virg. aj. — V. 22 : 1ʳᵉ leçon surchargée : *d'un lin.* — V. 23-25 : les
virg. aj.

Forceront le rempart de tes bras impuissants.
Mes baisers, sur ta bouche ou timide ou colère,
Repousseront ton ordre ou ta douce prière.
Robe, lin, ces gardiens de tes charmes si beaux,
Sous mes fougueuses mains voleront en lambeaux.
A ma victoire alors tout entière livrée,
Il faudra bien céder à te voir adorée,
Lorsque pour se couvrir enfin tous tes appas
N'auront que mes fureurs et ma bouche et mes bras.

4

Ἐλεγ. ἰταλ.

On pourrait imiter l'élégie de Properce : quæris cur ve-
niam tibi tardior, de cette manière :

Je suis venu tard. J'ai été arrêté à voir des statues, des
tableaux sur mon chemin... longues descriptions... et enfin
telle femme, telle beauté peinte par tel peintre t'a rappelée
à moi et je suis accouru.

5

Elég. ἰταλ.
Fin...

Allez, mes vers, allez; je me confie en vous;
Allez fléchir son cœur, désarmer son courroux;
Suppliez, gémissez, implorez sa clémence,
Tant qu'elle vous admette enfin à sa présence.
Entrez; à ses genoux prosternez vos douleurs,
Le deuil peint sur le front, abattus, tout en pleurs,

V. 26 : point aj. — V. 27-30 : les virg. aj. — V. 32 : ap. ce vers, Chénier a noté le nombre des vers du morceau : 32.

III, II, 4. — Manuscrit, t. III, f° 141, r°.

L. 1 : deux points aj. — L. 2 : virg. aj.; ap. manière. dans le ms.,
point. — L. 3-5 : sauf les points de susp., ponctuat. aj.

III, II, 5. — Manuscrit, t. III, f° 135, r°.

Et ne revoyez point mon seuil triste et farouche
Que vous ne m'apportiez un pardon de sa bouche.

6

Ἐλεγ. Ἰταλ.
Τριβ. Σαπφικ [1].

Viens me trouver. Je languis, je sèche, je meurs d'impatience. Toute seule sur mon lit dans cette belle matinée.....
Ah! où es-tu?... Peut-être dans ce moment tu es dans les
bras de ton époux. Peut-être avec ses mains dures il ose
presser tous ces charmes où mes baisers   5

Ont empreint tant de fois mes lèvres enflammées...

O ma jeune souveraine, ne te laisse jamais approcher à
des hommes. Ils sont laids, mal faits, grossiers, ils ont le
corps couvert de poil, ils n'ont point de contours gracieux...
Viens, viens trouver la belle Sappho... Seule ici, je me regarde 10
dans la glace qui est dans mon lit. Vois comme je suis belle...
J'ai telle et telle forme..... comme toi..... et mes mains pote-
lées, douces, délicates, sont faites plutôt que les mains dures des hommes pour caresser nos membres doux et déli-
cats..... Mais tu ne viens point... Ah!   15

J'aime à me souvenir du temps de notre enfance,

quand élevées ensemble nous imitions nos maîtresses d'école
et ἐπυγίζομεν. Tu étais déjà charmante..... Ta petite figure
enfantine..... Mais depuis ce temps, tes tétons se sont embel-

---

III, II, 6. — L. 1 à 13 : *délicates*, manuscrit, t. III, fᵒ 146, rᵒ; l. 13 :
sont faites, à la fin, ibid., vᵒ.

L. 1 : ap. *sèche*, virg. aj. — L. 3 : point d'exclam. aj. — V. 6 : vers
dégagé par nous. — L. 7 : virg. aj. — L. 10 : les virg. aj. — L. 13 : les
virg. aj. — V. 16 : virg. aj.; vers dégagé par nous. — L. 18 : Chénier avait
d'abord écrit : *et* τάς...; puis il a biffé τάς et écrit à la suite : ἐπυγίζομεν.
— L. 19 : virg. aj.

1. Ce projet d'élégie et le suivant peuvent être rapprochés d'une
Bucolique, cf. *Détails et Choses de la vie rustique,* VII.

lis..... Tes hanches ont grossi... Une jolie toison est venue...
Ta bouche a appris quels baisers elle peut donner... Tes
yeux ont appris à... à se tremper d'amour... Ah! viens, viens,
(répéter les vers du commencement), je languis... jam totis
resoluta medullis.

Il faut l'appeler Cydno, candida Cydno. C'était une maîtresse de Sappho.

Ἔλεγ. β.

7

O ma jeune souveraine, te portes-tu bien?... Le sommeil... Seras-tu bien fraiche pour la délicieuse orgie de ce
soir?... Nul homme ne sera admis à ce mystère... Une telle...
une telle... etc... Toutes belles... nous serons dans le pavil-
lon dans un beau jardin...

L'ambre des douces fleurs, les jaillissantes eaux...

l'appartement bien parfumé... Après un bain de parfums...
nous nous mettrons toutes nues... Nous verrons des beautés
divines et innombrables... Mais si je te vois sous les baisers
d'une autre... les yeux trop enivrés de plaisirs... je m'élan-
cerai, j'irai t'enlever par tes beaux flancs et ma main donnera bien fort le fouet à tes belles fesses pour te punir d'oublier que c'est moi qui t'aime et d'oser être si heureuse avec
d'autres que moi.

D'un albâtre vermeil ces globes.....

L. 20-22 : les virg. aj. ; les mots : *une jolie toison est venue,* rajoutés
dans l'interl. : ap. *ont grossi,* Chénier avait écrit : *Ah! viens, viens,* etc. ;
puis à la fin du projet, il a écrit les lignes 21 : *Ta bouche,* etc. à 22 :
d'amour, en répétant en tête : *Tes hanches ont grossi,* pour indiquer
où elles devaient s'intercaler. — L. 23 : virg. aj. — L. 24-26, ponctuat. aj.

III, II, 7. — L. 1 à 14, manuscrit. 1. III, f° 147, r°; v. 15, ibid., v°.

L. 3 : point d'interr. aj. — V. 6 : virg. aj. : les mots : *L'ambre des douces fleurs,* rajoutés dans l'interl. et soulignés dans le ms. ; vers dégagé
par nous.

8

El.

Après celle du souper de filles.

Non... Je n'ai pas été coupable d'une telle offense... Mais souvent on cherche querelle pour distraire et empêcher qu'on ne vous la cherche à vous-même... Que ta vieille amie ne te quitte pas... Qu'occupée à ton ouvrage, broder... elle te lise telles ou telles fables... et qu'elle évite peccare docentes his-   5
torias... nec in vias sub cantu querulae despice tibiae...

9

Ἔλεγ. ἰταλ.

Tel j'étais autrefois et tel je suis encor.
Quand ma main imprudente a tari mon trésor;
Ou la nuit, accourant au sortir de la table,
Si Laure m'a fermé le seuil inexorable,
Je regagne mon toit. Là, lecteur studieux,   5
Content et sans désirs, je rends grâces aux Dieux.
Je crie : « Oh! soins de l'homme, inquiétudes vaines!
Oh! que de vide, hélas! dans les choses humaines!
Faut-il ainsi poursuivre, au hasard emportés,
Et l'argent et l'amour, aveugles déités? »   10
Mais si Plutus revient de s[on] onde dorée

III, ii, 8. — Manuscrit, t. III, f° 148, r°.

III, ii, 9. — Manuscrit, t. III, f° 137, r°.

V. 3-4 : ap. *table*, virg. aj.; 1re leçon non biffée :

> Quand la nuit, accourant au sortir de la table,
> Je vois qu'on m'a fermé la porte inexorable.

2e leçon non biffée :

> Ou la nuit, accourant au sortir de la table,
> Si je trouve fermé le seuil inexorable.

V. 5-6 : les virg. et, ap. *Dieux*, point aj. — V. 7 : guillemets et, ap. *Oh*, point d'exclam. aj.; ap. *vaines*, dans le ms., virg. — V. 8 : sauf le point d'exclam. ap. *humaines*, ponctuat. aj. — V. 9-10 : guillemets et les virg. aj. — V. 11 : 1re leçon non biffée : *de sa source*; Chénier ayant simplement écrit : *onde*, dans l'interl., nous corrigeons : *de s[on] onde*.

Conduire dans mes mains quelque veine égarée ;
A mes gestes, du fond de son appartement,
Si ma blanche voisine a souri mollement,
Adieu les grands discours, et le volume antique,   15
Et le sage Lycée, et l'auguste Portique ;
Et reviennent en foule et soupirs et billets,
Soins de plaire, parfums, et fêtes, et banquets,
Et longs regards d'amour, et molles élégies,
Et jusques au matin amoureuses orgies.   20

10

'Ἐλεγ. ἰταλ.

O délices d'amour, et toi, molle paresse,
Vous aurez donc usé mon oisive jeunesse !
Les belles sont partout. Pour chercher les beaux-arts,
Des Alpes vainement j'ai franchi les remparts ;
Rome d'amours en foule assiège mon asile.   5
Sage vieillesse, accours, ô Déesse tranquille,
De ma jeune saison éteins ces feux brûlants,
Sage vieillesse ! Heureux qui, dès ses premiers ans,
A senti de son sang dans ses veines stagnantes
Couler d'un pas égal les ondes languissantes ;   10
Dont les désirs jamais n'ont troublé la raison ;
Pour qui des yeux n'ont point de suave poison ;
Au sein de qui jamais une absente perdue
N'a laissé l'aiguillon d'une trop belle vue ;
Qui, s'il regarde et loue un front si gracieux,   15
Ne le voit plus, sitôt qu'il n'est plus sous ses yeux !

V. 12 : ap. *égarée*, dans le ms., point. — V. 13 : les virg. aj. ; 1ʳᵉ leçon non biffée : *A mes signes*. — V. 17-19 : les virg. aj.

III, ii, 10. — V. 1 à 21, manuscrit, t. III, fᵒ 131. rᵒ ; v. 22 à la fin, ibid., vᵒ.

V. 3 : virg. aj. — V. 5 : point aj. — V. 8 : ap. *qui*, virg. aj. ; ap. *vieillesse*, dans le ms., point. — V. 10-11 : les points et virg. aj. — V. 13 : les virg. aj.

Doux et cruels tyrans, brillantes héroïnes,
Femmes, de ma mémoire habitantes divines,
Fantômes enchanteurs, cessez de m'égarer.
O mon cœur, ô mes sens, laissez-moi respirer.   20
Laissez-moi, dans la paix de l'ombre solitaire,
Travailler à loisir quelque œuvre noble et fière
Qui, sur l'amas des temps propre à se maintenir,
Me recommande aux yeux des âges à venir.
Mais non ! j'implore en vain un repos favorable :   25
Je t'appartiens, Amour, Amour inexorable ;
Et tu ne permets pas à ton esclave amant
De pouvoir loin de toi se distraire un moment.

Eh bien ! allons, conduis-moi aux pieds de... Je ne refuse
aucun esclavage... Conduis-moi vers elle, puisque c'est elle 30
que tu me rappelles toujours... Allons, suivons les fureurs
de l'âge... Mais puisse-t-il passer vite !... Puisse venir la
vieille[sse] !... La vieillesse seule est heureuse (*contredire
pied à pied l'élégie contre la vieillesse*[1]). Le vieillard se promène à la campagne, se livre à des goûts innocents, étudie 35
sans que les vaines fureurs d'Apollon le fatiguent... Les soins
de la propreté, une vie innocente font fleurir la santé sur
son visage. S'il devient amoureux d'une jeune belle,

Il a le bien d'aimer sans en avoir les peines.
Il n'en exige rien, il ne veut que l'aimer.   40

Elle y consent... Tout le monde le sait... Elle le permet...

. . . . . . et n'en fait point mystère,
Et ne le reçoit point avec un œil sévère,
N'affecte point de rire en le voyant pleurer,

V. 21-23 : les virg. aj. — V. 25 : ponctuat. aj. — V. 26 : ap. *appartiens*, virg. aj. — L. 29-32 : sauf les points de susp., ponctuat. aj. — L.
33-34 : point d'exclam. aj., les mots en italiques soulignés dans le ms.;
Chénier a écrit : *venir la vieille*. — L. 35-38 : les virg. aj. — V. 40 : virg.
aj. — V. 42-45 : ponctuat. aj.

1. Cf. ci-dessous, V, III, 3.

Ne met point son étude à le désespérer.
Non. Il entre. Elle accourt. Une aimable indulgence
Sourit dans ses beaux yeux au vieillard qui s'avance.
Il l'embrasse. Il n'a point ces suprèmes plaisirs
Dont son âge paisible ignore les désirs.
Il est assis près d'elle. Il la voit. Il.........
Elle livre ses bras à ses baisers.........
A ses débiles mains laisse presser ses flancs,
Et le caresse et joue avec ses cheveux blancs.

Les petits garçons et les petites filles qui jouent, sautent
de joie en l'entendant venir. Il les baise,

. . . . il se mêle avec eux,
Il fait la paix, il est l'arbitre de leurs jeux,

Quand il y a une belle partie à la promenade, à l'ombre, on
l'attend. On lui garde la meilleure place.

Au sein de ses amis il éteint son flambeau
Et ceux qui l'ont connu pleurent sur son tombeau.

III

L'ORIENT

I

Elégie.

Partons, la voile est prête, et Byzance m'appelle.
Je suis vaincu, je fuis. Au joug d'une cruelle
Le temps, les longues mers peuvent seuls m'arracher.
Ses traits que malgré moi je vais toujours chercher,
Son image partout à mes yeux répandue,

V. 49 : *paisible* en surcharge d'un mot illisible. — V. 52 : virg. aj. —
L. 54-55 : les virg. aj. — V. 56-57 : points de susp. et les virg. aj. —
L. 58 : ap. *promenade*, virg. aj. — V. 61 : point aj.

III, III, 1. — Manuscrit, t. III, f° 41, r°.

Et les lieux qu'elle habite, et ceux où je l'ai vue,
Son nom qui me poursuit, tout offre à tout moment
Au feu qui me consume un funeste aliment.

. . . .

. . . .

. . . .

. . . .

Ma chère liberté, mon unique héritage,
Trésor qu'on méconnait tant qu'on en a l'usage,   10
Si doux à perdre, hélas! et sitôt regretté,
M'attends-tu sur ces bords, ma chère liberté?

2

Ἐλ. ἦφ.

Salut, Dieux de l'Euxin, Hellé, Sestos, Abyde,
Et Nymphe du Bosphore, et Nymphe Propontide,
Qui voyez aujourd'hui du barbare Osmanlin
Le croissant oppresseur toucher à son déclin;
Hèbre, Pangée, Hæmus, et Rhodope et Riphée;   5
Salut, Thrace, ma mère, et la mère d'Orphée,
Galata, que mes yeux désiraient dès longtemps.
Car c'est là qu'une Grecque, en son jeune printemps,
Belle, au lit d'un époux nourrisson de la France,
Me fit naitre Français dans le sein de Byzance.   10

3

O grottes du mont Hara, vous vîtes l'enfant d'Ismaël méditer longtemps, etc... V. Savary, vie de Mahom., p. 19. —

V. 8 : entre ce vers et le vers 9, dans le ms., Chénier a laissé un grand blanc. — V. 9-12 : sauf le point d'interr., ponctuat. aj.

III, III, 2. — Manuscrit, t. III, f° 150, r°.

V. 4-5 : les points et virg. aj. — V. 6 : ap. *Orphée*, virg. aj. — V. 8 : les virg. aj. — V. 9 : ap. *France*, virg. aj.

III, III, 3. — Manuscrit, t. II, f° 132, r°.

L. 1-2 : les virg. aj.

(Mettre cette apostrop. dans un poème sur la solitude, ou
bien dans une promenade sur les bords de tel ou tel fleuve
oriental où il y aurait un morceau sur les charmes de la
solitude [1], et où je décrirais ce que j'aurais vu en Syrie, en
Égypte, si j'avais eu le bonheur d'y aller.....)

Cet ouvrage pourrait commencer par une invocation à la
Solitude : O toi, qui habites sous les arbres de..., qui fais
ceci et cela, qui fais qu'un homme est lui-même et que tous
les esprits ne sont pas jetés dans le même moule, Solitude,
le véritable élément d'un enfant des neuf sœurs... Je pourrai me représenter environné du souvenir de tous mes amis...
La solitude qui erre à pas lents dans tel et tel bois, sur telle
et telle montagne, dans telle et telle vallée...

Cela peut commencer ainsi... : O mon esprit, viens voir
le torrent tomber... Échauffons-nous là et chantons. (Mais
cela commencera mieux une ode étrangère [2]. Je m'entends
bien.)

4

Ἔλεγ. ἡ̃ῳ.

Rustan peut en un mois parcourir ses sillons.
Des coursiers d'Yémen peuplent tous ses vallons.
Il a toute une armée aux regards formidables,
Qui tient de son palais les portes redoutables.

L. 6-7 : parenthèse et sauf ap. *solitude*, les virg. aj. — L. 9 : les virg.
aj.; ap. *Solitude*, dans le ms., virg. — L. 10 : virg. aj. — L. 11-12 : les
virg. aj.; les mots : *Solitude*, etc. jusqu'à : *neuf sœurs*, rajoutés dans
l'interl. — L. 14-15 : ponctuat. aj. — L. 16 : virg. et deux points aj.;
1re leçon non biffée : *ô mon imagination*. — L. 17 : point aj. — L. 19 :
point aj.

III, III, 4. — Manuscrit, t. III, f° 154, r°.

V. 1 : 1re leçon non biffée : *visiter*. — V. 3 : virg. aj.

1. Cf. un autre projet de pièce sur la solitude, *Bucoliques, Détails et Choses de la vie rustique*, IV, 1.
2. Cf. *Odes*, II, 6.

Les murs de ses jardins au zéphyr enchanté   5
Semblent enceindre au loin quelque vaste cité.
De cent noirs Africains la sûre jalousie
Lui garde cent beautés, l'élite de l'Asie,
Que des bains odorants les suaves apprêts
Conduisent à son lit éclatantes d'attraits.   10

Mais il n'a pas la mienne, et tout ci, tout ça, etc.

Les crins de trois coursiers marchent devant ses pas.

5

'Eλ. ήρ.

Il faut employer cette fable orientale du rossignol amoureux de la rose, à laquelle les poètes persans font de si fré-
quentes allusions. Il faut imaginer quelque chose pour en
rendre raison dans le goût des Métamorphoses d'Ovide ; mais
il ne faudrait point que cela fût commun. Peut-être dans   5
les auteurs traduits du persan par Jones ou autres, je trouverai quelque idée.

As-tu vu cette belle... qui a telle et telle grâce ?...

Je suis le rossignol amant de cette rose.

6

Megnoun et Leïleh..... Gemil et Schanba, qui faisait des
vers comme Sappho.....

V. 8 : ap. *beautés*, virg. aj. — L. 11 : les virg. aj.

III, III, 5. — Manuscrit, t. III, f° 157, r°.
    L. 6 : virg. aj. — L. 8 : point d'interr. aj.

III, III, 6. — Manuscrit, t. III, f° 157, r°.
    Virg. aj.

7

Peindre une belle Orientale avec sa chaussure de perles...

8

Ἔλεγ. ἡ φ.

Trop longtemps le plaisir, égarant mes beaux jours,
A consacré ma lyre aux profanes amours.
J'ai trop chanté de vers, trop suaves peut-être,
Que l'œil de la Pudeur n'a point osé connaître.

Mais aujourd'hui que mon âge a commencé de se calmer, 5
que les belles m'inspirent des fureurs plus tranquilles, je
puis sans interruption chanter sur un ton plus austère... Je
vais achevant mon Hermès... Surtout les champs de tel et
tel pays m'ont vu travailler avec délices à mon poème de
Susanne... O Pudeur, vierge sainte, c'est pour toi que je 10
fais cet ouvrage.... Il sera chaste et pur comme toi. Puisse-
t-il comme toi charmer et plaire! Je veux que ta bouche le
répète... Je veux qu'avant d'être épouse, une belle innocente, le soir, le récite auprès de sa mère attentive. Ainsi
donc, mes vers, dites adieu... Vous n'irez plus... Je ne vous 15
verrai plus

En de brûlants tableaux, en de vives paroles
Offrant le vain amas de mes jeunesses folles,
Alarmer l'innocence et, trop coupable affront!
D'un timide embarras couvrir un chaste front. 20

III, III, 7. — Manuscrit, t. III, f° 157. r°.

III, III, 8. — V. 1 à 20, manuscrit, t. III, f° 152, r°; v. 21 à 27, ibid.,
f° 58, r°; v. 28 à la fin, ibid.. v°.

V. 1-3 : les virg. aj. — L. 5 : virg. aj. — L. 11 : point aj. — L. 12 : ap.
plaire, dans le ms., point. — L. 13-14 : les virg. aj. — L. 15 : ap. vers,
virg. aj. — V. 17-18 : les virg. aj. — V. 19-20 : ponctuat. aj. ; cf. ci-dessous,
v. 28-29.

Ἐλ.

Déesse à l'œil timide, au front noble et serein,
Pudeur, fille du ciel, quel est-il cet humain,
Libre enfin des fureurs qu'allume un premier âge,
Qui ne préfère point au honteux esclavage
Des plaisirs, qu'un remords accompagne en tous lieux, 25
Un souris de ta bouche, un regard de tes yeux?
Volupté vertueuse et délicate et pure!

. . . .

. . . .

. . . .

. . . .

. . . .

Baisser tes chastes yeux, et, trop coupable affront!
D'une indigne rougeur souvent couvrir ton front.

Mais aujourd'hui que ton règne est méconnu... tu rougis 30
sans doute de te voir défendue par des magistrats débau-
chés qui traînent dans l'ordure une vieillesse flétrie.

Tout flétri de sommeil ou de veilles impures.
Tacite.

L. 21-34 : en tête de ce morceau, Chénier avait d'abord mis l'abréviation : Ἀπολ. μετρ., marquant ainsi qu'il le destinait à son *Apologie* (cf.
Œuvres en prose) : il ne savait encore alors s'il écrirait cet ouvrage en
prose ou en vers; plus tard, il a biffé ces mots et leur a substitué la
mention Ἐλ.; les vers 21-29 auraient probablement été fondus avec le
fragment précédent dans une même élégie. — V. 21 : ap. *serein*, virg. aj.
— V. 25-26 : les virg. aj. — V. 27 : 1ʳᵉ leçon biffée : *vertueuse, inaltéra-
ble et*; après ce vers, le papier du ms. est déchiré irrégulièrement et l'on
aperçoit au-dessus de la déchirure des débris de lettres; le morceau con-
tinuait sur la partie du papier qui a disparu et se terminait au vᵒ par
les vers 28-29 et les lignes de prose qui suivent. — V. 28 : ap. *et*, virg.
aj. — L. 28-34 : toute cette fin du fragment est biffée d'un trait. — V. 29 :
souvent rajouté dans l'interl. — L. 32 : point aj.

IV

LE RETOUR

Ainsi, vainqueur de Troie et des vents et des flots,
D'un navire emprunté pressant les matelots,
Le fils du vieux Laërte arrive en sa patrie,
Baise, en pleurant, le sol de son île chérie ;
Il reconnaît le port couronné de rochers   5
Où le vieillard des mers accueille les nochers,
Et que l'olive épaisse entoure de son ombre ;
Il retrouve la source et l'antre humide et sombre
Où l'abeille murmure ; où, pour charmer les yeux,
Teints de pourpre et d'azur, des tissus précieux   10
Se forment sous les mains des naïades sacrées ;
Et dans ses premiers vœux ces nymphes adorées
(Que ses yeux n'osaient plus espérer de revoir)
De vivre, de régner lui permettent l'espoir.

O des fleuves français brillante souveraine,   15
Salut ! ma longue course à tes bords me ramène,
Moi que ta Nymphe pure en son lit de roseaux
Fit errer tant de fois au doux bruit de ses eaux ;
Moi qui la vis couler plus lente et plus facile,
Quand ma bouche animait la flûte de Sicile ;   20
Moi, quand l'amour trahi me fit verser des pleurs,
Qui l'entendis gémir et pleurer mes douleurs[1].
Tout mon cortège antique, aux chansons langoureuses,
Revole comme moi vers tes rives heureuses.
Promptes dans tous mes pas à me suivre en tous lieux, 25
Le rire sur la bouche et les pleurs dans les yeux,

III, IV. — Édition de 1819, p. 95-97. Le manuscrit, gardé par H.
de Latouche, est perdu.

    V. 1 : ap. *Ainsi*, virg. ai. — V. 5 : éd. 1819 : ap. *rochers*, virg.

  1. Cf. ci-dessous, V, II, 2, v. 61-64.

Partout autour de moi mes jeunes Élégies
Promenaient les éclats de leurs folles orgies ;
Et, les cheveux épars, se tenant par la main,
De leur danse élégante égayaient mon chemin.　　　30
Il est bien doux d'avoir dans sa vie innocente
Une muse naïve et de haines exempte,
Dont l'honnête candeur ne garde aucun secret ;
Où l'on puisse au hasard, sans crainte, sans apprêt,
Sûr de ne point rougir en voyant la lumière,　　　35
Répandre, dévoiler son âme tout entière.
C'est ainsi, promené sur tout cet univers,
Que mon cœur vagabond laisse tomber des vers.
De ses pensers errants vive et rapide image,
Chaque chanson nouvelle a son nouveau langage,　　　40
Et des rêves nouveaux, un nouveau sentiment :
Tous sont divers, et tous furent vrais un moment.

Mais que les premiers pas ont d'alarmes craintives !
Nymphe de Seine, on dit que Paris sur tes rives
Fait asseoir vingt conseils de critiques nombreux,　　　45
Du Pinde partagé despotes soupçonneux :
Affaiblis de leurs yeux la vigilance amère ;
Dis-leur que, sans s'armer d'un front dur et sévère,
Ils peuvent négliger les pas et les douceurs
D'une Muse timide, et qui, parmi ses sœurs,　　　50
Rivale de personne et sans demander grâce,
Vient, le regard baissé, solliciter sa place ;
Dont la main est sans tache, et n'a connu jamais
Le fiel dont la satire envenime ses traits.

V. 29 : ap. *Et*, virg. aj. — V. 47 : éd. 1819 : ap. *amère*, point. — V.
48 : ap. *que*, virg. aj. — V. 50 : ap. *qui*, virg. aj.

IV

LES AMOURS

I

LYCORIS

I

Animé par l'Amour, le vrai Dieu des poètes,
Du Pinde en mon printemps j'ai connu les retraites,

IV, 1, 1. — V. 1 à 16, manuscrit, t. III, fⁱ 119, rⁱ; v. 17 à 68 : nous reconstituons approximativement le texte de ces vers, dont le manuscrit est perdu (cf. la note ci-dessous); v. 69 à 95, manuscrit, t. III, fⁱ 12, rⁱ; v. 96 à 106, ibid., vⁱ; l. 107 à 137, ibid., fⁱ 13, rⁱ; l. 138 à v. 166, ibid., vⁱ; v. 167 à l. 196, ibid., fⁱ 14, rⁱ; l. 197 à 224, ibid., vⁱ; v. 225 à 258 : le manuscrit de ces vers, donné par H. de Latouche au marquis de Loyac, puis acheté à la vente de celui-ci par M. Brölemann, m'a été très obligeamment communiqué par les héritiers de ce dernier, MM. A. et H.-W. Brölemann; v. 259 à la fin, édition de 1819, p. 132 : le manuscrit de ces vers, gardé par H. de Latouche, est perdu.

L'examen du manuscrit et du texte de l'édition de 1819 permet de constater que Chénier a composé cette élégie en trois fois. Il a d'abord jeté sur le papier (t. III, fⁱ 119, rⁱ) 14 vers, formant un début. Plus tard, il a repris ce début et l'a fondu dans un long morceau de 90 vers, qu'il a écrit le 23 avril 1782 en l'accompagnant de nombreuses notes : les fⁱˢ 12, 13 et 14 du t. III du manuscrit nous ont conservé seulement les vers 53 à 90 de ce remaniement et le commentaire; d'après ce commentaire et les deux autres rédactions nous avons essayé, comme B. de Fouquières l'avait déjà tenté (*Documents nouveaux sur A. Chénier*, p. 244 à 248), de reconstituer par conjecture les vers 1 à 52. Enfin, Chénier a donné à cette pièce sa forme définitive, en abrégeant considérablement la partie déjà composée et en y joignant quelques vers qui terminent l'élégie :

Aux danses des neuf sœurs entremêlé mes pas,
Et de leurs jeux charmants su goûter les appas.
Je veux, tant que mon sang bouillonne dans mes veines, 5
Ne chanter que l'amour, ses douceurs et ses peines,
De convives chéris toujours environné,
A la joie avec eux sans cesse abandonné.

. . . .

. . . . 10

Fumant dans le cristal, que Bacchus à longs flots
Partout aille à la ronde éveiller les bons mots.
Je veux..... que ma déesse y vienne,
Que des fleurs de sa tête elle pare la mienne,
Pour enivrer mes sens, que le feu de ses yeux 15
S'unisse à la vapeur des vins délicieux.

———

[Animé par l'Amour, le vrai Dieu des poètes,
Du Pinde en mon printemps j'ai connu les retraites,
Aux danses des neuf sœurs entremêlé mes pas,
Et de leurs jeux charmants su goûter les appas. 20
Je veux, tant que mon sang bouillonne dans mes veines,
Ne chanter que l'amour, ses douceurs et ses peines,
De convives chéris toujours environné,
A la joie avec eux sans cesse abandonné.

. . . . 25

. . . .

---

des 34 premiers vers de cette dernière rédaction, le manuscrit Brölemann, qui, corrigé par H. de Latouche, a servi en 1819 à imprimer
cette élégie, nous donne le texte exact; pour les 16 derniers, dont le
manuscrit est perdu, nous devons nous contenter du texte de 1819. —
V. 1-8 : ces vers sont biffés d'un trait en biais. — V. 5 : ap. *veines*, virg. aj.
— V. 6 : ap. *peines,* virg. aj.; 1re leçon surchargée : *ses plaisirs et.* — V.
7-8 : ponctuat. aj.; après ces vers, dans le ms., un blanc laissant la place
de deux vers. — V. 11-16 : ces vers sont biffés de deux traits en diagonale.
— V. 11 : virg. aj. — V. 13 : virg. aj. — V. 17 : ici commence la recons-
titution du texte des vers 1-52 de la 2e rédaction : nous mettons entre
crochets les passages empruntés à la 1re ou à la 3e rédaction. — V. 17-
28 : texte de la 1re rédaction : il est possible que Chénier, ayant biffé
ces vers au f° 119 r° du ms., les eût remaniés.

III. 4

Fumant dans le cristal, que Bacchus à longs flots
Partout aille à la ronde éveiller les bons mots.]
Reine de mes banquets, que ma déesse y vienne.
Que des fleurs de sa tête elle pare la mienne.   30
[Pour enivrer mes sens, que le feu de ses yeux
S'unisse à la vapeur des vins délicieux.]
Amis, que ce bonheur [soit notre unique étude.
Nous en perdrons si tôt la charmante habitude!]
. . . .   35
. . . .
. . . .
. . . .
. . . .
. . . .   40
Un jour, telle est des Dieux [..... inexorable,
Vénus, qui..... fit le bonheur durable,
A nos cheveux blanchis refusera des fleurs,
Et le printemps pour nous n'aura plus de couleurs.]
Qu'un sein voluptueux, des lèvres demi-closes   45
Respirent près de nous leur haleine de roses.
Que Laïs, sans réserve, abandonne à nos yeux
De ses charmes secrets les contours gracieux.
[Quand l'âge aura sur nous mis sa main flétrissante,
Que pourra la beauté, quoique toute-puissante?   50
Vainement exposée à nos regards confus,
Nos cœurs en la voyant ne palpiteront plus.
Il faudra bien qu'armés de la philosophie,

V. 31-32 : texte de la 1re rédaction, conservé tel quel dans la 3e et par
conséquent selon toute vraisemblance dans la seconde. — V. 33-34 : le
texte entre crochets est celui de la 3e rédaction. — V. 35-40 : nous conjecturons ici une lacune de 6 vers : le commentaire (cf. l. 137-138)
parle en effet d'un « morceau » inspiré « de mille endroits d'Ovide et
d'Horace » qui commençait au vers 33 et s'arrêtait au vers : Un jour,
tel est... etc.; de ce morceau les 2 premiers vers seuls auraient passé
dans la 3e rédaction. — V. 41-44 : le texte entre crochets est celui de la
3e rédaction; mais la différence du texte, indiquée par le commentaire
au v. 41, suppose d'autres différences de texte dans ce vers et au vers
suivant; nous en avons pour cette raison remplacé une partie par des
points. — V. 49-58 : texte de la 3e rédaction.

Oubliant le plaisir alors qu'il nous oublie,
La science nous offre un utile secours   55
Qui dispute à l'ennui le reste de nos jours.
C'est alors qu'exilé dans mon champêtre asile,
De l'antique sagesse admirateur tranquille,]
De tout cet univers interrogeant la voix,
J'irai de la nature étudier les lois :   60
Par quelle main sur soi la terre suspendue
Voit mugir autour d'elle Amphitrite étendue ;
[Quel Titan foudroyé respire avec effort
Des cavernes d'Etna la ruine et la mort ;]

. . . .   65
. . . .
. . . .
. . . .

Si d'un axe brûlant le soleil nous éclaire ;
Ou si, roi, dans le centre, entouré de lumière,   70
A des mondes sans nombre, en leurs cercles roulants,
Il verse autour de lui ses regards opulents ;
Comment à son flambeau Diane assujettie
Brille, de ses bienfaits chaque mois agrandie ;
Si l'Ourse au sein des flots craint d'aller se plonger ; 75
Quel signe sur la mer conduit le passager,
Quand sa patrie absente et longtemps appelée
Lui fait tenter l'Euripe et les flots de Malée ;
Et quel, de l'abondance heureux avant-coureur,
Arme d'un aiguillon la main du laboureur.   80
Souvent, dès que le jour chassera les étoiles,
Aux hôtes des forêts j'irai tendre des toiles ;

V. 63-64 : texte de la 3ᵉ rédaction. — V. 65-68 : nous représentons
par ces lignes de points les 4 vers imités des Géorgiques, qui, d'après
le commentaire (cf. l. 179-185) devaient se trouver ici dans la 2ᵉ rédaction. — V. 71 : ap. *nombre*, virg. aj. — V. 72 : ap. *opulents*, dans le ms.,
point. — V. 73 : ap. *Comment* et *assujettie*, dans le ms., virg. — V. 74 :
ap. *agrandie*, dans le ms., point. — V. 75 : ap. *plonger*, dans le ms.,
point. — V. 77 : 1ʳᵉ leçon surchargée : *absente ou*. — V. 82 : ap. *toiles*,
dans le ms., point ; 1ʳᵉ leçon surchargée : *J'irai de chaque plante étudier
l'espèce*.

Sur les beaux fruits du Gange en nos bords transplantés,
Des Dieux de nos jardins appeler les bontés ;
Lier à ses ormeaux la vigne paresseuse ;
Voir à quelles moissons quelle terre est heureuse ;
Aux vergers altérés conduire les ruisseaux,
De chaume et de filets armer les arbrisseaux,
Et soulager leurs troncs des branches inutiles,
Pour leur faire adopter des rameaux plus fertiles.
Mais alors que du haut des célestes déserts
L'astre de la nature embrasera les airs,
Tantôt dans ma maison, plus commode que belle,
Tantôt sur ce tapis, dont se pare Cybèle,
Où des feux du midi le platane vainqueur
Entretient sous son ombre une épaisse fraîcheur,
J'aurai quelques amis, soutiens de ma vieillesse.
Le plaisir, qui n'est plus celui de ma jeunesse,
Est encor cependant le Dieu de mes banquets.
L'œillet, la tubéreuse y brillent en bouquets.
L'Automne sur ses pas y conduit l'abondance,
Et la douce gaîté, mère de l'indulgence ;
Et, tel que dans l'Olympe, à la table des Dieux,
De pampres et de fruits et de fleurs radieux,
Donne à tous les objets offerts à son passage
Ce ris pur et serein qui luit sur son visage.....

L'idée de ce long fragment m'a été fournie par un beau
morceau de Properce, l. III, él. 3. Mais je ne me suis point
asservi à le copier. Je l'ai étendu ; je l'ai souvent abandonné
pour y mêler, selon ma coutume, des morceaux de Virgile
et d'Hor. et d'Ovide et tout ce qui me tombait sous la main,

V. 83 : 1ʳᵉ leçon surchargée : *Pour les.* — V. 84 : ap. *bontés,* dans le ms., deux points. — V. 86 : ap. *heureuse,* dans le ms., point. — V .99 : 1ʳᵉ leçon surchargée : *Est toujours même alors;* 2ᵉ leçon non biffée : *Est cependant encor;* la 3ᵉ leçon est écrite dans l'interl. — V. 100 : virg. aj. ; 1ʳᵉ leçon surchargée : *L'œillet et la jacinthe.* — V. 102 : point et virg. aj. — V. 105 : ap. *passage,* dans le ms., virg. — V. 106 : sur le ms., Chénier a marqué de 5 en 5 le chiffre des vers 69 à 106 de cette seconde rédaction, qu'il a numérotés de 53 à 90. — L. 108 : ap. *Properce,* virg. aj. ; ap. *III,* dans le ms., point. — L. 110 : les virg. aj.

et souvent aussi pour ne suivre que moi. Voici comme il
commence :

> « Me juvat in prima coluisse Helicona juventa,
> Musarumque choris implicuisse manus. »   115

Il me semble qu'il n'est guère possible de traduire autrement ni mieux que je n'ai fait ce second vers, qui est charmant. Les anciens regardaient la danse non seulement comme
l'art de faire des pas gracieux, mais encore de toutes les atti-
tudes du corps et surtout des bras. *Si mollia brachia,* salta. —   120
Ovid.

> « Me juvat et multo mentem vincire Lyæo,
> Et caput in verna semper habere rosa. »

J'ai étendu ce texte pour y faire entrer plusieurs détails
qui m'ont paru neufs dans notre poésie. Ce distique-là est   125
bien beau : *mentem vincire Lyæo!*

« Reine de mes banquets, que ma déesse y vienne. »

Je ne sais si l'arrangement de ce vers serait approuvé. Il
me paraît précis, naturel, et plein de liberté.

« Que des fleurs de sa tête elle pare la mienne. »   130

L'image agréable que présente ce vers est tirée d'un dist.
de Properce dans une autre élégie, qui est la 3e du l. I. Le
voici :

> « Et modo solvebam nostra de fronte corollas,
> Ponebamque tuis, Cinthia, temporibus. »   135

« Amis, que ce bonheur, etc... »

Le sens de ce morceau est celui de mille endroits d'Ovide
et d'Horace.

« Un jour, telle est des Dieux, etc... »

L. 113 : deux points aj. — L. 119 : ap. *gracieux,* dans le ms., point
et virg. — L. 120 : les mots en italiques soulignés dans le ms. — V. 123 :
point aj. — L. 126 : ap. *beau,* dans le ms., point : les mots en italiques
soulignés dans le ms. — V. 127 : ponctuat. aj. — V. 136 : les virg. aj. —
V. 139 : ap. *Dieux,* virg. aj.

Ce vers et ceux qui suivent ne valent peut-être pas tous 14
ensemble les deux vers de Properce :

« Atque ubi jam *venerem gravis interceperit ætas,*
Sparserit et nigras *alba senecta* comas. »

« Qu'un sein voluptueux, des lèvres demi-closes
Respirent près de nous leur haleine de roses. »   14

Voluptueux n'est pas bon. Il fallait une épithète qui pei-
gnît cette palpitation si belle qui soulève de jeunes tétons.
Des lèvres demi-closes ne vaut guère mieux : malheureusement c'est presque la seule rime. Le second vers me semble
heureux à cause de l'haleine attribuée aux palpitations du 15(
sein. Le second hémistiche du premier vers fait passer cela;
parce qu'en poésie un mot passe à la faveur d'un autre.

« Que Laïs, sans réserve, abandonne à nos yeux
De ses charmes secrets les contours gracieux. »

Toi que je ne nomme point, tu verras bien, si jamais tu 15!
me lis, que ce sont tes belles fesses qui m'ont fait faire ces
jolis vers. Que n'ai-je osé écrire ton nom au lieu de celui de
Laïs! Je n'aurais pas été obligé de changer le vers. Malheureusement pour moi, trop de personnes auraient reconnu
que j'ai dit vrai, et que tu as le plus beau cul du monde.   16(

Dopo d'averlo
Fatto natura
Si vago e bello,
Ruppe il modello,
Perch' egli fosse
A'l mondo sol.   165

« De tout cet univers interrogeant la voix,
J'irai de la nature étudier les lois. »

vaut bien à mon avis le dist. de Properce :

V. 142-143 : les mots en italiques soulignés dans le ms. — L. 146-
148 : les mots en italiques soulignés dans le ms. — V. 153 : les virg. aj.
— L. 155 : ap. *bien*, virg. aj. — L. 158 : 1re leçon biffée : *le vers. Mais...*
— V. 167-168 : ponctuat. aj.

« Tum mihi naturæ libeat perdiscere mores ;   170
  Quis deus hanc mundi temperet arte domum. »

Peut-être faut-il lire *qua Deus.*

« Par quelle main sur soi la terre suspendue
Voit mugir autour d'elle Amphitrite étendue. »

J'ai imité, autant que j'ai pu, ces vers divins d'Ovide :   175

« . . . . nec bracchia longo
  Margine terrarum porrexerat Amphitrite. »
               Métam., lib. I.

Les quatre vers après les deux suivants sont traduits de ce
bel endroit des Géorgiques, liv. I :   180

« Unde tremor terris ; qua vi maria alta tumescant ;
  Objicibus ruptis, rursusque in se ipsa residant. »

Je n'ose pas écrire mes vers après ceux-là. Le premier des
miens est mal fait. *Qua vi maria alta tumescant* est déses-
pérant.   185

« Si d'un axe brûlant le soleil nous éclaire. »

J'aime mieux *axe* que *char.* Cela est moins trivial. Les Latins le disent partout. Volat vi *fervidus axis.* Virg. Spoliis
onerato Cæsaris axe. Propert. L'épithète *brûlant* me paraît
heureuse en ce qu'elle représente l'effet que doit produire la 190
présence du Dieu du feu, et en même temps la précipitation
de son vol.

« Si l'Ourse au sein des flots craint d'aller se plonger. »

Vers mal fait, d'après celui-ci de Virgile :

« Arctos, Oceani metuentes æquore tingi. »   195

L. 172 : les mots : *qua deus* soulignés dans le ms. — V. 173 : ap. *suspendue,* dans le ms., virg. — V. 176 : points de susp. aj. — L. 178 : virg.
aj. — L. 180 : virg. aj.; ap. *I,* dans le ms., point. — L. 184 : les mots en
italiques soulignés dans le ms. — V. 186 : point aj. — L. 187-189 : les mots
en italiques soulignés dans le ms. — L. 191 : ap. *feu,* dans le ms., point
et virg. — V. 193 : point aj. — L. 194 : ap. *Virgile,* dans le ms., point.

Les cinq vers suivants me semblent bons, surtout les deux derniers dont je m'applaudis. Ils sont tous tirés de Virgile :

> « Præterea tam sunt Arcturi sidera nobis
> Hædorumque dies servandi et lucidus Anguis,
> Quam quibus in patriam ventosa per æquora vectis   200
> Pontus et ostrife ri fauces tentantur Abydi. »

Voyez aussi Géorg., I, v. 252.

Quels vers! et comment ose-t-on en faire après ceux-là! Les miens, si petits et si inférieurs, ont cependant peut-être l'avantage de citer l'Euripe et Malée, lieux célèbres par des 205 naufrages.

« Lier à ses ormeaux la vigne paresseuse. »

J'ai voulu prendre aux Latins leur *suis,* qui fait un effet si élégant dans leurs poésies.

« Voir à quelles moissons quelle terre est heureuse. »   210

Tournure latine claire et précise : je ne crois pas qu'on l'eût encore transportée en français. C'est de tout ce morceau le vers que j'aime le mieux.

« Où des feux du midi le platane vainqueur
Entretient sous son ombre une épaisse fraicheur. »   215

Il y a peu d'arbres dont la feuille soit aussi large que du platane et du figuier. J'ai traduit dans le second vers ce beau *frigus opacum* de Virgile. Bien ou mal, c'est ce qui reste à savoir.

L'œillet, la tubéreuse, etc., sont des fleurs d'automne. Je 220 crois que les derniers vers ressemblent à quelque chose qui est dans Tibulle. Mais je ne me souviens pas à quel endroit.

J'ai écrit ces 90 vers et ces notes le 23 avril 1782, avant l'Opéra où je vais à l'instant même.

V. 199 : virg. aj. — L. 202 : ap. *Géorg.,* virg. aj. : ap. *I.* dans le ms., point. — L. 204 : les virg. aj. — L. 206 : point aj. — V. 207 : point aj. — L. 208 : virg. aj. : le mot *suis* souligné dans le ms. — V. 215 : point aj. — L. 218 : virg. aj. ; les mots en italiques soulignés dans le ms. — L. 220 : point et, ap. *tubéreuse,* virg. aj. — L. 223 : virg. aj.

Fumant dans le cristal, que Bacchus à longs flots   225
Partout aille à la ronde éveiller les bons mots.
Reine de nos banquets, que Lycoris y vienne;
Que des fleurs de sa tête elle pare la mienne.
Pour enivrer mes sens, que le feu de ses yeux
S'unisse à la vapeur des vins délicieux.   230
Amis, que ce bonheur soit notre unique étude.
Nous en perdrons si tôt la charmante habitude!
Hâtons-nous. L'heure fuit. Hâtons-nous de saisir
L'instant, le seul instant donné pour le plaisir.
Un jour, tel est du sort l'arrêt inexorable,   235
Vénus, qui pour les Dieux fit le bonheur durable,
A nos cheveux blanchis refusera des fleurs,
Et le printemps pour nous n'aura plus de couleurs.
Qu'un sein voluptueux, des lèvres demi-closes
Respirent près de nous leur haleine de roses :   240
Que Phryné sans réserve abandonne à nos yeux
De ses charmes secrets les contours gracieux.
Quand l'âge aura sur nous mis sa main flétrissante,
Que pourra la beauté, quoique toute-puissante?
Vainement exposée à nos regards confus,   245
Nos cœurs en la voyant ne palpiteront plus.
Il faudra bien qu'armés de la philosophie,
Oubliant le plaisir alors qu'il nous oublie,
La science nous offre un utile secours
Qui dispute à l'ennui le reste de nos jours.   250
C'est alors qu'exilé dans mon champêtre asile,
De l'antique sagesse admirateur tranquille,
Du mobile univers interrogeant la voix,

V. 225 : virg. aj.; ce vers est le premier du morceau que contient le
ms. Brölemann; peut-être sur un autre feuillet, aujourd'hui perdu,
Chénier avait-il noté quelques vers de début : le ms. ne donne à cet
égard aucune indication. — V. 227 : virg aj. — V. 229 : les mots : *Pour
enivrer* sont écrits dans l'interl. au-dessus d'une première leçon biffée
et illisible. — V. 232 : ap. *habitude*, dans le ms., point. — V. 235 : le
ms. porte : *telle est*. — V. 236 : 1re leçon surchargée : *fit le plai[sir]*. —
V. 243 : virg. aj. — V. 251-253 : les virg. aj.

J'irai de la nature étudier les lois :
Par quelle main sur soi la terre suspendue
Voit mugir autour d'elle Amphitrite étendue ;
Quel Titan foudroyé respire avec effort
Des cavernes d'Etna la ruine et la mort ;
Quel bras guide les cieux ; à quel ordre enchaînée
Le soleil bienfaisant nous ramène l'année ;
Quel signe aux ports lointains arrête l'étranger ;
Quel autre sur la mer conduit le passager,
Quand sa patrie absente et longtemps appelée
Lui fait tenter l'Euripe et les flots de Malée ;
Et quel, de l'abondance heureux avant-coureur,
Arme d'un aiguillon la main du laboureur.
Cependant jouissons ; l'âge nous y convie.
Avant de la quitter, il faut user la vie :
Le moment d'être sage est voisin du tombeau.

Allons, jeune homme, allons, marche ; prends ce flambe
Marche, allons. Mène-moi chez ma belle maitresse.
J'ai pour elle aujourd'hui mille fois plus d'ivresse.
Je veux que des baisers plus doux, plus dévorants,
N'aient jamais vers le ciel tourné ses yeux mourants.

2

Ah ! qu'ils portent ailleurs ces reproches austères,
D'une triste raison ces farouches conseils,
Et ces sourcils hideux, et ces plaintes amères,
De leur âge chagrin lugubres appareils.
Lycoris, les amours ont un plus doux langage :

V. 254 : ap. *lois,* dans le ms., point. — V. 256 : point et virg. aj. —
V. 258 : ap. *mort.* dans le ms., point ; avec ce vers, écrit au bas de la
page, se termine le ms. Brölemann : il est probable que la fin de la pièce
se trouvait sur un autre feuillet, formant peut-être avec celui-ci une
page double. — V. 259 : éd. 1819 : ap. *enchaînée,* virg. — V. 260 : éd.
1819 : ap. *année.* point.

IV, 1, 2. — Manuscrit, t. III, f° 128, r°.

Jouissons ; être heureux, c'est sans doute être sage.
Vois les soleils mourir au vaste sein des eaux ;
Thétis donne la vie à des soleils nouveaux,
Qui mourront dans son sein, et renaîtront encore ;
Pour nous, un autre sort est écrit chez les Dieux ;   10
Nous n'avons qu'un seul jour ; et ce jour précieux
S'éteint dans une nuit qui n'aura point d'aurore.
Vivons, ma Lycoris, elle vient à grands pas,
Et dès demain peut-être elle nous environne ;
Profitons du moment que le destin nous donne,   15
Ce moment qui s'envole, et qui ne revient pas.
Vivons, tout nous le dit ; vivons, l'heure nous presse ;
Les roses, dont l'amour pare notre jeunesse,
Seront autant de biens dérobés au trépas.

3

El.
Fin.

Vois ta brillante image à vivre destinée,
D'une immortelle fleur dans mes vers couronnée.
L'étranger, dans mes vers contemplant tes attraits,
S'informera de toi, de ton nom, de tes traits ;
Et quelle fut enfin celle qui, dans la France,   5
Etait la Lycoris du Gallus de Byzance.
De la reine d'amour les jeunes favoris
Demanderont aux Dieux une autre Lycoris.
L'amante inquiétée ou la fidèle épouse
Te verra dans mes vers et deviendra jalouse.   10
Un enfant d'Apollon, par l'amour excité,
Fait aux rides du temps survivre la beauté.

IV, 1, 3. — Manuscrit, t. III, fº 82, rº.

V. 1-5 : les virg. aj. — V. 11 : les virg. aj.

4

Ah! je les reconnais et mon cœur se réveille.
O sons! ô douces voix chères à mon oreille,
O mes Muses, c'est vous; vous, mon premier amour,
Vous, qui m'avez aimé dès que j'ai vu le jour.
Leurs bras, à mon berceau dérobant mon enfance,   5
Me portaient sous la grotte où Virgile eut naissance,
Où j'entendais le bois murmurer et frémir,
Où leurs yeux dans les fleurs me regardaient dormir.
Ingrat! oh! de l'amour trop coupable folie!
Souvent je les outrage et fuis et les oublie;   10
Et sitôt que mon cœur est en proie au chagrin,
Je les vois revenir le front doux et serein.
J'étais seul, je mourais. Seul, Lycoris absente
De soupçons inquiets m'agite et me tourmente.
Je vois tous ses appas et je vois mes dangers;   15
Ah! je la vois livrée à des bras étrangers.
Elles viennent! leurs voix, leur aspect me rassure :
Leur chant mélodieux assoupit ma blessure;
Je me fuis, je m'oublie, et mes esprits distraits
Se plaisent à les suivre et retrouvent la paix.   20
Par vous, Muses, par vous, franchissant les collines,
Soit que j'aime l'aspect des campagnes Sabines,
Soit Catile ou Falerne et leurs riches coteaux,
Ou l'air de Blandusie et l'azur de ses eaux :
Par vous de l'Anio j'admire le rivage,   25
Par vous de Tivoli le poétique ombrage,
Et de Bacchus, assis sous des antres profonds,
La Nymphe et le Satyre écoutant les chansons.
Par vous la rêverie errante, vagabonde,
Livre à vos favoris la nature et le monde: 30

IV. 1, 4. — Édition de 1819, p. 83-85. Le manuscrit, gardé par H. de Latouche, est perdu.

V. 3 : éd. 1819 : ap. *c'est vous*, point. — V. 9 : éd. 1819 : ô *de l'amour*. — V. 13 : éd. 1819 : ap. *absente*, virg. — V. 27 : ap. *Bacchus*, virg. ai.

Par vous, mon âme au gré de ses illusions
Vole et franchit les temps, les mers, les nations ;
Va vivre en d'autres corps, s'égare, se promène.
Est tout ce qu'il lui plaît, car tout est son domaine.

Ainsi, bruyante abeille, au retour du matin   35
Je vais changer en miel les délices du thym [1].
Rose, un sein palpitant est ma tombe divine.
Frêle atome d'oiseau, de leur molle étamine
Je vais sous d'autres cieux dépouiller d'autres fleurs.
Le papillon plus grand offre moins de couleurs ;   40
Et l'Orénoque impur, la Floride fertile
Admirent qu'un oiseau si tendre, si débile,
Mêle tant d'or, de pourpre, en ses riches habits,
Et pensent dans les airs voir nager des rubis.
Sur un fleuve souvent l'éclat de mon plumage   45
Fait à quelque Léda souhaiter mon hommage.
Souvent, fleuve moi-même, en mes humides bras
Je presse mollement des membres délicats,
Mille fraîches beautés que partout j'environne ;
Je les tiens, les soulève, et murmure et bouillonne.   50
Mais surtout, Lycoris, Protée insidieux
Partout autour de toi je veille, j'ai des yeux.
Partout, Sylphe ou Zéphire, invisible et rapide,
Je te vois. Si ton cœur complaisant et perfide
Livre à d'autres baisers une infidèle main,   55
Je suis là. C'est moi seul dont le transport soudain,
Agitant tes rideaux ou ta porte secrète,
Par un bruit imprévu t'épouvante et t'arrête.
C'est moi, remords jaloux, qui rappelle en ton cœur
Mon nom et tes serments et ma juste fureur.   60

Mais périsse l'amant que satisfait la crainte !

V. 40 : éd. 1819 : ap. *couleurs*, point. — V. 42 : éd. 1819 : ap. *débile*,
point et virg. — V. 43 : éd. 1819 : ap. *habits*, point et virg. — V. 61 :
éd. 1819 : ap. *crainte*, point.

1. Cf. *Bucoliques, Détails et choses de la vie rustique*, X, 6.

Périsse la beauté qui m'aime par contrainte,
Qui voit dans ses serments une pénible loi,
Et n'a point de plaisir à me garder sa foi !

5

Ἐλεγ. in προθυρίασμ...

Et toi, lampe nocturne, astre cher à l'amour,
Sur le marbre posée, ô toi, qui jusqu'au jour
De ta prison de verre éclairas nos tendresses,
Tu fus le seul témoin de ses douces caresses.
Mais, hélas ! avec toi son amour incertain   5
Allait se consumant et s'éteignit enfin ;
Avec toi les serments de cette bouche aimée
S'envolèrent bientôt en légère fumée.

IV, 1, 5. — V. 1 à l. 18, manuscrit, t. III, f° 23, v°; v. 19 à l. 48 :
voulu lui, ibid., r°; l. 48 : *reprocher,* à v. 60, ibid., v°; v. 61-74, 99-
106 et 137-140 : nous donnons entre crochets ces vers d'après les
premières ébauches (cf. la note ci-dessous) pour compléter l'élégie; v. 75-98 et 107-118, manuscrit, t. III, f° 24, r°; v. 119-136, ibid., v°.

Les manuscrits laissent très clairement apercevoir la façon dont Chénier a composé en trois fois cette élégie. Tout d'abord, après avoir lu, dans
les *Analecta* de Brunck, diverses épigrammes d'Asclépiade, il a écrit au
v° du f° 23 (qui était alors sans doute le r°) huit vers (v. 1-8) que cette
lecture lui avait inspirés et qui devaient être, dans sa pensée, le point de
départ d'une élégie; il les a accompagnés de remarques (l. 9-18) sur
quelques épigrammes d'Asclépiade, qu'il se proposait d'imiter, soit dans
cette pièce, soit ailleurs. A un autre moment, reprenant la feuille où
étaient ces premières indications, il a, au r° (qui était alors le v°), puis,
faute de papier, au v°, à la suite de la note antérieure, ébauché toute l'é-
légie, en prose mêlée de vers (v. 19-60) : le fragment précédemment composé venait naturellement s'insérer dans ce canevas, où sa place était
marquée. Enfin, plus tard, Chénier, au r° et au v° du f° 24, a écrit un
long morceau de 54 vers, où se trouve repris tout ce qui dans le canevas
était jusque-là resté en prose : en joignant à ce morceau (v. 75-98 et 107-
136), comme l'aurait probablement fait le poète, bien que le manuscrit
ne nous renseigne pas à ce sujet, les vers que contient déjà l'ébauche (v.
61-74, 99-106 et 137-140), on a l'élégie complète. — V. 4 : 1ʳᵉ leçon biffée
et surchargée : *C'est toi qui fus témoin de nos douces promesses.* — V.
5 : ponctuat. aj.

Asclépiade peut faire les frais de presque toute cette élégie. Anal., t. I, p. 211[1]. Il a une épigr. adressée à la lampe. 10
C'est la 25e. En voici la fin :

Τὴν δολίην ἐπάμυνον ὅταν φίλον ἔνδον ἔχουσα
παίζη, ἀποσβεσθεὶς μηκέτι φῶς πάρεχε.

Il faut traduire ces quatre vers (épigr. 9.) qui comm. :

Πῖν', 'Ασκληπιάδη..... Bois, malheureux Gallus[2]; 15

et le commencement de la 23e et 19. Les épigr. 4, 14, 16, 18,
20, 21, 24, 26, 28 du même poète sont jolies et peuvent s'i-
miter.

O nuit, j'avais juré d'aimer cette infidèle;
Sa bouche me jurait une amour éternelle,   20
Et c'est toi qu'attestait notre commun serment.
Mais aujourd'hui l'ingrate a pris un autre amant,
Lui promet de l'aimer, le lui dit, le lui jure,
Et c'est encore toi qu'atteste la parjure.
Et toi, lampe nocturne, etc.....   25

   Mais quand je t'avais mise auprès d'elle pour me la garder, comment oses-tu éclairer ses perfidies ? Comment oses-
tu être pour un autre ce que tu fus pour moi ? et te prêter à
montrer à un autre combien elle est belle ?

LA LAMPE.

Poète malheureux, de quoi m'accuses-tu ?   30

L. 10 : ap. *Anal.*, virg. aj.; ap. *I*, dans le ms., point. — L. 11 : ap. *fin*,
dans le ms., point. — V. 13 : point aj. — L. 14 : deux points aj. — L. 15 :
les virg. aj.; ap. *Gallus*, dans le ms., point. — L. 16-17 : ap. *4, 14, 16*, etc.,
dans le ms., des points. — V. 19 : point et virg. aj. — V. 20-23 : ponctuat.
aj. — V. 25 : les virg. aj. — V. 30-31 : point d'interr. aj. : vers dégagés par
nous; 1re leçon non biffée : *Poète malheureux, ne m'accuse point;* Chénier a écrit dans l'interl. : *de quoi m'accuses-tu?* pour faire le vers. —

1. C'est à cette page que commencent, dans les *Analecta* de
Brunck, les épigrammes d'Asclépiade.
2. Ce nom prouve que cette élégie est contemporaine de celles
à Lycoris; cf. ci-dessus, 3, v. 3-6.

Pour te la conserver j'ai fait ce que j'ai pu.

Hier elle s'était mise au lit; on m'avait allumée, je commençais à luire. Elle te renvoya, te disant qu'elle était malade. A peine tu sortais qu'un jeune homme entr'ouvrit la
porte et avança la tête. Elle, avec une voix tremblante.....   35

Lui disait : « Non, partez. Non, je suis trop coupable. »
Elle parlait ainsi, mais lui tendait les bras.
Le jeune homme près d'elle arrivait pas à pas.
Alors je vis s'unir ces deux bouches perfides
En des baisers liés par leurs langues humides.   40
J'en entendais le bruit. Le traître, d'une main
Pressait avidement les globes de son sein;
L'autre... les plis du lin, qui cachaient ses ravages,
M'empêchaient de la suivre et de voir tes outrages.

Mais bientôt, quoiqu'elle ait prié, supplié et fait effort 45
avec ses mains, j'ai vu ses draps et ses couvert. s'envoler çà
et là et la laisser, aux yeux de son amant et aux miens, nue,
belle, comme avec toi, lorsque..... J'aurais voulu lui reprocher sa perfidie. Je pétillai pour lui faire peur. Elle pâlit,
tressaillit, me regarda,   50

Et d'une voix mourante elle dit : « Ah! grands Dieux!

Cette lampe me gêne. Je ne veux pas qu'elle soit témoin... »
Elle s'avançait pour m'éteindre. Il l'embrassait pour la retenir, en disant : « Non, non..... » Mais elle s'échappa de ses
bras, sa tête s'approcha, ses lèvres se... et d'un souffle léger 55

L. 32-33 : les virg. aj. — V. 36 : guillem. et. sauf le point ap. *coupable*,
ponctuat. aj. — V. 37 : virg. aj. — V. 40 : point aj.; 1re leçon surchargée : *baisers unis.* — V. 41 : virg. aj.; 1re leçon billée : *lui, d'une ardente
main.* — V. 42 : point et virg. aj. — V. 43 : ponctuat. aj.; vers dégagé par
nous; 1re leçon billée : *pour l'autre main, les plis des draps et des cou-
vertures.* — V. 44 : vers dégagé par nous; 1re leçon surchargée : *ses
outrages.* — L. 45-46 : les virg. aj. — L. 47 : ap. *laisser* et *nue,* les virg.
aj. — L. 50 : ap. *regarda,* virg. aj. — V. 51 : ponctuat. et guillem. aj.;
vers dégagé par nous. — L. 52 : point et guillem. aj. — L. 53-55 : guillem.
et. sauf les points de susp., ponctuat. aj.

Me ravit la lumière et me ferma les yeux.
Je cessai de brûler. Suis mon exemple, cesse.
On aime un autre amant. Aime une autre maîtresse.
Souffle sur ton amour, ami, si tu me croi,
Ainsi que pour m'éteindre elle a soufflé sur moi.　　60

[O nuit, j'avais juré d'aimer cette infidèle ;
Sa bouche me jurait une amour éternelle,
Et c'est toi qu'attestait notre commun serment.
Mais aujourd'hui l'ingrate a pris un autre amant,
Lui promet de l'aimer, le lui dit, le lui jure,　　65
Et c'est encore toi qu'atteste la parjure.
Et toi, lampe nocturne, astre cher à l'amour,
Sur le marbre posée, ô toi, qui jusqu'au jour
De ta prison de verre éclairas nos tendresses,
Tu fus le seul témoin de ses douces caresses.　　70
Mais, hélas ! avec toi son amour incertain
Allait se consumant et s'éteignit enfin ;
Avec toi les serments de cette bouche aimée
S'envolèrent bientôt en légère fumée.]
C'est moi, près de son lit, qui fis veiller tes feux　　75
Pour garder mes amours, pour éclairer nos jeux ;
Et tu ne t'éteins pas à l'aspect de son crime !
Et tu sers aux plaisirs d'un rival qui m'opprime !
Tu peux, fausse comme elle et comme elle sans foi,
Etre encor pour autrui ce que tu fus pour moi,　　80
Et montrer à des yeux, que tu guides sur elle,
Combien elle est perfide et combien elle est belle !
— Poète malheureux, de quoi m'accuses-tu ?
Pour te la conserver j'ai fait ce que j'ai pu.

V. 56 : point aj.; vers dégagé par nous. — V. 58 : ap. *maîtresse,* point aj. — V. 59-60 : ponctuat. aj. — V. 61-74 : ces vers ne se trouvent pas au f° 24 du tome III du ms.; mais comme, malgré l'absence de toute indication, il est à peu près certain qu'ils auraient formé le début de cette pièce, nous les reproduisons ici entre crochets, tels qu'ils figurent dans les rédactions antérieures (cf. pour les v. 61-66, ci-dessus, v. 19-24, et pour les v. 67-74, ci-dessus. v. 1-8). — V. 75-94 : ponctuat. et tiret aj.

Mes yeux dans ses forfaits même ont su la poursuivre, 85
Tant que ses soins jaloux me permirent de vivre.
Hier, elle semblait en efforts languissants
Avoir peine à traîner ses pas et ses accents.
Le jour venait de fuir, je commençais à luire ;
Sa couche la reçut, et je l'ouïs te dire　　　　　　90
Que de son corps souffrant les débiles langueurs
D'un sommeil long et chaste imploraient les douceurs.
Tu l'embrasses, tu pars, tu la vois endormie.
A peine tu sortais, que cette porte amie
S'ouvre ; un front jeune et blond se présente, et je vois 95
Un amant aperçu pour la première fois.
Elle alors d'une voix tremblante et favorable
Lui disait : « Non, partez. Non, je suis trop coupable... »
[Elle parlait ainsi, mais lui tendait les bras.
Le jeune homme près d'elle arrivait pas à pas.　　　100
Alors je vis s'unir ces deux bouches perfides
En des baisers liés par leurs langues humides.
J'en entendais le bruit. Le traître, d'une main
Pressait avidement les globes de son sein ;
L'autre... les plis du lin, qui cachaient ses ravages, 105
M'empêchaient de la suivre et de voir tes outrages.]
Malgré quelques combats, bientôt après je vis
Loin jetés à l'écart et voiles et tapis,
Tout jusqu'au lin flottant, sa défense dernière,
Aux regards, aux fureurs la liv[rant] tout entière,　　110

V. 95 : ponctuat. aj. ; 1ʳᵉ leçon biffée : *un visage blond.* — V. 95 : 1ʳᵉ leçon biffée : *Un jeune homme aperçu.* — V. 98 : guillem., et sauf les points de susp., ponctuat. aj. — V. 99-106 : ces vers ne se trouvent pas au f° 24 du tome III du ms. ; mais, sans que rien permette de l'affirmer, il est vraisemblable que dans une mise au net Chénier les aurait repris et intercalés ici ; nous les reproduisons donc entre crochets, tels qu'ils figurent dans le canevas (cf. ci-dessus, v. 37-49). — V. 107 : virg. aj. : 1ʳᵉ leçon non biffée : *Même elle eut beau combattre, en un instant je vis ;* Chénier a biffé *Même*, puis l'a écrit de nouveau dans l'interl. en dessous du vers. — V. 108 : virg. aj. ; 1ʳᵉ leçon biffée : *les draps et les tapis.* — V. 109 : les virg. aj. ; 1ʳᵉ leçon biffée : *Jusqu'à son lin.* — V. 110 : les virg. aj. ; Chénier a écrit *liv...*

Etaler de ses flancs l'albâtre ardent et pur,
Lis, ébène, corail, roses, veines d'azur ;
Telle enfin qu'autrefois tu me l'avais montrée,
De sa nudité seule embellie et parée ;
Quand vos nuits s'envolaient ; quand le mol oreiller 115
La vit sous tes baisers dormir ou s'éveiller,
Et quand tes cris joyeux vantaient ma complaisance,
Et qu'elle en souriant maudissait ma présence.
En vain au Dieu d'amour, que je crus ton appui,
Je demandai la voix qu'il me donne aujour[d'hui].   120
Je voulais reprocher tes pleurs à l'infidèle ;
Je l'aurais appelée ingrate, criminelle.
Du moins, pour réveiller dans son profane sein
Le remords, la terreur, je m'agitai soudain
Et je fis à grand bruit de la mèche brûlante   125
Jaillir en mille éclairs la flamme pétill[ante].
Elle pâlit, trembla, tourna sur moi les yeux,
Et, d'une v[oix] mourante, elle dit : « Ah ! grands Dieux !
Faut-il, quand tes désirs font taire mes murmures,
Voir encor ce témoin qui compte mes parjures ? »   130
Elle s'élance ; et lui, la serrant dans ses bras,
La retenait, disant : « Non, non, ne l'éteins pas. »
Elle lutte et s'échappe, et ma clarté rebelle
Sous sa lèvre entr'ouverte en vain plie et chancelle ;
Elle me suit, redouble, et son souffle envieux   135
Me ravit la lumière et me ferme les yeux.
[Je cessai de brûler. Suis mon exemple, cesse.

V. 111 : virg. aj. ; 1ʳᵉ leçon biffée : *Fit briller de.* — V. 112 : point et
virg. aj. — V. 113 : virg. aj. — V. 114 : ap. *embellie*, dans le ms. virg. —
V. 116 : virg. aj. — V. 117 : virg. aj. ; 1ʳᵉ leçon biffée : *tes cris vantaient
ma douce complaisance.* — V. 119 : les virg. aj. ; 1ʳᵉ leçon biffée : *que
j'ai cru.* — V. 120-121 : ponctuat. aj. ; Chénier écrit *aujour.* — V. 122 :
ponctuat. aj. ; ap. *appelée,* dans le ms., virg. — V. 123 : virg. aj. : 1ʳᵉ leçon biffée : *perfide sein.* — V. 124 : les virg. aj. — V. 126 : point aj. ;
Chénier a écrit *pétill.* — V. 127 : les virg. aj. — V. 128 : guillem. et ponctuat. aj. ; Chénier a écrit *v.* — V. 129-130 : ponctuat. et guillem. aj. —
V. 131 : ponctuat. aj. ; 1ʳᵉ leçon biffée : *Elle approchait, mais lui.* —
V. 132-135 : ponctuat. et guillem. aj. — V. 137-140 : nous reproduisons
ces vers entre crochets, tels qu'ils figurent dans le canevas (cf. ci-dessus,

On aime un autre amant. Aime une autre maîtresse.
Souffle sur ton amour, ami, si tu me croi,
Ainsi que pour m'éteindre elle a soufflé sur môi.]   140

6

Nunc et amara dies, et noctis amarior umbra.
Omnia nunc tristi tempora felle madent.
Tibul., l. II, él. 4, v. 11.

Il faut traduire ou imiter ces beaux vers de mon Tibulle.

.... Le jour est amer à mon cœur.   5
La nuit vient, [et] plus triste et plus amère encore.
Tout meurt autour de moi du fiel qui me dévore.

Ou littér. :

Chaque instant de ma vie est abreuvé d'absinthe.

Le doux éclat du jour est amer à mon cœur.   10
La nuit vient, et plus triste et plus amère encore.
Tout meurt autour de moi du fiel qui me dévore.

Ou littéralement, ce qui est dur :

Chaque instant est trempé du fiel qui me dévore.

---

v. 57-60 : ils ne se trouvent pas au f° 21 du tome III du ms., mais, à
défaut même de toute indication, il paraît très probable que Chénier les
aurait repris pour terminer son élégie.

IV, 1, 6. — V. 1 à 9, manuscrit, t. III, f° 120, v°; v. 10 à 16, ibid.,
f° 17, v°; v. 17 à la fin, édition de 1819, p. 109-111 : le manuscrit,
gardé par H. de Latouche, est perdu.

L. 3 : ap. *Tibul.*, virg. aj.; ap. *II* et *4*, dans le ms., point. — V. 5 :
ponctuat. aj. — V. 6 : ponctuat. aj.: Chénier a écrit : *vient plus triste*.
— V. 7 : point aj. — L. 8 : deux points aj. — V. 9 : point aj.: Chénier a essayé à nouveau de traduire les vers de Tibulle dans la note qui
suit. — V. 10-12 : les points aj. — L. 13 : deux points aj. — L. 14-16 :
ponctuat. aj. ; ces deux tentatives de traduction des vers de Tibulle ont

Ou bien :   15

Chaque instant de ma vie est abreuvé d'absinthe.

Souvent le malheureux songe à quitter la vie,
L'espérance crédule à vivre le convie.
Le soldat sous la tente espère, avec la paix,
Le repos, les chansons, les danses, les banquets.   20
Gémissant sur le soc, le laboureur d'avance
Voit ses guérets chargés d'une heureuse abondance.
Moi, l'espérance amie est bien loin de mon cœur.
Tout se couvre à mes yeux d'un voile de langueur ;
Des jours amers, des nuits plus amères encore.   25
Chaque instant est trempé du fiel qui me dévore ;
Et je trouve partout mon âme et mes douleurs,
Le nom de Lycoris et la honte et les pleurs.
Ingrate Lycoris, à feindre accoutumée,
Avez-vous pu trahir qui vous a tant aimée ?   30
Avez-vous pu trouver un passe-temps si doux
A déchirer un cœur qui n'adorait que vous ?
Amis, pardonnez-lui ; que jamais vos injures
N'osent lui reprocher ma mort et ses parjures ;
Je ne veux point pour moi que son cœur soit blessé, 35
Ni que pour l'outrager mon nom soit prononcé.
Ces amis m'étaient chers ; ils aimaient ma présence.
Je ne veux qu'être seul, je les fuis, les offense,
Ou bien, en me voyant, chacun avec effroi
Balance à me connaître et doute si c'est moi.   40

Est-ce là cet ami, compagnon de leur joie,
A de jeunes désirs comme eux toujours en proie,
Jeune amant des festins, des vers, de la beauté ?
Ce front pâle et mourant, d'ennuis inquiété,

---

fourni les vers 25-26 de l'élégie ci-dessous. — V. 19 : ap. *espère*. virg.
aj. — V. 21 : éd. 1819 : ap. *d'avance*, virg. — V. 29 : ap. *Lycoris*, virg. aj.

Est celui d'un vieillard appesanti par l'âge,   45
Et qui déjà d'un pied touche au fatal rivage.
Sans doute, Lycoris, oui, j'ai fini mon sort
Quand tu ne m'aimes plus et souhaites ma mort.
Amis, oui, j'ai vécu; ma course est terminée.
Chaque heure m'est un jour, chaque jour une année. 5o
Les amants malheureux vieillissent en un jour.
Ah! n'éprouvez jamais les douleurs de l'amour :
Elles hâtent encor nos fuseaux si rapides,
Et non moins que le Temps la Tristesse a des rides.
Quoi, Gallus! quoi! le sort, si près de ton berceau, 55
Ouvre à tes jeunes pas ce rapide tombeau?
Hélas! mais quand j'aurai subi ma destinée,
Du Léthé bienfaisant la rive fortunée
Me prépare un asile et des ombrages verts :
Là, les danses, les jeux, les suaves concerts,   6o
Et la fraîche Naïade, en ses grottes de mousse,
S'écoulant sur des fleurs, mélancolique et douce.
Là, jamais la beauté ne pleure ses attraits :
Elle aime, elle est constante, elle ne ment jamais;
Là tout choix est heureux, toute ardeur mutuelle, 65
Et tout plaisir durable et tout serment fidèle.
Que dis-je? on aime alors sans trouble; et les amants,
Ignorant le parjure, ignorent les serments.

    Venez me consoler, aimables héroïnes :
O Léthé! fais-moi voir leurs retraites divines;   7o
Viens me verser la paix et l'oubli de mes maux.
Ensevelis au fond de tes dormantes eaux
Le nom de Lycoris, ma douleur, mes outrages.
Un jour peut-être aussi, sous tes riants bocages,
Lycoris, quand ses yeux ne verront plus le jour,   75
Reviendra toute en pleurs demander mon amour;
Me dire que le Styx me la rend plus sincère,
Qu'à moi seul désormais elle aura soin de plaire,

V. 55 : ap. *quoi*, point d'exclam. aj. — V. 67 : virg. aj.

Que cent fois, rappelant notre antique lien,
Elle a vu que son cœur avait besoin du mien.   80
Lycoris à mes yeux ne sera plus charmante :
Pourtant... O Lycoris! ô trop funeste amante!
Si tu l'avais voulu, Gallus, plein de sa foi,
Avec toi voulait vivre et mourir avec toi.

7

Élégie.

Mais ne m'a-t-elle pas juré d'être infidèle?
Mais n'est-ce donc pas moi qu'elle a banni loin d'elle?
Mais sa voix intrépide, et ses yeux et son front
Ne se vantaient-ils pas de m'avoir fait affront?
C'est donc pour essuyer quelque nouvel outrage,   5
Pour l'accabler moi-même et d'insulte et de rage,
La prier, la maudire, invoquer le cercueil,
Que je retourne encor vers son funeste seuil;
Errant dans cette nuit turbulente, orageuse,
Moins que ce triste cœur noire et tumultueuse?   10

Ce n'était pas ainsi que, sans crainte et sans bruit,
Jadis à la faveur d'une plus belle nuit,

V. 83 : ap. *Gallus*, virg. aj.

IV, 1, 7. — Le manuscrit de cette pièce, ainsi que celui d'une autre élégie, a été donné par H. de Latouche à Charles Nodier avec un exemplaire de l'édition de 1820, en tête duquel ces deux autographes étaient reliés. Après Charles Nodier, ce volume a appartenu successivement à Pixérécourt, à Aimé Martin, à M. de N*** et enfin à M. Cunin-Gridaine, qui le communiqua à Becq de Fouquières. Nous n'avons pu en retrouver le possesseur actuel. Nous donnons ci-dessus le texte de l'édition de 1819 (p. 119-121), en le corrigeant d'après les indications de Becq de Fouquières (*Lettres critiques sur André Chénier*, p. 85), là où il n'est pas conforme à celui du manuscrit.

En tête de cette élégie, sur le manuscrit, Chénier a placé le chiffre 19. — V. 1 : éd. 1819 : ap. *infidèle*, deux points. — V. 3 : édit. 1819 : ap. *front*, virg.; le ms. contient une 1re leçon biffée : *Mais sa bouche tranquille*. — V. 11 : ap. *que*, virg. aj.

Invisible, attendu par des baisers de flamme...
O toi, jeune imprudent que séduit une femme,
Si ton cœur veut en croire un cœur trop agité,   15
Ne courbe point ta tête au joug de la beauté.
Ris plutôt de ses feux et méprise ses charmes.
Vois d'un œil sec et froid ses soupirs et ses larmes.
Règne en tyran cruel; aime à la voir souffrir;
Laisse-la toute seule et transir et mourir.   20
Tous ses soupirs sont faux, ses larmes infidèles,
Son souris venimeux, ses caresses mortelles.
Ah! si tu connaissais de quel art inouï
La perfide enivra ce cœur qu'elle a trahi!
De quel art ses discours (faut-il qu'il m'en souvienne!   25
Me faisaient voir sa vie attachée à la mienne!
Avait-elle bien pu vivre et ne m'aimer pas?
Combien de fois, de joie expirante en mes bras,
Faible, exhalant à peine une voix amoureuse :
« Ah, Dieux! s'écriait-elle, ah! que je suis heureuse! »   30
Combien de fois encor, d'une brûlante main
Pressant avec fureur ma tête sur son sein,
Ses cris me reprochaient des caresses paisibles :
Mes baisers, à l'entendre, étaient froids, insensibles;
Le feu qui la brûlait ne pouvait m'enflammer,   35
Et mon sexe cruel ne savait point aimer.
Et moi, fier et confus de son inquiétude,
Je faisais le procès à mon ingratitude;
Je plaignais son amour, et j'accusais le mien.
Je haïssais mon cœur si peu digne du sien.   40

Je frissonne. Ah! je sens que je m'approche d'elle.
Oui; je la vois, grands Dieux! cette maison cruelle
Que sans trouble jamais n'abordèrent mes pas.
Mais ce trouble était doux, et je ne mourais pas.
Mais elle n'avait point, sans pitié même feinte,   45

V. 26 : éd. 1819 : ap. *mienne.* point. — V. 31 : ap. *encor.* virg. ai.;
éd. 1819 : ap. *main.* virg.

Rassasié mon cœur et de fiel et d'absinthe.
Ah! d'affronts aujourd'hui je la veux accabler.
De véritables pleurs de ses yeux vont couler.
Tout ce qu'ont de plus dur l'insulte, la colère,
Je veux... Mais essayons plutôt ce que peut faire   50
Ce silence indulgent qui semble caresser,
Qui pardonne et rassure, et plaint sans offenser.
Oui; laissons le dépit et l'injure farouche :
Allons, je veux entrer le rire sur la bouche,
Le front calme et serein. Lycoris, je veux voir   55
S'il est vrai que la paix soit toute en mon pouvoir.
Prends courage, mon cœur : de douces espérances
Me disent qu'aujourd'hui finiront tes souffrances.

II

CAMILLE[1]

I

Ah! portons dans les bois ma triste inquiétude.
O Camille! l'amour aime la solitude.
Ce qui n'est point Camille est un ennui pour moi.
Là, seul, celui qui t'aime est encore avec toi.
Que dis-je? Ah! seul et loin d'une ingrate chérie,   5
Mon cœur sait se tromper. L'espoir, la rêverie,

V. 55 : l'édition de 1819 donne ici le nom de *Camille*; B. de Fouquières a constaté que le ms. porte celui de *Lycoris*. — V. 58 : les vers
de cette élégie sont numérotés de dix en dix sur le ms. de la main de
Chénier; à la fin du morceau, il a en outre noté le nombre total des
vers : 58.

IV, II, I. — Édition de 1819, p. 102-103. Le manuscrit, gardé par
H. de Latouche, est perdu.

V. 5 : éd. 1819 : ap. *Que dis-je*, point d'exclam.

1. Cf. encore d'autres élégies où figure le nom de Camille, ci-
après, IV, II, I, IV, IV, 2 et IV, V.

La belle illusion la rendent à mes feux ;
Mais sensible, mais tendre, et comme je la veux :
De ses refus d'apprêt oubliant l'artifice,
Indulgente à l'amour, sans fierté, sans caprice,   10
De son sexe cruel n'ayant que les appas.
Je la feins quelquefois attachée à mes pas ;
Je l'égare et l'entraîne en des routes secrètes.
Absente, je la tiens en des grottes muettes...
Mais présente, à ses pieds m'attendent les rigueurs, 15
Et, pour des songes vains, de réelles douleurs.
Camille est un besoin dont rien ne me soulage ;
Rien à mes yeux n'est beau que de sa seule image.
Près d'elle, tout comme elle est touchant, gracieux ;
Tout est aimable et doux, et moins doux que ses yeux. 20
Sur l'herbe, sur la soie, au village, à la ville,
Partout, reine ou bergère, elle est toujours Camille.
Et moi toujours l'amant trop prompt à s'enflammer,
Qu'elle outrage, qui l'aime et veut toujours l'aimer.

2

Élégie.

Va, sonore habitant de la sombre vallée,
Vole, invisible Écho, voix douce, pure, ailée,
Qui, tant que de Paris m'éloignent les beaux jours,
Aimes à répéter mes vers et mes amours :
Les cieux sont enflammés ; vole, dis à Camille   5
Que je l'attends ; qu'ici, moi, dans ce bel asile,
Je l'attends ; qu'un berceau de platanes épais

V. 15 : éd. 1819 : *Mais présent* ; nous corrigeons, comme le sens paraît l'exiger : *présente*. — V. 20 : virg. ai.

IV, II, 2. — Manuscrit, t. III, f° 38, r°.

V. 5 : ap. *enflammés*, dans le ms., point. — V. 6 : ap. *attends*, dans le ms., point. — V. 7 : ap. *attends*, dans le ms., point.

La mène en cette grotte, où, l'autre jour, au frais,
Pour nous, s'il lui souvient, l'heure ne fut point lente.
Va : sous la grotte ; ici ; parmi l'herbe odorante 10
D'où l'œil même du jour ne saurait approcher,
Et qu'égaye en courant l'eau, fille du rocher.

3

O lignes que sa main, que son cœur a tracées !
O nom baisé cent fois ! craintes bientôt chassées !
Oui : cette longue route, et ces nouveaux séjours,
Je craignais... Mais enfin mes lettres, nos amours,
Ma mémoire, partout sont tes chères compagnes. 5
Dis vrai ! Suis-je avec toi dans ces riches campagnes
Où du Rhône indompté l'Arve trouble et fangeux
Vient grossir et souiller le cristal orageux ?

Ta lettre se promet qu'en ces nobles rivages
Où Sénart épaissit ses immenses feuillages, 10
Des vers pleins de ton nom attendent ton retour,
Tout trempés de douceurs, de caresses, d'amour.
Heureux qui, tourmenté de flammes inquiètes,
Peut du Permesse encor visiter les retraites ;
Et loin de son amante, égayant sa langueur, 15
Calmer par des chansons les troubles de son cœur !
Camille, où tu n'es point, moi je n'ai pas de Muse.
Sans toi, dans ses bosquets Hélicon me refuse ;
Les cordes de la lyre ont oublié mes doigts,
Et les chœurs d'Apollon méconnaissent ma voix. 20
Ces regards purs et doux, que sur ce coin du monde

V. 10 : ap. *Va*, dans le ms., point. — V. 12 : virg. aj.

IV, ii, 3. — Édition de 1819, p. 80-83. Le manuscrit, gardé par H. de Latouche, est perdu.

V. 6 : éd. 1819 : ap. *vrai*, point d'interr.

Verse d'un ciel ami l'indulgence féconde,
N'éveillent plus mes sens ni mon âme. Ces bords
Ont beau de leur Cybèle étaler les trésors ;
Ces ombrages n'ont plus d'aimables rêveries,   25
Et l'ennui taciturne habite ces prairies.
Tu fis tous leurs attraits : ils fuyaient avec toi
Sur le rapide char qui t'éloignait de moi.
Errant et fugitif je demande Camille
A ces antres, souvent notre commun asile ;   30
Ou je vais te cherchant dans ces murs attristés,
Sous tes lambris, jamais par moi seul habités,
Où ta harpe se tait, où la voûte sonore
Fut pleine de ta voix et la répète encore ;
Où tous ces souvenirs cruels et précieux   35
D'un humide nuage obscurcissent mes yeux.
Mais pleurer est amer pour une belle absente ;
Il n'est doux de pleurer qu'aux pieds de son amante,
Pour la voir s'attendrir, caresser vos douleurs
Et de sa belle main vous essuyer vos pleurs ;   40
Vous baiser, vous gronder, jurer qu'elle vous aime,
Vous défendre une larme et pleurer elle-même.

Eh bien ! sont-ils bien tous empressés à te voir ?
As-tu sur bien des cœurs promené ton pouvoir ?
Vois-tu tes jours suivis de plaisirs et de gloire,   45
Et chacun de tes pas compter une victoire ?
Oh ! quel est mon bonheur si, dans un bal bruyant,
Quelque belle tout bas te reproche en riant
D'un silence distrait ton âme enveloppée,
Et que sans doute ailleurs elle est mieux occupée !   50
Mais, Dieux ! puisses-tu voir, sous un ennui rongeur,
De ta chère beauté flétrir toute la fleur,

V. 47 : point d'exclam. aj. — V. 51 : ap. *Mais*, virg. aj.: éd. 1819 : ap.
Dieux, virg.

Plutôt que d'être heureuse à grossir tes conquêtes;
D'aller chercher toi-même et désirer des fêtes,
Ou sourire le soir, assise au coin d'un bois,   55
Aux éloges rusés d'une flatteuse voix,
Comme font trop souvent de jeunes infidèles,
Sans songer que le ciel n'épargne point les belles.
Invisible, inconnu, Dieux! pourquoi n'ai-je pas
Sous un voile étranger accompagné tes pas?   60
J'ai pu de ton esclave, ardent, épris de zèle,
Porter, comme le cœur, le vêtement fidèle.
Quoi! d'autres loin de moi te prodiguent leurs soins,
Devinent tes pensers, tes ordres, tes besoins!
Et quand d'âpres cailloux la pénible rudesse   65
De tes pieds délicats offense la faiblesse,
Mes bras ne sont point là pour presser lentement
Ce fardeau cher et doux et fait pour un amant!
Ah! ce n'est pas aimer que prendre sur soi-même
De pouvoir vivre ainsi loin de l'objet qu'on aime.   70
Il fut un temps, Camille, où plutôt qu'à me fuir
Tout le pouvoir des Dieux t'eût contrainte à mourir!

   Et puis d'un ton charmant.ta lettre me demande
Ce que je veux de toi, ce que je te commande.
Ce que je veux? dis-tu. Je veux que ton retour   75
Te paraisse bien lent; je veux que nuit et jour
Tu m'aimes. (Nuit et jour, hélas! je me tourmente.)
Présente au milieu d'eux, sois seule, sois absente;
Dors en pensant à moi; rêve-moi près de toi;
Ne vois que moi sans cesse, et sois toute avec moi.   80

Élégie.

4

Eh bien! je le voulais. J'aurais bien dû me croire.
Tant de fois à ses torts je cédai la victoire!
Je devais une fois du moins, pour la punir,
Tranquillement l'attendre et la laisser venir :
Non. Oubliant quels cris, quelle aigre impatience   5
Hier sut me contraindre à la fuite, au silence,
Ce matin, de mon cœur trop facile bonté!
Je veux la ramener sans blesser sa fierté :
J'y vole; contre moi je lui cherche une excuse :
Je viens lui pardonner; et c'est moi qu'elle accuse.   10
C'est moi qui suis injuste, ingrat, capricieux;
Je prends sur sa faiblesse un empire odieux;
Et sanglots et fureurs, injures menaçantes,
Et larmes, à couler toujours obéissantes;
Et pour la paix il faut que d'avoir eu raison,   15
Confus et repentant, je demande pardon.
O Camille, Camille!.....

IV, ii, 4. — Le manuscrit de ce fragment, après être resté longtemps dans la collection de M. Noël Charavay, a été acquis par
M. La Caille, à qui il appartient aujourd'hui. M. Louis Arnould
en a publié le texte exact (*Revue d'histoire littéraire*, 1899, p. 283-
284), d'après l'autographe que M. La Caille lui a communiqué.
C'est ce texte que nous reproduisons ci-dessus.

Le mot *Élégie*, sur le ms., a été biffé d'une barre transversale, peut-être
par H. de Latouche. — V. 1 : ap. *Eh bien*, dans le ms., virg. — V. 2 :
ap. *victoire*, dans le ms., point. — V. 3 : les virg. aj. — V. 6 : ap. *fuite*,
virg. aj.; ap. *silence*, dans le ms., point et virg. — V. 10 : ap. *pardonner*, dans le ms., deux points. — V. 12 : ap. *odieux*, dans le ms., virg. —
V. 13 : les virg. aj. — V. 14 : ponctuat. aj.: 1ʳᵉ leçon non biffée : *au besoin toujours.* — V. 15-16 : ponctuat. aj. — V. 17 : virg. et points de
susp. aj.; ap. *Camille*, dans le ms., point.

5

Élégie.

Et c'est Glycère, amis, chez qui la table est prête ?
Et la belle Saxonne est aussi de la fête ?
Et Rose, qui jamais ne lasse les désirs,
Et dont la danse molle aiguillonne aux plaisirs ?
Et sa sœur aux accents de sa voix la plus rare   5
Mêlera, dites-vous, les sons de la guitare ?
Et nous aurons Julie, au rire étincelant,
Au sein plus que l'albâtre et solide et brillant ?
Certe en pareille orgie autrefois je l'ai vue,
Ses longs cheveux épars, courante, demi-nue :   10
En ses bruyantes nuits Cithéron n'a jamais
Vu Ménade plus belle errer dans ses forêts.
J'y consens. Avec vous je suis prêt à m'y rendre.
Allons. Mais si Camille, ô Dieux ! vient à l'apprendre !
Quel orage suivra ce banquet tant vanté,   15
S'il faut qu'à son oreille un mot en soit porté !

IV, II, 5. — Le manuscrit des vers 1 à 44 de cette pièce, donné par H. de Latouche à M. Boutron-Charlard, est aujourd'hui la propriété de M. Arthur Meyer, qui a bien voulu nous le communiquer. Celui des vers 45 à 54 a appartenu successivement à M. Etienne Charavay, à M. Amédée René et à M. Dubrunfaut; il a figuré sous le n° 172 dans le *Catalogue* de la vente des autographes de ce dernier (*10ᵉ série, Écrivains,* 20, 21, 22 décembre 1886); nous n'avons pu en retrouver le possesseur actuel. Nous donnons, pour les 44 premiers vers, le texte du manuscrit; pour les 10 derniers, notre texte est celui qui a été reproduit dans le *Catalogue* de la vente Dubrunfaut, cité ci-dessus, corrigé d'après les indications de B. de Fouquières (*Lettres critiques sur André Chénier,* p. 70-71), qui a jadis vu le manuscrit dans la collection Dubrunfaut.

A côté du mot *Elégie,* Chénier a écrit le chiffre 20, qui a été transformé en 29, probablement par H. de Latouche. — V. 2 : le mot *Saxonne.* écrit en surcharge d'un nom illisible, est biffé et non remplacé. — V. 12 : après ce vers, Chénier avait d'abord écrit le commencement du v. 15 : *Quel orage suivra ce banquet;* puis il a biffé ces mots, écrit à côté : *J'oublie toujours quelque chose,* et continué par le vers 13. — V. 14: virg. aj.

Oh! vous ne savez pas jusqu'où va son empire.
Si j'ai loué des yeux, une bouche, un sourire ;
Ou si, près d'une belle assis en un repas,
Nos lèvres en riant ont murmuré tout bas,   20
Elle a tout vu. Bientôt cris, reproches, injure.
Un mot, un geste, un rien, tout était un parjure.
« Chacun pour cette belle avait vu mes égards.
Je lui parlais des yeux ; je cherchais ses regards. »
Et puis des pleurs ! des pleurs ! que Memnon sur sa cendre   25
A sa mère immortelle en a moins fait répandre.
Que dis-je ? sa vengeance ose en venir aux coups.
Elle me frappe. Et moi, je feins dans mon courroux
De la frapper aussi, mais d'une main légère ;
Et je baise sa main impuissante et colère :   30
Car ses bras ne sont forts qu'aux amoureux exploits.
La fureur ne peut même aigrir sa douce voix.
Ah ! je l'aime bien mieux injuste qu'indolente.
Sa colère me plaît et décèle une amante.
Si j'ai peur de la perdre, elle tremble à son tour ;   35
Et la crainte inquiète est fille de l'amour.
L'assurance tranquille est d'un cœur insensible.
Loin, à mes ennemis une amante paisible.
Moi, je hais le repos. Quel que soit mon effroi
De voir de si beaux yeux irrités contre moi,   40
Je me plais à nourrir de communes alarmes.
Je veux pleurer moi-même, ou voir couler ses larmes ;
Accuser un outrage, ou calmer un soupçon ;
Et toujours pardonner ou demander pardon.

    Mais quels éclats, amis? — C'est la voix de Julie.   45
Entrons. Oh! quelle nuit! joie, ivresse, folie!
Que de seins envahis et mollement pressés!

Malgré de vains efforts, que d'appas caressés !
Que de charmes divins forcés dans leur retraite !
Il faut que de la Seine, au cri de notre fête,   50
Le flot résonne au loin de nos jeux égayé,
Et qu'en son lit voisin le marchand éveillé,
Ecoutant nos plaisirs d'une oreille jalouse,
Redouble ses baisers à sa trop jeune épouse.

6

Ah ! des pleurs ! des regrets ! lisez, amis. C'est elle.
On m'outrage, on me chasse, et puis on me rappelle.
Non : il fallait d'abord m'accueillir sans détours.
Non, non : je n'irai point. La nuit tombe ; j'accours.
On s'excuse, on gémit ; enfin on me renvoie,   5
Je sors. Chez mes amis je viens trouver la joie :
Et parmi nos festins un billet repentant
Bientôt me suit et vient me dire qu'on m'attend.

« Écoute, jeune ami de ma première enfance,
Je te connais. Malgré ton aimable silence,   10
Je connais la beauté qui t'a contraint d'aimer,
Qui t'agite tout bas, que tu n'oses nommer.
Certe, un beau jour n'est pas plus beau que son visage.
Mais, si tu ne veux point gémir dans l'esclavage,
Sache que trop d'amour excite leur dédain.   15
Laisse-la quelquefois te désirer en vain.
Il est bon, quelque orgueil dont s'enivrent ces belles,
De leur montrer pourtant qu'on peut se passer d'elles.
Viens, et loin d'être faible, allons, si tu m'en crois,
Respirer la fraîcheur de la nuit et des bois ;   20

V. 52-53 : les virg. aj. — V. 54 : à la fin de ce morceau, Chénier a
inscrit le nombre total des vers de l'élégie : 54, et signé en toutes lettres : *André Chénier.*

IV, II, 6. — Édition de 1819, p. 115-117. Le manuscrit, gardé par
H. de Latouche, est perdu.

Car dans cette saison de chaleur étouffée,
Tu sais, le jour n'est bon qu'à donner à Morphée.
Allons. Et pour Camille, elle n'a qu'à dormir. »

Passons devant ses murs. Je veux, pour la punir,
Je veux qu'à son réveil demain on lui rapporte   25
Qu'on m'a vu. Je passais sans regarder sa porte.
Qu'elle s'écrie alors, les larmes dans les yeux,
Que tout homme est parjure et qu'il n'est point de Dieux!
Tiens. C'est ici. Voilà ses jardins solitaires
Tant de fois attentifs à nos tendres mystères :   30
Et là, tiens, sur ma tête est son lit amoureux,
Lit chéri, tant de fois fatigué de nos jeux.
Ah! le verre et le lin, délicate barrière,
Laissent voir à nos yeux la tremblante lumière
Qui, jusqu'à l'aube, au teint moins que le sien vermeil, 35
Veille près de sa couche, et garde son sommeil.
C'est là qu'elle m'attend. Oh! si tu l'avais vue,
Quand, fermant ses beaux yeux, mollement étendue,
Laissant tomber sa tête, un calme pur et frais
Comme aux anges du ciel fait reluire ses traits!   40
Ah! je me venge aussi plus qu'elle ne mérite.
Un vain caprice, un rien... Ami, fuyons bien vite;
Fuyons vite, courons. Mes projets seront sûrs
Quand je ne verrai plus sa porte ni ses murs.

7

Allons, l'heure est venue, allons trouver Camille.
Elle me suit partout. Je dormais, seul, tranquille;
Un songe me l'amène; et mon sommeil s'enfuit.

V. 23 : virg. ai. — V. 37 : éd. 1819 : O si. — V. 40 : éd. 1819 : ap. *traits*, point.

IV, II, 7. — Édition de 1819, p. 164-165. Le manuscrit, gardé par H. de Latouche, est perdu.

V. 2 : éd. 1819 : ap. *tranquille*, virg.

Je la voyais en songe au milieu de la nuit,
Elle allait me cherchant sur sa couche fidèle,   5
Et me tendait les bras et m'appelait près d'elle.
Les songes ne sont point capricieux et vains;
Ils ne vont point tromper les esprits des humains.
De l'Olympe souvent un songe est la réponse;
Dans tous ceux des amants la vérité s'annonce.   10
Quel air suave et frais! le beau ciel! le beau jour!
Les Dieux me le gardaient; il est fait pour l'amour.

Quel charme de trouver la beauté paresseuse;
De venir visiter sa couche matineuse,
De venir la surprendre, au moment que ses yeux   15
S'efforcent de s'ouvrir à la clarté des cieux;
Douce dans son éclat, et fraîche, et reposée,
Semblable aux autres fleurs, filles de la rosée!
Oh! quand j'arriverai, si, livrée au repos,
Ses yeux n'ont point encor secoué les pavots,   20
Oh! je me glisserai vers la plume indolente,
Doucement, pas à pas, et ma main caressante
Et mes fougueux transports feront à son sommeil
Succéder un subit, mais un charmant réveil;
Elle reconnaîtra le mortel qui l'adore,   25
Et mes baisers longtemps empêcheront encore
Sur ses yeux, sur sa bouche, empressés de courir,
Sa bouche de se plaindre et ses yeux de s'ouvrir.

Mais j'entrevois enfin sa porte souhaitée.
Que de bruit! que de chars! quelle foule agitée!   30
Tous vont revoir leurs biens, leurs chimères, leur or;
Et moi, tout mon bonheur, Camille, mon trésor.
Hier, quand malgré moi je quittai son asile,
Elle m'a dit : « Pourquoi t'éloigner de Camille?

V. 9 : éd. 1819 : ap. *réponse*, virg. — V. 13 : éd. 1819 : ap. *paresseuse*, deux points. — V. 18 : éd. 1819 : ap. *rosée*, point. — — V. 19 : éd. 1819 : *aux repos*. — V. 22 : éd. 1819 : ap. *caressante*, virg. — V. 24 : virg. aj.

Tu sais bien que je meurs si tu n'es près de moi. »   35
Ma Camille, je viens, j'accours, je suis chez toi.
Le gardien de tes murs, ce vieillard qui m'admire,
M'a vu passer le seuil et s'est mis à sourire.
Bon! j'ai su (les amants sont guidés par les Dieux'
Monter sans nul obstacle et j'ai fui tous les yeux.   40

   Ah! que vois-je?... Pourquoi ma porte accoutumée,
Cette porte secrète, est-elle donc fermée?
Camille, ouvrez, ouvrez, c'est moi. L'on ne vient pas.
Ciel! elle n'est point seule! On murmure tout bas.
Ah! c'est la voix de Lise. Elles parlent ensemble.   45
On se hâte; l'on court; on vient enfin; je tremble.
Qu'est-ce donc? à m'ouvrir pourquoi tous ces délais?
Pourquoi ces yeux mourants et ces cheveux défaits?
Pourquoi cette terreur dont vous semblez frappée?
D'où vient qu'en me voyant Lise s'est échappée?   50
J'ai cru, prêtant l'oreille, ouïr entre vous deux
Des murmures secrets, des pas tumultueux.
Pourquoi cette rougeur, cette pâleur subite,
Perfide? Un autre amant... Ciel! elle a pris la fuite.
Ah! Dieux! je suis trahi. Mais je prétends savoir...   55
Lise, Lise, ouvrez-moi, parlez; mais fol espoir!
La digne confidente auprès de sa maitresse
Lui travaille à loisir quelque subtile adresse,
Quelque discours profond et de raisons pourvu.
Par qui ce que j'ai vu je ne l'aurai point vu.   60
Dieux! comme elle approchait sexe ingrat, faux, perfide!)
S'essayant, effrontée à la fois et timide,
Voulant hâter l'effort de ses pas languissants,
Voulant m'ouvrir des bras fatigués, impuissants:
Abattue, et sa voix altérée, incertaine,   65
Ses yeux anéantis ne s'ouvrant plus qu'à peine,
Ses cheveux en désordre et rajustés en vain,

V. 37 : ap. *admire*, virg. aj. — V. 42 : virg. aj. — V. 55 : ap. *Ah*,
point d'exclam. aj. — V. 61 : éd. 1819 ap. *perfide*, virg.

Et son haleine encore agitée, et son sein...
Des caresses de feu sur son sein imprimées,
Et de baisers récents ses lèvres enflammées :   70
J'ai tout vu. Tout m'a dit une coupable nuit.
Sans même oser répondre, interdite, elle fuit,
Sans même oser tenter le hasard d'un mensonge.
Et moi, comme abusé des promesses d'un songe,
Je venais, j'accourais, sûr d'être souhaité,   75
Plein d'amour et de joie et de tranquillité !

8

Non, je ne l'aime plus ; un autre la possède.
On s'accoutume au mal que l'on voit sans remède.
De ses caprices vains je ne veux plus souffrir :
Mon élégie en pleurs ne sait plus l'attendrir.
Allez, Muses, partez. Votre art m'est inutile ;   5
Que me font vos lauriers ? Vous laissez fuir Camille.
Près d'elle je voulais vous avoir pour soutien.
Allez, Muses, partez, si vous n'y pouvez rien.

Voilà donc comme on aime ! On vous tient, vous caresse ;
Sur les lèvres toujours on a quelque promesse :   10
Et puis... Ah ! laissez-moi, souvenirs ennemis,
Projets, attente, espoir, qu'elle m'avait permis.
— Nous irons au hameau. Loin, bien loin de la ville,
Ignorés et contents, un silence tranquille
Ne montrera qu'au ciel notre asile écarté.   15
Là, son âme viendra m'aimer en liberté.
Fuyant d'un luxe vain l'entrave impérieuse,

V. 70 : éd. 1819 : ap. *enflammées*, point.

IV, 11, 8. — Édition de 1819, p. 136-138. Le manuscrit, gardé par
H. de Latouche, est perdu.

V. 13 : tiret aj. ; éd. de 1819 : ap. *ville*, point et virg.

Sans suite, sans témoins, seule et mystérieuse,
Jamais d'un œil mortel un regard indiscret
N'osera la connaitre et savoir son secret.   20
Seul je vivrai pour elle, et mon âme empressée
Epiera ses désirs, ses besoins, sa pensée.
C'est moi qui ferai tout; moi, qui de ses cheveux
Sur sa tête le soir assemblerai les nœuds.
Par moi, de ses atours à loisir dépouillée,   25
Chaque jour par mes mains la plume amoncelée
La recevra charmante ; et mon heureux amour
Détruira chaque nuit cet ouvrage du jour.
Sa table par mes mains sera prête et choisie;
L'eau pure, de ma main, lui sera l'ambroisie.   30
Seul, c'est moi qui serai partout, à tout moment,
Son esclave fidèle et son fidèle amant. —
Tels étaient mes projets, qu'insensés et volages
Le vent a dissipés parmi de vains nuages !

Ah! quand d'un long espoir on flatta ses désirs,   35
On n'y renonce point sans peine et sans soupirs.
Que de fois je t'ai dit : « Garde d'ètre inconstante ;
Le monde entier déteste une parjure amante.
Fais-moi plutôt gémir sous des glaives sanglants,
Avec le feu plutôt déchire-moi les flancs. »   40
O honte ! A deux genoux j'exprimais ces alarmes ;
J'allais couvrant tes pieds de baisers et de larmes.
Tu me priais alors de cesser de pleurer :
En foule tes serments venaient me rassurer.
Mes craintes t'offensaient; tu n'étais pas de celles   45
Qui font jeu de courir à des flammes nouvelles :
Mille sceptres offerts pour ébranler ta foi,
Eût-ce été rien au prix du bonheur d'être à moi?
Avec de tels discours, ah! tu m'aurais fait croire

V. 21 : éd. 1819 : ap. *Seul*, virg. — V. 29 : éd. 1819 : ap. *choisie*,
virg. — V. 30 : ap. *main*, virg. aj. — V. 32 : tiret aj. — V. 37 : éd. 1819 :
ap. *inconstante*, virg. — V. 47 : virg. aj.

Aux clartés du soleil dans la nuit la plus noire.   50
Tu pleurais même; et moi, lent à me défier,
J'allais avec le lin dans tes yeux essuyer
Ces larmes lentement et malgré toi séchées;
Et je baisais ce lin qui les avait touchées.
Bien plus, pauvre insensé! j'en rougis. Mille fois   55
Ta louange a monté ma lyre avec ma voix.
Je voudrais que Vulcain, et l'onde où tout s'oublie,
Eût consumé ces vers témoins de ma folie.
La même lyre encor pourrait bien me venger,
Perfide! Mais non, non, il faut n'y plus songer.   60
Quoi! toujours un soupir vers elle me ramène!
Allons. Haïssons-la, puisqu'elle veut ma haine.
Oui, je la hais. Je jure... Eh! serments superflus!
N'ai-je pas dit assez que je ne l'aimais plus?

9

Reste, reste avec nous, ô père des bons vins!
Dieu propice, ô Bacchus! toi, dont les flots divins
Versent le doux oubli de ces maux qu'on adore;
Toi, devant qui l'amour s'enfuit et s'évapore,
Comme de ce cristal aux mobiles éclairs   5
Tes esprits odorants s'exhalent dans les airs.

Eh bien? mes pas ont-ils refusé de vous suivre?
Nous venons, disiez-vous, te conseiller de vivre.
Au lieu d'aller gémir, mendier des dédains,
Suis-nous, si tu le peux. La joie à nos festins   10
T'appelle. Viens, les fleurs ont couronné la table;
Viens, viens y consoler ton âme inconsolable.

V. 57 : ap. *s'oublie*, virg. aj. — V. 60 : éd. 1819 : ap. *mais*, virg.

IV, II, 9. — Édition de 1819, p. 125-128. Le manuscrit, gardé par
H. de Latouche, est perdu.

V. 3 : éd. 1819 : ap. *adore*, point.

Vous voyez, mes amis, si de ce noble soin
Mon cœur tranquille et libre avait aucun besoin.
Camille dans mon cœur ne trouve plus des armes,   15
Et je l'entends nommer sans trouble, sans alarmes;
Ma pensée est loin d'elle, et je n'en parle plus;
Je crois la voir muette et le regard confus,
Pleurante. Sa beauté présomptueuse et vaine
Lui disait qu'un captif, une fois dans sa chaîne,   20
Ne pouvait songer... Mais, que nous font ses ennuis?
Jeune homme, apporte-nous d'autres fleurs et des fruits.
Qu'est-ce, amis? nos éclats, nos jeux se ralentissent?
Que des verres plus grands dans nos mains se remplissent!
Pourquoi vois-je languir ces vins abandonnés,   25
Sous le liège tenace encore emprisonnés?
Voyons si ce premier, fils de l'Andalousie,
Vaudra ceux dont Madère a formé l'ambroisie,
Ou ceux dont la Garonne enrichit ses coteaux,
Ou la vigne foulée aux pressoirs de Cîteaux.   30
Non, rien n'est plus heureux que le mortel tranquille
Qui, cher à ses amis, à l'amour indocile,
Parmi les entretiens, les jeux et les banquets,
Laisse couler la vie et n'y pense jamais.

Ah! qu'un front et qu'une âme, à la tristesse en proie, 35
Feignent malaisément et le rire et la joie!
Je ne sais, mais partout je l'entends, je la voi;
Son fantôme attrayant est partout devant moi:
Son nom, sa voix absente erre dans mon oreille.
Peut-être aux feux du vin que l'amour se réveille: 40
Sous les bosquets de Chypre, à Vénus consacrés,
Bacchus mûrit l'azur de ses pampres dorés.
J'ai peur que, pour tromper ma haine et ma vengeance,
Tous ces Dieux malfaisants ne soient d'intelligence.

V. 24 : éd. 1819 : ap. *remplissent*, point. — V. 30 : éd. 1819 : ap. *Cîteaux*, point d'interr. — V. 31 : éd. 1819 : ap. *tranquille*, virg. — V. 32 :
ap. *Qui*, virg. aj. — V. 36 : éd. 1819 : ap. *joie*, point. — V. 43 : ap. *que*,
virg. aj.

Du moins il m'en souvient, quand autrefois auprès 45
De cette ingrate aimée, en nos festins secrets,
Je portais à la hâte à ma bouche ravie
La coupe demi-pleine à ses lèvres saisie,
Ce nectar, de l'amour ministre insidieux,
Bien loin de les éteindre, aiguillonnait mes feux.   5o
Ma main courait saisir, de transports chatouillée,
Sa tête noblement folâtre, échevelée.
Elle riait; et moi, malgré ses bras jaloux,
J'arrivais à sa bouche, à ses baisers si doux.
J'avais soin de reprendre, utile stratagème!   55
Les fleurs que sur son sein j'avais mises moi-même;
Et sur ce sein, mes doigts égarés, palpitants,
Les cherchaient, les suivaient, et les ôtaient longtemps.

  Ah! je l'aimais alors! Je l'aimerais encore,
Si de tout conquérir la soif qui la dévore   6o
Eût flatté mon orgueil au lieu de l'outrager;
Si mon amour n'avait qu'un outrage à venger;
Si vingt crimes nouveaux n'avaient trop su l'éteindre;
Si je ne l'abhorrais. Ah! qu'un cœur est à plaindre
De s'être à son amour longtemps accoutumé,   65
Quand il faut n'aimer plus ce qu'on a tant aimé!
Pourquoi, grands Dieux! pourquoi la fîtes-vous si belle?
Mais ne me parlez plus, amis, de l'infidèle :
Que m'importe qu'un autre adore ses attraits;
Qu'un autre soit le roi de ses festins secrets;   70
Que tous deux en riant ils me nomment peut-être;
De ses cheveux épars qu'un autre soit le maître;
Qu'un autre ait ses baisers, son cœur; qu'une autre main
Poursuive lentement des bouquets sur son sein?
Un autre! Ah! je ne puis en souffrir la pensée.   75
Riez, amis; nommez ma fureur insensée.
Vous n'aimez pas, et j'aime; et je brûle, et je pars

V. 5o : virg. aj. — V. 61 : éd. 1819 : ap. *outrager*, point. — V
éd. 1819 : ap. *sein*, point. — V. 77 : ap. *brûle*, virg. aj.

Me coucher sur sa porte, implorer ses regards ;
Elle entendra mes pleurs, elle verra mes larmes ;
Et dans ses yeux divins, pleins de grâces, de charmes, 80
Le sourire ou la haine, arbitres de mon sort,
Vont ou me pardonner ou prononcer ma mort.

10

El.
Comm.
L'Elégie est venue me trouver (la peindre...) Eh bien ! m'a-
t-elle dit, m'as-tu abandonnée ? attends-tu que tu sois vieux
pour faire ἐλέγους ? je n'aime point ceux qui me courtisent
trop vieux... Il faut être jeune

Pour rire, pour pleurer, se fâcher, s'apaiser...   5
Pour aimer, pour vanter nos charmantes folies.

. . . .
L'emploi de la vieillesse est plus sage et plus beau ;
Mais on rit qu'une Muse, hélas ! près du tombeau,
Ceignant son front glacé de guirlandes fanées,   10
Sous le rouge et le fard déguisant ses années,
D'une tremblante voix chante encor le printemps.
On rit quand, opprimé sous le fardeau des ans,
Vieux amant, vieux chanteur, un poète ose peindre

IV, II, 10. — L. 1 à v. 6, manuscrit, t. III, f° 129, r° ; v. 8 à 12.
ibid., v° ; v. 13 à 32, ibid., r° ; v. 33 à la fin, ibid., v°.

L. 1 : point d'exclam. aj. — L. 2-3 : ponctuat. aj. — V. 5-6 : vers dégagés par nous ; les virg. aj. ; ap. ces vers, Chénier avait d'abord écrit :
pour..., continuant la phrase commencée ; il a ensuite effacé ce mot et
écrit : *La vieillesse a des soins plus beaux, plus importants,* et la fin
du morceau, depuis le vers 13 ; enfin il a biffé cette 1re leçon et indiqué
au-dessus : (*v. à la fin*) ; en effet, au v° se trouvent, à la fin du canevas,
les vers 8-12, qui étaient destinés à prendre place ici. — V. 7 : nous
intercalons ici une ligne de points. — V. 8 : point et virg. aj. — V. 9-11 :
les virg. aj. — V. 12 : ap. ce vers, Chénier, pour indiquer que les v. 8-
12 devaient se placer avant le v. 13, a écrit les premiers mots du v. 13 :
On rit, etc. — V. 13 : les virg. aj. ; 1re leçon biffée : *Mais on rit qu'opprimé.* — V. 14 : les virg. aj. ; 1re leçon non biffée : *vieux poète, un chanteur ose.*

Des douceurs qu'il n'a plus et qu'il ne peut que feindre, 15
Et d'une voix fardée et d'un vers doucereux
Nous conte en cheveux blancs ses exploits amoureux.
Un vieillard n'aime plus. Il n'est, dans sa tendresse,
Ni pressant, ni timide avec délicatesse ;
La douce émotion n'agite plus son cœur, 20
Et son baiser rebute et n'a point de fraîcheur.
La troupe aux yeux charmants des trois sœurs ingénues
Qu'un même nœud retient dansantes, demi-nues,
Fuit un triste vieillard qui n'a que des regrets,
Et qui veut à la rose unir ses noirs cyprès. 25
Elles aiment à voir deux âmes enfantines
Se conter tour à tour leurs caresses divines ;
Deux visages brillants de jeunesse et d'amour
Se presser l'un sur l'autre à la fuite du jour ;
Deux jeunes seins se joindre et palpiter ensemble, 30
Deux bouches de vingt ans, qu'un même feu rassemble,
Mêler leur douce haleine et leurs cris langoureux,
Leurs baisers dévorants, humides, savoureux.

Que tardes-tu donc ? Camille ne t'inspire-t-elle plus
rien ?... Camille !... Dieux ! Camille ?... ô Déesse !... Un de 35
ces vieillards que vous ne pouvez souffrir, qui vous inspirent du dégoût, Camille l'a reçu dans son lit !... Ingrate ! pour
des présents tu m'as préféré un vieux !... Sed quascumque
dedit vestes, quoscumque smaragdos (Prop., l. II, él. 13),
que tous ces présents périssent, à l'aide desquels barbarus 40
excussis agitat vestigia lumbis... d'un lit qui fut à moi...

V. 15 : virg. aj. — V. 16 : le mot *fardée* est biffé et non remplacé ;
1ʳᵉ leçon surchargée : *vers langoureux.* — V. 17 : point aj. — V. 18-21 :
ces vers sont biffés d'un trait dans le ms. — V. 18 : les virg. aj. — V. 19 :
ponctuat. aj. — V. 20 : virg. aj.; 1ʳᵉ leçon non biffée : *n'habite plus.* —
V. 22-23 : les virg. aj.; dans le ms., ces vers sont biffés de deux traits.
— V. 24-25 : ponctuat. aj. — V. 26 : 1ʳᵉ leçon surchargée : *deux bouches.* — V. 27 : point et virg. aj.; 1ʳᵉ leçon surchargée : *Qui...* — V. 29 :
point et virg. aj.; 1ʳᵉ leçon non biffée : *Se chercher, se presser à.* —
V. 30-32 : les virg. aj. — L. 35 : les points d'exclam. aj. — L. 36 : virg.
aj. — L. 37-38 : les points d'exclam. aj. — L. 39 : ap. *vestes, Prop.* et *13,*
virg. aj.; ap. *II,* dans le ms., point. — L. 40 : virg. aj. — L. 41 : ap. *moi,*
dans le ms., point ; les mots : *d'un lit qui fut à moi* rajoutés dans l'interl.

Dévoré de désirs que l'impuissance irrite...

. . . .

D'un lit qu'il déshonore inutile fardeau.

Mais moi, je prendrai désormais une beauté plus fidèle 45
pour objet de mes élégies...

III

D'. Z. N

I

. . . ., île charmante, Amphitrite, ta mère,
N'environne point d'île à ses yeux aussi chère.
Paphos, Gnide ont perdu ce renom si vanté.
C'est chez toi que l'amour, la grâce, la beauté,
La jeunesse ont fixé leurs demeures fidèles.   5
Berceau délicieux des plus belles mortelles,
Tes cieux ont plus d'éclat, ton sol plus de chaleurs,
Ton soleil est plus pur, plus suaves tes fleurs.
D'.... reçut le jour sur tes heureux rivages.
Que toujours tes vaisseaux ignorent les naufrages ;   10
Que l'ouragan jamais ne soulève tes mers ;
Que la terre en tremblant, l'orage, les éclairs,
N'épouvantent jamais la troupe au doux sourire
Des vierges aux yeux noirs, reines de ton empire !

V. 44 : point aj. — L. 45 : virg. aj.

IV, III, 1. — Manuscrit, t. III, f° 50, r°.

V. 1 : ap. *Amphitrite* et *mère*, les virg. aj. — V. 3 : ap. *Gnide*, dans le ms., virg. — V. 6-8 : les virg. aj. — V. 10-12 : ponctuat. aj. — V. 14 : virg. aj. ; ap. *empire*, dans le ms., point.

2

Ἔλ.

. . . . O peuple des oiseaux,
Qui traversez les airs ou nagez sur les eaux.
Vos destins sont heureux. Vous planez sur des ailes.
Vos grâces, vos couleurs plaisent aux yeux des belles.
Souvent de leurs baisers vous goûtez les douceurs   5
Et la mort elle-même ajoute à vos honneurs.
C'est alors que D'.z.n voit vos plumes brillantes
En un faisceau léger sur la gaze ondoyantes
Parer sa belle tête ; et sur ce front charmant
Etendre un doux ombrage et flotter mollement.   10

O joli serin qui es l'ami de ma belle, qui t'agites sur son
doigt, qui as toujours ton bec dans sa bouche, qu'elle couvre de baisers, qui te promènes dans ses cheveux et sur son
sein, qui apprends à répéter les caresses qu'elle te dit, oh !
que j'envie ton sort ! Quand elle te prendra sur son doigt, 15
dis-lui...

Un perroquet.

3

Hier, en te quittant, enivré de tes charmes,
Belle D'.z.., vers moi, tenant en main des armes,

IV, III, 2. — Manuscrit, t. III, f° 93, r°.

V. 1 : points de susp. aj. — V. 3 : ap. *ailes*, point aj. — V. 4 : ponctuat. aj. — V. 7 : ap. *D'.z.n*, dans le ms., virg. — L. 11 : virg. aj. — L.
12 : ap. *doigt*, virg. aj. — L. 14 : point d'exclam. aj.

IV, III, 3. — Le manuscrit de cette élégie, gardé par H. de Latouche, est perdu. Un fac-similé de ce manuscrit, comprenant
seulement les huit premiers vers, se trouve en tête du tome I de
l'édition des *Œuvres de M.-J. Chénier*, publiée en 1826 par D.-Ch.

Une troupe d'enfants courut de toutes parts.
Ils portaient des flambeaux, des chaînes, et des dards.
Leurs dards m'ont pénétré jusques au fond de l'âme ; 5
Leurs flambeaux sur mon sein ont secoué la flamme,
Leurs chaînes m'ont saisi. D'une cruelle voix :
« Aimeras-tu D'.z..? criaient-ils à la fois,
L'aimeras-tu toujours? » Troupe auguste et suprême,
Ah! vous le savez trop, Dieux enfants, si je l'aime. 10
Mais qu'avez-vous besoin de chaînes et de traits?
Je n'ai point voulu fuir. Pourquoi tous ces apprêts?
Sa beauté pouvait tout ; mon âme sans défense
N'a point contre ses yeux cherché de résistance.
Oui, je brûle ; ô D'.z..! laisse-moi du repos. 15
Je brûle ; oh! de mon cœur éloigne ces flambeaux :
Ah! plutôt que souffrir ces douleurs insensées,
Combien j'aimerais mieux sur des Alpes glacées
Être une pierre aride, ou dans le sein des mers
Un roc battu des vents, battu des flots amers! 20
O terre! ô mer! je brûle. Un poison moins rapide
Sut venger le Centaure et consumer Alcide.
Tel que le faon blessé fuit, court, mais dans son flanc
Traîne le plomb mortel qui fait couler son sang ;
Ainsi là, dans mon cœur, errant à l'aventure, 25
Je porte cette belle, auteur de ma blessure.
Marne, Seine, Apollon n'est plus dans vos forêts,
Je ne le trouve plus dans vos antres secrets.
Ah! si je vais encor rêver sous vos ombrages,
Ce n'est plus que d'amour. Du sein de vos feuillages, 30
D'.z.., fantôme aimé, m'environne, me suit
De bocage en bocage, et m'attire et me fuit.
Si dans mes tristes murs je me cherche un asile,

Robert. Nous donnons pour les v. 1 à 8 le texte du fac-similé,
pour les v. 9 à 54, celui de l'édition de 1819, p. 154-155.

  V. 8 : guillem. aj. — V. 15 : nous substituons, conformément au fac-
similé, le nom de D'.z.., à celui de Daphné, ici et dans tout le reste de
la pièce. — V. 16 : éd. 1819 : ô de mon cœur — V. 23 : éd. 1819 : ap.
court, point et virg.

Hélas! contre l'Amour en est-il un tranquille?
Si de livres, d'écrits, de sphères, de beaux-arts   35
Contre elle, contre lui je me fais des remparts;
A l'aspect de l'Amour une terreur subite
Met bientôt les beaux-arts et les Muses en fuite.
Taciturne, mon front appuyé sur ma main,
D'elle seule occupé, mes jours coulent en vain.   40
Si j'écris, son nom seul est tombé de ma plume;
Si je prends au hasard quelque docte volume,
Encor ce nom chéri, ce nom délicieux,
Partout, de ligne en ligne, étincelle à mes yeux.
Je lui parle toujours, toujours je l'envisage;   45
D'.z.., toujours D'.z.., toujours sa belle image
Erre dans mon cerveau, m'assiège, me poursuit,
M'inquiète le jour, me tourmente la nuit.
Adieu donc, vains succès, studieuses chimères,
Et beaux-arts tant aimés, Muses jadis si chères;   5o
Malgré moi mes pensers ont un objet plus doux,
Ils sont tous à D'.z.., je n'en ai plus pour vous[1].
Que ne puis-je à mon tour, ah! que ne puis-je croire
Que loin d'elle toujours j'occupe sa mémoire!

4

O nuit, nuit douloureuse! ô toi, tardive aurore,
Viens-tu? vas-tu venir? es-tu bien loin encore?
Ah! tantôt sur un flanc, puis sur l'autre, au hasard
Je me tourne et m'agite, et ne peux nulle part
Trouver que l'insomnie amère, impatiente,   5
Qu'un malaise inquiet et qu'une fièvre ardente.

V. 54 : éd. 1819 : ap. *mémoire,* point.

IV, III, 4 : Manuscrit, t. III, f° 9, r°.

V. 1 : dans le ms., ap. *douloureuse,* virg. — V. 3-5 : ponctuat. aj.

1. Cf. *Bucoliques, l'Amour et les Amants,* XI, 11, v. 7-8.

Tu dors, belle D'.z.. ; c'est toi, c'est mon amour
Qui retient ma paupière ouverte jusqu'au jour.
Si tu l'avais voulu, Dieux! cette nuit cruelle
Aurait pu s'écouler plus rapide et plus belle.   10
Mon âme comme un songe autour de ton sommeil
Voltige. En me lisant demain à ton réveil,
Tu verras, comme toi, si mon cœur est paisible.
J'ai soulevé pour toi sur ma couche pénible
Ma tête appesantie ; assis, et plein de toi,   15
Le nocturne flambeau qui luit auprès de moi
Me voit, en sons plaintifs et mêlés de caresses,
Verser sur le papier mon cœur et mes tendresses.
Tu dors, belle D'.z.n, tes beaux yeux sont fermés.
Ton haleine de rose aux soupirs embaumés   20
Entr'ouvre mollement tes deux lèvres vermeilles.
Mais si je me trompais! Dieux! ô Dieux! si tu veilles!
Et si quand loin de toi j'endure le tourment
D'une insomnie amère, aux bras d'un autre amant
Pour toi de cette nuit qui s'échappe trop vite   25
Une douce insomnie embellissait la fuite!

Dieu d'oubli, viens fermer mes yeux. O Dieu de paix,
Sommeil, viens, fallût-il les fermer pour jamais.
Un autre dans ses bras! ô douloureux outrage!
Un autre! ô honte! ô mort! ô désespoir! ô rage!   30
Malheureux insensé! pourquoi, pourquoi les Dieux
A juger la beauté formèrent-ils mes yeux?
Pourquoi cette âme faible et si molle aux blessures
De ces regards féconds en douces impostures?
Une amante moins belle aime mieux, et du moins   35

Humble et timide, à plaire elle met tous ses soins ;
Elle est tendre ; elle a peur de pleurer votre absence ;
Fidèle, peu d'amants attaquent sa constance ;
Et son égale humeur, sa facile gaîté,
L'habitude, à son front tiennent lieu de beauté.   40
Mais celle qui partout fait conquête nouvelle,
Celle qu'on ne voit point sans dire : « Oh ! qu'elle est belle !
Insulte, en son triomphe, aux soupirs de l'amour,
Souveraine au milieu d'une tremblante cour,
Dans son léger caprice inégale et soudaine,   45
Tendre et douce aujourd'hui, demain froide et hautaine.
Si quelqu'un se dérobe à ses enchantements,
Qu'est-ce enfin qu'un de moins dans ce peuple d'amants ?
On brigue ses regards, elle s'aime et s'admire,
Et ne connaît d'amour que celui qu'elle inspire.   50
Et puis pour qui l'adore, inquiétudes, pleurs,
Soupçons et jalousie et nocturnes terreurs,
Quand il tremble, de loin, qu'un séducteur habile
Vienne et la sollicite et la trouve docile.
Mais que pouvais-je, hélas ! Et dois-je me blâmer ?   55
O D'.z.., je t'ai vue, il fallait bien t'aimer.
Il fallait bien, D'.z.., que ma Muse enflammée

V. 36 : ponctuat. aj.; 1ʳᵉ leçon biffée : *Complaisante, attentive et prodigue de soins;* 2ᵐᵉ leçon non biffée : *elle est pleine de soins;* puis Chénier a commencé à écrire une 3ᵉ leçon : *Défiante, à vous...* qu'il a biffée en la laissant inachevée. — V. 37-38 : les points et virg. aj. — V. 39 : les virg. aj.; 1ʳᵉ leçon biffée : *Et son humeur égale et sa douce gaîté.* — V. 40 : virg. aj.; 1ʳᵉ leçon biffée : *L'habitude, à son;* 2ᵉ leçon biffée : *Et le temps, à son;* Chénier est ensuite revenu à sa 1ʳᵉ leçon. — V. 41 : virg. aj.; 1ʳᵉ leçon surchargée : *Mais celle qui n'a point trouvé de cœur rebelle.* — V. 42 : deux points et guillem. aj. — V. 43 : les virg. aj.; 1ʳᵉ leçon biffée : *Marche et traine après soi tous les vœux de l'amour.* — V. 44 : virg. aj.; 1ʳᵉ leçon biffée : *Reine superbe, au sein d'une;* au-dessus de *tremblante,* Chénier a écrit dans l'interl. le mot *nombreuse,* puis l'a biffé. — V. 45 : virg. aj.; 1ʳᵉ leçon biffée : *En caprices légers inégale.* — V. 46 : ponctuat. aj. — V. 48 : point d'interr. aj. — V. 49-51 : les virg. aj. — V. 52 : virg. aj.; 1ʳᵉ leçon biffée : *Chagrins et jalousie.* — V. 53 : les virg. aj.; *de loin* est écrit dans l'interl. au-dessus de la 1ʳᵉ leçon biffée : *chez soi.* — V. 54 : 1ʳᵉ leçon biffée : *N'aille aussi la tenter et la.* — V. 55 : virg. et point d'interr. aj. — V. 56 : ap. *vue,* virg. aj.

Chantât pour caresser ma belle bien-aimée.
Elle pleure à tes pieds, les yeux pleins de langueur :
Puisse-t-elle à mes feux intéresser ton cœur !　　　　60

Au retour d'un festin, seule, ô Dieux ! sur ta couche,
Si cet heureux papier s'approchait de ta bouche !
Enfermé dans la soie, oh ! si ta belle main
Daignait le retrouver, le presser sur ton sein !
Je le saurai ; l'amour volera m'en instruire.　　　　65
Dans l'âme d'un poète un Dieu même respire ;
Et ton cœur ne pourra me faire un si grand bien
Sans qu'un transport subit avertisse le mien.
Fais-le naître, ô D'.z.., alors toutes mes peines
S'adoucissent. Alors dans mes paisibles veines　　　　70
Mon sang coule en flots purs et de lait et de miel,
Et mon âme se croit habitante du ciel.

5

Ἔλεγ.

Lorsqu'un amant, qui pleure en vain près d'une belle,
La voit à ses rivaux également rebelle,
Il peut souffrir ; il peut, sans honte et sans éclats,
Partager des rigueurs qui ne l'outragent pas.
Mais à d'autres que lui s'il voit qu'elle est unie,　　　　5
Son infortune alors lui semble ignominie ;

V. 58 : après ce vers, Chénier avait primitivement écrit le vers 60, en laissant un blanc entre ce vers et le vers 61 ; par la suite, au lieu de mettre un vers entre les v. 60 et 61, il a écrit entre les v. 58 et 60 le v. 59. — V. 59 : ponctuat. aj. — V. 60 : ap. cœur, dans le ms., point. — V. 61-63 : ponctuat aj. — V. 64 : virg. aj. — V. 65 : ponctuat. aj.; 1re leçon biffée : mon cœur saura bien me le dire; 2e leçon non biffée : l'amour volera me le dire. — V. 66 : point et virg. aj.; 1re leçon non biffée : Dans le sein d'un. — V. 71 : virg. aj. — V. 72 : point aj.

IV, III, 5. — Manuscrit, t. III. f° 67, r°.

V. 1-3 : ponctuat. aj. — V. 5-6 : ponctuat. aj.

Et dans son cœur blessé gémissent en courroux
L'orgueil, l'amour, tous deux Dieux sombres et jaloux.

Autre.

Seul, rêvant et passant le temps, suivant mon usage, à cal-   10
culer les moments où je l'ai vue et ceux où je la verrai, dé-
couragé, tout à coup je vis entrer l'Espérance... Elle me dit...

Autre.

O Espérance, tu es la première des Déesses... tu ne trom-
pes point... etc... etc... Tu m'avais dit que je fléchirais   15
D'.... et en effet. (Jouissance.)

IV

MARIE COSWAY

I

De l'art de Pyrgotèle élève ingénieux,
Dont, à l'aide du tour, le fer industrieux
Aux veines des cailloux du Gange ou de Syrie
Sait confier les traits de la jeune Marie,
Grave sur l'améthyste ou l'onyx étoilé   5
Ce que d'elle aujourd'hui les Dieux m'ont révélé.

Souvent, lorsqu'aux transports mon âme s'abandonne,
L'harmonieux démon descend et m'environne,
Chante; et ses ailes d'or, agitant mes cheveux,
Rafraîchissent mon front qui bouillonne de feux.   10

V. 8 : les virg. aj. — L. 10 : les virg. aj. — L. 14 : virg. aj.

IV, IV, 1. — Édition de 1819, p. 141-143. Le manuscrit, gardé
par H. de Latouche, est perdu.

V. 3 : éd. 1819 : ap. *Syrie*, virg. — V. 9 : ap. *or*, virg. aj.

Il m'a dit ta naissance, ô jeune Florentine !
C'est vous, Nymphes d'Arno, qui des bras de Lucine
Vîntes la recueillir ; et vos riants berceaux
L'endormirent au bruit de l'onde et des roseaux ;
Et Phœbus, du Cancer hôte ardent et rapide,   15
Ne pouvait point la voir dans cette grotte humide,
Sous des piliers de nacre entourés de jasmin,
Reposer sur un lit de pervenche et de thym.
Abandonnant les fleurs, de sonores abeilles
Vinrent en bourdonnant sur ses lèvres vermeilles   20
S'asseoir et déposer ce miel doux et flatteur
Qui coule avec sa voix et pénètre le cœur.
Reine aux yeux éclatants, la belle Poésie
Lui sourit et trempa sa bouche d'ambroisie,
Arma ses faibles mains des fertiles pinceaux   25
Qui vont vivre la toile en magiques tableaux ;
Et mit dans ses regards ce feu, cette âme pure
Qui sait voir la beauté. fille de la nature.
Une lyre aux sept voix lui faisait écouter
Les sons que Pausilippe est fier de répéter.   30
Et les douces Vertus et les Grâces décentes,
Les bras entrelacés autour d'elle dansantes,
Veillaient sur son sommeil ; et surent la cacher
A Vénus, à l'Amour, qui brûlaient d'approcher ;
Et puis au lieu de lait, pour nourrir son enfance,   35
Mélèrent la candeur, la gaité, l'indulgence,
La bienveillance amie au sourire ingénu,
Et le talent modeste à lui seul inconnu ;
Et la sainte fierté que nul revers n'opprime,
La paix. la conscience ignorante du crime,   40
La simplicité chaste aux regards caressants,
Près de qui les pervers deviendraient innocents.

Artiste, pour l'honneur de ton durable ouvrage,

V. 25 : virg. a].

Graves-y tous ces dons brillants sur son visage.
Grave, si tu le peux, son âme et ses discours,   45
Sa voix, lien puissant d'où dépendent nos jours,
Les jours de ses amis, troupe heureuse et fidèle,
Qui vivent tous pour elle, et qui mourraient pour elle.
De la seule beauté le flambeau passager
Allume dans les sens un feu prompt et léger ;   50
Mais les douces vertus et les grâces décentes
N'inspirent aux cœurs purs que des flammes constantes.

2

. . . .

. . . .

Trop heureux Niemcewicz, dont la muse fidèle
Ouvre à ta renommée[1] une porte nouvelle ;
A sa langue étrangère enseignant tes vertus,   5
Te présente à l'encens de peuples inconnus,
Et fait luire tes traits, et ton âme, et ta grâce
Jusqu'aux bords nébuleux que la Baltique embrasse.
Les sept astres du Nord, parmi les chênes verts
Le verront aux pasteurs de fourrures couverts,   10
Tel qu'Orphée au milieu de sa troupe farouche,
Apprendre ce doux nom qui vivra sur sa bouche,

V. 46 : éd. 1819 : ap. *jours,* point et virg. — V. 47 : éd. 1819 : ap.
amis, point et virg.

IV, iv, 2. — Le manuscrit, de l'écriture du poète polonais Niemcewicz, se trouve à la Bibliothèque municipale de Carcassonne,
dossier 11. 816, B + 3. G. de Chénier a publié ce morceau dans
l'Introduction de son édition, en le donnant comme une œuvre de
Niemcewicz. M. J. Bédier, dans ses *Etudes critiques* (p. 115-123),
a montré que ces vers étaient certainement d'André Chénier.

V. 1-2: dans le ms., Niemcewicz a indiqué deux lignes de points. —
V. 3-5 : ponctuat. aj. — V. 7 : ap. *âme,* virg. aj. — V. 8-12 : ponctuat. aj.

1. Le poète s'adresse à Marie Cosway.

Ton nom, [ton] nom si doux l'honneur de sa chanson.
Pour entendre sa voix et redire ton nom,
De l'âpre Niémen les Naïades sacrées   15
Brisant les durs remparts de glaces azurées
Lèveront à l'envi leurs beaux visages blancs,
Ceints d'humides roseaux et de glaçons brillants.
Ton nom réveillera, chanté par les feuillages,
L'écho de Podolie en ses grottes sauvages.   20
Les belles, dont la martre, au noir duvet luisant,
Presse le jeune sein, quand sous leur char glissant
Le froid hiver durcit la Vistule écumante,
Diront : « Cette étrangère est donc bien séduisante ! »
Prêts à braver le Russe en un combat mortel,   25
Les Polaques guerriers invoqueront le ciel,
Pour qu'une autre Cosway, comme toi noble et pure,
De son écharpe blanche entoure leur armure.

V

AMOURS DIVERSES

I

Elégie tirée d'une idylle de Bion.

Loin des bords trop fleuris de Gnide et de Paphos,

V. 13 : point aj.; le ms. porte : *Ton nom, son nom si doux;* nous corrigeons, comme le sens l'exige, *son* en *ton.* — V. 14 : virg. aj. — V. 17-
18 : ponctuat. aj. — V. 19 : ap. *feuillages*, virg. aj. — V. 20 : point aj.
— V. 21 : ap. *martre* et *luisant*, virg. aj. — V. 23 : virg. aj. — V. 24 :
point d'exclam. et guillem. aj. — V. 25-26 : les virg. aj. — V. 27 : ap.
pure, virg. aj. — V. 28 : point aj.; après ce vers, sur le ms., se trouvent ces mots : *Niemcewicz sera toujours ami de Saint-André.*

IV, v, 1. — Édition de 1819, p. 78-79. Le manuscrit, gardé par
H. de Latouche, est perdu.

Effrayé d'un bonheur ennemi du repos,
J'allais, nouveau pasteur, aux champs de Syracuse
Invoquer dans mes vers la Nymphe d'Aréthuse ;
Lorsque Vénus, du haut des célestes lambris,   5
Sans armes, sans carquois, vint m'amener son fils.
Tous deux ils souriaient : « Tiens, berger, me dit-elle,
Je te laisse mon fils, sois son guide fidèle ;
Des champêtres douceurs instruis ses jeunes ans ;
Montre-lui la sagesse ; elle habite les champs. »   10
Elle fuit. Moi, crédule à cette voix perfide,
J'appelle près de moi l'enfant doux et timide.
Je lui dis nos plaisirs, et la paix des hameaux ;
Un Dieu même au Pénée abreuvant des troupeaux ;
Bacchus et les moissons ; quel Dieu, sur le Ménale, 15
Forma de neuf roseaux une flûte inégale.
Mais lui, sans écouter mes rustiques leçons,
M'apprenait, à son tour, d'amoureuses chansons :
La douceur d'un baiser, et l'empire des belles ;
Tout l'Olympe soumis à des beautés mortelles ;   20
Des flammes de Vénus Pluton même animé ;
Et le plaisir divin d'aimer et d'être aimé.
Que ses chants étaient doux ! Je m'y laissai surprendre.
Mon âme ne pouvait se lasser de l'entendre.
Tous mes préceptes vains, bannis de mon esprit,   25
Pour jamais firent place à tout ce qu'il m'apprit.
Il connaît sa victoire ; et sa bouche embaumée
Verse un miel amoureux sur ma bouche pâmée.
Il coula dans mon cœur ; et, de cet heureux jour,
Et ma bouche et mon cœur n'ont respiré qu'amour. 30

V. 4 : éd. 1819 : ap. *Aréthuse*, point. — V. 15 : éd. 1819 : ap. *moissons*, point. — V. 18 : éd. 1819 : ap. *chansons*, point et virg.

2

Et la rose pâlit sur ta lèvre tremblante.

Elégie.

Jeune fille, ton cœur avec nous veut se taire.
Tu fuis, tu ne ris plus ; rien ne saurait te plaire.
La soie à tes travaux offre en vain des couleurs ;
L'aiguille sous tes doigts n'anime plus des fleurs.   5
Tu n'aimes qu'à rêver, muette, seule, errante ;
Et la rose pâlit sur ta bouche expirante.
Ah ! mon œil est savant et depuis plus d'un jour,
Et ce n'est pas à moi qu'on peut cacher l'amour.
Les belles font aimer ; elles aiment. Les belles   10
Nous charment tous. Heureux qui peut être aimé d'elles !
Sois tendre, même faible ; on doit l'être un moment ;
Fidèle, si tu peux. Mais conte-moi comment,
Quel jeune homme aux yeux bleus, empressé, sans audace,
Aux cheveux noirs, au front plein de charme et de grâce... 15
Tu rougis ? On dirait que je t'ai dit son nom.
Je le connais pourtant. Autour de ta maison
C'est lui qui va, qui vient, et, laissant ton ouvrage,
Tu vas, sans te montrer, épier son passage.
Il fuit vite ; et ton œil, sur sa trace accouru,   20

IV, v, 2. — V. 1, manuscrit, t. III, fº 122, vº ; v. 2 à la fin : le manuscrit de cette élégie, joint, ainsi que deux autres autographes
de Chénier, à un exemplaire de l'édition de 1820, a été donné par
H. de Latouche à Ch. Nodier ; il a ensuite appartenu successivement à Pixérécourt, à Aimé Martin, à M. de N. et enfin à M. Cunin-
Gridaine, qui l'a communiqué à Becq de Fouquières. Nous n'a-
vons pu en retrouver le possesseur actuel. Nous donnons le texte
de l'édition de 1819 (p. 85-86, avec les corrections et les variantes
indiquées par B. de Fouquières d'après le manuscrit. (*Lettres
critiques sur A. Chénier*, p. 86-87.)
    V. 1 : point aj. ; ce vers a été employé dans l'élégie ci-dessous : cf. v. 7.
— V. 2 : sur le ms., en tête de cette élégie, Chénier a inscrit le chiffre 3.
— V. 7 : 1ʳᵉ leçon non biffée : *sur la joue innocente*. — V. 12 : éd.
1819 : ap. *tendre*, point et virg. — V. 13 : ap. *fidèle*, virg. aj. — V. 18 :
ap. *et* virg. aj. — V. 20 : ap. *œil*, virg. aj.

Le suit encor longtemps quand il a disparu.
Certe en ce bois voisin où trois fêtes brillantes
Font courir au printemps nos nymphes triomphantes,
Nul n'a sa noble aisance et son habile main
A soumettre un coursier aux volontés du frein.   25

3

Ἔλεγ.

Sous le roc sombre et frais d'une grotte ignorée,
D'où coule une onde pure aux Nymphes consacrée,
Je suivis l'autre jour un doux et triste son
Et d'un Faune plaintif j'ouïs cette chanson :
« Amour, aveugle enfant, quelle est ton injustice !   5
Hélas ! j'aime Naïs ; je l'aime sans espoir.
Comme elle me tourmente, Hylas fait son supplice ;
Echo plait au berger ; il vole pour la voir.
Echo loin de ses pas suit les pas de Narcisse,
Qui la fuit, pour baiser un liquide miroir. »   10

4

S'ils n'ont point le bonheur, en est-il sur la terre ?
De la blonde Palès l'aspect délicieux,
Et l'azur d'Amphitrite, et la voûte des cieux,
Portent jusqu'à leur âme et délicate et tendre
Une voix, des accents qu'eux seuls savent entendre.   5

V. 23 : 1re leçon non biffée : *nos belles*. — V. 25 : ap. ce vers, Chénier a noté, sur le ms., le nombre des vers du morceau : *24*.

IV, v, 3. — Manuscrit, t. III, f° 86, r°.

V. 1-2 : les virg. aj. — V. 4 : ap. *chanson*, dans le ms., point. — V. 5 : guillem. et point d'exclam. aj. — V. 7 : point et virg. aj. — V. 10 : guillem. aj.

IV, v, 4. — V. 1 à 17, manuscrit, t. III, f° 17, v°; v. 18 à 41, ibid., r°; v. 42 à 61, ibid., f° 16, r°; v. 62 à la fin, ibid., v°.

V. 1-15 : ces vers sont biffés de traits en diagonale ; ils ont été repris et remaniés pour former le morceau qui suit : cf. v. 16-36. — V. 1-3 : les virg. aj.

Tout est pour des amants matière à s'attendrir.

. . . .

Tout ne parle autour d'eux que d'aimer et de plaire,
Tout est formé pour eux dans la nature entière.
Les objets.   10
Etalent à leurs yeux des charmes inconnus.
Aréthuse serpente et plus pure et plus belle,
Une douleur plus tendre anime Philomèle,
Flore exhale pour eux une plus douce odeur,
Et son amant respire avec plus de douceur.   15

   Il faudrait pouvoir mettre :

Le printemps et Pomone et Vertumne et Palès.

———

S'ils n'ont point le bonheur, en est-il sur la terre ?
Quel mortel, inhabile à la félicité,
Nous vantera jamais sa triste liberté,   20
Si jamais des amants il a connu les chaines ?
Leurs plaisirs sont bien doux, et douces sont leurs peines.
L'astre de la nature, et Pomone, et Palès,
Et l'azur d'Amphitrite, et la blonde Cérès
Portent jusqu'à leur âme et délicate, et tendre,   25
Une voix, des accents, qu'eux seuls savent entendre.
Tout d'une joie aimable anime leurs couleurs ;
Dans leurs yeux languissants tout fait naitre des pleurs :
Tout ne parle autour d'eux que d'aimer et de plaire,
Tout est formé pour eux dans la nature entière :   30
Où se portent leurs pas. . . . .
Le ciel rit à la terre, et la terre fleurit ;

V. 6 : point aj.; après ce vers, dans le ms., un blanc. — V. 9 : point aj.
— V. 10 : points de susp. aj. — L. 16-17 : point aj.; ces deux lignes sont
écrites dans la marge de gauche, perpendiculairement au reste du morceau ci-dessus; cf. v. 23. — V. 18-41 : cette seconde rédaction, complétée
et remaniée, a fourni le fragment élégiaque qui suit : cf. v. 42-67. — V.
18 : virg. aj.; ap. terre, dans le ms., point d'exclam. — V. 21 : ap. chaines, dans le ms., point d'exclam. — V. 22 : ap. doux, dans le ms., deux
points; 1re leçon biffée : plus douces sont. — V. 31 : points de susp. aj.
— V. 32 : ap. fleurit, dans le ms., point.

Aréthuse serpente et plus pure et plus belle ;
Une douleur plus tendre anime Philomèle ;
Flore embaume les airs d'une plus douce odeur ;   35
Et son amant soupire avec plus de douceur.

O ubi. . . . . . ô ! . . .

. . . .

. . . .

. . . .   40

Ils n'ont fait qu'exister. L'amant seul a vécu.

El.

Quel mortel inhabile à la félicité
Regrettera jamais sa triste liberté,
Si jamais des amants il a connu les chaînes ?
Leurs plaisirs sont bien doux et douces sont leurs peines. 45
S'ils n'ont point ces trésors que l'on nomme des biens,
Ils ont les soins touchants, les secrets entretiens,
Des regards, des soupirs la voix tendre et divine,
Et des mots caressants la mollesse enfantine.
Pour eux tout s'embellit. Ils n'ont que de beaux cieux. 50
Aux plus arides bords Tempé rit à leurs yeux.
A leurs yeux tout est pur comme leur âme est pure.
Leur asile est plus beau que toute la nature.
La grotte favorable à leurs embrassements
D'âge en âge est un temple honoré des amants.   55
O rives du Pénée, antres, vallons, prairies,

V. 38-40 : des points dans la marge marquent la place de ces 3 vers.
— V. 50-53 : sur le ms., après le v. 49 et avant ces vers, Chénier avait
d'abord écrit :

> Auprès d'eux tout est beau. Tout pour eux s'attendrit.
> Le ciel rit a la terre et la terre fleurit ;
> Aréthuse serpente et plus pure et plus belle ;
> Une douleur plus tendre anime Philomèle ;
> Flore embaume les airs d'une plus douce odeur
> Et son amant soupire avec plus de douceur.

Puis il a biffé ce passage de deux traits, en indiquant en marge : *6 v. à
transporter dans mon élégie champêtre* (nous ne savons quelle élégie
il a voulu désigner ainsi), et à la suite il a composé pour le remplacer
les vers 50-53. — V. 54-55 : ces deux vers sont biffés d'un trait.

Lieux qu'Amour a peuplés d'antiques rêveries ;
Vous, bosquets d'Anio, vous, ombrages fleuris,
Dont l'épaisseur fut chère aux Nymphes du Liris ;
Toi surtout, ô Vaucluse ! ô retraite charmante !   60
Oh ! que j'aille y languir aux bras de mon amante,
De baisers, de rameaux, de guirlandes lié,
Oubliant tout le monde et du monde oublié !
Ah ! que ceux qui, plaignant l'amoureuse souffrance,
N'ont connu qu'une oisive et morne indifférence,   65
En bonheur, en plaisir pensent m'avoir vaincu :
Ils n'ont fait qu'exister, l'amant seul a vécu.

<hr>

5

D'Ovide, l. II.

Oh ! puisse le ciseau qui doit trancher mes jours
Sur le sein d'une belle en arrêter le cours !
Qu'au milieu des langueurs, au milieu des délices,
Commençant de Vénus à goûter les prémices,
Mon âme, sans effort, sans douleurs, sans combats,   5
Se dégage et s'envole, et ne le sente pas !
Que chacun sur ma tombe, où la pierre luisante
Offrira de ma fin l'image séduisante,
L'œil humide de pleurs, dise avec un soupir :
« Ainsi puissé-je vivre, et puissé-je mourir ! »   10

<hr>

V. 58 : ap. *vous* et *fleuris*, les virg. aj. — V. 59 : ap. *Liris*, dans le ms.,
point. — V. 60 : ap. *surtout*, virg. aj.; ap. *Toi*, dans le ms., virg.; ap.
Vaucluse, point. — V. 61 : virg. aj. — V. 63 : ap. *oublié*, dans le ms.,
point. — V. 64-66 : les virg. aj.

IV, v, 5. — Manuscrit, t. III, f° 121, r°.

V. 1-10 : ces vers sont une première rédaction du fragment qui suit
(v. 11-20). — V. 4 : ce vers est biffé et non remplacé. — V. 5-6 : 1re leçon
biffée :
     Mon âme, sans troubler la douceur de mes biens,
     Sans efforts, sans combats, dégage ses liens !
V. 9 : ap. *soupir*, dans le ms., virg.; 1re leçon biffée : *Envieux de mon
sort, disc.* — V. 10 : les guillem. aj.

Oh! puisse le ciseau qui doit trancher mes jours
Sur le sein d'une belle en arrêter le cours!
Qu'au milieu des langueurs, au milieu des délices,
Achevant de Vénus les plus doux sacrifices,
Mon âme sans efforts, sans douleurs, sans combats, 15
Se dégage, et s'envole, et ne le sente pas!
Qu'attiré sur ma tombe où la pierre luisante
Offrira de ma fin l'image séduisante,
Le voyageur ému dise avec un soupir :
« Ainsi puissé-je vivre, et puissé-je mourir! »   20

6

Ἔλ.
Au matin.

Pour elle en ce moment, au sortir de son lit,
Dans ces coupes dont Sèvre, émule de la Chine,
Façonne et fait briller la pâte blanche et fine,
Les glands dont l'Yémen recueille la moisson
Mêlent aux flots de lait leur amère boisson,   5
Où du noir cacao la liqueur onctueuse
Teint sa bouche et ses lis d'une empreinte écumeuse.

7

Ex. Ovid. Fast. II.

Je revois tous ses traits, son air, son vêtement,
Comme elle était assise, et son geste charmant.

V. 11 : point d'exclam. aj. — V. 19 : ap. *ému*, dans le ms., virg. — V. 20 : les guillem. aj.

IV, v, 6. — Manuscrit, t. III, f° 72, r°.

V. 1-3 : les virg. aj. — V. 4 : 1re leçon biffée : *Les graines dont Moka recueille.* — V. 5-7 : ponctuat. aj.

IV, v, 7. — Manuscrit, t. III, f° 74, r°.

C'est ainsi qu'avec grâce elle tournait sa tête,
Ainsi qu'elle parlait, qu'elle restait muette,
Que ses cheveux erraient négligemment épars,   5
Et telle était sa voix, et tels ses doux regards.

8

Je parcours ces déserts peuplés de ton image.

9

Et ton cœur m'aimera, si ton cœur peut aimer.

10

Oh! de nœuds mutuels, Dieux, formez nos liens!
Ou donnez-lui des fers, ou dégagez les miens.
Mais laissez-moi les miens et qu'elle les partage;
Et qu'ensuite le temps jamais ne nous dégage.
Vois, ma belle..., faut-il prier les Dieux   5
D'ôter de ma mémoire et ta voix et tes yeux?
Faut-il désespérer de t'avoir pour amie?
D'être nommé ton cœur, de t'appeler ma vie?

V. 4 : ap. *parlait,* virg. aj. — V. 6 : virg. aj.

IV, v, 8. — Manuscrit, t. I, f° 205, v°.

Point aj.

IV, v, 9. — Manuscrit, t. III, f° 89, r°.

Ponctuat. aj.

IV, v, 10. — Manuscrit, t. III, f° 76, r°.

V. 1-3 : ponctuat. aj. — V. 4 : 1ʳᵉ leçon biffée : *nul temps.* — V. 5 :
ap. *belle...,* virg. aj. — V. 8 : virg. aj.

Faut-il ne t'aimer plus? Ah! plutôt aime-moi ;
Et je ne voudrais point pouvoir vivre sans toi.   10

Tib., l. IV, él. 5; l. II, él. 2.

11

Elégie tirée d'une idylle de [Bion][1].

Bel astre de Vénus, de son front délicat
Puisque Diane encor voile le doux éclat,
Jusques-à ce tilleul, au pied de la colline,
Prête à mes pas secrets ta lumière divine.
Je ne vais point tenter de nocturnes larcins,   5
Ni tendre aux voyageurs des pièges assassins.
J'aime : je vais trouver des ardeurs mutuelles,
Une nymphe adorée, et belle entre les belles,
Comme, parmi les feux que Diane conduit,
Brillent tes feux si purs, ornement de la nuit.   10

12

Et dormant ou veillant, moi je rêve toujours.

Je dors. Mon esprit veille et poursuit son vol infat. Tan-

V. 9 : point d'exclam. aj.; ap. *moi,* dans le ms., point. — V. 10 : Chénier a biffé les mots : *pouvoir vivre sans toi,* puis les a écrits à nouveau dans l'interl.

VI, v, 11. — Édition de 1819, p. 105. Le manuscrit, gardé par H.
de Latouche, est perdu.

V. 8 : ap. *belles,* virg. aj. — V. 9 : ap. *Comme,* virg. aj.

IV, v, 12. — V. 1 à l. 25, manuscrit, t. IV, f° 341, r°; v. 26 à la fin,
ibid., t. III, f° 88, r°.

V. 1 : ponctuat. aj.; cf. ci-dessous, v. 36.

1. L'édition de 1819, sans doute par erreur, porte : *d'une idylle
de Moschus.*

tôt il va fouler d'un pied fantastique l'herbe et les fleurs...
Tantôt il gravit la montagne, ou il traverse une forêt sombre et frémit de terreur en en mesurant la longue obscurité
et s'inquiète de n'apercevoir sur le sable les traces d'aucun
voyageur... Tout à coup, emporté par un torrent écumeux,
il roule avec lui de précipice en précipice au milieu des rochers; de là il est jeté dans une mer tumultueuse, il nage, il
lutte contre ses vagues... Des monstres,   10

Les requins dévorants et les vastes baleines,

accourent autour de lui. Pour les fuir, il agite ses bras et
ses pieds avec plus de force. Au milieu de ce travail, je me
réveille trempé de sueurs; et mon cœur palpite encore du
long effroi de ces monstres que j'ai vus en songe.   15

                           Imit. d'Young, m. I.

Je dors; mais mon cœur veille, il est toujours à toi.

   Je te tiens, je sens ton sein, ta bouche, ta joue sous mes
baisers..., ta peau voluptueuse... sous ma main chatouilleuse... Mais bientôt   20

Des transports ennemis de la paix du sommeil

me réveillent en sursaut et je trouve ma bouche collée sur
l'oreiller que je presse dans mes bras.

Car mes bras, doucement abusés par le songe,

pressaient l'oreiller en croyant te presser toi-même.   25

L. 3 : *va* rajouté dans l'interl. — L. 4 : virg. aj. — L. 7 : les virg. aj.;
1ᵉ leçon biffée : *tout à coup, il...* — L. 9 : ponctuat. aj. — L. 10 : virg.
aj. — V. 11 : virg. aj.; vers dégagé par nous. — L. 12-13 : les virg. aj.
— L. 15 : le canevas ci-dessus, imité d'Young, a fourni, par une curieuse
transposition, le second canevas qui suit (v. 17-l. 25). — V. 17 : point et
virg. aj. — L. 18 : les virg. aj.; 1ᵉ leçon biffée : *ta joue bondir sous.* —
L. 19 : virg. aj. — V. 21 : vers dégagé par nous. — V. 24 : les virg.
aj.; vers dégagé par nous. — L. 17-25 : tout ce canevas est biffé d'un trait
et, au-dessous, Chénier a écrit : *c'est fait*; cf. en effet les vers 26-35.

Ἐλ.

Je dors, mais mon cœur veille ; il est toujours à toi.
Un songe aux ailes d'or te descend près de moi.
Ton cœur bat sur le mien. Sous ma main chatouilleuse
Tressaille et s'arrondit ta peau voluptueuse.
Des transports ennemis de la paix du sommeil   30
M'agitent tout à coup en un soudain réveil ;
Et seul, je trouve alors que ma bouche enflammée
Crut, baisant l'oreiller, baiser ta bouche aimée ;
Et que mes bras, en songe allant te caresser,
Ne pressaient que la plume en croyant te presser.   35

———————

Et dormant ou veillant, moi je rêve toujours.

———————

13

..... Penché sur toi j'attendrai ton réveil
Sans troubler les douceurs de ton chaste sommeil.
Je baiserai les fleurs qui forment ta couronne,
Et le lin qui te couvre, et l'air qui t'environne.

———————

14

De Tibulle, él. I.

Quand d'un souffle jaloux la Parque meurtrière
Viendra de mon flambeau dissiper la lumière,
Si tu viens près de moi, sur mon lit de douleurs

———————

V. 34 : les virg. aj. — V. 36 : virg. aj.; cf. ci-dessus, v. 1.

IV, v, 13. — Manuscrit, t. III, f° 156, r°.

V. 1-3 : ponctuat. aj.

IV, v, 14. — Manuscrit, t. III, f° 120, v°.

V. 1 : 1re leçon surchargée : *Quand la mort...* — V. 3 : 1re leçon non
biffée : *Si je te vois encor.*

Ta présence pourra répandre des douceurs.
Pour apaiser l'effroi que cet instant réveille,   5
Que le son de ta voix flatte encor mon oreille;
Qu'autour de toi mes bras soient encore attachés;
Que tes yeux sur les miens soient encore penchés;
Que ta bouche se joigne à ma bouche expirante;
Que je tienne ta main dans ma main défaillante!   10

15

῎Ελ.

Non, je n'ai plus d'empire où commandent ses pleurs.
A ses moindres désirs, qu'un doux regard m'annonce,
Non, jamais un refus ne sera ma réponse.

16

El. commenc.
Les premiers vers sont d'une jolie chanson de Shakespeare,
Measure for measure, act. IV, sc. 1.

Non. Laisse-moi. Retiens ces discours caressants,
Ces sourires trompeurs autant que séduisants,
Et ces yeux, si divins quand ils font des blessures,
Ces lèvres, tant de fois, si doucement parjures,
Et ce baiser si doux, mais souvent inhumain,   5
Sceau d'un amour constant, scellé souvent en vain.
Ce transport aujourd'hui, parle, est-il bien sincère?
Je doute, je balance, et crains quelque mystère.
Que veux-tu? Quel projet ton cœur a-t-il formé?

V. 5-10 : ponctuat. aj.
IV, v, 15. — Manuscrit, t. III, f° 124. r°
  Les virg. aj.
IV, v, 16. — Manuscrit, t. III, f° 80, r°.
  Les mots : *measure for measure* soulignés dans le ms.

Le mien à ses détours est trop accoutumé.   10
Je ne sais : rarement en un excès si tendre
Tes caresses le jour ont osé se répandre,
Qu'elles ne m'aient caché sous leurs baisers menteurs
Quelque piège imprévu qui me coûtait des pleurs.
Oh! ne me trahis point! Grâce, ô belle perfide!   15

Faut-il accabler celui qui ne se défend point? celui sur
qui l'on peut tout?... Et finir tout cela par lui dire, après un
long bavardage amoureux, de venir vous caresser encore, et
contredire ainsi le commencement, mais sans affectation.

17

El.

. . . .

Je t'indique le fruit qui m'a rendu malade;
Je te crie en quel lieu sous la route est caché
Un abîme où déjà mes pas ont trébuché.
D'un mutuel amour combien doux est l'empire!
Heureux, et plus heureux que je ne saurais dire,   5
Deux cœurs qui ne font qu'un, dont la vie et l'amour
N'auront dans un long temps qu'un même dernier jour!
Mais bien peu, qu'ont séduits de si douces chimères,
Ont fui le repentir et les larmes amères.

V. 10 : ap. *accoutumé*, dans le ms., deux points. — V. 12 : virg. aj. —
V. 15 : ap. *Oh*, point d'exclam. aj.; ap. *point* et *perfide*, dans le ms., point.
— L. 17 : point d'interr. et virg. aj. — L. 18-19 : les virg. aj.

IV, v, 17. — Manuscrit, t. III, f° 107, r°.

Ce morceau semble avoir été primitivement écrit pour l'*Art d'aimer;*
Chénier l'a ensuite remanié, y a ajouté quelques lignes, et a écrit en
marge : *El.*, marquant ainsi qu'il le destinait aux Élégies. — V. 1 ; dans
le ms., un carré de papier, qui contenait sans doute le début primitif du
morceau, a été coupé au-dessus de ce vers ; nous mettons donc ici une
ligne de points. — V. 5 : les virg. aj. — V. 6 : virg. aj.; les mots : *qui ne
font qu'un* sont biffés et non remplacés. — V. 8 : les virg. aj. — V. 9 :
ap. *amères*, dans le ms., point et virg.

O poètes amants, conseillers dangereux,   10
Qui vantez la douceur des tourments amoureux,
Votre miel déguisait de funestes breuvages;
Sur les rochers d'Eubée, entourés de naufrages,
Allumant dans la nuit d'infidèles flambeaux,
Vous avez égaré mes crédules vaisseaux.   .   15
Mais que dis-je? vos vers sont tout trempés de larmes.

   Ce n'est pas vous qui m'avez perdu... Si je vous avais cru...
(traduire). C'est moi-même; c'est elle et ses yeux... et sa
blancheur... et ses artifices et ma... et ma...

18

   Je sens là, dans ce cœur, que le tien m'aime encore.

   V. 10-15 : dans la rédaction primitive, destinée à l'*Art d'aimer*, Chénier avait d'abord écrit ces vers, qui terminaient le morceau :

> Et ma langue est bien loin de vanter leurs appas.
> Non, non, qui que tu sois, tu ne te plaindras pas
> Que mon miel déguisât de funestes breuvages;
> Ni que sur des écueils entourés de naufrages
> J'aie, allumant la nuit d'infidèles flambeaux,
> ..... (?)... les crédules vaisseaux.

   Puis il a, au premier vers, en surcharge de *langue*, écrit *bouche;* en
même temps, il remplaçait les deux derniers vers d'abord par ceux-ci :

> Attirant à la mort les crédules vaisseaux.
> J'aie allumé la nuit d'infidèles flambeaux.

   puis par ceux-ci :

> J'aie allumé la nuit d'infidèles flambeaux
> Qui traînent à la mort les crédules vaisseaux.

   Plus tard, voulant faire de ce morceau un fragment d'élégie, il a écrit
en marge les v. 10-11 de la rédaction définitive, destinés à remplacer les
vers 10-11 primitifs, qu'il a biffés; il a remanié les v. 12-13 et corrigé
ainsi les v. 14-15 :

> Vous allumiez la nuit d'infidèles flambeaux
> Qui traînaient à la mort mes crédules vaisseaux.

   Enfin, biffant à nouveau ces deux vers, il a écrit à la suite les vers
14-15 de la rédaction définitive et le reste du morceau. — V. 10-11 : les
virg. aj. — V. 13-14 : les virg. aj. — V. 16 : point aj. — L. 18 : point et
virg. aj.

   IV, v, 18. — Manuscrit, t. III, f° 76, v°.

   Ponctuat. aj.; ce vers est biffé dans le ms.

19

Ἐλ. ex Terent.

Pourquoi je ne viens plus? Sans doute, je le croi,
Cette porte toujours est ouverte pour moi,
Et jamais, vous jouant de ma crédule attente,
Votre portier ne feint que vous êtes absente.

20

Il n'est donc plus d'espoir, et ma plainte perdue
A son esprit distrait n'est pas même rendue.
Couchons-nous sur sa porte. Ici, jusques au jour,
Elle entendra les pleurs d'un malheureux amour.
Mais non... fuyons... Une autre avec plaisir tentée   5
Prendra soin d'accueillir ma flamme rebutée,
Et de mes longs tourments pour consoler mon cœur...
Mais plutôt renonçons à ce sexe trompeur.
Qui, moi? j'aurais voulu, sur ce seuil inflexible,
Tenter à mes douleurs un cœur inaccessible :   10
J'aurais flatté, gémi, pleuré, prié, pressé,...
A me dire coupable elle m'aurait forcé?...
Que l'amour au plus sage inspire de folie!
Allons; me voilà libre, et pour toute ma vie.
Oui; j'y suis résolu; je n'aimerai jamais;   15
J'en jure... Ma perfide avec tous ses attraits
Ferait pour m'apaiser un effort inutile...
J'admire seulement qu'à ce sexe imbécile

IV, v, 19. — Manuscrit, t. III, f° 126, r°.

V. 1-3 : les virg. aj.

IV, v, 20. — V. 1 à 26, manuscrit, t. III, f° 121, v°; v. 27 à 30, ibid.,
f° 120, r°.

V. 3 : les virg. aj. — V. 9 : ap. *Qui* et *voulu*, virg. aj.; *Qui, moi*, en surcharge de mots illisibles; 1re leçon surchargée : *j'aurais pensé*. — V. 10 :
Tenter en surcharge d'un mot illisible. — V. 12 : point d'interr. aj.

Nous daignions sur nos vœux laisser aucun pouvoir ;
Pour repousser ses traits, on n'a qu'à le vouloir.   20
Ingrate que j'aimais, je te hais, je t'abhorre...
Mais quel bruit à sa porte... Ah ! dois-je attendre encore ?...
J'entends crier les gonds... On ouvre... C'est pour moi...
Oh ! ma... m'aime et me garde sa foi...
Je l'adore toujours... Ah ! Dieux ! ce n'est pas elle,   25
Le vent seul a poussé cette porte cruelle ;
L'ingrate de mes maux n'a point eu de pitié...
Je lui dois bien ma rage et mon inimitié.
Vent jaloux, pour jouer ma crédule espérance,
Avec sa perfidie es-tu d'intelligence ?   3o

21

Ἔλεγ.

Elle a pu me bannir ! Imprudente et sans foi,
Aux bras d'un autre amant elle a fui loin de moi !
Il la quitte aujourd'hui. Comme elle il est volage.
Elle apprend à son tour à gémir d'un outrage ;
Et sans doute en pleurant se ressouvient, hélas !   5
D'un qui l'aima toujours et ne l'outrageait pas.

22

Je suis né pour l'amour, j'ai connu ses travaux ;
Mais, certes, sans mesure il m'accable de maux :

V. 20 : virg. aj. — V. 24 : ap. *ma*, dans le ms., un blanc. — V. 25 : ap.
ah ! point d'exclam. aj. — V. 29 : les virg. aj.

IV, v, 21. — Manuscrit, t. III, fᵒ 84, rᵒ.

V. 1 : virg. aj.; ap. *bannir.* dans le ms., point. — V. 2 : ap. *moi*, dans
le ms., point. — V. 4 : ap. *outrage*, dans le ms., point. — V. 5 : virg. aj.

IV, v, 22. — Édition de 1819, p. 160-163. Le manuscrit, gardé par
H. de Latouche, est perdu.

V. 1 : éd. 1819 : ap. *travaux*, virg.

A porter ce revers mon âme est impuissante.
Eh quoi! beauté divine, incomparable amante,
Je vous perds! Quoi, par vous nos liens sont rompus! 5
Vous le voulez; adieu, vous ne me verrez plus :
Du besoin de tromper ma fuite vous délivre.
Je vais loin de vos yeux pleurer au lieu de vivre.
Mais vous fûtes toujours l'arbitre de mon sort;
Déjà vous prévoyez, vous annoncez ma mort. 10
Oui, sans mourir, hélas! on ne perd point vos charmes.
Ah! que n'êtes-vous là pour voir couler mes larmes!
Pour connaître mon cœur, vos fers, vos cruautés,
Tout l'amour qui m'embrase et que vous méritez!
Pourtant que faut-il faire? on dit (dois-je le croire?) 15
Qu'aisément de vos traits on bannit la mémoire;
Que jusqu'ici vos bras inconstants et légers
Ont reçu mille amants comme moi passagers;
Que l'ennui de vous perdre, où mon âme succombe,
N'a d'aucun malheureux accéléré la tombe. 20
Comme eux j'ai pu vous plaire, et comme eux vous lasser;
De vous, comme eux encor, je pourrai me passer.
Mais quoi! je vous jurai d'éternelles tendresses!
Et quand vous m'avez fait, vous, les mêmes promesses,
Etait-ce rien qu'un piège? Il n'a point réussi. 25
J'ai fait comme vous-même; ah! l'on vous trompe aussi,
Vous, dans l'art de tromper maitresse sans émule.
Vous avez donc pensé, perfide trop crédule,
Qu'un amant, par vous-même instruit au changement,
N'oserait, comme vous, abuser d'un serment? 30
En moi c'était vengeance; à vous ce fut un crime.
A tort un agresseur dispute à sa victime
Des armes dont son bras s'est servi le premier;
Le fer a droit d'ouvrir le flanc du meurtrier.
Trahir qui nous trahit est juste autant qu'utile, 35

V. 5 : éd. 1819 : ap. *rompus*, virg. — V. 8 : éd. 1819 : ap. *vivre*, virg.
— V. 14 : éd. 1819 : ap. *méritez*, point. — V. 15 : ap. *croire*, point d'interr. aj. — V. 19 : ap. *perdre*, virg. aj. — V. 22 : les virg. aj. — V. 26 :
éd. 1819 : ap. *même*, virg.; ap. *aussi*, point et virg.

Et l'inventeur cruel du taureau de Sicile,
Lui-même à l'essayer justement condamné,
A fait mugir l'airain qu'il avait façonné.

Maintenant, poursuivez : il suffit qu'on vous voie,
Vos filets aisément feront une autre proie ;   40
Je m'en fie à votre art moins qu'à votre beauté.
Toutefois, songez-y, fuyez la vanité.
Vous me devez un peu cette beauté nouvelle ;
Vos attraits sont à moi : c'est moi qui vous fis belle.
Soit orgueil, indulgence, ou captieux détour,   45
Soit que mon cœur, gagné par vos semblants d'amour,
D'un peu d'aveuglement n'ait point su se défendre
(Car mon cœur est si bon et ma Muse est si tendre !),
Je vins à vos genoux, en soupirs caressants,
D'un vers adulateur vous prodiguer l'encens ;   50
De vos regards éteints la tristesse chagrine
Fut bientôt dans mes vers une langueur divine.
Ce corps fluet, débile, et presque inanimé,
En un corps tout nouveau dans mes vers transformé,
S'élançait léger, souple ; ils vous portaient la vie ;   55
Des Nymphes, dans mes vers, vous excitiez l'envie.
Que de fois sur vos traits, par ma Muse polis,
Ils ont mêlé la rose au pur éclat des lis !
Tandis qu'au doux réveil de l'aurore fleurie
Vos traits n'offraient aux yeux qu'une pâleur flétrie,   60
Et le soir, embellis de tout l'art du matin,
N'avaient de rose, hélas ! qu'un peu trop de carmin.
Ces folles visions des flammes dévorées
Ont péri, grâce aux Dieux, pour jamais ignorées.
Sur la foi de mes vers mes amis transportés   65
Cherchaient partout vos pas, vos attraits si vantés,
Vous voyaient ; et soudain, dans leur surprise extrême,
Se demandaient tout bas si c'était bien vous-même ;

V. 36 : virg. aj. — V. 43 : éd. 1819 : ap. *nouvelle*, virg. — V. 46 :
ap. *cœur*, virg. aj.

Et, de mes yeux séduits plaignant la trahison,
M'indiquaient l'ellébore ami de la raison. ·   70

« Quoi! c'est là cet objet d'un si pompeux hommage!
Dieux! quels flots de vapeurs inondent son visage!
Ses yeux si doux sont morts; elle croit qu'elle vit;
Esculape doit seul approcher de son lit. »
Et puis tout ce qu'en vous je leur montrais de grâce 75
N'était rien à leurs yeux que fard et que grimace.
Je devais avoir honte : ils ne concevaient pas
Quel charme si puissant m'attirait dans vos bras.
Dans vos bras! qu'ai-je dit? Oh non! Vénus avare
Ne m'a point fait un don qui fut toujours si rare.   80
Si je l'ai cru longtemps, après votre serment
Je vous crois, et jamais une belle ne ment;
Jamais de vos bontés la confidente amie
Ne vint m'ouvrir la nuit une porte endormie,
Et jusqu'au lit de pourpre, en cent détours obscurs, 85
Guider ma main errante à pas muets et sûrs.
Je l'ai cru; pardonnez; mais ce sera, je pense,
Oui, c'est qu'à mon sommeil plein de votre présence,
Un songe officieux, enfant de mes désirs,
M'apporta votre image et de vagues plaisirs.   90
Cette faute à vos yeux doit s'excuser peut-être;
Même on cite un ingrat qui vous la fit commettre.
Adieu, suivez le cours de vos nobles travaux.
Cherchez, aimez, trompez mille imprudents rivaux;
Je ne leur dirai point que vous êtes perfide,   95
Que le plaisir de nuire est le seul qui vous guide,
Que vous êtes plus tendre, alors qu'un noir dessein,
Pour troubler leur repos, veille dans votre sein;
Mais ils sauront bientôt, honteux de leur faiblesse,
Quitter avec opprobre une indigne maîtresse;   100

V. 69 : les virg. aj. — V. 71 : guillem. aj. — V. 74 : guillem. aj.; éd.
1819 : ap. *lit,* point et virg. — V. 85 : les virg. aj. — V. 87 : éd. 1819 : ap.
pardonnez, virg. — V. 97 : ap. *dessein,* virg. aj. — V. 98 : virg. aj.

Vous pleurerez, et moi, j'apprendrai vos douleurs
Sans même les entendre, ou rire de vos pleurs.

23

Fragm. élég.

Non, ces doctes beautés n'ont plus d'attraits pour moi,
Dont le cœur ne bat plus ni d'amour, ni d'effroi ;
Qui sont faites à tout ; dont le hardi sourire
Entend tout, connaît tout, sait tout ce qu'on veut dire ;
Dont, même en nous trompant, le visage imposteur   5
Daigne feindre l'amour et jamais la pudeur.

24

J'ai suivi les conseils d'une triste sagesse.
Je suis donc sage enfin ; je n'ai plus de maîtresse.
Sois satisfait, mon cœur. Sur un si noble appui
Tu vas dormir en paix dans ton sublime ennui.
Quel dégoût vient saisir mon âme consternée,   5
Seule dans elle-même, hélas ! emprisonnée ?
Viens, ô ma lyre ! ô toi, mes dernières amours
(Innocentes du moins), viens, ô ma lyre ; accours
Chante-moi de ces airs qu'à ta voix jeune et tendre
Les lyres de la Grèce ont su jadis apprendre.   10
Quoi ! je suis seul ? O Dieux ! où sont donc mes amis ?

V. 101 : ap. *moi,* virg. aj.

IV, v, 23. — Manuscrit, t. III, f° 78, r°.

V. 1 : ap. *Non,* virg. aj. — V. 2 : virg. aj. — V. 4 : ap. *dire,* dans le
ms., deux points.

IV, v, 24. — Édition de 1819, p. 103-104. Le manuscrit, gardé
par H. de Latouche, est perdu.

V. 6 : virg. aj. — V. 7 : ap. *toi,* virg. aj.; éd. 1819 : ap. *amours,* point
et virg. — V. 8 : ap. *du moins,* virg. aj. — V. 11 : éd. 1819 : ap. *amis,*
point d'exclam.

Ah! ce cœur qui, toujours à l'amitié soumis,
D'étendre ses liens fit son besoin suprême,
Faut-il l'abandonner, le laisser à lui-même?
Où sont donc mes amis? Objets chéris et doux!   15
Je souffre, ô mes amis! Ciel! où donc êtes-vous?
A tout ce qu'elle entend, de vous seuls occupée,
De chaque bruit lointain mon oreille frappée
Ecoute, et croit souvent reconnaître vos pas;
Je m'élance, je cours, et vous ne venez pas!   20

Ah! vous accuserez votre absence infidèle,
Quand vous saurez qu'ainsi je souffre et vous appelle.
Que je plains un méchant! Sans doute avec effroi
Il porte à tout moment les yeux autour de soi;
Il n'y voit qu'un désert; tout fuit, tout se retire.   25
Son œil ne vit jamais de bouche lui sourire;
Jamais, dans les revers qu'il ose déclarer,
De doux regards sur lui s'attendrir et pleurer.
Oh! de se confier noble et douce habitude!
Non, mon cœur n'est point né pour vivre en solitude: 30
Il me faut qui m'estime, il me faut des amis
A qui dans mes secrets tout accès soit permis;
Dont les yeux, dont la main dans la mienne pressée
Réponde à mon silence, et sente ma pensée.
Ah! si pour moi jamais tout cœur était fermé,   35
Si nul ne songe à moi, si je ne suis aimé,
Vivre importun, proscrit, flatte peu mon envie.
Et quels sont ses plaisirs, que fait-il de la vie,
Le malheureux qui, seul, exclu de tout lien,
Ne connaît pas un cœur où reposer le sien;   40
Une âme où dans ses maux, comme en un saint asile,
Il puisse fuir la sienne et se rasseoir tranquille;

V. 12 : ap. *qui,* virg. aj. — V. 18 : éd. 1819 : ap. *frappée,* virg. —
V. 19 : éd. 1819 : ap. *Ecoute,* point et virg. — V. 29 : éd. 1819 : *O de se
confier.* — V. 30 : virg. aj. —V. 33 : éd. 1819 : ap. *pressée,* virg. — V. 38 :
ap. *vie,* virg. aj. — V. 41 : ap. *maux,* virg. aj.

Pour qui nul n'a de vœux, qui jamais dans ses pleurs
Ne peut se dire : « Allons, je sais que mes douleurs
Tourmentent mes amis, et quoiqu'en mon absence,   45
Ils accusent mon sort et prennent ma défense ? »

25

El.

Ah ! le pourrai-je au moins ? suis-je assez intrépide ?
Et toute belle enfin serait-elle perfide ?
Moi, tendre, même faible, et dans l'âge d'aimer,
Faut-il n'oser plus voir tout ce qui peut charmer ?
Quand chacun à l'envi jouit, aime, soupire,   5
Faut-il donc de Vénus abjurer seul l'empire ?
Ne plus dire : « *Je t'aime;* » et dormir jusqu'au jour,
Sans avoir pour adieux quelque baiser d'amour ?
Et lorsque les désirs, les songes, ou l'aurore,
Troubleront mon sommeil, me réveiller encore,   10
Sans que ma main déserte et seule à s'avancer
Trouve dans tout mon lit une main à presser ?

26

Pour mon élégie nocturne imitée de ce bon Suisse Gess-
ner, il faut ceci vers la fin :

Quelle est cette beauté qui descend de la colline les bras
tendus vers moi ?... La peindre... Mais non, ce n'est que son
fantôme que je vois partout dans la nuit... Ensuite je vois   5

V. 46 : éd. 1819 : ap. *défense.* point.

IV, v, 25. — Manuscrit, t. III, f° 43, r°.

V. 1 : les points d'interr. aj. — V. 3 : les virg. aj. — V. 5 : les virg. aj.
— V. 7 : guillem. et. sauf le point et virg., ponctuat. aj.; 1re leçon surchargée : *tout le jour;* les mots en italiques soulignés dans le ms.

IV, v, 26. — L. 1 à 11 : *nombre,* manuscrit, t. III, f° 63, r°; l. 11 :
de vers, à la fin, ibid., v°.

L. 2 : virg. aj.; ap. *fin,* dans le ms., point. — L. 4 : virg. aj.

venir mes amis... Enumération comme dans l'original. C'est
pour ce morceau que je fais la pièce... Je les vois donc
venir. Et avant de les nommer dans l'énumération, je m'in-
terromps : Est-ce encore un fantôme ? — Mais non, l'amitié
est solide... C'est l'amour qui n'est que songe et feux fol- 10
lets. Bonne pensée d'élégie. Finir par un petit nombre de
vers gais et bacchiques.

Le fantôme s'exhale et nage et fuit mes yeux
Et se mêle à l'air pur qui roule autour des cieux.

27

Él. Comm.

Triste chose que l'amour !... Pour un moment de plaisir,
des siècles de supplices... Pourtant ces peines ne sont pas
sans plaisir... Ah ! quand cesserai-je d'aimer ?... Oh ! que cette
jeune fille que je vois tous les jours est belle ! Descript...
Ah ! malheureux ! j'ai beau fuir l'amour comme un esclave 5
fugitif, ou comme un taureau qui a secoué le joug, ou comme
un cheval qui s'est enfui de l'étable... Mais il sait me retrouver, et levant sur moi une branche de myrte dont il me
menace en criant, il me donne de nouveaux fers, il soumet
ma tête à un nouveau joug, il monte sur moi et me gouverne 10
avec un nouveau frein qu'il rit de me voir mordre...

Mandit sub dentibus aurum...

Jeune vierge à l'œil doux, à la voix douce et tendre,

L. 6 : point aj. — L. 8 : virg. aj. — L. 9 : tiret et ponctuat. aj. — L. 11 :
1re leçon biffée : *bonne fin d'élégie*. — L. 12 : entre cette ligne et le vers 13,
Chénier a laissé un blanc. — V. 14 : point aj.

IV, v, 27. — L. 1 à 11 : *avec un nouveau*, manuscrit, t. III, f° 97,
r°; l. 11 : *frein*, à v. 16, ibid., v°; l. 17 à 20, ibid., f° 112, r°; l. 21
à 42, ibid., t. II, f° 213, v°.

L. 1-16 : ce projet, qui ressemble beaucoup à celui que nous donnons
plus loin (cf. ci-dessous, l. 21-42), en a très probablement fourni la première idée. — L. 1 : virg. aj. — L. 4 : le mot : *descript.* rajouté dans
l'interl. — L. 5 : ap. *ah*, point d'exclam. aj. — L. 6-10 : les virg. aj. — V.
13-14 : les virg. aj.

Tu fuis, tu ne sais pas, tu ne veux point entendre
Que de tes yeux charmants la grâce et la douceur   15
Ont remis dans ta main les rênes de mon cœur.

O bois de Vincennes.... bois de Boulogne.... ne tressaillez-
vous point d'allégresse lorsque, sous vos ombrages fleuris,
une belle, la tête couverte d'un chapeau de plumes, galope
sur un cheval ?....   20

Seul dans la forêt, le solitaire est à moraliser... ceci et
cela... Tout à coup il entend un cheval accourir au galop.
Il regarde. Il aperçoit un visage charmant, cheveux flottants,
etc... assise sur son cheval et tenant un pommeau de selle
avec sa main. Il s'élance sur la route. Le coursier s'arrête. 25

Le bel ange pâlit et bégaye : « Étranger,

hôte de la forêt, pardonne, ne me fais point de mal. » Il se
précipite vers elle, il embrasse ses genoux.

« Moi te faire du mal ! Bel ange, ne crains point.

Que la sérénité revienne sur ton front enfantin. Seul ici 30
je.... j'ai entendu venir... j'ai vu ton beau visage, ta jolie
taille... » Il s'interrompt, il embrasse le coursier, il le baise :
« O heureux coursier, qui portes ce bel ange, aies-en bien
soin, sois bien doux, obéis à sa pensée : garde bien d'avoir
un trot dur qui blesserait, qui meurtrirait ses membres déli- 35
cats. Oh! que ne suis-je aussi heureux que toi!

Que n'est-ce moi qui porte une charge si belle ! »

V. 16 : point aj.; 1re leçon biffée : *dans tes mains;* ap. ce vers, Chénier
a écrit le mot : *fin.* — L. 17-20 : cette note semble avoir fourni l'idée des
l. 22-25 du projet qui suit. — L. 18-19 : les virg. aj. — L. 21 : virg. aj.;
cf. ci-dessus, l. 1-3. — L. 22-23 : sauf les points de susp., ponctuat. aj.
— V. 26 : vers dégagé par nous; guillem. et ponctuat. aj.; 1re leçon non
biffée : *pâlit et dit.* — L. 27-28 : guillem. et ponctuat. aj. — V. 29 : ponctuat. et guillem. aj.; vers dégagé par nous. — L. 31 : ponctuat. aj. —
L. 32-36 : guillem. et sauf les points de susp. ap. *taille,* ponctuat. aj. —
V. 37 : guillem. aj.; ap. *belle,* dans le ms., point; vers dégagé par nous.

Elle sourit alors, pressa son coursier et s'éloigna. Mais il
la suivit et fut pour jamais son esclave. Car cette seule vue
lui avait imposé un frein pour le guider au gré de la belle 40
errante, et avait mis

En de si belles mains les rênes de son cœur.

"Eλ.

VI

FRAGMENTS ET VERS SE RAPPORTANT A L'AMOUR

I

. . . .
Soit que le doux amour des Nymphes du Permesse,
D'une fureur sacrée enflammant sa jeunesse,
L'emporte malgré lui dans leurs riches déserts,
Où l'air est poétique et respire des vers ;
Soit que d'ardents projets son âme poursuivie   5
L'aiguillonne du soin d'éterniser sa vie ;
Soit qu'il ait seulement, tendre et né pour l'amour,
Souhaité de la gloire afin de voir un jour,
Quand son nom sera grand sur les doctes collines,
Les yeux qui rendent faible et les bouches divines   10
Chercher à le connaître, et, l'entendant nommer,
Lui parler, lui sourire, et peut-être l'aimer.

L. 38 : virg. aj. — L. 40-41 : virg. aj.; 1re leçon surchargée : *au gré
de la belle et.* — V. 42 : vers dégagé par nous; cf. ci-dessus, v. 16.

IV, VI, 1. — Manuscrit, t. III, f° 52, r°.

V. 1 : virg. aj.; avant ce vers, sur le manuscrit, Chénier a mis quelques points. — V. 2 : virg. aj.; 1re leçon biffée : *D'une belle fureur.*—
V. 3 : virg. aj. — V. 7 : ap. *amour,* virg. aj. — V. 8 : virg. aj. — V.
10 : 1re leçon surchargée *qui font aimer;* après avoir corrigé : *qui rendent faible.* Chénier a biffé ces mots, puis les a écrits de nouveau dans
l'interl. — V. 11-12 : sauf ap. *connaître,* les virg. aj.

2

1. ch.

L'œil des témoins..... en vain poursuit ta trace ;
Il faut oser. L'amour favorise l'audace.
Les ruses des mortels n'éludèrent jamais
D'un enfant et d'un Dieu les ruses et les traits.
Que sert des tours d'airain tout l'appareil horrible ? 5
Que servit à Junon cet Argus si terrible,
Ce front d'inquiétude armé de toutes parts
Où veillaient à la fois cent farouches regards ?

El.

Que sert des tours d'airain tout l'appareil horrible ?
Que servit à Junon cet Argus si terrible, 10
Ce front, de jalousie armé de toutes parts,
Où veillaient à la fois cent farouches regards ?
Mais quoi que l'on oppose et d'adresse et de force,
Quand nul don, nul appât, nulle mielleuse amorce
Ne pourraient au dragon ravir l'or de ses bois 15
Et du triple Cerbère assoupir les abois,
On t'aime ; garde-toi d'abandonner la place.

IV, vi, 2. — V. 1 à 8, manuscrit, t. II, f° 121, v° ; v. 9 à 3o, ibid.,
t. III, f° 65, r° ; v. 31 à la fin, ibid., v°.

V. 1-8 : en tête de ces vers, qui sont biffés d'un trait vertical, Chénier
a écrit la mention : *1 ch.*, qui désigne le premier chant de l'*Art d'aimer* :
c'est là que ces vers devaient d'abord prendre place ; mais plus tard, le
poète, revenant sur sa décision, les a fait entrer dans un fragment d'élégie
(cf. ci-dessous, v. 9-12 et 18) : c'est sans doute à ce moment qu'il a biffé
la première rédaction. — V. 1 : 1re leçon : *L'œil de noirs surveillants
assiège en vain ta trace*, en surcharge de : *L'œil de noirs surveillants*.
Chénier a ensuite corrigé : *La sombre défiance* ; puis, sans biffer la 2e
leçon, il a écrit la 3e, incomplète, dans l'interl. — V. 5 : les mots : *des tours
d'airain* en surcharge d'une 1re leçon illisible. — V. 6 : ap. *terrible,* dans
le ms., point et virg.; 1re leçon non biffée : *son Argus.* — V. 7 : 1re leçon
biffée : *Et ce front par l'envie armé.* — V. 10-11 : les virg. aj. — V. 12 :
ap. *regards,* dans le ms., point. — V. 13-17 : ces vers sont biffés d'un
trait. — V. 13 : ap. *force,* dans le ms., point et virg.

Il faut oser. L'amour favorise l'audace.
Si l'envie à te nuire aiguise tous ses soins,
Toi, pour te rendre heureux, tenterais-tu donc moins? 20
Il faut savoir contre eux tourner leurs propres armes;
Attacher leurs soupçons à de fausses alarmes;
Semer toi-même un bruit d'attaque, de danger,
Leur montrer sur ta route un flambeau mensonger;
Et tandis que par toi leur prudence égarée   25
Rit, s'applaudit de voir ton attente frustrée,
Aveugles, auprès d'eux ils laissent échapper
Tes pas, qu'ils défiaient de les pouvoir tromper.
Tel, car ainsi que toi c'est l'amour qui le guide,
Un fleuve, à pas secrets, des campagnes d'Elide,   30
Seul, au milieu des mers, se fraye un sentier sûr,
Parmi les flots salés garde un flot doux et pur,
Invisible, d'Enna va chercher le rivage;
Et l'amère Thétys ignore son passage.

3

Ainsi le jeune amant, seul, loin de ses délices,
S'assied sous un mélèze au bord des précipices;
Et là revoit la lettre où, dans un doux ennui,
Sa belle amante pleure et ne vit que pour lui.
Il savoure à loisir ces lignes qu'il dévore;   5
Il les lit, les relit, et les relit encore,
Baise la feuille aimée, et la porte à son cœur.
Tout à coup de ses doigts l'aquilon ravisseur

V. 19-20 : les virg. aj.; ces deux vers sont biffés d'un trait. — V. 21 : ap. *armes*, dans le ms., point. — V. 23 : ap. *attaque*, virg. aj. — V. 24 : ap. *mensonger*, dans le ms., point. — V. 27 : virg. aj. — V. 31 : ap. *sûr*, virg. aj. — V. 32 : virg. aj. — V. 33 : ap. *rivage*, dans le ms., point.

IV, VI, 3. — Manuscrit, t. III, f° 91, r°.

V. 3 : ap. *ennui*, virg. aj.; ap. *lettre*, dans le ms., virg. — V. 5-6 : sauf la virg. ap. *encore*, ponctuat. aj. — V. 7 : 1ʳᵉ leçon surchargée : *la lettre*

Vient, l'emporte et s'enfuit. Dieux! il se lève; il crie.
Il voit par le vallon, par l'air, par la prairie,   10
Fuir avec ce papier, cher soutien de ses jours,
Son âme et tout lui-même et toutes ses amours.
Il tremble de douleur, de crainte, de colère.
Dans ses yeux égarés roule une larme amère.
Il se jette en aveugle, à le suivre empressé,   15
Court, saute, vole, et, l'œil sur lui toujours fixé,
Franchit torrents, buissons, rochers, pendantes cimes,
Et l'atteint, hors d'haleine, à travers les abîmes.

4

Il rêve sous les bois; il les peuple de belles.
A ses jeunes chansons il sait donner des ailes,
Pour voler, enflammés d'amour et de désirs,
Porter à la beauté son âme et ses soupirs.

5

El.

. . . .

A l'heure où quelque amant inquiet, agité,
Sur sa couche déserte où son amour s'ennuie,
Qu'habitent les désirs et la triste insomnie,
Non sans plaisir de loin écoute les doux sons
Du clavier barbaresque aux nocturnes chansons;   5
Quand partout dans Paris, seul, attendant l'aurore,

V. 9 : ap. *lève*. dans le ms.. point. — V. 10-11 : les virg. aj. — V. 13 : les virg. aj. — V. 16 : ap. *et*, virg. aj. — V. 18 : les virg. aj.

IV, vi, 4. — Manuscrit, t. III, f° 100, r°.

V. 3 : les virg. aj.

IV. vi, 5. — Manuscrit, t. III, f° 99. r°.

V. 1 : les virg. aj.; avant ce vers, Chénier a indiqué une ligne de points. — V. 2 : virg. aj.

Dans ses pipeaux d'airain, charge utile et sonore,
Un vagabond Orphée, incliné sous le poids,
Du vent mélodieux fait résonner la voix...

6

Sur le Rhin.

... Tantôt s'écoule et fuit par un détroit facile ;
Là tournoie et s'abîme en un gouffre sans fond,
Là se courbe et s'enfonce en un golfe profond.

Trop heureux sur ce bord, pendant la nuit obscure,
Qui, sous un humble toit, de son lit amoureux   5
Entend gronder l'orage et le ciel ténébreux,
Et le Rhin, et ses flots, et sa rive écumante,
Et presse sur son sein le sein de son amante !

7

4.

Mais surtout (sans les yeux quels plaisirs sont parfaits?)
Laissez près d'une couche ainsi voluptueuse
Veiller, discret témoin, la cire lumineuse.
Elle a tout vu, la nuit, elle a tout épié ;
Dès que le jour paraît, elle a tout oublié.   5

El.

V. 8 : ap. *poids,* virg. aj.

IV, vi, 6. — Manuscrit, t. I, f° 205, r°.

V. 1 : points de susp. aj.; ap. *facile,* dans le ms., point. — V. 2 : virg.
aj. — V. 4-5 : les virg. aj.

IV, vi, 7. — Manuscrit, t. III, f° 118, r°.

Ce fragment était primitivement destiné au 4e chant de l'*Art d'aimer*,
comme l'indique le chiffre *4* placé en tête ; mais Chénier, s'étant ensuite
ravisé, a jugé qu'il valait mieux le faire entrer dans une élégie, et a écrit
à la fin la mention *El.* — V. 3 : point. aj. — V. 4-5 : ponctuat. aj.

8

El.

Quand à la porte ingrate exhalant ses douleurs
Tibulle lui prodigue et l'injure et les pleurs,
La grâce, les talents, ni l'amour le plus tendre,
D'un douloureux affront ne peuvent le défendre.
Encore si vos yeux daignaient, pour nous trahir,   5
Chercher dans vos amants celui qu'on peut choisir,
Qu'une belle ose aimer sans honte et sans scrupule,
Et qu'on ose soi-même avouer pour émule !
Mais, Dieux ! combien de fois notre orgueil ulcéré
A rougi du rival qui nous fut préféré !   10
Oui. Thersite souvent peut faire une inconstante.
Souvent l'appât du crime est tout ce qui vous tente ;
Et nous savons à qui de coupables moitiés
Immolèrent Astolfe et Joconde oubliés.

IV, vi, 8. — Manuscrit, t. III, f° 31, r°.

V. 1-4 : Chénier avait d'abord écrit pour commencer ce morceau les
vers que voici :

. . . . D'un crime ou d'une erreur
L'esprit, ni les talents, ni l'amour le plus tendre,
Ni même la beauté ne pourront te défendre.
Encore... etc.

Puis il a biffé les mots : *d'un crime ou d'une erreur, l'esprit, même la
beauté*, et refait tout ce début en quatre vers dans la marge de droite.
— V. 1-2 : 1re leçon biffée :

Quand Tibulle, à sa porte exhalant ses douleurs,
Prodigue au seuil ingrat et l'injure et les pleurs.

V. 3-4 : ponctuat. aj. — V. 5-6 : les virg. aj. ; 1re leçon surchargée :
leurs yeux ; leurs amants. — V. 7 : virg. aj. — V. 9 : virg. aj. ; 1re leçon
non biffée : *notre amour.* — V. 10 : entre ce vers et le vers 11, Chénier
en avait écrit quatre autres, qui sont biffés de petits traits et illisibles. —
V. 11 : ap. *inconstante*, point aj. — V. 12 : ap. *tente*, dans le ms. point ;
1re leçon surchargée : *les tente.* — V. 13 : 1re leçon biffée : *Enfin tu
sais à qui.* — Il semble bien que ce fragment, composé d'abord pour
l'Art d'aimer, ait été ensuite remanié de façon à pouvoir entrer dans
une élégie : le début primitif, les premières leçons des vers 5-6, 12, 13,
les quatre vers biffés entre les v. 10 et 11, représenteraient le texte du
morceau, tel qu'il devait prendre place dans l'Art d'aimer.

9

῎Eλ.

Le courroux d'un amant n'est point inexorable.
Ah! si tu la voyais, cette belle coupable,
Rougir et s'accuser, et se justifier
Sans implorer sa grâce et sans s'humilier,
Pourtant de l'obtenir doucement inquiète,   5
Et, les cheveux épars, immobile, muette,
Les bras, la gorge nus, en un mol abandon,
Tourner sur toi des yeux qui demandent pardon,
Crois qu'abjurant soudain le reproche farouche,
Tes baisers porteraient son pardon sur sa bouche.   10

10

Où sont ces grands tombeaux qui devaient à jamais
D'une épouse fidèle attester les regrets?
L'herbe couvre Corinthe, Argos, Sparte, Mycènes;
La faux coupe le chaume aux champs où fut Athènes.
Ilion, de ces Dieux qui bâtirent tes tours,   5
Contre le fils d'Achille implore le secours.
Et toi qui, subjuguant l'un et l'autre Neptune,
De Rome si longtemps balanças la fortune,
De tes murs aujourd'hui, de tes fameux remparts
On cherche vainement les cadavres épars.   10
Et vous, fiers monuments des arts et du génie,
Que la main d'une femme éleva sur l'Asie,
Prodigieuse enceinte où l'Euphrate étonné

IV, vi, 9. — Manuscrit, t. III, fo 35, ro.

V. 1-6: ponctuat. aj. — V. 8-10 : ponctuat. aj.

IV, vi, 10. — Manuscrit, t. III, fo 156, vo.

V. 1 : avant ce vers, Chénier avait écrit l'indication : *au bout*; puis il
l'a biffée; 1re leçon biffée : *Ces marbres, ces métaux qui devaient.* —
V. 5 : ap. *tours,* virg. aj. — V. 7 : les virg. aj.

Vit de ses flots vaincus le cours emprisonné,
Murs de bitume enduits, dont les vastes racines   15
Semblaient de l'univers attendre les ruines,
Jardins audacieux dans les airs soutenus,
Temples, marbres, métaux, qu'êtes-vous devenus?
Votre nom plus heureux, grâce aux chantres célèbres,
De la nuit envieuse a percé les ténèbres.   20

11

Ipse interque greges, interque armenta Cupido
  Natus, et indomitas dicitur inter equas.
Illic indocto primum se exercuit arcu.
  Hei mihi, quam doctas nunc habet ille manus!
Nec pecudes velut ante petit : fixisse puellas
  Gestit, et audaces perdomuisse viros.
                                Tibull., l. II, él. 1, v. 67.

Il faut traduire ces vers charmants ; et imiter toute cette
élégie, qui est un des plus beaux poèmes de l'antiquité. Il
est plein d'âme, d'esprit, d'érudition, et de philosophie : car
les érotiques anciens ne sont pas des Dorat. J'en dis autant
de la huitième élégie du livre premier.   5

12

Tous ceux qu'un même Dieu frappe des mêmes traits.

V. 17 : virg. aj. ; 1ᵣᵉ leçon surchargée : *dans les airs suspendus.* — V. 20 :
point aj.

IV, VI, 11. — Manuscrit, t. III, f° 120, r°.

  L. 2 : virg. aj.

IV, VI, 12. — Manuscrit, t. III, f° 156, r°.

  Point aj.

13

Un cœur toujours à découvert
Aux flèches de Paphos de toute part ouvert.

————————

14

Non, tu ne connais point cette ardeur incertaine,
Ce tumulte orageux bouillant de veine en veine.

————————

15

Un vers brûlant d'amour et de larmes trempé.

————————

Lui soupirer un vers plein d'amour et de larmes.

————————

Un vers brûlant d'amour et de larmes trempé.

————————

16

Tu verras ses rigueurs
Se fondre et s'amollir à tes douces langueurs.

————————

IV, vi, 13. — Manuscrit, t. III, f° 120, v°.
IV, vi, 14. — Manuscrit, t. III, f° 156, r°.
   Ponctuat. aj.; Chénier se réservant de choisir plus tard entre les épi-
thètes, a écrit au v. 1 : *ardeur inquiète, incertaine,* et au v. 2 : *courant,
flottant, bouillant;* pour garder aux vers leur rythme, nous rejetons en
note trois de ces épithètes.
IV, vi, 15. — V. 1, manuscrit, t. III, f° 122, r°; v. 2 à 3, ibid., v°.
   V. 3 : point aj.
IV, vi, 16. — Manuscrit, t. III, f° 89, r°.

17

Ah! les serments jurés à la beauté qu'on aime
Sont le serment du Styx redoutable aux Dieux même.

18

Perfide, mais pourtant chère, quoique perfide.

19

Et tinctus viola pallor amantium.

Hor.

La pâle violette, emblème de l'amour.

Et la fleur de l'amour, la pâle violette.

La douce violette attirait tous ses vœux ;   5
C'est la fleur des amants, elle est pâle comme eux.

Je vois la violette en sa douce pâleur
De l'amour langoureux affecter la couleur.

IV, vi, 17. — Manuscrit, t. III, f° 122, r°.
   Ponctuat. aj.
IV, vi, 18. — Manuscrit, t. III, f° 89. r°.
   Ap. *chère*, virg. aj.
IV, vi, 19. — Manuscrit, t. III, f° 119. v°.

V

LES AMITIÉS

I

FERDINAND DU HAMEL DE BRAZAIS

Qui? moi? moi de Phébus te dicter les leçons?
Moi, dans l'ombre ignoré, moi, que ses nourrissons
Pour émule aujourd'hui désavoùraient peut-être?
Dans ce bel art des vers je n'ai point eu de maître;
Il n'en est point, ami. Les poètes vantés,   5
Sans cesse avec transport lus, relus, médités;
Les Dieux, l'homme, le ciel, la nature sacrée
Sans cesse étudiée, admirée, adorée,
Voilà nos maîtres saints, nos guides éclatants.   10
A peine avais-je vu luire seize printemps,
Aimant déjà la paix d'un studieux asile,
Ne connaissant personne, inconnu, seul, tranquille,
Ma voix humble à l'écart essayait des concerts;
Má jeune lyre osait balbutier des vers.
Déjà même Sapho des champs de Mitylène   15
Avait daigné me suivre aux rives de la Seine.
Déjà dans les hameaux, silencieux rêveur,
Une source inquiète, un ombrage, une fleur,

V, 1. — Édition de 1819, p. 117-119. Le manuscrit, gardé par H. de Latouche, est perdu.

V. 1 : ap. *Qui*, point d'interr. aj. — V. 3 : éd. 1819 : ap. *peut-être*, point.

Des filets d'Arachné l'ingénieuse trame,
De doux ravissements venaient saisir mon âme.   20
Des voyageurs lointains auditeur empressé,
Sur nos tableaux savants où le monde est tracé,
Je courais avec eux du couchant à l'aurore.
Fertile en songes vains que je chéris encore,
J'allais partout, partout bientôt accoutumé,   25
Aimant tous les humains, de tout le monde aimé.
Les pilotes bretons me portaient à Surate,
Les marchands de Damas me guidaient vers l'Euphrate.
Que dis-je? dès ce temps mon cœur, mon jeune cœur
Commençait dans l'amour à sentir un vainqueur;   30
Il se troublait dès lors au souris d'une belle.
Qu'à sa pente première il est resté fidèle!
C'est là, c'est en aimant, que pour louer ton choix
Les Muses d'elles-même adouciront ta voix.
Du sein de notre amie, oh! combien notre lyre   35
Abonde à publier sa beauté, son empire,
Ses grâces, son amour de tant d'amour payé!
Mais quoi! pour être heureux faut-il être envié?
Quand même auprès de toi les yeux de ta maîtresse
N'attireraient jamais les ondes du Permesse,   40
Qu'importe? Penses-tu qu'il ait perdu ses jours
Celui qui, se livrant à ses chères amours,
Recueilli dans sa joie, eut pour toute science
De jouir en secret, fut heureux en silence?

Qu'il est doux, au retour de la froide saison,   45
Jusqu'au printemps nouveau regagnant la maison,
De la voir devant vous accourir au passage;
Ses cheveux en désordre épars sur son visage :
Son oreille de loin a reconnu vos pas,
Elle vole et s'écrie et tombe dans vos bras;   50

Et sur vous appuyée et respirant à peine,
A son foyer secret loin des yeux vous entraîne.
Là, mille questions qui vous coupent la voix,
Doux reproches, baisers, se pressent à la fois.
La table entre vous deux à la hâte est servie.   55
L'œil humide de joie, au banquet elle oublie
Et les mets et la table, et se nourrit en paix
Du plaisir de vous voir, de contempler vos traits.
Sa bouche ne dit rien, mais ses yeux, mais son âme
Vous parlent; et bientôt des caresses de flamme   60
Vous mènent à ce lit qui se plaignait de vous.
C'est là qu'elle s'informe avec un soin jaloux
Si beaucoup de plaisirs, surtout si quelque belle
Habitait la contrée où vous étiez loin d'elle.

II

PONCE DENIS ÉCOUCHARD LE BRUN

I

Mânes de Callimaque, ombre de Philétas,
Dans vos saintes forêts daignez guider mes pas.
J'ose, nouveau pontife aux antres du Permesse,
Mêler des chants français dans les chœurs de la Grèce.
Dites en quel vallon vos écrits médités   5
Soumirent à vos vœux les plus rares beautés.
Qu'aisément à ce prix un jeune cœur s'embrase!
Je n'ai point pour la gloire inquiété Pégase.
L'obscurité tranquille est plus chère à mes yeux
Que de ses favoris l'éclat laborieux.   10

V. 60 : éd. 1819 : ap. *parlent*, point.

V, II, I. — Édition de 1819, p. 144-147. Le manuscrit, gardé par
H. de Latouche, est perdu.

Peut-être, n'écoutant qu'une jeune manie,
J'eusse aux rayons d'Homère allumé mon génie ;
Et d'un essor nouveau, jusqu'à lui m'élevant,
Volé de bouche en bouche heureux et triomphant.
Mais la tendre Elégie et sa grâce touchante   15
M'ont séduit : l'Elégie à la voix gémissante,
Au ris mêlé de pleurs, aux longs cheveux épars ;
Belle, levant au ciel ses humides regards.
Sur un axe brillant c'est moi qui la promène
Parmi tous ces palais dont s'enrichit la Seine ;   20
Le peuple des Amours y marche auprès de nous ;
La lyre est dans leurs mains : cortège aimable et doux,
Qu'aux fêtes de la Grèce enleva l'Italie !
Et ma fière Camille est la sœur de Délie.
L'Elégie, ô Le Brun ! renaît dans nos chansons,   25
Et les Muses pour elle ont amolli nos sons.
Avant que leur projet, qui fut bientôt le nôtre,
Pour devenir amis nous offrit l'un à l'autre,
Elle avait ton amour, comme elle avait le mien ;
Elle allait de ta lyre implorer le soutien.   30
Pour montrer dans Paris sa langueur séduisante,
Elle implorait aussi ma lyre complaisante.
Femme, et pleine d'attraits, et fille de Vénus,
Elle avait deux amants l'un à l'autre inconnus.
J'ai vu qu'à ses faveurs ta part est la plus belle ; 35
Et pourtant je me plais à lui rester fidèle ;
A voir mon vers au rire, aux pleurs abandonné,
De rose ou de cyprès par elle couronné.
Par la lyre attendris, les rochers du Riphée
Se pressaient, nous dit-on, sur les traces d'Orphée. 40
Des murs fils de la lyre ont gardé les Thébains :
Arion à la lyre a dû de longs destins :
Je lui dois des plaisirs. J'ai vu plus d'une belle,

V. 16 : éd. 1819 : ap. *séduit*, point. — V. 22 : éd. 1819 : ap. *mains*, point. — V. 31 : virg. aj.

A mes accents émue, accuser l'infidèle
Qui me faisait pleurer et dont j'étais trahi;   45
Et souhaiter l'amour de qui le sent ainsi.
Mais, Dieux! que de plaisir quand, muette, immobile,
Mes chants font soupirer ma naïve Camille;
Quand mon vers, tour à tour humble, doux, outrageant,
Eveille sur sa bouche un sourire indulgent;   50
Quand ma voix altérée enflammant son visage,
Son baiser vole et vient l'arrêter au passage!
Oh! je ne quitte plus ces bosquets enchanteurs
Où rêva mon Tibulle aux soupirs séducteurs;
Où le feuillage encor dit Corinne charmante;   55 .
Où Cynthie est écrite en l'écorce odorante;
Où les sentiers français ne me conduisaient pas;
Où mes pas de Le Brun ont rencontré les pas.

    Ainsi, que mes écrits, enfants de ma jeunesse,
Soient un code d'amour, de plaisir, de tendresse;   60
Que partout de Vénus ils dispersent les traits;
Que ma voix, que mon âme y vivent à jamais;
Qu'une jeune beauté, sur la plume et la soie,
Attendant le mortel qui fait toute sa joie,
S'amuse à mes chansons, y médite à loisir   65
Les baisers dont bientôt elle veut l'accueillir.
Qu'à bien aimer tous deux mes chansons les excitent;
Qu'ils s'adressent mes vers, qu'ensemble ils les récitent:
Lassés de leurs plaisirs, qu'aux feux de mes pinceaux
Ils s'animent encore à des plaisirs nouveaux;   70
Qu'au matin sur sa couche, à me lire empressée,
Lise du cloître austère éloigne sa pensée;
Chaque bruit qu'elle entend, que sa tremblante main
Me glisse dans ses draps et tout près de son sein.
Qu'un jeune homme, agité d'une flamme inconnue,   75

V. 47 : ap. *Mais* et *quand*, virg. aj.; éd. 1819 : ap. *Dieux*, virg.. ap.
plaisir, point d'exclam. — V. 52 : éd. 1819 : ap. *passage*, point. — V.
59 : ap. *écrits*, virg. aj. — V. 71 : ap. *couche*, virg. aj.

S'écrie aux doux tableaux de ma Muse ingénue :
« Ce poète amoureux, qui me connaît si bien,
Quand il a peint son cœur, avait lu dans le mien. »

2

Qu'un autre soit jaloux d'illustrer sa mémoire :
Moi, j'ai besoin d'aimer ; qu'ai-je besoin de gloire,
S'il faut, pour obtenir ses regards complaisants,
A l'ennui de l'étude immoler mes beaux ans ;
S'il faut, toujours errant, sans lien, sans maîtresse,   5
Etouffer dans mon cœur la voix de la jeunesse,
Et sur un lit oisif, consumé de langueur,
D'une nuit solitaire accuser la longueur?
Aux sommets où Phœbus a choisi sa retraite,
Enfant, je n'allai point me réveiller poète :   10
Mon cœur, loin du Permesse, a connu dans un jour
Les feux de Calliope et les feux de l'amour.
L'amour seul dans mon âme a créé le génie ;
L'amour est seul arbitre et seul Dieu de ma vie ;
En faveur de l'amour quelquefois Apollon   15
Jusqu'à moi volera de son double vallon.
Mais que tous deux alors ils donnent à ma bouche
Cette voix qui séduit, qui pénètre, qui touche ;
Cette voix qui dispose à ne refuser rien,
Cette voix, des amants le plus tendre lien.   20
Puisse un coup d'œil flatteur, provoquant mon hommage,
A ma langue incertaine inspirer du courage !
Sans dédain, sans courroux, puissé-je être écouté !
Puisse un vers caressant séduire la beauté !
Et si je puis encore, amoureux de sa chaîne,   25
Célébrer mon bonheur ou soupirer ma peine,

V, 11. 2. — Édition de 1819, p. 150-153. Le manuscrit, gardé par
H. de Latouche, est perdu.

   V. 2 : éd. 1819 , ap. *gloire*, point d'interr.

Si je puis par mes sons touchants et gracieux
Aller grossir un jour ce peuple harmonieux
De cygnes, dont Vénus embellit ses rivages
Et se plaît d'égayer les eaux de ses bocages ;   30
Sans regret, sans envie, aux vastes champs de l'air
Mes yeux verront planer l'oiseau de Jupiter.

Sans doute heureux celui qu'une palme certaine
Attend victorieux dans l'une et l'autre arène ;
Qui, tour à tour convive et de Gnide et des cieux,   35
Des bras d'une maîtresse enlevé chez les Dieux,
Ivre de voluptés, s'enivre encor de gloire ;
Et qui, cher à Vénus et cher à la victoire,
Ceint des lauriers du Pinde et des fleurs de Paphos,
Soupire l'élégie et chante les héros.   40
Mais qui sut à ce point, sous un astre propice,
Vaincre du ciel jaloux l'inflexible avarice ?
Qui put voir en naissant, par un accord nouveau,
Tous les Dieux à la fois sourire à son berceau ?
Un seul a pu franchir cette double carrière :   45
C'est lui qui va bientôt, loin des yeux du vulgaire,
Inscrire sa mémoire aux fastes d'Hélicon,
Digne de la nature et digne de Buffon.
Fortunée Agrigente, et toi, reine orgueilleuse,
Rome, à tous les combats toujours victorieuse,   50
Du poids de vos grands noms nous ne gémirons plus.
Par l'ombre d'Empédocle étions-nous donc vaincus ?
Lucrèce aurait pu seul, aux flambeaux d'Epicure,
Dans ses temples secrets surprendre la nature ?
La nature aujourd'hui de ses propres crayons   55
Vient d'armer une main qu'éclairent ses rayons.
C'est toi qu'elle a choisi ; toi, par qui l'Hippocrène
Mêle encore son onde à l'onde de la Seine ;
Toi, par qui la Tamise et le Tibre en courroux

V. 29 : ap. *cygnes*, virg. aj. ; éd. 1819 : ap. *rivages*, virg. — V. 35 :
[ap. *Qui*, virg. aj. — V. 49 : ap. *toi*, virg. aj.

Lui porteront encor des hommages jaloux; 60
Toi, qui la vis couler plus lente et plus facile,
Quand ta bouche animait la flûte de Sicile;
Toi, quand l'amour trahi te fit verser des pleurs,
Qui l'entendis gémir et pleurer tes douleurs[1].
Malherbe tressaillit au delà du Ténare, 65
A te voir agiter les rènes de Pindare;
Aux accents de Tyrtée enflammant nos guerriers,
Ta voix fit dans nos camps renaître les lauriers.
Les tyrans ont pâli, quand ta main courroucée
Ecrasa leur Thémis sous les foudres d'Alcée. 70
D'autres tyrans encor, les méchants et les sots,
Ont fui devant Horace armé de tes bons mots.
Et maintenant, assis dans le centre du monde,
Le front environné d'une clarté profonde,
Tu perces les remparts que t'opposent les cieux, 75
Et l'univers entier tourne devant tes yeux.
Les fleuves et les mers, les vents et le tonnerre,
Tout ce qui peuple l'air et Thétis et la terre,
A ta voix accouru, s'offrant de toutes parts,
Rend compte de soi-même, et s'ouvre à tes regards. 80
De l'erreur vainement les antiques prestiges
Voudraient de la nature étouffer les vestiges;
Ta main les suit partout, et sur le diamant
Ils vivront, de ta gloire éternel monument.

Mais toi-même, Le Brun, que l'amour d'Uranie 85
Guide à tous les sentiers d'où la mort est bannie;
Qui, roi sur l'Hélicon, de tous ses conquérants
Réunis dans ta main les sceptres différents;
Toi-même, quel succès, dis-moi, quelle victoire
Chatouille mieux ton cœur du plaisir de la gloire? 90
Est-ce lorsque Buffon et sa savante cour

V. 79 : ap. *accouru*, virg. ai.

1. Cf. ci-dessus, III, iv, v. 19-22.

Admirent tes regards qui fixent l'œil du jour?
Qu'aux rayons dont l'éclat ceint ta tête brillante,
Ils suivent dans les airs ta route étincelante,
Animent de leurs cris ton vol audacieux,   95
Et d'un œil étonné te perdent dans les cieux?
Ou lorsque, de l'amour interprète fidèle,
Ta naïve Erato fait sourire une belle;
Que son âme se peint dans ses regards touchants,
Et vole sur ta bouche au-devant de tes chants;   100
Qu'elle interrompt ta voix, et d'une voix timide
S'informe de Fanny, d'Eglé, d'Adélaïde;
Et, vantant les honneurs qui suivent tes chansons,
Leur envie un amant qui fait vivre leurs noms?

III

FRANÇOIS DE PANGE

I

De Pange, le mortel dont l'âme est innocente,
Dont la vie est paisible et de crimes exempte,
N'a pas besoin du fer qui veille autour des rois;
Des flèches dont le Scythe a rempli son carquois;
Ni du plomb que l'airain vomit avec la flamme.   5
Incapable de nuire, il ne voit dans son âme
Nulle raison de crainte, et loin de s'alarmer,
Confiant, il se livre aux délices d'aimer.
O de Pange! ami sage, est bien fou qui s'ennuie.
Si les destins deux fois nous permettaient la vie,   10
L'une pour les travaux et les soins vigilants,

V. 97 : ap. *lorsque,* virg. aj.; éd. 1819 : ap. *amour,* virg. — V. 103 :
ap. *Et,* virg. aj.

V, III, 1. — Édition de 1819, p. 147-149. Le manuscrit, gardé par
H. de Latouche, est perdu.

L'autre pour les amours, les plaisirs nonchalants,
On irait d'une vie âpre et laborieuse
Vers l'autre vie au moins pure et voluptueuse.
Mais si nous ne vivons, ne mourons qu'une fois,   15
Eh! pourquoi, malheureux sous de bizarres lois,
Tourmenter cette vie et la perdre sans cesse,
Haletants vers le gain, les honneurs, la richesse;
Oubliant que le sort, immuable en son cours,
Nous fit des jours mortels, et combien peu de jours? 20
Sans les dons de Vénus, quelle serait la vie?
Dès l'instant où Vénus me doit être ravie,
Que je meure. Sans elle ici-bas rien n'est doux.

. . . .

. . . .   25
Humains, nous ressemblons aux feuilles d'un ombrage
Dont au faîte des cieux le soleil remonté
Rafraîchit dans nos bois les chaleurs de l'été.
Mais l'hiver, accourant d'un vol sombre et rapide,
Nous sèche, nous flétrit; et son souffle homicide   30
Secoue et fait voler, dispersés dans les vents,
Tous ces feuillages morts qui font place aux vivants.
La Parque sur nos pas fait courir devant elle
Midi, le soir, la nuit, et la nuit éternelle;
Et par grâce, à nos yeux qu'attend le long sommeil, 35
Laisse voir au matin un regard du soleil.
Quand cette heure s'enfuit, de nos regrets suivie,
La mort est désirable, et vaut mieux que la vie.
O jeunesse rapide! ô songe d'un moment!
Puis l'infirme vieillesse, arrivant tristement,   40
Presse d'un malheureux la tête chancelante,
Courbe sur un bâton sa démarche tremblante,
Lui couvre d'un nuage et les yeux et l'esprit,

V. 16 : ap. *pourquoi*, virg. aj. — V. 17 : éd. 1819 : ap. *sans cesse*, point
d'interr. — V. 19 : ap. *sort*, virg. aj — V. 20 : éd. 1819 : ap. *jours*, point
d'exclam. — V. 21 : virg. aj. — V. 24-25 : l'édition de 1819 ne met ici
qu'une ligne de points. — V. 27 : éd. 1819 : ap. *remonté*, virg. — V. 42 :
éd. 1819 : ap. *tremblante,* point et virg.

Et de soucis cuisants l'enveloppe et l'aigrit :
C'est son bien dissipé, c'est son fils, c'est sa femme, 45
Ou les douleurs du corps, si pesantes à l'âme ;
Ou mille autres ennuis. Car, hélas! nul mortel
Ne vit exempt de maux sous la voûte du ciel.
Oh! quel présent funeste eut l'époux de l'Aurore,
De vieillir chaque jour, et de vieillir encore,   50
Sans espoir d'échapper à l'immortalité!
Jeune, son front plaisait. Mais quoi! toute beauté
Se flétrit sous les doigts de l'aride vieillesse.
Sur le front du vieillard habite la tristesse ;
Il se tourmente, il pleure, il veut que vous pleuriez. 55
Ses yeux par un beau jour ne sont plus égayés.
L'ombre épaisse et touffue et les prés et Zéphire
Ne lui disent plus rien, ne le font plus sourire.
La troupe des enfants, en l'écoutant venir,
Le fuit, comme ennemi de leur jeune plaisir ;   60
Et s'il aime, en tous lieux sa faiblesse exposée
Sert aux jeunes beautés de fable et de risée.

<hr>

2

Ami, de mes ardeurs, quoi, ta plume ose rire!
Quoi, tu ris de l'Amour, tu ris de son empire!
Imprudent, c'est l'Amour que tu viens outrager!
Ah! tremble, malheureux; il aime à se venger.
C'est toi-même aiguiser le trait qu'il te destine.   5
Toi-même sous ses pieds c'est creuser ta ruine.

<hr>

V, III, 2. — Le manuscrit de cette élégie, offert par H. de Latouche au marquis de Loyac, a été acheté à la vente de celui-ci par
M. Brölemann, et appartient aujourd'hui à ses fils, MM. A. et H.-
W. Brölemann, qui ont bien voulu nous le communiquer. Ces
24 vers sont écrits au r⁰ du même feuillet, au v⁰ duquel se trouvent
les v. 225-258 de la première élégie à Lycoris (IV, 1, 1).

En tête de cette élégie, Chénier a écrit le chiffre 29. — V. 1 : sauf ap.
Ami, les virg. aj. — V. 2 : ap. *Quoi,* virg. aj.

J'ai vu de ces rieurs qui, fiers, dans leurs beaux jours
Insultaient à nos fers, à nos pleurs, aux amours,
Vieux, gémir sous le joug d'une jeune inhumaine ;
Fatiguant leurs habits d'une richesse vaine,   10
Cachant leurs cheveux blancs, se traîner à ses pieds ;
L'accabler de leurs dons, mille fois renvoyés ;
Et d'une faible voix, leurs lèvres palpitantes
Bégayer en pleurant des caresses tremblantes.
Alors en les voyant, le jeune homme, à son tour,   15
Rit des justes revers de leur antique amour.
Ami, va ; c'est un Dieu. La force est inutile.
Cède : c'est un enfant, un enfant indocile[1].
Les destins ont écrit (qui voudrait les blâmer ?)
Que plus tôt ou plus tard chaque homme doit aimer. 20
Le plus tôt vaut le mieux. Ta science ennuyeuse
Te tue. Eteins, crois-moi, ta lampe studieuse.
Viens savoir être heureux : c'est la première loi ;
Et loin de me gronder, viens aimer avec moi.

3

De Pange, ami chéri, jeune homme heureux et sage,
Parle ; de ce matin dis-moi quel est l'ouvrage.
Du vertueux bonheur montres-tu les chemins

V. 7 : les virg. aj. — V. 10 : 1re leçon surchargée : *Fatiguer leurs.* —
V. 11 : ap. *pieds,* dans le ms., point : 1re leçon surchargée : *Cacher
leurs.* — V. 12 : ap. *renvoyés,* dans le ms., point. — V. 14 : 1re leçon
biffée : *Pleurer, balbutier des.* — V. 15 : les virg. aj. — V. 18 : ap. *c'est
un enfant,* dans le ms., point. — V. 22 : sauf le point ap. *tue,* ponctuat.
aj. : 1re leçon biffée : *éteins enfin.* — V. 23 : ap. *loi,* dans le ms., point.
— V. 24 : ponctuat. aj. : 1re leçon surchargée : *loin de m'arrêter ; aimer*
en surcharge d'un mot illisible.

V, III, 3. — Édition de 1819, p. 143-144. Le manuscrit, gardé par
H. de Latouche, est perdu.

V. 2 : éd. 1819 : ap. *matin,* virg., ap. *ouvrage,* point d'interr.

1. Cf. *Art d'aimer,* II, 2.

A ce frère naissant, dont j'ai vu que tes mains
Aiment à cultiver la charmante espérance?   5
Ou bien vas-tu cherchant dans l'ombre et le silence,
Seul, quel encens le Gange aux flots religieux
Vit les premiers humains brûler aux pieds des Dieux?
Ou comment dans sa route, avec force tracée,
Descartes n'a point su contenir sa pensée?   10
Consumant ma jeunesse en un loisir plus vain,
Seul, animé du feu que nous nommons divin,
Qui pour moi chaque jour ne luit qu'avec l'aurore,
Je rêve assis au bord de cette onde sonore,
Qu'au penchant d'Hélicon, pour arroser ses bois,   15
Le quadrupède ailé fit jaillir autrefois.
A nos festins d'hier un souvenir fidèle
Reporte mes souhaits, me flatte, me rappelle
Tes pensers, tes discours, et quelquefois les miens;
L'amicale douceur de tes chers entretiens,   20
Ton honnête candeur, ta modeste science,
De ton cœur presque enfant la mûre expérience.
Poursuis : dans ce bel âge où, faibles nourrissons,
Nous répétons à peine un maître et ses leçons,
Il est beau dans les soins d'un solitaire asile   25
(Même dans tes amours, doux, aimable, tranquille),
De savoir loin des yeux, sans faste, sans fierté,
Sage pour soi, content, chercher la vérité.
Va, poursuis ta carrière; et sois toujours le même;
Sois heureux, et surtout aime un ami qui t'aime.   30
Ris de son cœur débile aux désirs condamné,
De l'étude aux amours sans cesse promené,
Qui, toujours approuvant ce dont il fuit l'usage,
Aimera la sagesse, et ne sera point sage.

V. 17 : éd. 1819 : ap. *hier*, virg. — V. 23 : les virg. aj. — V. 26 : ap. *tranquille*, virg. aj. — V. 29 : éd. 1819 : ap. *même*, virg. — V. 33 : ap. *Qui*, virg. aj.

4

.L'astre qui fait aimer est l'astre du poète.

Au chevalier de Pange.

Quand la feuille en festons a couronné les bois,
L'amoureux rossignol n'étouffe point sa voix.
Il serait criminel aux yeux de la nature,
Si, de ses dons heureux négligeant la culture,   5
Sur son triste rameau, muet dans ses amours,
Il laissait sans chanter expirer les beaux jours.
Et toi, rebelle aux dons d'une si tendre mère,
Dégoûté de poursuivre une Muse étrangère
Dont tu choisis la cour trop bruyante pour toi,   10
Tu t'es fait du silence une coupable loi !
Tu naquis rossignol. Pourquoi, loin du bocage
Où des jeunes rosiers le balsamique ombrage
Eût redit tes doux sons sans murmure écoutés,
T'en allais-tu chercher la Muse des cités;   15
Cette Muse, d'éclat, de pourpre environnée,
Qui, le glaive à la main, du diadème ornée,
Vient au peuple assemblé, d'une dolente voix,
Pleurer les grands malheurs, les empires, les rois?
Que n'étais-tu fidèle à ces Muses tranquilles   20
Qui cherchent la fraîcheur des rustiques asiles,
Le front ceint de lilas et de jasmins nouveaux,
Et vont sur leurs attraits consulter les ruisseaux?
Viens dire à leurs concerts la beauté qui te brûle.

V, iii, 4. — V. 1, manuscrit, t. III, f° 156, r°; v. 2 à la fin, édition de 1819, p. 98-101 : le manuscrit, gardé par H. de Latouche, est perdu.

V. 1 : point ai.; ce vers a été employé dans l'élégie ci-dessous : cf. v. 45. — V. 2 : virg. aj. — V. 5 : ap. Si, virg. aj. — V. 12 : virg. aj. — V. 15 : éd. 1819 : ap. cités, point d'interr. — V. 17 : ap. Qui, virg. aj.

Amoureux, avec l'âme et la voix de Tibulle,   25
Fuirais-tu les hameaux, ce séjour enchanté
Qui rend plus séduisant l'éclat de la beauté?
L'amour aime les champs, et les champs l'ont vu naître.
La fille d'un pasteur, une vierge champêtre,
Dans le fond d'une rose, un matin du printemps,   30
Le trouva nouveau-né. . . . .
Le sommeil entr'ouvrait ses lèvres colorées.
Elle saisit le bout de ses ailes dorées,
L'ôta de son berceau d'une timide main,
Tout trempé de rosée, et le mit dans son sein.   35
Tout, mais surtout les champs sont restés son empire.
Là tout aime, tout plaît, tout jouit, tout soupire;
Là de plus beaux soleils dorent l'azur des cieux;
Là les prés, les gazons, les bois harmonieux,
De mobiles ruisseaux la colline animée,   40
L'âme de mille fleurs dans les zéphyrs semée;
Là parmi les oiseaux l'amour vient se poser;
Là sous les antres frais habite le baiser.
Les Muses et l'Amour ont les mêmes retraites.
L'astre qui fait aimer est l'astre des poètes.   45
Bois, écho, frais zéphyrs, Dieux champêtres et doux,
Le génie et les vers se plaisent parmi vous.
J'ai choisi parmi vous ma Muse jeune et chère;
Et, bien qu'entre ses sœurs elle soit la dernière,
Elle plaît. Mes amis, vos yeux en sont témoins.   50
Et puis une plus belle eût voulu plus de soins.
Délicate et craintive, un rien la décourage,
Un rien sait l'animer. Curieuse et volage,
Elle va parcourant tous les objets flatteurs,
Sans se fixer jamais; non plus que sur les fleurs   55
Les zéphyrs vagabonds, doux rivaux des abeilles,
Ou le baiser ravi sur des lèvres vermeilles.
Une source brillante, un buisson qui fleurit,

V. 49 : ap. *Et,* virg. a]. — V. 51 : éd. 1819 : ap. *soins,* point et virg.

Tout amuse ses yeux; elle pleure, elle rit.
Tantôt à pas rêveurs, mélancolique et lente,   60
Elle erre avec une onde et pure et languissante;
Tantôt elle va, vient, d'un pas léger et sûr
Poursuit le papillon brillant d'or et d'azur,
Ou l'agile écureuil, ou dans un nid timide
Sur un oiseau surpris pose une main rapide.   65
Quelquefois, gravissant la mousse du rocher,
Dans une touffe épaisse elle va se cacher;
Et sans bruit épier sur la grotte pendante
Ce que dira le Faune à la Nymphe imprudente
Qui, dans cet antre sourd et des Faunes ami,   70
Refusait de le suivre, et pourtant l'a suivi.
Souvent même, écoutant de plus hardis caprices,
Elle ose regarder au fond des précipices
Où sur le roc mugit le torrent effréné,
Du droit sommet d'un mont tout à coup déchaîné[1].   75
Elle aime aussi chanter à la moisson nouvelle,
Suivre les moissonneurs et lier la javelle.
L'Automne au front vermeil, ceint de pampres nouveaux,
Parmi les vendangeurs l'égare en des coteaux;
Elle cueille la grappe, ou blanche, ou purpurine;   80
Le doux jus des raisins teint sa bouche enfantine;
Ou, s'ils pressent leurs vins, elle accourt pour les voir,
Et son bras avec eux fait crier le pressoir.

Viens, viens, mon jeune ami; viens, nos Muses t'attendent;
Nos fêtes, nos banquets, nos courses te demandent;   85
Viens voir ensemble et l'antre et l'onde et les forêts.
Chaque soir une table, aux suaves apprêts,
Assoira près de nous nos belles adorées;
Ou, cherchant dans le bois des nymphes égarées,

V. 60 : ap. *lente,* virg. aj. — V. 70 : les virg. aj. — V. 81 : éd. 1819 : ap. *enfantine,* point. — V. 88 : éd. 1819 : ap. *adorées,* point.

1. Cf. *Amérique,* V, 17, v. 9-10, et *Bucoliques, Invocations poétiques,* I, 2, v. 17-18.

Nous entendrons les ris, les chansons, les festins ; 90
Et les verres emplis sous les bosquets lointains
Viendront animer l'air ; et du sein d'une treille
Dè leur voix argentine égayer notre oreille.
Mais si, toujours ingrat à ces charmantes sœurs,
Ton front rejette encor leurs couronnes de fleurs, 95
Si de leurs soins pressants la douce impatience
N'obtient que d'un refus la dédaigneuse offense,
Qu'à ton tour la beauté dont les yeux t'ont soumis
Refuse à tes soupirs ce qu'elle t'a promis ;
Qu'un rival loin de toi de ses charmes dispose ; 100
Et, quand tu lui viendras présenter une rose,
Que l'ingrate étonnée, en recevant ce don,
Ne t'ait vu de sa vie et demande ton nom.

IV

ABEL DE MALARTIC DE FONDAT

I

Élégie.

A Fondat.

Abel, doux confident de mes jeunes mystères,
Vois ; Mai nous a rendu nos courses solitaires.
Viens à l'ombre écouter mes nouvelles amours ;
Viens. Tout aime au printemps, et moi j'aime toujours.

'V. 99 : éd. 1819 : ap. *promis*, point.

· V, IV, 1. — Le manuscrit de cette élégie, donné par H. de Latouche à Sainte-Beuve, a été offert par celui-ci à Mᵐᵉ P. Lacroix,
qui l'a communiqué à Becq de Fouquières. Nous n'avons pu savoir quel en est le possesseur actuel. Notre texte est celui de l'édition de 1819, p. 77-78, corrigé d'après les indications de Becq de
Fouquières (*Lettres critiques sur André Chénier*, p. 61-62).

En tête de ce morceau, au-dessous du mot *Élégie*, Chénier a écrit le
chiffre 5. — V. 4 : virg. aj.

Tant que du sombre hiver dura le froid empire,   5
Tu sais si l'aquilon s'unit avec ma lyre.
Ma Muse aux durs glaçons ne livre point ses pas;
Délicate, elle tremble à l'aspect des frimas,
Et près d'un pur foyer, cachée en sa retraite,
Entend les vents mugir, et sa voix est muette.   10
Mais sitôt que Procné ramène les oiseaux,
Dès qu'au riant murmure et des bois et des eaux,
Les champs ont revêtu leur robe d'hyménée,
A ses caprices vains sans crainte abandonnée,
Elle renaît; sa voix a retrouvé des sons;   15
Et comme la cigale, amante des buissons,
De rameaux en rameaux tour à tour reposée,
D'un peu de fleur nourrie et d'un peu de rosée,
S'égaye; et des beaux jours prophète harmonieux,
Aux chants du laboureur mêle son chant joyeux;   20
Ainsi, courant partout sous les nouveaux ombrages,
Je vais chantant Zéphyr, les Nymphes, les bocages;
Et les fleurs du printemps et leurs riches couleurs,
Et mes belles amours, plus belles que les fleurs.

2

Pourquoi de mes loisirs accuser la langueur?
Pourquoi vers des lauriers aiguillonner mon cœur?
Abel, que me veux-tu? Je suis heureux, tranquille.
Tu veux m'ôter mon bien, mon amour, ma Camille,
Mes rêves nonchalants, l'oisiveté, la paix,   5
A l'ombre, au bord des eaux, le sommeil pur et frais.

V. 10 : virg. aj. — V. 14 : ap. *abandonnée*, virg. aj.; éd. 1819 : ap. *vains*, virg. — V. 17 : éd. 1819 : ap. *rameaux*, virg. — V. 20 : éd. 1819 : ap. *joyeux*, point. — V. 24 : virg. aj.

V, iv, 2. — Édition de 1819, p. 92-95. Le manuscrit, gardé par H. de Latouche, est perdu.

V. 2 : point d'interr. aj.

Ai-je connu jamais ces noms brillants de gloire
Sur qui tu viens sans cesse arrêter ma mémoire ?
Pourquoi me rappeler, dans tes cris assidus,
Je ne sais quels projets que je ne connais plus ?   10
Que d'Achille outragé l'inexorable absence
Livre à des feux troyens les vaisseaux sans défense ;
Qu'à Colomb pour le nord révélant son amour,
L'aimant nous ait conduits où va finir le jour ;
Jadis, il m'en souvient, quand les bois du Permesse 15
Recevaient ma première et bouillante jeunesse,
Plein de ces grands objets, ivre de chants guerriers,
Respirant la mêlée et les cruels lauriers,
Je me couvrais de fer, et d'une main sanglante
J'animais aux combats ma lyre turbulente ;   20
Des arrêts du destin prophète audacieux,
J'abandonnais la terre et volais chez les Dieux.
Au flambeau de l'Amour j'ai vu fondre mes ailes.
Les forêts d'Idalie ont des routes si belles !
Là, Vénus, me dictant de faciles chansons,   25
M'a nommé son poète entre ses nourrissons :
Si quelquefois encore, à tes conseils docile,
Ou jouet d'un esprit vagabond et mobile,
Je veux, de nos héros admirant les exploits,
A des sons généreux solliciter ma voix ;   30
Aux sons voluptueux ma voix accoutumée
Fuit, se refuse et lutte, incertaine, alarmée ;
Et ma main, dans mes vers de travail tourmentés,
Poursuit avec effort de pénibles beautés ;
Mais si, bientôt lassé de ces poursuites folles,   35

V. 11 : éd. 1819 : ap. *outragé* et *absence*, virg. — V. 14 : à la fin de
ce vers, B. de Fouquières a remplacé (éd. 1862 et suivantes) le point et
virgule par des points de suspension ; il nous a semblé que cette correction n'éclaircissait pas le sens assez obscur, il faut le reconnaître, de ce
passage, et nous avons gardé la ponctuation de 1819. — V. 21 : éd. 1819 :
ap. *destin*, virg. — V. 25 : ap. *Vénus* et *chansons*, les virg. aj. — V. 31 :
éd. 1819 : ap. *accoutumée*, virg. — V. 32 : éd. 1819 : ap. *Fuit*, point et
virg. — V. 34 : éd. 1819 : ap. *beautés*, point. — V. 35 : ap. *si*, virg. aj.

Je retourne à mes riens que tu nommes frivoles,
Si je chante Camille, alors écoute, voi :
Les vers pour la chanter naissent autour de moi.
Tout pour elle a des vers ! Ils renaissent en foule ;
Ils brillent dans les flots du ruisseau qui s'écoule ;   40
Ils prennent des oiseaux la voix et les couleurs ;
Je les trouve cachés dans les replis des fleurs.
Son sein a le duvet de ce fruit que je touche ;
Cette rose au matin sourit comme sa bouche ;
Le miel qu'ici l'abeille eut soin de déposer   45
Ne vaut pas à mon cœur le miel de son baiser.
Tout pour elle a des vers ! Ils me viennent sans peine
Doux comme son parler, doux comme son haleine.
Quoi qu'elle fasse ou dise, un mot, un geste heureux
Demande un gros volume à mes vers amoureux.   50
D'un souris caressant si son regard m'attire,
Mon vers plus caressant va bientôt lui sourire.
Si la gaze la couvre, et le lin pur et fin
Mollement, sans apprêt ; et la gaze et le lin
D'une molle chanson attend une couronne.   55
D'un luxe étudié si l'éclat l'environne,
Dans mes vers éclatants sa superbe beauté
Vient ravir à Junon toute sa majesté.
Tantôt, c'est sa blancheur, sa chevelure noire ;
De ses bras, de ses mains le transparent ivoire.   60
Mais si jamais sans voile, et les cheveux épars,
Elle a rassasié ma flamme et mes regards,
Elle me fait chanter, amoureuse Ménade,
Des combats de Paphos une longue Iliade ;
Et si de mes projets le vol s'est abaissé,   65
A la lyre d'Homère ils n'ont point renoncé.
Mais, en la dépouillant de ses cordes guerrières,
Ma main n'a su garder que les cordes moins fières
Qui chantèrent Hélène et les joyeux larcins,

V. 37 : deux points aj. — V. 45 : éd. 1819 : ap. *déposer,* virg. — V. 63 :
ap. *chanter,* virg. aj. — V. 67 : ap. *Mais,* virg. aj.

Et l'heureuse Corcyre, amante des festins.   70
Mes chansons à Camille ont été séduisantes.
Heureux qui peut trouver des Muses complaisantes,
Dont la voix sollicite et mène à ses désirs
Une jeune beauté qu'appelaient ses soupirs.
Hier, entre ses bras, sur sa lèvre fidèle,   75
J'ai surpris quelques vers que j'avais faits pour elle.
Et sa bouche, au moment que je l'allais quitter,
M'a dit : « Tes vers sont doux, j'aime à les répéter. »
Si cette voix eût dit même chose à Virgile,
Abel, dans ses hameaux il eût chanté Camille ;   80
N'eût point cherché la palme au sommet d'Hélicon,
Et le glaive d'Énée eût épargné Didon.

V

LOUIS TRUDAINE DE MONTIGNY ET MICHEL TRUDAINE
DE LA SABLIÈRE

Aux deux frères Trudaine.

Amis, couple chéri, cœurs formés pour le mien,
Je suis libre. Camille à mes yeux n'est plus rien.
L'éclat de ses yeux noirs n'éblouit plus ma vue ;
Mais cette liberté sera bientôt perdue.
Je me connais. Toujours je suis libre et je sers ;   5
Etre libre pour moi n'est que changer de fers.
Autant que l'univers a de beautés brillantes,
Autant il a d'objets de mes flammes errantes.
Mes amis, sais-je voir d'un œil indifférent
Ou l'or des blonds cheveux sur l'albâtre courant,   10

V. 70 : virg aj.

V, v. — Édition de 1819, p. 167-170. Le manuscrit, gardé par H. de Latouche, est perdu.

Ou d'un flanc délicat l'élégante noblesse,
Ou d'un luxe poli la savante richesse?
Sais-je persuader à mes rêves flatteurs
Que les yeux les plus doux peuvent être menteurs?
Qu'une bouche où la rose, où le baiser respire,　　15
Peut cacher un serpent à l'ombre d'un sourire?
Que sous les beaux contours d'un sein délicieux
Peut habiter un cœur faux, parjure, odieux?
Peu fait à soupçonner le mal qu'on dissimule,
Dupe de mes regards, à mes désirs crédule,　　20
Elles trouvent mon cœur toujours prêt à s'ouvrir.
Toujours trahi, toujours je me laisse trahir.
Je leur crois des vertus, dès que je les vois belles.
Sourd à tous vos conseils, ô mes amis fidèles!
Relevé d'une chute, une chute m'attend;　　25
De Charybde à Scylla toujours vague et flottant,
Et toujours loin du bord jouet de quelque orage,
Je ne sais que périr de naufrage en naufrage.

Ah! je voudrais n'avoir jamais reçu le jour
Dans ces vaines cités que tourmente l'amour;　　30
Où les jeunes beautés, par une longue étude,
Font un art des serments et de l'ingratitude.
Heureux loin de ces lieux éclatants et trompeurs,
Eh! qu'il eût mieux valu naître un de ces pasteurs
Ignorés dans le sein de leurs Alpes fertiles,　　35
Que nos yeux ont connus fortunés et tranquilles!
Oh! que ne suis-je enfant de ce lac enchanté
Où trois pâtres héros ont à la liberté
Rendu tous leurs neveux et l'Helvétie entière!
Faible, dormant encor sur le sein de ma mère,　　40
Oh! que n'ai-je entendu ces bondissantes eaux,
Ces fleuves, ces torrents, qui, de leurs froids berceaux,

V. 15 : ap. *respire*, virg. aj. — V. 17 : éd. 1819 : ap. *délicieux*, virg. —
V. 30 : éd. 1819 : ap. *amour*, point. — V. 36 : éd. 1819 : ap. *tranquilles*,
point. — V. 39 : éd. 1819 : ap. *entière*, point.

Viennent du bel Hasly nourrir les doux ombrages !
Hasly ! frais Elysée ! honneur des pâturages !
Lieu qu'avec tant d'amour la nature a formé,   45
Où l'Aar roule un or pur en son onde semé.
Là, je verrais, assis dans ma grotte profonde,
La génisse traînant sa mamelle féconde,
Prodiguant à ses fils ce trésor indulgent,
A pas lents agiter sa cloche au son d'argent,   50
Promener près des eaux sa tête nonchalante,
Ou de son large flanc presser l'herbe odorante.
Le soir, lorsque plus loin s'étend l'ombre des monts,
Ma conque, rappelant mes troupeaux vagabonds,
Leur chanterait cet air si doux à ces campagnes ;   55
Cet air que d'Appenzel répètent les montagnes.
Si septembre, cédant au long mois qui le suit,
Marquait de froids zéphyrs l'approche de la nuit,
Dans ses flancs colorés une luisante argile
Garderait sous mon toit un feu lent et tranquille,   60
Ou, brûlant sur la cendre à la fuite du jour,
Un mélèze odorant attendrait mon retour.
Une rustique épouse et soigneuse et zélée,
Blanche (car sous l'ombrage au sein de la vallée
Les fureurs du soleil n'osent les outrager),   65
M'offrirait le doux miel, les fruits de mon verger,
Le lait enfant des sels de ma prairie humide,
Tantôt breuvage pur, et tantôt mets solide
En un globe fondant sous ses mains épaissi,
En disque savoureux à la longue durci ;   70
Et cependant sa voix simple et douce et légère
Me chanterait les airs que lui chantait sa mère.

     Hélas ! aux lieux amers où je suis enchaîné
Ce repos à mes jours ne fut point destiné.
J'irai : je veux jamais ne revoir ce rivage.   75

V. 43 : éd. 1819 : ap. *ombrages,* point. — V. 47 : ap. *verrais* et *pro-*
fonde, virg. aj. — V. 54 : ap. *conque,* virg. aj. — V. 61 : ap. *Ou,* virg. aj.

Je veux, accompagné de ma Muse sauvage,
Revoir le Rhin tomber en des gouffres profonds,
Et le Rhône grondant sous d'immenses glaçons,
Et d'Arve aux flots impurs la Nymphe injurieuse.
Je vole, je parcours la cime harmonieuse   80
Où souvent de leurs cieux les anges descendus,
En des nuages d'or mollement suspendus,
Emplissent l'air des sons de leur voix éthérée.
O lac, fils des torrents! ô Thoun, onde sacrée!
Salut, monts chevelus, verts et sombres remparts   85
Qui contenez ses flots pressés de toutes parts!
Salut, de la nature admirables caprices,
Où les bois, les cités pendent en précipices!
Je veux, je veux courir sur vos sommets touffus;
Je veux, jouet errant de vos sentiers confus,   90
Foulant de vos rochers la mousse insidieuse,
Suivre de mes chevreaux la trace hasardeuse;
Et toi, grotte escarpée et voisine des cieux,
Qui d'un ami des saints fus l'asile pieux,
Voûte obscure, où s'étend et chemine en silence   95
L'eau qui de roc en roc bientôt fuit et s'élance,
Ah! sous tes murs sans doute, un cœur trop agité
Retrouvera la joie et la tranquillité!

V. 78 : éd. 1819 : ap. *glaçons*, point. — V. 80 : éd. 1819 : ap. *parcours,*
virg. — V. 88 : éd. 1819 : ap. *cités,* virg.

VI

SOUHAITS DE VIE INDÉPENDANTE ET PAISIBLE

I

O Muses, accourez; solitaires divines,
Amantes des ruisseaux, des grottes, des collines!
Soit qu'en ses beaux vallons Nîme égare vos pas,
Soit que de doux pensers, en de riants climats,
Vous retiennent aux bords de Loire ou de Garonne;   5
Soit que parmi les chœurs de ces Nymphes du Rhône
La lune sur les prés, où son flambeau vous luit,
Dansantes, vous admire au retour de la nuit;
Venez. J'ai fui la ville aux Muses si contraire,
Et l'écho fatigué des clameurs du vulgaire.   10
Sur les pavés poudreux d'un bruyant carrefour
Les poétiques fleurs n'ont jamais vu le jour.
Le tumulte et les cris font fuir avec la lyre
L'oisive rêverie au suave délire;
Et les rapides chars et leurs cercles d'airain   15
Effarouchent les vers qui se taisent soudain.
Venez. Que vos bontés ne me soient point avares.
Mais, oh! faisant de vous mes pénates, mes lares,

VI, 1. — Édition de 1819, p. 106-109. Le manuscrit, gardé par H. de Latouche, est perdu.

V. 2 : éd. 1819 : ap. *collines*, point. — V. 7 : ap. *prés,* virg. aj. — V. 8 : éd. 1819 : ap. *nuit,* point. — V. 18 : éd. 1819 : *ô faisant.*

Quand pourrai-je habiter un champ qui soit à moi ?
Et, villageois tranquille, ayant pour tout emploi   20
Dormir et ne rien faire, inutile poète,
Goûter le doux oubli d'une vie inquiète ?
Vous savez si toujours, dès mes plus jeunes ans,
Mes rustiques souhaits m'ont porté vers les champs ;
Si mon cœur dévorait vos champêtres histoires :   25
Cet âge d'or si cher à vos doctes mémoires ;
Ces fleuves, ces vergers, Eden aimé des cieux,
Et du premier humain berceau délicieux ;
L'épouse de Booz, chaste et belle indigente,
Qui suit d'un pas tremblant la moisson opulente ;   30
Joseph, qui dans Sichem cherche et retrouve, hélas !
Ses dix frères pasteurs qui ne l'attendaient pas ;
Rachel, objet sans prix qu'un amoureux courage
N'a pas trop acheté de quinze ans d'esclavage.
Oh ! oui ; je veux un jour, en des bords retirés,   35
Sur un riche coteau ceint de bois et de prés,
Avoir un humble toit, une source d'eau vive
Qui parle, et, dans sa fuite et féconde et plaintive,
Nourrisse mon verger, abreuve mes troupeaux.
Là je veux, ignorant le monde et ses travaux,   40
Loin du superbe ennui que l'éclat environne,
Vivre comme jadis, aux champs de Babylone,
Ont vécu, nous dit-on, ces pères des humains
Dont le nom aux autels remplit nos fastes saints ;
Avoir amis, enfants, épouse belle et sage ;   45
Errer, un livre en main, de bocage en bocage ;
Savourer sans remords, sans crainte, sans désirs,
Une paix dont nul bien n'égale les plaisirs.
Douce mélancolie ! aimable mensongère,
Des antres, des forêts Déesse tutélaire,   50

V. 19 : éd. 1819 : ap. *moi*, point d'exclam. — V. 20 : ap. *Et*, virg. aj.
— V. 23 : les virg. aj. — V. 25 : éd. 1819 : ap. *histoires*, point et virg.
— V. 28 : éd. 1819 : ap. *délicieux*. point. — V. 31 : ap. *Joseph*, virg. aj.
— V. 32 : éd. 1819 : ap. *pas*, point. — V. 38 : sauf ap. *parle*, les virg.
aj. — V. 44 : éd. 1819 : ap. *saints*, point. — V. 50 : ap. *antres*, virg. aj.

Qui vient d'une insensible et charmante langueur
Saisir l'ami des champs et pénétrer son cœur;
Quand, sorti vers le soir des grottes reculées,
Il s'égare à pas lents au penchant des vallées,
Et voit des derniers feux le ciel se colorer,   55
Et sur les monts lointains un beau jour expirer.
Dans sa volupté sage, et pensive, et muette,
Il s'assied, sur son sein laisse tomber sa tête.
Il regarde à ses pieds, dans le liquide azur
Du fleuve qui s'étend comme lui calme et pur,   60
Se peindre les coteaux, les toits et les feuillages,
Et la pourpre en festons couronnant les nuages.
Il revoit près de lui, tout à coup animés,
Ces fantômes si beaux à nos pleurs tant aimés,
Dont la troupe immortelle habite sa mémoire :   65
Julie, amante faible, et tombée avec gloire;
Clarisse, beauté sainte où respire le ciel,
Dont la douleur ignore et la haine et le fiel,
Qui souffre sans gémir, qui périt sans murmure;
Clémentine adorée, âme céleste et pure   70
Qui, parmi les rigueurs d'une injuste maison,
Ne perd point l'innocence en perdant la raison.
Mânes aux yeux charmants, vos images chéries
Accourent occuper ses belles rêveries;
Ses yeux laissent tomber une larme. Avec vous   75
Il est dans vos foyers, il voit vos traits si doux.
A vos persécuteurs il reproche leur crime.
Il aime qui vous aime, il hait qui vous opprime.
Mais tout à coup il pense, ô mortels déplaisirs!
Que ces touchants objets de pleurs et de soupirs   80
Ne sont peut-être, hélas! que d'aimables chimères,
De l'âme et du génie enfants imaginaires.

V. 51 : éd. 1819 : ap. *langueur*, virg. — V. 53 : les virg. aj. — V. 57 :
ap. *pensive*, virg. aj. — V. 58 : éd. 1819 : ap. *s'assied*, point. — V. 59 :
virg. aj. — V. 65 : éd. 1819 : ap. *mémoire*, point. — V. 69 : éd. 1819 : ap.
murmure, point. — V. 71 : ap. *Qui*, virg. aj. — V. 72 : éd. 1819 : ap. *raison*, deux points.

Il se lève; il s'agite à pas tumultueux;
En projets enchanteurs il égare ses vœux.
Il ira, le cœur plein d'une image divine,   85
Chercher si quelques lieux ont une Clémentine,
Et dans quelque désert, loin des regards jaloux,
La servir, l'adorer et vivre à ses genoux.

2

O jours de mon printemps, jours couronnés de rose,
A votre fuite en vain un long regret s'oppose.
Beaux jours, quoique souvent obscurcis de mes pleurs,
Vous dont j'ai su jouir même au sein des douleurs,
Sur ma tête bientôt vos fleurs seront fanées.   5
Hélas! bientôt le flux des rapides années
Vous aura loin de moi fait voler sans retour.
Oh! si du moins alors je pouvais à mon tour,
Champêtre possesseur, dans mon humble chaumière
Offrir à mes amis une ombre hospitalière;   10
Voir mes Lares charmés, pour les bien recevoir,
A de joyeux banquets la nuit les faire asseoir;
Et là nous souvenir, au milieu de nos fêtes,
Combien chez eux longtemps, dans leurs belles retraites,
Soit sur ces bords heureux, opulents avec choix,   15
Où Montigny s'enfonce en ses antiques bois,
Soit où la Marne lente, en un long cercle d'îles,
Ombrage de bosquets l'herbe et les prés fertiles,

VI, 2. — Édition de 1819, p. 112-115. Le manuscrit de la mise au
net, gardé par H. de Latouche, est perdu. Il reste au t. III du ms.,
f° 7, v°, une première rédaction des v. 29 à 38, et f° 6, r°, une première rédaction des v. 53 à 58; en outre le f° 7, r°, du même tome
contient les v. 21 à 38 (2ᵉ rédaction). Le texte de ces divers brouil-
lons étant à peu près identique à celui de l'édition de 1819, nous
ne reproduisons que celui-ci, en donnant, quand il y a lieu, dans
les notes, les variantes des rédactions antérieures.

V. 18 : éd. 1819 : ap. *fertiles*, point et virg.

J'ai su, pauvre et content, savourer à longs traits
Les Muses, les plaisirs, et l'étude et la paix.   20
Qui ne sait être pauvre est né pour l'esclavage.
Qu'il serve donc les grands, les flatte, les ménage;
Qu'il plie, en approchant de ces superbes fronts,
Sa tête à la prière et son âme aux affronts,
Pour qu'il puisse, enrichi de ces affronts utiles,   25
Enrichir à son tour quelques têtes serviles.
De ses honteux trésors je ne suis point jaloux.
Une pauvreté libre est un trésor si doux !
Il est si doux, si beau, de s'être fait soi-même,
De devoir tout à soi, tout aux beaux-arts qu'on aime; 30
Vraie abeille en ses dons, en ses soins, en ses mœurs,
D'avoir su se bâtir, des dépouillès des fleurs,
Sa cellule de cire, industrieux asile
Où l'on coule une vie innocente et facile ;
De ne point vendre aux grands ses hymnes avilis,   35
De n'offrir qu'aux talents, de vertus ennoblis,
Et qu'à l'amitié douce et qu'aux douces faiblesses,
D'un encens libre et pur les honnêtes caresses!
Ainsi l'on dort tranquille; et, dans son saint loisir,
Devant son propre cœur on n'a point à rougir.   40
Si le sort ennemi m'assiège et me désole,
On pleure : mais bientôt la tristesse s'envole;
Et les arts, dans un cœur de leur amour rempli,

V. 21 : ici commence le fragment formant une 2ᵉ rédaction (v. 21-38),
qui se trouve au fᵒ 7. rᵒ, du t. III du ms.; Chénier avait d'abord commencé ce morceau ainsi : *Qui n'aim[e]*...; puis il a biffé ces mots et écrit
au-dessous le v. 21. — V. 24 : 2ᵉ rédaction : ap. *prière,* virg.; ap. *affronts,*
point et virg. — V. 27 : 2ᵉ rédaction : ap. *De ces honteux.* — V. 29 : ici
commence le morceau formant la 1ʳᵉ rédaction des vers 29-38, qui est
au fᵒ 7, vᵒ, du t. III du ms.; en tête, Chénier a écrit : *Fragm[ent]*; 1ʳᵉ
et 2ᵉ rédaction : ap. *soi même,* point d'exclam.; 2ᵉ rédaction : ap. *beau,*
pas de virg. — V. 30 : 1ʳᵉ et 2ᵉ rédaction : ap. *aime,* point d'exclam.
— V. 32 : 1ʳᵉ rédaction : aucune virg. — V. 33 : 1ʳᵉ rédaction : ap. *asile,*
virg. — V. 34 : 1ʳᵉ et 2ᵉ rédaction: *et tranquille;* ap. *tranquille,* point.
— V. 35 : 1ʳᵉ et 2ᵉ rédaction : ap. *avilis,* point. — V. 36 : 1ʳᵉ et 2ᵉ rédaction : ap. *talents,* pas de virg. — V. 37 : 1ʳᵉ et 2ᵉ rédaction : ap. *douce,*
virg.; 2ᵉ rédaction : ap. *faiblesses,* pas de virg. — V. 38 : 2ᵉ rédaction :
ap. *caresses,* point. — V. 39 : ap. *et,* virg. aj.

Versent de tous les maux l'indifférent oubli.
Les délices des arts ont nourri mon enfance.   45
Tantôt, quand d'un ruisseau, suivi dès sa naissance,
La Nymphe aux pieds d'argent a sous de longs berceaux
Fait serpenter ensemble et mes pas et ses eaux,
Ma main donne au papier, sans travail, sans étude,
Des vers fils de l'amour et de la solitude.   5o
Tantôt de mon pinceau les timides essais
Avec d'autres couleurs cherchent d'autres succès.
Ma toile avec Sapho s'attendrit et soûpire.
Elle rit et s'égaye aux danses du Satyre.
Ou l'aveugle Ossian y vient pleurer ses yeux,   55
Et pense voir et voit ses antiques aïeux
Qui, dans l'air appelés à ses hymnes sauvages,
Arrêtent près de lui leurs palais de nuages[1].
Beaux-arts, ô de la vie aimables enchanteurs,
Des plus sombres ennuis riants consolateurs,   6o
Amis sûrs dans la peine et constantes maîtresses,
Dont l'or n'achète point l'amour ni les caresses;
Beaux-arts, Dieux bienfaisants, vous que vos favoris
Par un indigne usage ont tant de fois flétris,
Je n'ai point partagé leur honte trop commune.   65
Sur le front des époux de l'aveugle Fortune

V. 53 : ici commence le fragment formant une première rédaction des vers 53-58. qui se trouve au f° 6, r°, du t. III du ms.; 1re rédaction : ap. *soûpire*, point et virg. — V. 56 : 1re réaction : ap. *voir*, virg. — V. 57 : 1re rédaction : aucune virg. — V. 59 ; éd. 1819 : ap. *vie*, virg. — V. 61 : virg. aj. — V. 62 : éd. 1819 : ap. *caresses*, point.

1. On trouve parmi les fragments en prose de Chénier, manuscrit, t. IV, f° 95, r°, un projet de tableau dont voici quelques lignes : *Dans un vaste et montueux paysage, où l'on voit dans le lointain des cascades blanchissantes, Ossian, à gauche, assis sur un rocher au pied d'un arbre; vieux, colossal, les cheveux et la barbe blanche, aveugle, vêtu d'une saie qui ne le couvre que jusqu'aux genoux..., la jambe droite étendue, une lyre de forme brute appuyée sur la cuisse gauche, jouant de la lyre et chantant avec une vieille figure d'inspiré et fortement tournée vers le ciel, ses cheveux blancs presque hérissés sur sa tête... etc.*

Je n'ai point fait ramper vos lauriers trop jaloux.
J'ai respecté les dons que j'ai reçus de vous.
Je ne vais point, à prix de mensonges serviles,
Vous marchander au loin des récompenses viles ;   70
Et partout, de mes vers ambitieux lecteur,
Faire trouver charmant mon luth adulateur.
Abel, mon jeune Abel, et Trudaine et son frère,
Ces vieilles amitiés de l'enfance première,
Quand tous quatre, muets, sous un maître inhumain, 75
Jadis au châtiment nous présentions la main ;
Et mon frère et Le Brun, les Muses elles-mêmes ;
De Pange, fugitif de ces neuf sœurs qu'il aime :
Voilà le cercle entier qui, le soir quelquefois,
A des vers, non sans peine obtenus de ma voix,   80
Prête une oreille amie et cependant sévère.
Puissé-je ainsi toujours dans cette troupe chère
Me revoir, chaque fois que mes avides yeux
Auront porté longtemps mes pas de lieux en lieux,
Amant des nouveautés compagnes de voyage ;   85
Courant partout, partout cherchant à mon passage
Quelque ange aux yeux divins qui veuille me charmer,
Qui m'écoute ou qui m'aime, ou qui se laisse aimer.

3

Que leurs vaisseaux errants poursuivent la fortune ;
Qu'à la cour enchaînés, leur grandeur importune
Assiège tous leurs pas de superbes ennuis ;
Que de vastes projets inquiètent leurs nuits !

V. 75 : ap. *quatre*, virg. aj. — V. 78 : éd. 1819 : ap. *aime*, point et virg.
— V. 82 : éd. 1819 : ap. *chère*, virg. — V. 85 : éd. 1819 : ap. *voyage*,
point. — V. 86 : éd. 1819 : ap. *partout* point et virg.

VI, 3. — Manuscrit, t. III, f° 122, v°.

V. 1 : ap. *fortune*, dans le ms., point. — V. 2-3 : ponctuat. aj. — V. 4 :
ap. *nuits*, dans le ms., point.

4

Sans pitié l'immoler en un féroce iambe
A ce vers belliqueux teint du sang de Lycambe.

———

. Elég. frag.

Tu dis qu'on a dit du mal de moi... Peu m'importe. Je
sais trop que ceux dont je suis connu ne croiront pas qui-
conque m'accusera d'autre chose que de faiblesses que l'âge   5
excuse... Je pourrais me venger avec l'iambe tincta Lycam-
beo sanguine... Mais j'aime mieux... que ce dont mon nom
'tire plus de splendeur soit de mes vers l'innocente candeur... et je ne serais flatté de rien tant que de faire dire :
ce poète......   10

Sut mépriser l'injure et, sourd à ses clameurs,
Fut doux en ses écrits et plus doux en ses mœurs.
J'aurais trouvé sans peine au carquois de l'iambe
Son vers âpre et guerrier teint du sang de Lycambe.

Mais, quoiqu'il soit aussi permis de se défendre qu'il est   15
injuste d'attaquer...

———

Et que la vérité...

Un jour dise de moi : Cet enfant des neuf sœurs
Fut doux en ses écrits et plus doux en ses mœurs;
Jamais, de la puissance esclave tributaire,   20
Il n'a brûlé pour elle un encens mercenaire;
Et jamais le repos de quelqu'un des humains
Ne fut blessé d'un trait qui partit de ses mains.

———

VI, 4. — V. 1 à 2. manuscrit, t. III, f° 122, r°; l. 3 à v. 12, ibid.,
f° 123, r°: v. 13 à la fin. ibid., v°.

V. 2 : point aj. — L. 9 : deux points aj. — V. 11-12 : ponctuat. aj. —
V. 14: point aj. — L. 15 : virg. aj. — V. 18-23 : ponctuat. aj.

⁕

VII

L'ANGLETERRE
NOUVELLES SOUFFRANCES

I

Ainsi, lorsque souvent le gouvernail agile
De Douvre ou de Tanger fend la route mobile,
Au fond du noir vaisseau sur la vague roulant
Le passager languit, malade et chancelant.
Son regard obscurci meurt. Sa tête pesante   5
Tourne comme le vent qui souffle la tourmente;
Et son cœur nage et flotte en son sein agité,
Comme de bonds en bonds le navire emporté.
Il croit sentir sous lui fuir la planche légère.
Triste et pâle, il se couche; et la nausée amère   10
Soulève sa poitrine; et sa bouche à longs flots
Inonde les tapis destinés au repos.
Il verrait sans chagrin la mort et le naufrage.
Stupide, il a perdu sa force et son courage.
Il ne retrouve plus ses membres engourdis.   15
Il ne peut secourir son ami ni son fils,
Ni soutenir son père; et sa main faible et lente
Ne peut serrer la main de sa femme expirante.

VII, 1. — Manuscrit, t. II, f° 203, r°.

   V. 1-4 : ponctuat. aj. — V. 6-7 : ponctuat. aj. — V. 10 : virg. aj. — V.
16 : virg. aj. — V. 18 : point aj.

Fait en partie dans le vaisseau, en allant à Douvres, couché,
souffrant, le 6. Écrit à Londres, le 10 décembre 1787.

———————

2

Heureux qui, se livrant aux sages disciplines,
Nourri du lait sacré des antiques doctrines,
Ainsi que de talents a jadis hérité
D'un bien modique et sûr qui fait la liberté !
Il a, dans sa paisible et sainte solitude,   5
Du loisir, du sommeil, et les bois, et l'étude,
Le banquet des amis, et quelquefois, les soirs,
Le baiser jeune et frais d'une blanche aux yeux noirs.
Il ne faut point qu'il dompte un ascendant suprême,
Opprime son génie, et s'éteigne soi-même,   10
Pour user sans honneur et sa plume et son temps
A des travaux obscurs tristement importants.
Il n'a point pour pousser sa barque vagabonde
A se précipiter dans les flots du grand monde ;
Il n'a point à souffrir vingt discours odieux   15
De raisonneurs méchants encor plus qu'ennuyeux ;
Lorsqu'en de longs détours de disputes frivoles
Hurlent de vingt partis les prétentions folles ;
Prêtres et gens de cour, ambitieux tyrans,
Nobles et magistrats, superbes ignorants,   20
Tous vieux usurpateurs et voraces corsaires,
Et dignes héritiers de l'esprit de nos pères.
Il n'entend point tonner le chef-d'œuvre ampoulé

———————

L. 20 : ap. *Londres*, virg. aj.; ap. *souffrant*, dans le ms., point; les
mots : *le 6*. rajoutés dans l'interl.

VII, 2. — V. 1 à 22, manuscrit, t. III, fᵒ 161, rᵒ; v. 23 à la fin,
ibid., vᵒ.

V. 1 : ap. *qui*, virg. aj. — V. 2 : virg. aj. — V. 4 : ap. *liberté*, dans le
ms., point. — V. 5 : les virg. aj. — V. 7 : ap. *quelquefois et soirs*, les
virg. aj. — V. 14 : ap. *monde*, dans le ms., point. — V. 20 : ap. *magistrats*, virg. aj.

D'un sourcilleux rimeur au fauteuil installé ;
Il ne doit point toujours déguiser ce qu'il pense,   25
Imposer à son âme un éternel silence,
Trahir la vérité pour avoir le repos,
Et feindre d'être un sot pour vivre avec les sots.

3

J'ai été à ce bal où toutes ces belles Anglaises... Je les regardais sans rien dire... Je portais envie à ceux à qui elles
parlaient et de la main de qui elles acceptaient des oranges,
des glaces...

4

Sans parents, sans amis, et sans concitoyens,
Oublié sur la terre, et loin de tous les miens,
Par les vagues jeté sur cette île farouche,
Le doux nom de la France est souvent sur ma bouche.
Auprès d'un noir foyer, seul, je me plains du sort,   5
Je compte les moments, je souhaite la mort.
Et pas un seul ami dont la voix m'encourage ;
Qui près de moi s'asseye, et, voyant mon visage
Se baigner de mes pleurs et tomber sur mon sein,
Me dise : « *Qu'as-tu donc?* » et me presse la main.   10

V. 25 : ap. *pense*, dans le ms., point. — V. 26 : virg. aj.

VII, 3. — Manuscrit, t. III, f° 112, r°.

L. 3 : virg. aj.

VII, 4. — Manuscrit, t. II, f° 204, r°.

V. 3-4 : ponctuat. aj. — V. 8 : ap. *et*, virg. aj. — V. 9 : virg. aj. — V.
10 : deux points et guillem. aj.; les mots en italiques soulignés dans le
ms.

5

Mer, qui pour séparer les amis, les amants,
Amoncelles entre eux tes remparts écumants ;
Inexorable mer dont les fureurs jalouses
Dévorent les époux qui cherchent leurs épouses...

6

Tout homme a ses douleurs. Mais aux yeux de ses frères
Chacun d'un front serein déguise ses misères.
Chacun ne plaint que soi. Chacun dans son ennui
Envie un autre humain qui se plaint comme lui.
Nul des autres mortels ne mesure les peines   5
Qu'ils savent tous cacher comme il cache les siennes ;
Et chacun, l'œil en pleurs, en son cœur douloureux
Se dit : « Excepté moi, tout le monde est heureux. »
Ils sont tous malheureux. Leur prière importune
Crie et demande au ciel de changer leur fortune.   10
Ils changent ; et bientôt, versant de nouveaux pleurs,
Ils trouvent qu'ils n'ont fait que changer de malheurs.

7

Souvent le malheureux sourit parmi ses pleurs
Et voit quelque plaisir naitre au sein des douleurs.
Sous ses hauts monts ainsi l'Allobroge recèle,

VII, 5. — Manuscrit, t. II, f° 220, r°.

     V. 4 : ap. *épouses*, dans le ms., point et virg. ; le morceau s'arrête brusquement et le reste du feuillet est en blanc.

VII, 6. — Manuscrit. t. III. f° 33, r°.

     V. 6 : ap. *siennes*, dans le ms., point. — V. 7 : les virg. aj. — V. 8 : virg. et guillem. aj. — V. 11 : les virg. aj. — V. 12 : point aj.

VII, 7. — Manuscrit. t. III. f° 45, r°.

     V. 3-4 : ponctuat. aj.

Sous ses monts, de l'hiver la patrie éternelle,
Et les fleurs du printemps et les biens de l'été.   5
Sur leurs arides fronts le voyageur porté
S'étonne. Auprès des rocs d'âge en âge entassée,
En flots âpres et durs brille une mer glacée.
A peine sur le dos de ses sentiers luisants
Un bois armé de fer soutient ses pas glissants.   10
Il entend retentir la voix du précipice.
Il se tourne, et partout un amas se hérisse
De sommets ou brûlés ou de glace épaissis,
Fils du vaste mont Blanc, sur leurs têtes assis,
Et qui s'élève autant au-dessus de leurs cimes   15
Qu'ils s'élèvent eux-même au-dessus des abîmes.
Mais bientôt à leurs pieds qu'il descende : à ses yeux
S'étendent mollement vallons délicieux,
Pâturages et prés, doux enfants des rosées,
Trientz, Cluse, Magland, humides Élysées,   20
Frais coteaux, où partout sur des flots vagabonds
Pend le mélèze altier, vieil habitant des monts.

8

Et moi, quand la chaleur, ramenant le repos,
Fait descendre en été le calme sur les flots,
J'aime à venir goûter la fraîcheur du rivage,
Et bien loin des cités, sous un épais feuillage,
Ne pensant à rien, libre et serein comme l'air,   5
Rêver, seul, en silence et regardant la mer.

V. 7 : virg. aj. — V. 12-14 : sauf ap. *assis,* les virg. aj. — V. 17 : ap.
descende, dans le ms., point. — V. 19 : ap. *près,* virg. aj. — V. 21-22 : les
virg. aj.

VII, 8. — Manuscrit, t. III, f° 95, r°.

V. 1-2 : les virg. aj.

9

O nécessité dure! ô pesant esclavage!
O sort! je dois donc voir, et dans mon plus bel âge,
Flotter mes jours, tissus de désirs et de pleurs,
Dans ce flux et reflux d'espoir et de douleurs!

Souvent, las d'être esclave et de boire la lie   5
De ce calice amer que l'on nomme la vie,
Las du mépris des sots qui suit la pauvreté,
Je regarde la tombe, asile souhaité;
Je souris à la mort volontaire et prochaine;
Je me prie, en pleurant, d'oser rompre ma chaîne;   10
Déjà le doux poignard qui percerait mon sein
Se présente à mes yeux et frémit sous ma main,
Et puis mon cœur s'écoute et s'ouvre à la faiblesse :
Mes parents, mes amis, l'avenir, ma jeunesse,
Mes écrits imparfaits; car à ses propres yeux   15
L'homme sait se cacher d'un voile spécieux.
A quelque noir destin qu'elle soit asservie,
D'une étreinte invincible il embrasse la vie;
Et va chercher bien loin, plutôt que de mourir,
Quelque prétexte ami de vivre et de souffrir.   20
Il a souffert, il souffre : aveugle d'espérance,
Il se traine au tombeau de souffrance en souffrance;

VII, 9. — Édition de 1819, p. 156-157. Le manuscrit, gardé par
H. de Latouche, est perdu.

V. 3 : les virg. aj. — V. 10 : éd. 1819 : ap. *chaîne*, virg. — V. 11-12 :
nous donnons pour ces vers la leçon que Mlle de Flaugergues, héritière
des papiers de H. de Latouche, a indiquée à Becq de Fouquières comme
étant celle du ms., aujourd'hui perdu (cf. *Lettres critiques*. p. 27-30); dans
l'édition de 1819, H. de Latouche a publié ces deux vers comme suit :

Le fer libérateur qui percerait mon sein
Déja frappe mes yeux et frémit sous ma main.

V. 13 : éd. 1819 : ap. *faiblesse*. point et virg. — V. 15 : éd. 1819 : ap.
car, virg. — V. 20 : éd. 1819 : ap. *ami*, virg.

Et la mort, de nos maux ce remède si doux,
Lui semble un nouveau mal, le plus cruel de tous.

10

Je vis. Je souffre encor. Battu de cent naufrages,
Tremblant, j'affronte encor la mer et les orages,
Quand je n'ai qu'à vouloir pour atteindre le port.
Lâche! aime donc la vie, ou n'attends pas la mort.

VII, 10. — Manuscrit, t. III, fº 20, rº.

V. 1 : virg. aj.

VIII

DERNIÈRES ÉLÉGIES

I

Ah! ne le croyez pas que par moments j'oublie
Et mon cœur et l'amour, extase, poésie,
Vous surtout, belle et douce à mes rêves secrets,
Vous dont les purs regards font les miens indiscrets.
Sans doute c'est plaisir d'oublier à son aise   5
La tenace douleur qui déchire ou qui pèse,
Les ennuis au fiel noir, l'argent que l'on nous doit,
L'avenir et la mort qui nous montre du doigt,
Tout ce qui se résout en larmes chez les femmes...
Les petits maux souvent veulent de fortes âmes.   10
Mais aussi dans la paix voluptueux penseur,
Je suis de ma mémoire absolu possesseur;
Je lui prête une voix, puissante magicienne,
Comme aux brises du soir, une harpe éolienne,
Et chacun de mes sens résonne à cette voix :   15

VIII, 1. — Ce morceau a paru sous le titre : *Fragment inédit,*
et avec le nom d'A. Chénier, dans les *Annales Romantiques, recueil de morceaux choisis de littérature contemporaine,* Paris,
Louis Janet, 1832, p. 304-305. C'est là qu'il a été retrouvé par Becq
de Fouquières, qui l'a publié dans ses *Lettres critiques sur A.
Chénier,* p. 42. Peut-être avait-il été communiqué aux *Annales
Romantiques* par H. de Latouche. Nous indiquons ci-dessous les
quelques changements que nous apportons au texte de 1832.

V. 13 : 1832, ap. *voix,* deux points. — V. 15 : 1832 : ap. *voix,* point et
virg.

Mon cœur ment à mes yeux, absente je vous vois ;
Alors je me souviens des amis que je pleure,
Des temps qui ne sont plus, d'un espoir qui me leurre,
De la riche nature apparue à mes yeux,
De mes songes d'hier toujours vains, mais joyeux,　20
De mes projets en l'air ; que sais-je ? Galathée
De marbre, qui s'anime aux feux de Prométhée...
Ce qui me rit un jour, plus tard je m'en souvien,
Trop oublieux du mal et souvenant du bien.

2

Ἄγγελε Φερσεφόνης, Ἑρμῆ, τίνα τόνδε προπέμπεις
　　Εἰς τὸν ἀμείδητον Τάρταρον Ἀίδεω ;
« Μοῖρά τις ἀεικέλιος τὸν Ἀρίστων' ἥρπασ' ἀπ' αὔρης
　　Ἑπταέτη· (μέσσος δ' ἐστίν ὁ παῖς γενετῶν). »
Δακρυχαρὴς Πλούτων, οὐ πνεύματα πάντα βρότεια
　　Σοι νέμεται ; τί τρυγᾶς ὄμφακας ἡλικίης ;

Hélas ! où, maintenant, est ton sourire aimable ?
De ton front innocent la grâce et la douceur ?
Et de tes yeux d'amour la touchante langueur ?
Et tes pleurs qu'apaisait une simple caresse ?　10
Et ta bouche entr'ouverte ? et ta vive allégresse,
A l'approche du sein dont tes nuits et tes jours
Ne pouvaient épuiser les utiles secours ?

VIII, 2. — V. 1 à 6, manuscrit, t. IV, f° 302, r° ; v. 7 à 13, ibid.,
t. III, f° 55, r° ; v. 14 à 38, ibid., f° 54, r° ; v. 39 à la fin, édition de
1819, p. 173-174 : le manuscrit de ces vers, gardé par H. de Latouche, est perdu.

　V. 5-6 : ces vers, qui ne sont pas de l'écriture de Chénier et qui lui ont
probablement été donnés, semblent lui avoir fourni la première idée des
v. 29-32 du fragment qui suit. — V. 7-13 : ces vers, qui sont une première
ébauche, ont passé en partie dans la rédaction qui suit : cf. v. 36-38. —
V. 7 : point d'exclam. et virg. ap. *maintenant*, aj. — V. 11 : virg. aj.

Oh! quel Dieu malfaisant sous ses ailes funèbres
Couvrit cette maison de deuil et de ténèbres?　　　15
Oh! de quelle inquiète et palpitante main
La sœur, mère trois fois, pressa contre son sein
De ce qui lui restait la précieuse enfance,
Quand elle vit, trompant sa douce confiance,
Celle qui sans appui ne marchait point encor,　　　20
De son lit douloureux cher et dernier trésor,
Son idole et déjà son image vivante,
De santé, d'avenir, de beauté florissante,
Pâlir et chanceler, frappée entre ses bras,
Et son front se pencher dans la nuit du trépas!　　　25
Tel le bouton naissant. . . . .

. . . .

. . . .

. . . .
La chaîne des saisons dans les cieux promenée
N'a point encor fermé le cercle d'une année.
O regrets! un enfant! Inflexibles destins,
De l'épi vert encor moissonneurs inhumains,　　　30
Craignez-vous qu'un mortel ne dérobe sa tête?
Ne sommes-nous point tous votre sûre conquête?
L'innocente victime au terrestre séjour
N'a vu que le printemps qui lui donna le jour.
De son premier hiver le souffle impitoyable　　　35

V. 14-38 : il semble bien que ce morceau soit une première rédaction, que Chénier a ensuite remaniée de fond en comble pour en former l'élégie qui suit (v. 39-60). — V. 14 : point d'exclam. aj. — V. 15 : ap. *ténèbres*, dans le ms., point d'exclam. — V. 16 : point d'exclam. aj. — V. 19-22 : les virg. aj. — V. 23 : sauf ap. *avenir*, les virg. aj.; ce vers a été écrit après coup dans l'interl. entre les vers 22 et 24 : Chénier paraît l'avoir d'abord oublié en recopiant la pièce. — V. 24 : les virg. aj. — V. 25 : ap. *trépas*, dans le ms., point. — V. 26 : points de susp. aj.; ap. ce vers, Chénier, sans laisser aucun intervalle, a écrit le v. 27. — V. 27 : 1ʳᵉ leçon biffée : *La famille des mois dans.* — V. 29 : virg. aj. — V. 32 : ap. *conquête*, dans le ms., point. — V. 34 : ap. *jour*, dans le ms., virg.

L'emporte. Où, maintenant, est ton sourire aimable ?
De ton front délicat la grâce et la candeur ?
Et de tes yeux d'azur la touchante langueur ?

Sur la mort d'un enfant.

L'innocente victime, au terrestre séjour,
N'a vu que le printemps qui lui donna le jour.   40
Rien n'est resté de lui qu'un nom, un vain nuage,
Un souvenir, un songe, une invisible image.
Adieu, fragile enfant, échappé de nos bras ;
Adieu, dans la maison d'où l'on ne revient pas.
Nous ne te verrons plus, quand de moisson couverte 45
La campagne d'été rend la ville déserte,
Dans l'enclos paternel nous ne te verrons plus,
De tes pieds, de tes mains, de tes flancs demi-nus,
Presser l'herbe et les fleurs dont les Nymphes de Seine
Couronnent tous les ans les coteaux de Lucienne.   50
L'axe de l'humble char à tes jeux destiné,
Par de fidèles mains avec toi promené,
Ne sillonnera plus les prés et le rivage.
Tes regards, ton murmure, obscur et doux langage,
N'inquiéteront plus nos soins officieux ;   55
Nous ne recevrons plus, avec des cris joyeux,
Les efforts impuissants de ta bouche vermeille
A bégayer les sons offerts à ton oreille.
Adieu, dans la demeure où nous nous suivrons tous,
Où ta mère déjà tourne ses yeux jaloux.   60

V. 36 : les virg. aj. — V. 37-38 : les points d'interr. aj. — V. 46 : éd.
1819 : ap. *déserte*, deux points. — V. 57 : éd. 1819 : ap. *vermeille*, virg.
— V. 59 : éd. 1819 : ap. *tous*, point et virg.

3

Allons, douce Élégie, à qui dans mes beaux jours
J'ai tant fait soupirer d'inquiètes amours,
Ta voix n'est pas toujours à gémir destinée.
Près d'un lit maternel viens bénir l'hyménée.
Descendons sur ces bords dont Pomone et Cérès   5
Ont au Dieu de la vigne interdit les guérets,
Où la Seine, superbe au milieu de ses îles,
De ses blonds Neustriens baignant les monts fertiles,
Sous leur vaste cité qu'enrichissent ses eaux,
De l'Océan lointain appelle les vaisseaux.   10

VIII, 3. — Manuscrit, t. III, f° 57, r°.

V. 1 : ap. *Élégie,* virg. aj. — V. 4 : point aj. — V. 7-9 : les virg. aj.

IX

FRAGMENTS, NOTES ET VERS ÉPARS

I

᾽Ελ..

La Seine, en sortant de Paris,

Voit près du Champ de Mars les fils de nos guerriers
Etudier l'art. . . . .

et près d'eux vivre sous un dôme....

Tous nos braves soldats sous les armes vieillis,   5
De blessures et d'âge et d'honneurs affaiblis :
Saints temples où repose une mâle vieillesse,
Près des murs d'où s'élance une mâle jeunesse.

2

᾽Ελ.

Le doux sommeil habite où sourit la fortune.
Pareil aux faux amis, le malheur l'importune.

IX, 1. — Manuscrit, t. III, f° 112, r°.

    L. 1 : les virg. aj. — V. 5 : virg. aj. — V. 6 : ap. *affaiblis,* dans le ms.,
point. — V. 7-8 : ponctuat. aj.

IX, 2. — Manuscrit, t. III, f° 89, r°.

    Ponctuat. aj. ; le mot *jamais* est biffé et non remplacé.

Il vole se poser, loin des cris de douleurs,
Sur des yeux que jamais n'ont altérés les pleurs.

3

Ἔλεγ.

Fables ou histoires à employer.

Laodamie et Protésilas. — Artémise. — Nauplius et le promont. de Capharée. — Niobé et ses filles et le Sipylus. — Les Titans aux pieds de serpents. — Ibycus et les oies. — Vénus armée. — L'Amour armé, dans le Musaeum étrusque.

5

4

Achille au bord de la mer...

Et l'onde résonnante et la roche lointaine
Gémissaient de ses pleurs et soupiraient sa peine.

5

                        Ministre des naufrages,
Orion sur ses pas fait voler les orages.

6

Hésiode

Au sommet d'Hélicon se réveilla poète.

IX, 3 — Manuscrit, t. III, f° 125, r°.

L. 2-5 : ponctuat. aj.

IX, 4. — Manuscrit, t. III, f° 156, r°.

V. 3 : point aj.

IX, 5. — Manuscrit, t. III, f° 119, r°.

IX, 6. — Manuscrit, t. III, f° 120, v°.

7

Nec poterat quemquam placidi *pellacia* ponti
Subdola pellicere in fraudem ridentibus undis.
Lucret., v, 1002.

Infidi maris insidias, viresque, dolumque
Ut vitare velint, neve ullo tempore credant
Subdola cum ridet placidi *pellacia* ponti.
Id., ii, 557.

Il faut placer quelque part une traduction ou une imitation de ces vers divins de Lucrèce... *De Thétis le sourire perfide,* ou telle autre expression.

8

. . . . In voltuque videt vestigia risus.
Lucret., iv, 1133.

Si du ris sur ta bouche il découvre les traces.

Du ris sur ton visage il aperçoit les traces.

9

Le bœuf, accablé de vieillesse,

Que la charruè ingrate a refusé de suivre.

Ingrato jam fastiditus aratro.
Juvén.

IX, 7. — Manuscrit, t. III, f° 119, v°.
  Les mots en italiques sont soulignés dans le ms. — L. 3 : virg. aj.
IX, 8. — Manuscrit, t. III, f° 119, v°.
IX, 9. — Manuscrit, t. III, f° 156, r°.
  L. 1 : les virg. aj.

10

Du IIᵉ l. des Géorgiques.

Le myrte armé d'un fer est la lance guerrière.
Les carquois sont remplis du cormier belliqueux.
La Crète en arc pliant courbe l'if tortueux.

11

Quo teneam vultus imitantem Protea nodo?

Par quels nœuds retenir ce mobile Protée?

12

Crudeles divi! serpens novus exuit annos.
Tibull., l. 1, él. 4.

Cruelles destinées!
Le serpent rajeuni dépouille ses années.

13

Properce a parlé des éventails de plumes de paon. Il faut
parler de nos éventails chinois.

IX, 10. — Manuscrit, t. I, fᵒ 205, vᵒ.

V. 1-2 : les points aj.

IX, 11. — Manuscrit, t. III, fᵒ 119, rᵒ.

Ponctuat. aj.

IX, 12. — Manuscrit, t. III, fᵒ 120, rᵒ.
IX, 13. — Manuscrit, t. III, fᵒ 120, rᵒ.

14

On peut appeler les eaux de senteur une rosée d'œillet,
une rosée de jasmin.

15

Le loriot joyeux, et l'aigre sauterelle,
Et des bords de Thétis la criarde hirondelle.

16

Du second des Tarquins les superbes faisceaux.

17

L'onde changée en pleurs roule des flots amers.

IX, 14. — Manuscrit, t. III, f° 122, v°.

Ponctuat. aj.

IX, 15. — Manuscrit, t. I, f° 205, r°.

V. 1 : ap. *sauterelle*, virg. aj.; les mots : *Le loriot joyeux*, biffés et
non remplacés.

IX, 16. — Manuscrit, t. III, f° 17, v°.

Point aj.

IX, 17. — Manuscrit, t. III, f° 122, v°.

Point aj.

18

Vos jours brillants et purs ignorent les nuages.

———

19

Doux souris, doux regards, douce voix, doux silence

———

IX, 18. — Manuscrit, t. III, f° 122, v°.
Point aj.
IX, 19. — Manuscrit, t. II, f° 218, r°.

X

EPILOGUE

L'art des transports de l'âme est un faible interprète ;
L'art ne fait que des vers ; le cœur seul est poète.
Sous sa fécondité le génie opprimé
Ne peut garder l'ouvrage en sa tête formé.
Malgré lui, dans lui-même, un vers sûr et fidèle   5
Se teint de sa pensée et s'échappe avec elle.
Son cœur dicte ; il écrit. A ce maître divin
Il ne fait qu'obéir et que prêter sa main.
S'il est aimé, content, si rien ne le tourmente,
Si la folâtre joie et la jeunesse ardente   10
Etalent sur son teint l'éclat de leurs couleurs,
Ses vers frais et vermeils, pétris d'ambre et de fleurs,
Brillants de la santé qui luit sur son visage,
Trouvent doux d'être au monde et que vieillir est sage.
Si, pauvre et généreux, son cœur vient de souffrir   15
Aux cris d'un indigent qu'il n'a pu secourir ;
Si la beauté qu'il aime, inconstante et légère,
L'oublie en écoutant une amour étrangère ;
De sables douloureux si ses flancs sont brûlés,
Ses tristes vers en deuil, d'un long crêpe voilés,   20

X. — Édition de 1819, p. 123-124. Le manuscrit, gardé par H. de Latouche, est perdu.

V. 1 : éd. 1819 : ap. *art*, virg. — V. 11 : éd. 1819 : ap. *couleurs*, point et virg. — V. 19 : éd. 1819 : ap. *brûlés*, point et virg.

Ne voyant que des maux sur la terre où nous sommes,
Jugent qu'un prompt trépas est le seul bien des hommes.
Toujours vrai, son discours souvent se contredit.
Comme il veut, il s'exprime; il blâme, il applaudit.
Vainement la pensée est rapide et volage :   25
Quand elle est prête à fuir, il l'arrête au passage.
Ainsi, dans ses écrits partout se traduisant,
Il fixe le passé pour lui toujours présent;
Et sait, de se connaître ayant la sage envie,
Refeuilleter sans cesse et son âme et sa vie.   30

V. 21 : éd. 1819 : ap. *sommes,* point et virg.

ÉPITRES

I

ÉPITRE A LE BRUN ET A BRAZAIS[1]

A M. Le Brun et au marquis de Brazais.

Le Brun, qui nous attends aux rives de la Seine,
Quand un destin jaloux loin de toi nous enchaîne,
Toi, Brazais, comme moi sur ces bords appelé,
Sans qui de l'univers je vivrais exilé :
Depuis que de Pandore un regard téméraire   5
Versa sur les humains un trésor de misère,
Pensez-vous que du ciel l'indulgente pitié
. Leur ait fait un présent plus beau que l'amitié?

   Ah! si quelque mortel est né pour la connaître,
C'est nous, âmes de feu, dont l'Amour est le maître. 10
Le cruel trop souvent empoisonne ses coups;
Elle garde à nos cœurs ses baumes les plus doux.
Malheur au jeune enfant seul, sans ami, sans guide,
Qui près de la beauté rougit et s'intimide,
Et d'un pouvoir nouveau lentement dominé,   15
Par l'appât du plaisir doucement entraîné,
Crédule, et sur la foi d'un sourire volage,

I. — Édition de 1819, p. 177-184. Le manuscrit, gardé par H. de Latouche, est perdu.

   V. 14 : éd. 1819 : ap. *intimide,* point et virg.

   1. Chénier a également adressé des *Elégies* à Le Brun et à Brazais : cf. pour le premier, V, 11, et pour le second, V, 1.

A cette mer trompeuse et se livre et s'engage !
Combien de fois tremblants et les larmes aux yeux,
Ses cris accuseront l'inconstance des Dieux !   20
Combien il frémira d'entendre sur sa tête
Gronder les aquilons et la noire tempête,
Et d'écueils en écueils portera ses douleurs
Sans trouver une main pour essuyer ses pleurs !
Mais heureux dont le zèle, au milieu du naufrage,   25
Viendra le recueillir, le pousser au rivage ;
Endormir dans ses flancs le poison ennemi ;
Réchauffer dans son sein le sein de son ami ;
Et de son fol amour étouffer la semence,
Ou du moins dans son cœur ranimer l'espérance !   30
Qu'il est beau de savoir, digne d'un tel lien,
Au repos d'un ami sacrifier le sien ;
Plaindre de s'immoler l'occasion ravie ;
Etre heureux de sa joie et vivre de sa vie !

Si le ciel a daigné, d'un regard amoureux,   35
Accueillir ma prière et sourire à mes vœux,
Je ne demande point que mes sillons avides
Boivent l'or du Pactole et ses trésors liquides ;
Ni que le diamant, sur la pourpre enchaîné,
Pare mon cœur esclave au Louvre prosterné ;   40
Ni même, vœu plus doux ! que la main d'Uranie
Embellisse mon front des palmes du génie :
Mais que beaucoup d'amis, accueillis dans mes bras,
Se partagent ma vie et pleurent mon trépas ;
Que ces doctes héros, dont la main de la Gloire   45
A consacré les noms au temple de Mémoire,
Plutôt que leurs talents, inspirent à mon cœur
Les aimables vertus qui firent leur bonheur ;
Et que de l'amitié ces antiques modèles

V. 22 : éd. 1819 : ap. *tempête*, point et virg. — V. 23 : éd. 1819 : ap.
douleurs, virg. — V. 32 : éd. 1819 : ap. *sien*, point d'exclam. — V. 36 :
éd. 1819 : ap. *vœux*, point et virg. — V. 44 : éd. 1819 : ap. *trépas*, deux
points.

Reconnaissent mes pas sur leurs traces fidèles. 50
Si le feu qui respire en leurs divins écrits
D'une vive étincelle échauffa nos esprits;
Si leur gloire en nos cœurs souffle une noble envie;
Oh! suivons donc aussi l'exemple de leur vie :
Gardons d'en négliger la plus belle moitié; 55
Soyons heureux comme eux au sein de l'amitié.
Horace, loin des flots qui tourmentent Cythère,
Y retrouvait d'un port l'asile salutaire;
Lui-même au doux Tibulle, à ses tristes amours,
Prêta de l'amitié les utiles secours. 60
L'amitié rendit vains tous les traits de Lesbie,
Elle essuya les yeux que fit pleurer Cynthie.
Virgile n'a-t-il pas, d'un vers doux et flatteur,
De Gallus expirant consolé le malheur?
Voilà l'exemple saint que mon cœur leur demande. 65
Ovide, ah! qu'à mes yeux ton infortune est grande :
Non pour n'avoir pu faire aux tyrans irrités
Agréer de tes vers les lâches faussetés;
Je plains ton abandon, ta douleur solitaire.
Pas un cœur qui, du tien zélé dépositaire, 70
Vienne adoucir ta plaie, apaiser ton effroi,
Et consoler tes pleurs, et pleurer avec toi!

Ce n'est pas nous, amis, qu'un tel foudre menace.
Que des Dieux et des rois l'éclatante disgrâce
Nous frappe; leur tonnerre aura trompé leurs mains : 75
Nous resterons unis en dépit des destins.
Qu'ils excitent sur nous la fortune cruelle;
Qu'elle arme tous ses traits; nous sommes trois contre elle[1].
Nos cœurs peuvent l'attendre et, dans tous ses combats,
L'un sur l'autre appuyés ne chancelleront pas. 80

V. 66 : éd. 1819 : ap. *grande*, point. — V. 68 : éd. 1819 : ap. *faussetés*, deux points. — V. 70 : ap. *qui*, virg. aj.; éd. 1819 : ap. *cœur*, virg. — V. 73 : éd. 1819 : ap. *menace*, virg. — V. 79 : ap. *et*, virg. aj.

1. Cf. *Élégies*, III, 1, 6, l. 41-42.

Oui, mes amis, voilà le bonheur, la sagesse.
Que nous importe alors si le Dieu du Permesse
Dédaigne de nous voir, entre ses favoris,
Charmer de l'Hélicon les bocages fleuris?
Aux sentiers où leur vie offre un plus doux exemple, 85
Où la félicité les reçut dans son temple,
Nous les aurons suivis; et, jusques au tombeau,
De leur double laurier su ravir le plus beau.
Mais nous pouvons, comme eux, les cueillir l'un et l'autre.
Ils reçurent du ciel un cœur tel que le nôtre;   90
Ce cœur fut leur génie, il fut leur Apollon,
Et leur docte fontaine, et leur sacré vallon.
Castor charme les Dieux et son frère l'inspire.
Loin de Patrocle, Achille aurait brisé sa lyre.
C'est près de Pollion, dans les bras de Varus,   95
Que Virgile envia le destin de Nisus.
Que dis-je? Ils t'ont transmis ce feu qui les domine.
N'ai-je pas vu ta Muse au tombeau de Racine,
Le Brun, faire gémir la lyre de douleurs
Que jadis Simonide anima de ses pleurs?   100
Et toi, dont le génie, amant de la retraite,
Et des leçons d'Ascra studieux interprète,
Accompagnant l'Année en ses douze palais,
Etale sa richesse et ses vastes bienfaits :
Brazais, que de tes chants mon âme est pénétrée,   105
Quand ils vont couronner cette vierge adorée,
Dont par la main du temps l'empire est respecté,
Et de qui la vieillesse augmente la beauté!
L'homme insensible et froid en vain s'attache à peindre
Ces sentiments du cœur que l'esprit ne peut feindre; 110
De ses tableaux fardés les frivoles appas

V. 87 : ap. *et*, virg. ai. — V. 90 : éd. 1819 : ap. *nôtre*, virg. — V. 98 :
l'édition de 1819 donne, à propos de Racine, la note suivante qu'elle dit
être de Chénier : *Fils de l'auteur du poème de la Religion, et petit-fils
du grand Racine. Il mourut à Cadix, lors du désastre qui détruisit
Lisbonne et qui ébranla toute la côte de Portugal et d'Espagne.*

N'iront jamais au cœur dont ils ne viennent pas.
Eh! comment me tracer une image fidèle
Des traits dont votre main ignore le modèle?
Mais celui qui, dans soi descendant en secret,   115
Le contemple vivant, ce modèle parfait,
C'est lui qui nous enflamme au feu qui le dévore;
Lui, qui fait adorer la vertu qu'il adore;
Lui, qui trace, en un vers des Muses agréé,
Un sentiment profond que son cœur a créé.   120
Aimer, sentir, c'est là cette ivresse vantée
Qu'aux célestes foyers déroba Prométhée.
Calliope jamais daigna-t-elle enflammer
Un cœur inaccessible à la douceur d'aimer?
Non; l'amour, l'amitié, la sublime harmonie,   125
Tous ces dons précieux n'ont qu'un même génie :
Même souffle anima le poète charmant,
L'ami religieux, et le parfait amant.
Ce sont toutes vertus d'une âme grande et fière.
Bavius, et Zoïle, et Gacon, et Linière,   130
Aux concerts d'Apollon ne furent point admis,
Vécurent sans maîtresse et n'eurent point d'amis.

Et ceux qui, par leurs mœurs dignes de plus d'estime,
Ne sont point nés pourtant sous cet astre sublime,
Voyez-les, dans des vers divins, délicieux,   135
Vous habiller l'amour d'un clinquant précieux;
Badinage insipide où leur ennui se joue,
Et qu'autant que l'amour le bon sens désavoue.
Voyez si d'une belle un jeune amant épris
A tressailli jamais en lisant leurs écrits;   140
Si leurs lyres jamais, froides comme leurs âmes,
De la sainte amitié respirèrent les flammes.

V. 115 : ap. *qui*, virg. aj.; éd. 1819 : ap. *celui*, virg. — V. 116 : ap.
vivant, virg. aj.; éd. 1819 : ap. *parfait*, deux points. — V. 119 : ap. *trace*,
virg. aj. — V. 133 : ap. *qui*, virg. aj. — V. 134 : éd. 1819 : ap. *sublime*,
point et virg. — V. 139 : éd. 1819 : ap. *épris*, virg.

O peuples de héros, exemples des mortels !
C'est chez vous que l'encens fuma sur ses autels ;
C'est aux temps glorieux des triomphes d'Athène,   145
Aux temps sanctifiés par la vertu romaine ;
Quand l'âme de Lélie animait Scipion,
Quand Nicoclès mourait au sein de Phocion.
C'est aux murs où Lycurgue a consacré sa vie,
Où les vertus étaient les lois de la patrie.   150
O demi-dieux amis ! Atticus, Cicéron,
Caton, Brutus, Pompée, et Sulpice, et Varron !
Ces héros, dans le sein de leur ville perdue,
S'assemblaient pour pleurer la liberté vaincue ;
Unis par la vertu, la gloire, le malheur,   155
Les arts et l'amitié consolaient leur douleur.
Sans amitié, quel antre ou quel sable infertile
N'eût été pour le sage un désirable asile,
Quand du Tibre avili le sceptre ensanglanté
Armait la main du vice et la férocité ;   160
Quand d'un vrai citoyen l'éclat et le courage
Réveillaient du tyran la soupçonneuse rage ;
Quand l'exil, la prison, le vol, l'assassinat,
Étaient pour l'apaiser l'offrande du sénat ?
Thraséa, Soranus, Sénécion, Rustique[1],   165
Vous tous dignes enfants de la patrie antique,
Je vous vois tous amis, entourés de bourreaux,
Braver du scélérat les indignes faisceaux,
Du lâche délateur l'impudente richesse.
Et du vil affranchi l'orgueilleuse bassesse.   170
Je vous vois, au milieu des crimes, des noirceurs,
Garder une patrie et des lois et des mœurs ;
Traverser d'un pied sûr, sans tache, sans souillure,
Les flots contagieux de cette mer impure ;
Vous créer, au flambeau de vos mâles aïeux.   175
Sur ce monde profane un monde vertueux.

V. 1.. : ed. 1819 : ap. *asile*. point d'interr.

1. Cf. *Élégies*, III. 1, 6, v. 28.

Oh! viens rendre à leurs noms nos âmes attentives,
Amitié! de leur gloire ennoblis nos archives.
Viens, viens : que nos climats, par ton souffle épurés,
Enfantent des rivaux à ces hommes sacrés.   180
Rends-nous hommes comme eux. Fais sur la France heureuse
Descendre des Vertus la troupe radieuse,
De ces filles du ciel qui naissent dans ton sein,
Et toutes sur tes pas se tiennent par la main.
Ranime les beaux-arts; éveille leur génie;   185
Chasse de leur empire et la haine et l'envie :
Loin de toi, dans l'opprobre ils meurent avilis;
Pour conserver leur trône ils doivent être unis.
Alors de l'univers ils forcent les hommages;
Tout, jusqu'à Plutus même, encense leurs images;   190
Tout devient juste alors; et le peuple et les grands,
Quand l'homme est respectable, honorent les talents.

Ainsi l'on vit les Grecs prôner d'un même zèle
La gloire d'Alexandre et la gloire d'Apelle;
La main de Phidias créa des immortels;   195
Et Smyrne à son Homère éleva des autels.
Nous, amis, cependant, de qui la noble audace
Veut atteindre aux lauriers de l'antique Parnasse,
Au rang de ces grands noms nous pouvons être admis;
Soyons cités comme eux entre les vrais amis.   200
Qu'au delà du trépas notre âme mutuelle
Vive et respire encor sur la lyre immortelle.
Que nos noms soient sacrés; que nos chants glorieux
Soient pour tous les amis un code précieux.
Qu'ils trouvent dans nos vers leur âme et leurs pensées;
Qu'ils raniment encor nos Muses éclipsées;
Et qu'en nous imitant ils s'attendent un jour
D'être chez leurs neveux imités à leur tour.

V. 182 : éd. 1819 : ap. *radieuse,* deux points.

II

ÉPITRE A LE BRUN

Laisse gronder le Rhin et ses flots destructeurs,
Muse; va de Le Brun gourmander les lenteurs.
Vole aux bords fortunés où les champs d'Elysée
De la ville des lis ont couronné l'entrée;
Aux lieux où sur l'airain Louis ressuscité   5
Contemple de Henri le séjour respecté,
Et des jardins royaux l'enceinte spacieuse.
Abandonne la rive où la Seine amoureuse,
Lente, et comme à regret quittant ces bords chéris,
Du vieux palais des rois baigne les murs flétris,   10
Et des fils de Condé les superbes portiques.
Suis ces fameux remparts et ces berceaux antiques
Où, tant qu'un beau soleil éclaire de beaux jours,
Mille chars élégants promènent les amours.
Un Paris tout nouveau sur les plaines voisines   15
S'étend, et porte au loin, jusqu'au pied des collines,
Un long et riche amas de temples, de palais,
D'ombrages où l'été ne pénètre jamais :
C'est là son Hélicon. Là, ta course fidèle
Le trouvera peut-être aux genoux d'une belle.   20
S'il est ainsi, respecte un moment précieux :

II. — Édition de 1819, p. 194-196. Le manuscrit, gardé par H.
de Latouche, est perdu.

V. 5 : éd. 1819 : ap. *ressuscité,* virg.

Sinon, tu peux entrer; tu verras dans ses yeux,
Dès qu'il aura connu que c'est moi qui t'envoie,
Sourire l'indulgence et peut-être la joie.
Souhaite-lui d'abord la paix, la liberté,   25
Les plaisirs, l'abondance, et surtout la santé.
Puis apprends si, toujours ami de la nature,
Il s'en tient comme nous aux bosquets d'Epicure;
S'il a de ses amis gardé le souvenir;
Quelle Muse à présent occupe son loisir;   30
Si Tibulle et Vénus le couronnent de rose,
Ou si dans les déserts que le Permesse arrose,
Du vulgaire troupeau prompt à se séparer,
Aux sources de Pindare ardent à s'enivrer,
Sa lyre fait entendre aux Nymphes de la Seine   35
Les sons audacieux de la lyre thébaine;
Que toujours à m'écrire il est lent à mon gré;
Que, de mon cher Brazais pour un temps séparé,
Les ruisseaux et les bois et Vénus et l'étude
Adoucissent un peu ma triste solitude.   40
Oui! les cieux avec joie ont embelli ces champs.
Mais, Le Brun, dans l'effroi que respirent les camps,
Où les foudres guerriers étonnent mon oreille,
Où loin avant Phébus Bellone me réveille,
Puis-je adorer encore et Vertumne et Palès?   45
Il faut un cœur paisible à ces Dieux de la paix.

V. 27 : ap. *si*, virg. aj.; éd. 1819 : ap. *apprends,* virg. — V. 29-30 : éd. 1819 : ap. *souvenir* et *loisir*, point. — V. 35 : éd. 1819 : ap. *thébaine*, point.

III

ÉPITRE A BAILLY

Un mensonge vieillit; il devient ennuyeux.
Il prend une autre forme et reparaît aux yeux.
Pensant le fuir, trompés à sa ruse infidèle,
Nous courons l'embrasser sous sa forme nouvelle.
Nous quittons un prestige, une vaine fureur   5
Non pour la vérité, mais pour une autre erreur.
. . . .

. . . .
J'aime à voir les humains, ces êtres glorieux
Nés pour lever la tête et regarder les cieux,   10

III. — V. 1 à l. 15 : *des,* manuscrit, t. III, f° 160, r°; l. 15 : *grands,*
à v. 28, ibid., v°; l. 29 à v. 38, ibid., t. IV, f° 19, r°; v. 39 à 44, ibid.,
f° 20, r°; v. 45 à 65, ibid., t. II, f° 135, r°; l. 66 à v. 71, ibid., f° 136,
r°; l. 72 à 75 : *assembler,* ibid., f° 135, r°; l. 75 : *quelques rimes,* à la
fin, ibid., v°.

Autant que l'examen des ms. permet d'en juger, Chénier a successivement conçu le plan de cette épitre sous deux formes assez différentes :
au projet primitif appartiennent le premier canevas en prose (l. 13-27) et
les vers 1-12 et 28-44 qui en sont inspirés; plus tard, sans doute après
avoir ébauché l'*Epitre sur la superstition,* dans laquelle il voulait employer une partie des idées et des vers destinés d'abord à l'*Epitre à
Bailly,* Chénier a composé un nouveau canevas (l. 72-89); les vers 45-
71, écrits sur les mêmes feuillets, sont contemporains de ce deuxième
projet, pour lequel le poète aurait peut-être utilisé aussi les v. 28-44. —
V. 1-12 : ces vers sont biffés de deux traits en croix et Chénier a écrit
en travers : *il faut mettre ailleurs tout cela;* cf. ci-dessous, *Epitres,* IV,
v. 9-20. — V. 5-6 : les virg. aj.; ap. ces vers, dans le ms., un blanc : nous
intercalons ici deux lignes de points. — V. 10 : 1re leçon surchargée :
Faits pour.

Dans la fange à plaisir courbant ce front superbe,
Marcher sur quatre pieds, et braire, et brouter l'herbe.

C'est pour l'épît. à mons. B[ailly], après avoir parlé très
brièvement de l'astrologie... magnét., somnambulisme...

Puis finissant... après avoir parlé avec admir. des grands 15
hommes de l'antiq., dire : Eh bien donc! que je travaille
aussi!... Allons!... Pendant que, pétrifié d'admiration pour
ces grands hommes, je m'arrête à les considérer, le temps
ne s'arrête point... Il chemine toujours... Mes belles années
s'échappent de mes bras. Je ne les vois plus que bien loin. 20
Bientôt je ne les verrai plus... Elles volent en se tenant par
la main et me regardent loin derrière elles... Elles vont
frapper à la porte de mon tombeau, annoncer qu'on m'at-
tende et que j'arriverai bientôt... Ne laissons point fuir inu-
tilement avec elles ces palmes et l'âge de les cueillir, et, en 25
admirant la moisson d'autrui, ne manquons point l'heure de
la nôtre.

La noble nudité d'une âme vraie et pure.

Eh! quoi, me suis-je dit, quand chacun travaille, quand
Bailly retrouve dans le ciel l'histoire de la terre..... 30

Pourquoi dans des écrits médités à l'écart
Ne pas aussi tenter un honnête hasard,
Par le zèle du vrai, sinon par les lumières,
Recommander aussi nos travaux à nos frères,
Honorer nos loisirs, justifier le choix 35
Des amis qui toujours nous ont donné leurs voix,
Et forcer, s'il se peut, dans l'âge qui doit naître,
La curieuse étude à vouloir nous connaître?

L. 13-14 : les virg. aj.; Chénier a écrit B. — L. 16 : virg. et point d'exclam. aj. — L. 17-25 : sauf les points de susp., ponctuat. aj. — L. 29 :
virg. aj.; d'autrui rajouté dans l'interl. — L. 29-38 : cf. ci-dessus, l. 16-17.
— L. 29 : ponctuat. aj. — V. 33-38 : ponctuat. aj.

Doit-il donc, à l'aspect de l'aigle ambitieux
Qui pénètre la nue et la voûte des cieux,   40
L'aiglon intimidé, dans un nid, sans courage,
Doit-il ensevelir et sa force et son âge,
Et n'oser, immobile en un obscur sommeil,
S'aller perdre jamais dans les feux du soleil?

Le poète enivré de ses jeunes fureurs,   45
Fuyant de l'envieux les bassesses obscures,
Se transporte en esprit dans les races futures,
Et, promenant ses pas sous le bois égarés,
Des poètes divins relit les vers sacrés.
Leurs triomphes n'ont point abattu son courage.   50
Il mesure leur vol qui plane d'âge en âge.
L'ardeur de suivre aussi cet illustre chemin
Soulève ses cheveux, aiguillonne sa main.
Il ferme le volume. Il erre, il se tourmente.
Des vers tumultueux de sa bouche éloquente   55
Roulent. Seul avec lui, superbe et satisfait,
Il s'écoute chanter, se récite, se plait.
Et puis quand de la nuit les heures pacifiques
Ont calmé de ses sens ces vagues poétiques,
Il reprend son travail. Consterné, furieux,   60
Il n'y voit que défauts qui lui choquent les yeux.
Il jure d'oublier sa fatale manie,
Ses Muses, ses projets. Mais bientôt son génie,
Prompt à se rallumer, en de nouveaux transports
S'élance, et se roidit à de nouveaux efforts.   65

Tiré de Pindare dans Quintilien.

. . . .

Il ne ramasse point l'eau qui tombe des cieux

V. 39-44 : ponctuat. aj. : cf. ci-dessus, l. 17-19 et 24-27. — V. 45-48 :
les virg. a. — V. 53-54 : les virg. aj. — V. 56 : ap. *lui*, virg. aj. — V. 63 :
ap. *génie*, virg. aj. — l. 66 : point aj. — V. 67 : quelques points marquent dans le ms. la place de ce vers.

Quand l'automne tarit leurs trésors pluvieux.
C'est de son propre sein que des sources fécondes   70
Jaillissent.....

Exposer dans ce petit poème adressé à M. Bailly, que les
poètes de nos jours n'ont aucunes teintures d'astronomie,
d'histoire naturelle, de sciences; que, dès qu'ils savent
assembler quelques rimes, ils se croient poètes... que les 75
anciens étaient plus savants... Puis faire en une vingtaine de
vers l'hist. de la poésie... Les premiers poètes étaient francs,
libres, généreux, ne vantaient que les belles actions, et
comme, dans cette égalité des hommes, il n'y avait personne
à flatter, ils ne flattèrent personne..... Ensuite ils devinrent 80
lâches, maquereaux, flatteurs; les délices des vers couvri-
rent les plus grandes infamies... car il est très vrai que les
arts ne s'accordent pas avec des mœurs austères..... Ensuite
faire un petit précis de l'hist. de l'astron. au moins mo-
derne..... (car l'histoire de son invention sera faite in A). 85
Vanter l'étude de l'astron. en disant : Que voyons-nous
autour de nous? des bassesses, des atrocités. Nous jetons-
nous dans l'histoire? L'histoire est sanglante de crimes. A
peine dans un amas d'horreurs trouve-t-on deux ou trois
actions vert[ueuses]. C'est ainsi que... (belle compar.) Heu- 90
reux donc mille fois le sage qui, s'élevant au-dessus de la
fange des passions humaines, se loge au sommet des montagnes, vit avec sa femme, ses enfants, quelques amis, et
avec ses livres et ses télescopes; n'étudie que l'histoire du
ciel, qui est si douce et si pure, jusqu'à ce que, accablé de 95
vieillesse, assis sur son lit et regardant les cieux, il exhale
et rejoigne à l'âme universelle cette portion qui lui en était
échue en partage et que son corps emprisonnait.

V. 69 : point aj. — L. 72-75 : les virg. aj.; ap. *sciences,* dans le ms.,
virg. — L. 77-80 : les virg. aj. — L. 81 : ponctuat. aj. — L. 86 : deux
points aj. — L. 87 : virg. aj. — L. 90 : Chénier a écrit : *vert.* — L. 91-96 :
ponctuat. aj.

IV

ÉPITRE SUR LA SUPERSTITION

Il faut faire, et le plus tôt possible, un poème sur la superstition ; environ 150 vers.....

Notre siècle n'a pas tant à se glorifier..... Il semble que tous les hommes soient destinés à être superstitieux..... Chaque siècle l'est à sa manière..... Détailler cela,..... Il y a maintenant en Europe un germe de fanatisme... Dans les glaces du Nord des cerveaux brûlants..... Magnétisme..... Martinisme..... Swedenborg..... Cagliostro.....   5

Un mensonge vieillit, il devient ennuyeux ;
Il prend une autre forme et reparait aux yeux.   10
Pensant le fuir, trompés à sa ruse infidèle,
Nous courons l'embrasser sous sa forme nouvelle ;
Nous fuyons un prestige, une vaine fureur,
Non pour la vérité, mais pour une autre erreur.

. . . .   15

. . . .

J'aime à voir les humains, ces êtres glorieux
Nés pour lever la tête et regarder les cieux,

IV. — L. 1-v. 26, manuscrit, t. II, f° 128, r°; v. 29-l. 73, ibid., v°; l. 74-v. 89, ibid., t. IV, f° 209, r°; v. 90 à la fin, ibid., v°.

1. 1-2 : sauf les points de susp., ponctuat. aj. — L. 8 : Chénier a écrit *Cagl.* — V. 9 : point et virg. aj. — V. 10-13 : ponctuat. aj. — V. 14 : virg. aj. — V. 15-16 : quelques points dans la marge marquent la place de chacun de ces vers. — V. 17-20 : ponctuat. aj.

Dans la fange à plaisir courbant ce front superbe
Marcher sur quatre pieds et braire et brouter l'herbe[1]. 20

————————

Mais j'entends celui-ci m'objecter : Mais Dieu ne peut-il
pas ?... Dieu ne peut pas ce qui... Tu fais de plats systèmes...
Tu crois peut-être que Dieu fera des miracles pour t'empêcher d'avoir été un sot...

             Thaumaturge imbécile,   25
Sois absurde, ignorant, quadrupède à ton gré.
. . . .
. . . .
. . . . et qui fait des miracles
N'aura que mes mépris et mon inimitié.   30
Qui les croit et les aime excite ma pitié.

L'avide charlatan peut tout ce qu'il veut... Il suffit qu'il
ait la vogue. Alors, sans esprit, sans idées... Si même il écor-
che le français, cela n'en vaut que mieux...

Le capable auditeur qui se croit du génie   35
Voit du génie aussi dans. . . . .
Il trouve, il reconnaît mille sens au lieu d'un
Dans cet amas de mots qui n'en forment aucun.
Et de ce noir chaos plus la nuit est grossière,
Plus son œil trouble et louche y croit voir de lumière. 40

Je ne veux point sur eux toutefois invoquer les châti-
ments...

    Nec scutica dignum horribili sectere flagello.

————————

L. 21 : deux points aj. — V. 25-26 : ponctuat. aj. — V. 27-28 : nous
intercalons ici deux lignes de points. — V. 30-31 : les points aj. — L. 33 :
point et les virg. aj. — L. 34 : virg. aj. — V. 35-40 : vers dégagés par
nous. — V. 37-39 : les virg. aj. — V. 43 point aj. ; les mots en italiques
soulignés dans le ms. ; ce vers est écrit dans l'interligne au-dessus de la
ligne 44.

1. Cf. ci-dessus, III, *Epitre à Bailly,* en tête de laquelle Chénier
avait d'abord placé ces 12 vers, qu'il a plus tard transportés ici.

Les persécuter, c'est les rendre intéressants même à ceux
qui les méprisent.....   45

Que le glaive des lois frappe le malfaiteur;
C'est à nous de punir le prophète menteur.
Voulant nous abuser, c'est nous seuls qu'il outrage.
Arabe vagabond, s'il ose à chaque page
Enfler de contes vains ses orgueilleux récits   50
Et frapper sur l'épaule à des rois ses amis,
S'il étale partout dans sa plate éloquence
Des temps, des lieux, des mœurs une absurde ignorance,
Aussitôt contre lui l'équitable raison
S'arme du ridicule et non de la prison.   55
Mais si l'on vient..... avec scandale
L'immoler aux abois d'une plume vénale,

   Si l'on veut le perdre sans un crime prouvé

Et presque sur sa tête attirer le supplice,
Les gens de bien alors sauront avec justice   60
Et séparant en lui sa vie et son malheur,
Rire de ses travers, mais plaindre sa douleur.....

   Oh! combien ces charlatans, seuls à souper avec leurs
confidents, doivent rire en se rappelant...
   Un jeune homme ayant retenu quelque phrase de Voltaire 65
se moque de

Tous ces rêves sacrés qu'enfanta le Jourdain...

   Puis il vous dit tranquillement ceci et cela... Il croit tout

---

L. 44 : virg. aj. — V. 46-57 : vers dégagés par nous. — V. 46-47 :
ponctuat. aj. — V. 48-49 : les virg. aj. — V. 51 : ap. *amis*, dans le ms.,
point. — V. 53 : les virg. aj.; *lieux* et *ignorance* en surcharge de mots
illisibles. — V. 56 : points de susp. aj.; *entre vient* et *avec*, dans le ms.,
pas de blanc. — V. 59-62 : vers dégagés par nous. — V. 59 : virg. aj. —
V. 61 : virg. aj.; 1re leçon surchargée : *En séparant chez lui*. — V. 62 :
virg. aj. — L. 63-64 : le point d'exclam. et les virg. aj. — L. 65-69 : ces
quelques lignes ont fourni la matière du développement qu'on trouvera ci-dessous, v. 90-111. — V. 67 : vers dégagé par nous.

cela moins ridicule que l'eau changée en vin... Une jolie
femme... écoutant des expressions de métaphysique vous 70
prouve... Elle voit des esprits... Elle vous en fera voir...
Soit, j'y consens, pour moi. Tout ce qu'elle voudra me montrer, je le verrai avec plaisir. Quelque prestige que nous
offrent une voix de vingt ans, de beaux yeux et des lèvres
de rose,   75

On écoute et, bien loin de vouloir échapper,
Avec quelque plaisir on se laisse tromper.
Mais qu'un épais sophiste, au front lourd et stupide,

enfle son style de grands mots et me dise..... Je laisse

Autour de lui la foule à grands flots accourue   80

et la bouche béante,

Debout, le cou tendu, l'écouter, l'adorer,
Ouvrir un grand œil bête et croire l'admirer;

et je viens avec toi dans un vers plaisant te faire rire à ses
dépens. Ami sage, garde donc ces vers et ne les montre 85
point, de peur que l'Arabe

Ne m'envoie à sa place aux murs de Trébisonde
Et que monsieur Mesmer, en bien mauvais français,
Ne prouve à ses.... que mes vers sont mauvais.

———————

Un jeune homme orgueilleux et docte réputé,   90
Tout plein de quelque auteur au hasard feuilleté,
Etonne un cercle entier de sa haute sagesse.
Il se joue avec grâce aux dépens de la messe ;

———————

L. 72-75 : les virg. aj. — V. 76-78 : ponctuat. aj.; vers dégagés par nous.
— V. 80 : vers dégagé par nous. — L. 81 : virg. aj. — V. 82-83 : les virg.
aj.; vers dégagés par nous. — L. 85-86 : les virg. aj. — V. 87-89 : vers
dégagés par nous. — V. 88 : les virg. aj. — V. 89 : point aj. — V. 90-92 :
ponctuat. aj. — V. 93 : point et virg. aj.; 1ʳᵉ leçon surchargée : s'égaye
avec.

Il plaisante le pape et siffle avec dédain
Tous ces rêves sacrés qu'enfanta le Jourdain.   95
Et puis d'un ton d'apôtre empesé, fanatique,
Il prêche les vertus du baquet magnétique,
Et ces doigts qui de loin savent bien vous toucher
Et font signe à la mort de n'oser approcher.
Un tel conte à ses yeux est moins plat, moins insigne 100
Que ce vin frauduleux, étranger à la vigne,
Par qui sont de Cana les festins égayés,
Ou ces diables pourceaux dans le fleuve noyés.
C'est que son jugement n'est rien que sa mémoire.
S'il croit même le vrai, c'est qu'il est né pour croire. 105
Ce n'est point que le vrai saisisse son esprit;
C'est que Bayle ou Voltaire ou Jean-Jacques l'a dit.

. . . .

. . . .

. . . . et le pauvre hébété   -110
N'est incrédule enfin que par crédulité.

V. 96-97 : les virg. aj. — V. 101 : les virg. aj. — V. 104 : point aj. —
V. 106 : point et virg. aj. — V. 108-110 : points de susp. aj. : entre le v. 107
et la fin du v. 110, dans le ms., un blanc. — V. 111 : point aj.

V

ÉPITRE A MARIE-JOSEPH CHÉNIER

A mon frère sur sa tragédie de Brutus et Cassius.

O mon frère, le beau présent que tu m'as fait en m'adressant cette tragédie que j'ai toujours aimée! Que j'ai eu de plaisir à entendre parler, en vrai langage romain, ces hommes illustres! Sans doute ce grand Brutus qui écrivit un livre sur la vertu, qu'il avait si bien pratiquée, ne s'était pas 5 exprimé autrement. Qu'il m'a été doux de voir sur le théâtre les âmes de ces grands hommes, de ces nobles meurtriers, ces grands tyrannicides, ces assassins vertueux et libres, avec qui l'histoire m'a fait vivre et que les bavards d'aujourd'hui jugent si bêtement sans les connaître! 10

Hommes saints, hommes dieux, exemple des Romains,
Divin Caton, Brutus, les plus grands des humains,
Pensiez-vous que jamais, plein d'orgueil et de gloire,
Au milieu des respects d'un stupide auditoire,

V. — Le manuscrit de cette épître, de l'écriture de Mme Chénier, mère du poète, se trouve à la Bibliothèque municipale de Carcassonne, dossier 11.816, B + 3. C'est une copie, faite sur l'autographe de Chénier, aujourd'hui perdu.

L. 1 : virg. aj. — L. 3 : ap. *parler*, virg. aj. — L. 4 : ap. *illustres*, dans le ms., point. — L. 7 : ap. *meurtriers*, virg. aj. — L. 8 : ap. *vertueux*, dans le ms., virg. ; ap. *tyrannicides* et *libres*, point. — L. 10 : ap. *connaître*, dans le ms., point. — V. 13 : les virg. aj.

[Dans un poudreux gymnase au mensonge immolé, 15
Un rhéteur imbécile et d'ignorance enflé,]
Sur la foi d'un sophiste élève de Carthage,
Dût prouver que vos cœurs n'eurent qu'un vain courage,
Et qu'une vertu vaine, et que ce prix si doux
De s'immoler pour elle était vain comme vous? 20
Vous dévouer aux [feux] où le crime s'expie;
Vous prodiguer les noms et de lâche et d'impie
Pour n'avoir pas voulu montrer à l'univers
Aux pieds du crime heureux la vertu dans les fers?

O délicieuse étude que celle de ces anciennes histoires! 25
Elles entretiennent le cœur dans une noble haine pour la
tyrannie[1].

Ne crois pas toutefois voir le peuple sentir et applaudir cet
ouvrage comme il le mérite. Ces vertus mâles, austères, ne
sont point faites pour des peuples asservis qui ignorent tout 30
ce qui les regarde, qui ne savent même comment on les gouverne, aux yeux de qui cet ardent amour de la liberté est une
passion chimérique, une vertu de roman, qui ne cherchent
que l'amour ou plutôt la galanterie au théâtre, aiment, ido-
lâtrent 35

D'un cothurne indolent la rampante mollesse,

et semblent ne pardonner à Corneille, à Racine, à Voltaire.
les sublimes chefs-d'œuvre qu'ils ont produits qu'en faveur
des scènes où ils ont été assez faibles pour daigner se prêter

---

V. 15-16 : ces vers ne se trouvent pas dans la copie faite par Mᵐᵉ Chénier de l'original d'André; comme ils sont indispensables pour le sens,
nous les imprimons entre crochets, d'après le texte du fᵒ 127, rᵒ du
manuscrit, où ce fragment (v. 11-24 et l. 25-27) est reproduit au milieu
d'autres probablement destinés à l'Amérique. — V. 21 : le ms. donne,
sans doute par erreur, le mot *fers*; nous corrigeons : *feux*. — L. 25 :
point d'exclam. aj. — L. 29 : les virg. aj. ap. *mérite*, dans le ms., virg.
— L. 34 : les virg. aj. — V. 36 : ap. *mollesse*, dans le ms., point; vers
dégagé par nous. — L. 39 : ap. *faibles*, dans le ms., virg. —

1. Cf. *Amérique*, II, 3 et 4, où se retrouvent les v. 11-24 et les
l. 25-27. Peut-être Chénier avait-il renoncé à achever cette épitre
et en avait-il extrait ces passages pour les transporter dans l'A-
mérique.

à ce mauvais goût. Mais remonte de plusieurs siècles ; ima- 40
gine-toi que tu vois jouer ton ouvrage à Rome, sur le théâtre
de Pompée, devant Chérea, Thrasea, Tacite, les Plines, et
vois quels applaudissements et combien tous les gens de bien
se réjouissent d'entendre les derniers des Romains, et pour
comble de gloire, Caïus, Domitius, Néron, ces monstres, 45
te récompenser par leur honorable haine.

Poursuis, fais revivre la tragédie, ne l'amollis jamais ;
qu'elle soit encore la leçon du genre humain ; et ajoute [sur]
notre théâtre une quatrième palme aux trois qui font à notre
nation tant d'honneur chez les étrangers, et lui en feront tant 50
[chez] la postérité.

L. 40 : point et virg. aj. — L. 42 : ap. *Pompée* et *Tacite,* les virg. aj.
— L. 45 : ap. *monstres,* virg. aj. — L. 47 : ap. *Poursuis,* virg. aj.; ap.
jamais, dans le ms., virg. — L. 48 : ap. *humain,* dans le ms., virg. — L.
49-51 : le ms. porte : *à notre théâtre* et *à la postérité* : nous corrigeons :
sur notre théâtre, chez la postérité; sans doute y a-t-il là des erreurs
de copie dans le manuscrit de Mme Chénier. — A la fin de cette épître,
Mme Chénier a écrit : *Ainsi est l'original;* et daté : *le 5e jour complé-
mentaire.*

VI

ÉPITRE AU CHEVALIER DE PANGE[1]

De Pange, tu es parti pour la Suisse... Je m'ennuie de ne
plus te voir et j'attends avec impatience le moment où nous
nous retrouverons chez toi en Champagne. L'ami près de
son ami est content et ne songe à rien. Mais quand son ami
est parti, il le regrette. Il en parle à ses Muses consolatrices 5
et il écrit en vers à son ami..... Eh bien! que t'apporterai-je?
Tu sais combien mes Muses sont vagabondes..... Elles ne
peuvent achever promptement un seul projet; elles en font
marcher cent à la fois. Elles font un pied à ce poème-ci,
une épaule à celui-là. Ils boitent tous et ils seront sur pied 10
tous ensemble. Elles les couvent tous à la fois : ils sortiront
de la coque à la fois, ils s'envoleront à la fois... Souvent tu
me crois occupé à faire des découvertes en Amérique, et tu
me vois arriver une flûte pastorale sur les lèvres : tu attends
un morceau d'Hermès, et c'est quelque folle Élégie..... C'est 15
ainsi que je suis maîtrisé par mon imagination. Elle est

VI. — L. 1 à 21 : *un autre,* manuscrit, t. IV, f° 17, r°; l. 21 : *il
remonte,* à la fin, ibid., v°.

L. 1 : virg. aj. — L. 5 : virg. aj. — L. 6 : point d'exclam. aj. — L. 7-
12 : tout ce passage, depuis : *elles ne peuvent,* jusqu'à : *s'envoleront à
la fois,* est biffé d'un trait. Chénier a écrit dans l'interligne : *il faut
mettre cela ailleurs, c'est-à-dire dans l'épître où je parle de mes pla-
giats* : cf. en effet ci-dessous, VII, v. 51-60. — L. 8 : point et virg. aj. —
L. 9 : virg. aj. — L. 10 : point aj. — L. 11 : deux points aj. — L. 12-15 :
sauf les points de susp., ponctuat. aj.

1. Chénier a également adressé au chevalier de Pange des *Elégies* : cf. V, III.

capricieuse et je cède à ses caprices. Je vais me promener
dans le dessein de m'occuper d'un objet. A peine ai-je fait
dix pas, mon esprit est frappé d'un objet nouveau. Soudain
il s'élance, il monte à cheval sur ce bâton et il va, il va..... 20
et là souvent il en rencontre un autre. Il remonte encore
sur ce nouveau bâton et il court à droite, à gauche..... et
l'argile que j'avais amollie et humectée pour en faire un
pot à l'eau, sous mon doigt capricieux devient une tasse ou
une théière..... Irai-je me contraindre et d'un plaisir me faire 25
un travail pénible? Non. D'autant que mon esprit n'abandonne jamais ses premiers projets et que par un plus grand
circuit il y revient toujours : comme un cheval, que l'on
fait passer dans l'eau, en arrivant au bord, recule, se cabre,
se lève, caracole, s'enfuit; le maître lui laisse faire ses grands 30
détours, puis le ramène pas à pas et il passe..... De quelque
matière que je m'occupe, en ai-je moins eu le plaisir d'aller poétisant au bord de l'eau sous les bois de Montigny,
etc... Dieu veuille que, publiés, ils amusent autant le lecteur, mais toujours ils m'auront bien amusé moi-même en 35
les faisant : et c'est beaucoup. Mais ensuite, quand le
moment de l'enthousiasme est passé, quand on relit de sang-
froid..... quel dégoût!..... C'est alors que les amis..... Ainsi,
quelque chose que je t'envoie, reçois-le, reconnais-y celui
qui t'aime, le fils de la nature,   40

Qui ne sait point rougir d'aucune des faiblesses
Que lui dicte sa mère, et qui n'ont jamais nui
Au bonheur des humains, à ses amis, à lui.

L. 18-24 : sauf les points de susp., ponctuat. aj. — L. 28 : virg. aj.;
après *toujours*, dans le ms., point. — L. 29-30 : ponctuat. aj. — L. 32-33 :
les virg. aj. — L. 34-38 : ap. *etc.*, Chénier a mis un signe renvoyant au bas
de la page où on lit : *Dieu veuille*, etc. jusqu'à *les amis...* — L. 34-35 :
les virg. aj. — L. 36 : virg. aj.; ap. *faisant*, dans le ms., point; après :
c'est beaucoup, Chénier avait d'abord mis un trait, marquant la fin de
cette addition; puis, se ravisant, il a écrit les mots : *mais ensuite*, etc., à :
les amis... — L. 37-40 : point d'exclam. et les virg. aj. — V. 41 : 1re
leçon biffée : *rougir de nulle faiblesse*. — V. 42-43 : ponctuat. aj.

VII

ÉPITRE SUR SES OUVRAGES

Ami, chez nos Français ma Muse voudrait plaire ;
Mais j'ai fui la satire à leurs regards si chère.
Le superbe lecteur, toujours content de lui,
Et toujours plus content s'il peut rire d'autrui,
Veut qu'un nom imprévu, dont l'aspect le déride,   5
Egaye au bout du vers une rime perfide ;
Il s'endort si quelqu'un ne pleure quand il rit.
Mais qu'Horace et sa troupe irascible d'esprit
Daignent me pardonner, si jamais ils pardonnent :
J'estime peu cet art, ces leçons qu'ils nous donnent,   10
D'immoler bien un sot, qui jure en son chagrin,
Au rire âcre et perçant d'un caprice malin.
Le malheureux déjà me semble assez à plaindre
D'avoir, même avant lui, vu sa gloire s'éteindre,
Et son livre au tombeau lui montrer le chemin[1],   15
Sans aller, sous la terre au trop fertile sein,
Semant sa renommée et ses tristes merveilles,
Faire à tous les roseaux chanter quelles oreilles
Sur sa tête ont dressé leurs sommets et leurs poids.

VII. — Édition de 1819, p. 183-194. Le manuscrit, gardé par H. de
Latouche, est perdu.

V. 8 : éd. 1819 : ap. *troupe* et *esprit*, virg. — V. 10 : éd. 1819 : ap.
art, point et virg. — V. 15 : éd. 1819 : ap. *chemin*, point et virg.

1. Cf. *République des lettres*, 11, 3.

Autres sont mes plaisirs. Soit, comme je le crois, 20
Que d'une débonnaire et généreuse argile
On ait pétri mon âme innocente et facile ;
Soit, comme ici, d'un œil caustique et médisant,
En secouant le front, dira quelque plaisant,
Que le ciel, moins propice, enviât à ma plume 25
D'un sel ingénieux la piquante amertume,
J'en profite à ma gloire, et je viens devant toi
Mépriser les raisins qui sont trop haut pour moi.
Aux reproches sanglants d'un vers noble et sévère
Ce pays toutefois offre une ample matière : 3o
Soldats tyrans du peuple obscur et gémissant,
Et juges endormis aux cris de l'innocent ;
Ministres oppresseurs, dont la main détestable
Plonge au fond des cachots la vertu redoutable.
Mais, loin qu'ils aient senti la fureur de nos vers, 35
Nos vers rampent en foule aux pieds de ces pervers,
Qui savent bien payer d'un mépris légitime
Le lâche, qui pour eux feint d'avoir quelque estime.
Certe, un courage ardent qui s'armerait contre eux
Serait utile au moins s'il était dangereux ; 40
Non d'aller, aiguisant une vaine satire,
Chercher sur quel poète on a droit de médire ;
Si tel livre deux fois ne s'est pas imprimé,
Si tel est mal écrit, tel autre mal rimé.

Ainsi donc, sans coûter de larmes à personne, 45
A mes goûts innocents, ami, je m'abandonne.
Mes regards vont errant sur mille et mille objets.
Sans renoncer aux vieux, plein de nouveaux projets,
Je les tiens ; dans mon camp partout je les rassemble,
Les enrôle, les suis, les pousse tous ensemble. 5o
S'égarant à son gré, mon ciseau vagabond
Achève à ce poème ou les pieds ou le front ;

V. 33 : virg. aj. — V. 40 : éd. 1819 : ap. *dangereux*, point.

Creuse à l'autre les flancs; puis l'abandonne et vole
Travailler à cet autre ou la jambe ou l'épaule.
Tous, boiteux, suspendus, traînent : mais je les vois 55
Tous bientôt sur leurs pieds se tenir à la fois.
Ensemble lentement tous couvés sous mes ailes,
Tous ensemble quittant leurs coques maternelles,
Sauront d'un beau plumage ensemble se couvrir,
Ensemble sous le bois voltiger et courir[1].   60
Peut-être il vaudrait mieux, plus constant et plus sage,
Commencer, travailler, finir un seul ouvrage.
Mais quoi! cette constance est un pénible ennui.
« Eh bien! nous lirez-vous quelque chose aujourd'hui?
Me dit un curieux, qui s'est toujours fait gloire   65
D'honorer les neuf Sœurs, et toujours, après boire,
Etendu dans sa chaise et se chauffant les pieds,
Aime à dormir au bruit des vers psalmodiés.
— Qui, moi? Non. Je n'ai rien. D'ailleurs je ne lis guère.
— Certe, un tel nous lut hier une épitre!... et son frère 70
Termina par une ode où j'ai trouvé des traits!...
— Ces messieurs plus féconds, dis-je, sont toujours prêts.
Mais moi, que le caprice et le hasard inspire,
Je n'ai jamais sur moi rien qu'on puisse vous lire.
— Bon! Bon! Et cet Hermès, dont vous ne parlez pas, 75
Que devient-il? — Il marche, il arrive à grands pas.
— Oh! je m'en fie à vous. — Hélas! trop, je vous jure.
— Combien de chants de faits? — Pas un, je vous assure.
— Comment? » Vous avez vu sous la main d'un fondeur
Ensemble se former, diverses en grandeur,   80
Trente cloches d'airain, rivales du tonnerre :
Il achève leur moule enseveli sous terre;
Puis, par un long canal en rameaux divisé,
Y fait couler les flots de l'airain embrasé;

V. 66 : éd. 1819 : ap. *boire*, point et virg. — V. 72 : tiret ai. — V. 75
ap. *moi*, virg. ai. — V. 84 : éd. 1819 : ap. *embrasé*, point.

1. Cf. ci-dessus, VI. *Epitre au chevalier de Pange*, l. 7-12.

Si bien qu'au même instant, cloches, petite et grande, 85
Sont prêtes, et chacune attend et ne demande
Qu'à sonner quelque mort, et du haut d'une tour
Réveiller la paroisse à la pointe du jour.
Moi, je suis ce fondeur : de mes écrits en foule
Je prépare longtemps et la forme et le moule, 90
Puis sur tous à la fois je fais couler l'airain :
Rien n'est fait aujourd'hui, tout sera fait demain.

Ami, Phœbus ainsi me verse ses largesses.
Souvent des vieux auteurs j'envahis les richesses.
Plus souvent leurs écrits, aiguillons généreux, 95
M'embrasent de leur flamme et je crée avec eux.
Un juge sourcilleux, épiant mes ouvrages,
Tout à coup à grands cris dénonce vingt passages
Traduits de tel auteur qu'il nomme; et les trouvant,
Il s'admire et se plaît de se voir si savant. 100
Que ne vient-il vers moi? je lui ferai connaître
Mille de mes larcins qu'il ignore peut-être.
Mon doigt sur mon manteau lui dévoile à l'instant
La couture invisible et qui va serpentant,
Pour joindre à mon étoffe une pourpre étrangère. 105
Je lui montrerai l'art, ignoré du vulgaire,
De séparer aux yeux, en suivant leur lien,
Tous ces métaux unis dont j'ai formé le mien.
Tout ce que des Anglais la muse inculte et brave,
Tout ce que des Toscans la voix fière et suave, 110
Tout ce que les Romains, ces rois de l'univers,
M'offraient d'or et de soie, est passé dans mes vers.
Je m'abreuve surtout des flots que le Permesse
Plus féconds et plus purs fit couler dans la Grèce;
Là, Prométhée ardent, je dérobe les feux 115
Dont j'anime l'argile et dont je fais des Dieux.
Tantôt chez un auteur j'adopte une pensée,

V. 89 : virg. aj. — V. 91 : éd. 1819 : ap. *airain*, virg. — V. 112 : virg. aj.

Mais qui revêt, chez moi souvent entrelacée,
Mes images, mes tours, jeune et frais ornement ;
Tantôt je ne retiens que les mots seulement ;   120
J'en détourne le sens, et l'art sait les contraindre
Vers des objets nouveaux qu'ils s'étonnent de peindre.
La prose plus souvent vient subir d'autres lois,
Et se transforme, et fuit mes poétiques doigts ;
De rimes couronnée, et légère et dansante,   125
En nombres mesurés elle s'agite et chante.
Des antiques vergers ces rameaux empruntés
Croissent sur mon terrain mollement transplantés.
Aux troncs de mon verger ma main avec adresse
Les attache ; et bientôt même écorce les presse.   130
De ce mélange heureux l'insensible douceur
Donne à mes fruits nouveaux une antique saveur.
Dévot adorateur de ces maîtres antiques,
Je veux m'envelopper de leurs saintes reliques.
Dans leur triomphe admis, je veux le partager,   135
Ou bien de ma défense eux-mêmes les charger.
Le critique imprudent, qui se croit bien habile,
Donnera sur ma joue un soufflet à Virgile.
Et ceci (tu peux voir si j'observe ma loi ,
Montaigne, il t'en souvient, l'avait dit avant moi.   140

V. 135 : éd. 1819 : ap. *partager*, point et virg. — V. 139 : virg. ai.

ODES

I

ODES AMOUREUSES

I

FANNY

I

Aux premiers fruits de mon verger.

Précurseurs de l'automne, ô fruits nés d'une terre
Où l'art industrieux, sous ses maisons de verre,
Des soleils du midi sait feindre les chaleurs,
Allez trouver Fanny, cette mère craintive.
A sa fille aux doux yeux, fleur débile et tardive,   5
    Rendez la force et les couleurs.

I, t. 1. — Le manuscrit de cette pièce a appartenu au général de Férussac : nous n'avons pu en retrouver le possesseur actuel. Aimé Martin, qui a vu ce manuscrit entre les mains du général de Férussac, a constaté qu'il contenait deux strophes (7 et 8) qui avaient été supprimées dans l'édition de 1819, et a copié ces deux strophes, qu'il a insérées entre les pages 210 et 211 d'un exemplaire de l'édition de 1820 : cet exemplaire, qui, donné jadis par H. de Latouche à Ch. Nodier, renfermait en outre deux autographes de Chénier, est devenu, après la mort d'Aimé Martin, la propriété de M. de N., puis de M. Cunin-Gridaine, qui le communiqua à Becq de Fouquières. Nous ignorons où il se trouve aujourd'hui. Notre texte est celui de l'édition de 1819 (p. 203-205), augmenté des deux strophes qui le complètent, que nous donnons d'après Becq de Fouquières (*Lettres critiques*, p. 89-91).

V. 4 : éd. 1819 : ap. *Fanny*, point et virg.

Non qu'un péril funeste assiège son enfance;
Mais du cœur maternel la tendre défiance
N'attend pas le danger qu'elle sait trop prévoir.
Et Fanny, qu'une fois les destins ont frappée,   10
Soupçonneuse et longtemps de sa perte occupée,
    Redoute de loin leur pouvoir.

L'été va dissiper de si promptes alarmes.
Nous devons en naissant tous un tribut de larmes;
Les siennes ont déjà trop satisfait aux Dieux.   15
Sa beauté, ses vertus, ses grâces naturelles,
N'ont point des Dieux sans doute, ainsi que des mortelles,
    Armé le courroux envieux.

Belle bientôt comme elle, au retour d'Érigone,
L'enfant va ranimer, nourrisson de Pomone,   20
Ce front que de Borée un souffle avait terni.
Oh! de la conserver, cieux, faites votre étude;
Que jamais la douleur, même l'inquiétude,
    N'approchent du sein de Fanny.

Que n'est-ce encor ce temps et d'amour et de gloire, 25
Qui de Pollux, d'Alceste, a gardé la mémoire,
Quand un pieux échange apaisait les enfers!
Quand les trois sœurs pouvaient n'être point inflexibles,
Et qu'au prix de ses jours, de leurs ciseaux terribles,
    On rachetait des jours plus chers!   30

Oui, je voudrais alors qu'en effet toute prête,
La Parque, aimable enfant, vînt menacer ta tête,
Pour me mettre en ta place et te sauver le jour;
Voir ma trame rompue à la tienne enchaînée;
Et Fanny s'avouer par moi seul fortunée,   35
    Et s'applaudir de mon amour.

Oh! de quel doux regard, à mon heure dernière,

V. 22 : éd. 1819 : *O de la conserver*. — V. 37-48 : ces deux strophes
sont celles qui avaient été supprimées dans l'éd. de 1819.

Elle viendrait chercher ma mourante paupière !
Oh ! quelle douce voix m'appellerait en vain !
De quel doux souvenir ma mort serait suivie !   40
O chimère ! ô souhait ! ô d'une noble vie
          Plus noble et plus heureuse fin !

Sur ses pieds délicats ma bouche défaillante
Savourerait la mort ; et mon âme expirante
Du bonheur d'une mère irait payer les Dieux.   45
Je voudrais seulement que, du moins, sur la terre
Où dormiraient mes os, s'élevât une pierre
          Qui fût voisine de ses yeux !

Ma tombe quelque jour troublerait sa pensée.
Quelque jour, à sa fille entre ses bras pressée,   50
L'œil humide peut-être, en passant près de moi :
« Celui-ci, dirait-elle, à qui je fus bien chère,
Fut content de mourir, en songeant que ta mère
          N'aurait point à pleurer sur toi. »

2

J'ai vu sur d'autres yeux, qu'Amour faisait sourire,
          Ses doux regards s'attendrir et pleurer

.   .   .   .

Et du miel le plus doux que sa bouche respire
          Une autre bouche s'enivrer   5

.   .   .   .

Et quand sur mon visage inquiet, tourmenté,
          Une sueur involontaire
Exprimait le dépit de mon cœur agité,
Un coup d'œil caressant furtivement jeté   10
Tempérait dans mon sein cette souffrance amère.

I, 1, 2. — Manuscrit, t. III, f° 174, r°.

V. 3 : un point dans la marge de gauche marque la place de ce vers.
— V. 6 : un point dans la marge marque la place de ce vers. — V. 7 :
sauf ap. *visage*, les virg. aj. — V. 11-12 : ponctuat. aj.

Ah! dans le fond de ses forêts
Le ramier déchiré de traits
Gémit au moins sans se contraindre ;
Et le fugitif Actéon,   15
   Percé par les traits d'Orion,
Peut l'accuser et peut se plaindre.

3

Bacchus, sous ces forêts que tes plaintes troublèrent,
O fille de Minos, consola tes douleurs.
Les larmes de Phyllis sur ces rives coulèrent ;
   Elles firent naître ces fleurs.

Ces vallons redisaient les caresses d'Œnone ;   5
Ce fleuve s'arrêtait aux baisers d'Arion ;
Et ces grottes ont vu la fille de Latone
   Descendre au sein d'Endymion.

O mer, du jeune amant. . . . .
Ne put vaincre l'espoir, la jeune[sse] et l'amour.   10
O mer, tu fus domptée, et ta rage écumante
   Ne l'engloutit qu'à son retour.

4

Non, de tous les amants les regards, les soupirs
   Ne sont point des pièges perfides.

V. 13 : *déchiré* en surcharge d'un mot illisible. — V. 14-17 : ponctuat. aj.

I, 1, 3. — Manuscrit, t. II, f° 219, r°.

V. 1-2 : les virg. aj. — V. 3 : point et virg. aj. ; *rives* en surcharge d'un
mot illisible. — V. 5-6 : les points et les virg. aj. — V. 9 : ponctuat. aj.
— V. 10-11 : les virg. aj. ; Chénier a écrit : *Ne fus* et *la jeune*.

I, 1, 4. — Édition de 1819, p. 205-206. Le manuscrit, gardé par
H. de Latouche, est perdu

Non, à tromper des cœurs délicats et timides
　　Tous ne mettent point leurs plaisirs.
　　Toujours la feinte mensongère   5
Ne farde point de pleurs, vains enfants des désirs,
　　Une insidieuse prière.

Non, avec votre image, artifice et détour,
　　Fanny, n'habitent point une âme :
Des yeux, pleins de vos traits, sont à vous. Nulle femme 10
　　Ne leur paraît digne d'amour.
　　Ah! la pâle fleur de Clytie
Ne voit au ciel qu'un astre; et l'absence du jour
　　Flétrit sa tête appesantie.

Des lèvres d'une belle un seul mot échappé   15
　　Blesse d'une trace profonde
Le cœur d'un malheureux qui ne voit qu'elle au monde.
　　Son cœur pleure en secret frappé,
　　Quand sa bouche feint de sourire.
Il fuit; et jusqu'au jour de son trouble occupé,   20
　　Absente, il ose au moins lui dire :

« Fanny, belle adorée aux yeux doux et sereins,
　　Heureux qui n'ayant d'autre envie
Que de vous voir, vous plaire et vous donner sa vie,
　　Oublié de tous les humains,   25
　　Près d'aller rejoindre ses pères,
Vous dira, vous pressant de ses mourantes mains :
　　Crois-tu qu'il soit des cœurs sincères? »

5

Fanny, l'heureux mortel qui près de toi respire

V. 3 : éd. 1819 : ap. *timides*, virg. — V. 8 : ap. *détour*, virg. aj. —
V. 10 : ap. *yeux*, virg. aj. — V. 15 : éd. 1819 : ap. *échappé*, virg.

I, 1, 5. — Édition de 1819, p. 205-207. Le manuscrit, gardé par
H. de Latouche, est perdu.

Sait, à te voir parler et rougir et sourire,
De quels hôtes divins le ciel est habité.
La grâce, la candeur, la naïve innocence
  Ont, depuis ton enfance,   5
De tout ce qui peut plaire enrichi ta beauté.

Sur tes traits, où ton âme imprime sa noblesse,
Elles ont su mêler aux roses de jeunesse
Ces roses de pudeur, charmes plus séduisants ;
Et remplir tes regards, tes lèvres, ton langage, 10
  De ce miel dont le sage
Cherche lui-même en vain à défendre ses sens.

Oh ! que n'ai-je moi seul tout l'éclat et la gloire
Que donnent les talents, la beauté, la victoire,
Pour fixer sur moi seul ta pensée et tes yeux ! 15
Que, loin de moi, ton cœur fût plein de ma présence,
  Comme, dans ton absence,
Ton aspect bien-aimé m'est présent en tous lieux !

Je pense : elle était là. Tous disaient : « Qu'elle est belle ! »
Tels furent ses regards, sa démarche fut telle, 20
Et tels ses vêtements, sa voix et ses discours.
Sur ce gazon assise, et dominant la plaine,
  Des méandres de Seine,
Rêveuse, elle suivait les obliques détours.

Ainsi dans les forêts j'erre avec ton image : 25
Ainsi le jeune faon, dans son désert sauvage,
D'un plomb volant percé, précipite ses pas.
Il emporte en fuyant sa mortelle blessure ;
  Couché près d'une eau pure,
Palpitant, hors d'haleine, il attend le trépas. 30

V. 16 : sauf ap. *moi*, les virg. aj. — V. 18 : éd. 1819 : ap. *lieux,* point.

6

A Fanny, malade.

Quelquefois un souffle rapide
Obscurcit un moment sous sa vapeur humide
L'or, qui reprend soudain sa brillante couleur.
Ainsi du Sirius, ò jeune bien-aimée!
　　Un moment l'haleine enflammée　　　　　　5
De ta beauté vermeille a fatigué la fleur.

　　De quel tendre et léger nuage
Un peu de pâleur douce, épars sur ton visage,
Enveloppa tes traits calmes et languissants!
Quel regard, quel sourire, à peine sur ta couche　　10
　　Entr'ouvraient tes yeux et ta bouche!
Et que de miel coulait de tes faibles accents!

　　Oh! qu'une belle est plus à craindre,
Alors qu'elle gémit, alors qu'on peut la plaindre,
Qu'on s'alarme pour elle. Ah! s'il était des cœurs,　　15
Fanny, que ton éclat eût trouvés insensibles,
　　Ils ne resteraient point paisibles
Près de ton front voilé de ces douces langueurs.

　　Oui, quoique meilleure et plus belle,
Toi-même cependant tu n'es qu'une mortelle;　　　　20
Je le vois. Mais du ciel, toi, l'orgueil et l'amour,
Tes beaux ans sont sacrés. Ton àme et ton visage
　　Sont des Dieux la divine image;
Et le ciel s'applaudit de t'avoir mise au jour.

　　Le ciel t'a vue en tes prairies　　　　　　　　25
Oublier tes loisirs, tes lentes rêveries;
Et tes dons et tes soins chercher les malheureux;

I, 1, 6. — Édition de 1819, p. 208-210. Le manuscrit, gardé par
H. de Latouche, est perdu.

V. 27 : éd. 1819 : ap. *malheureux*, point.

Tes délicates mains à leurs lèvres amères
    Présenter des sucs salutaires,
Ou presser d'un lin pur leurs membres douloureux. 30

    Souffrances que je leur envie!
Qu'ils eurent de bonheur de trembler pour leur vie,
Puisqu'ils virent sur eux tes regrets caressants!
Et leur toit rayonner de ta douce présence,
    Et la bonté, la complaisance, 35
Attendrir tes discours, plus chers que tes présents!

    Près de leur lit, dans leur chaumière,
Ils crurent voir descendre un ange de lumière,
Qui des ombres de mort dégageait leur flambeau;
Leurs cœurs étaient émus comme, aux yeux de la Grèce,
    La victime qu'une Déesse
Vint ravir à l'Aulide, à Calchas, au tombeau.

    Ah! si des douleurs étrangères
D'une larme si noble humectent tes paupières
Et te font des destins accuser la rigueur, 45
Ceux qui souffrent pour toi, tu les plaindras peut-être;
    Et les douleurs que tu fais naître
Ont-elles moins le droit d'intéresser ton cœur?

    Troie, antique honneur de l'Asie,
Vit le prince expirant des guerriers de Mysie 50
D'un vainqueur généreux éprouver les bienfaits.
D'Achille désarmé la main amie et sûre
    Toucha sa mortelle blessure,
Et soulagea les maux qu'elle-même avait faits.

    A tous les instants rappelée, 55
Ta vue apaise ainsi l'âme qu'elle a troublée.
Fanny, pour moi ta vue est la clarté des cieux,

V. 44 : éd. 1819 : ap. *paupières,* virg.

Vivre est te regarder, et t'aimer, te le dire ;
    Et quand tu daignes me sourire,
Le lit de Vénus même est sans prix à mes yeux.   60

7

Ode.

I

    Mai de moins de roses, l'automne
De moins de pampres se couronne,
Moins d'épis flottent en moissons,
Que sur mes lèvres, sur ma lyre,
Fanny, tes regards, ton sourire,   5
Ne font éclore de chansons.

II

    Les secrets pensers de mon âme
Sortent en paroles de flamme,
A ton nom doucement émus.
Ainsi la nacre industrieuse   10
Jette sa perle précieuse,
Honneur des sultanes d'Ormuz.

III

    Ainsi, sur son mûrier fertile,
Le ver du Cathay mêle et file
Sa trame étincelante d'or.   15
Viens : mes Muses, pour ta parure,
De leur soie immortelle et pure
Versent un plus riche trésor.

IV

    Les perles de la poésie
Forment, sous leurs doigts d'ambroisie,   20

I, 1, 7. — Manuscrit, t. III, f° 175, r°.

D'un collier le brillant contour.
Viens, Fanny : que ma main suspende
Sur ton sein cette noble offrande,

. . . .

8

O Versaille, ô bois, ô portiques,
Marbres vivants, berceaux antiques,
Par les Dieux et les rois Elysée embelli,
A ton aspect, dans ma pensée,
Comme sur l'herbe aride une fraîche rosée,   5
Coule un peu de calme et d'oubli.

Paris me semble un autre empire,
Dès que chez toi je vois sourire
Mes pénates secrets couronnés de rameaux ;
D'où souvent les monts et les plaines   10
Vont dirigeant mes pas aux campagnes prochaines,
Sous de triples cintres d'ormeaux.

Les chars, les royales merveilles,
Des gardes les nocturnes veilles,
Tout a fui ; des grandeurs tu n'es plus le séjour :   15
Mais le sommeil, la solitude,
Dieux jadis inconnus, et les arts, et l'étude
Composent aujourd'hui ta cour.

Ah ! malheureux ! à ma jeunesse
Une oisive et morne paresse   20
Ne laisse plus goûter les studieux loisirs.
Mon âme, d'ennui consumée,

V. 24 : nous remplaçons ce vers, qui manque dans le ms. et qui est nécessaire pour finir la strophe, par des points.

I, 1, 8. — Edition de 1819, p. 213-215. Le manuscrit, gardé par H. de Latouche, est perdu.

S'endort dans les langueurs. Louange et renommée
    N'inquiètent plus mes désirs.

    L'abandon, l'obscurité, l'ombre,   25
    Une paix taciturne et sombre,
Voilà tous mes souhaits. Cache mes tristes jours,
    Et nourris, s'il faut que je vive,
De mon pâle flambeau la clarté fugitive,
    Aux douces chimères d'amours.   3o

    L'âme n'est point encor flétrie,
    La vie encor n'est point tarie,
Quand un regard nous trouble et le cœur et la voix.
    Qui cherche les pas d'une belle,
Qui peut ou s'égayer ou gémir auprès d'elle,   35
    De ses jours peut porter le poids.

    J'aime ; je vis. Heureux rivage !
    Tu conserves sa noble image,
Son nom, qu'à tes forêts j'ose apprendre le soir ;
    Quand, l'âme doucement émue,   40
J'y reviens méditer l'instant où je l'ai vue,
    Et l'instant où je dois la voir.

    Pour elle seule encore abonde
    Cette source, jadis féconde,
Qui coulait de ma bouche en sons harmonieux.   45
    Sur mes lèvres tes bosquets sombres
Forment pour elle encor ces poétiques nombres,
    Langage d'amour et des Dieux.

    Ah ! témoin des succès du crime,
    Si l'homme juste et magnanime   5o
Pouvait ouvrir son cœur à la félicité,
    Versailles, tes routes fleuries,
Ton silence, fertile en belles rêveries,
    N'auraient que joie et volupté.

V. 27 : virg. aj.

Mais souvent tes vallons tranquilles, 55
Tes sommets verts, tes frais asiles,
Tout à coup à mes yeux s'enveloppent de deuil.
J'y vois errer l'ombre livide
D'un peuple d'innocents, qu'un tribunal perfide
Précipite dans le cercueil. 60

9

Mais la haineuse ingratitude
A taire les bienfaits seule met son étude.
La reconnaissance aux doux yeux,
Au souris caressant, à la longue mémoire,
Parle, et des Dieux chérie, est l'amour et la gloire 5
Des mortels semblables aux Dieux.

Quel fugitif, d'un pied colère,
Va renverser l'autel qui lui fut tutélaire?
Quel nageur sauvé du trépas
Brûle son bienfaiteur, le roseau du rivage? 10
Quel rossignol ne chante, à couvert de l'orage,
L'ormeau qui lui tendit les bras?

Ainsi pour ces molles prairies
Que V[ersaille], au retour des Pléiades fleuries[1],
Étendit sous mes pas errants; 15
Pour ces eaux, ces zéphyrs, l'ombre fraîche et secrète,

---

1. 1, 9. — Manuscrit, t. III, fᵒ 176, rᵒ.

V. 2-4 : ponctuat. aj. — V. 6 : 1ʳᵉ leçon biffée : *bons comme les Dieux*. — V. 7-12 : ponctuat. aj.; ap. cette strophe, Chénier avait d'abord écrit, pour commencer la suivante, ces 3 vers qu'il a ensuite biffés d'un trait :

Ma lyre, naïve interprète,
Ainsi chanta V[ersaille] et ma belle retraite.
D'où vient donc, etc.

V. 14 : les virg. aj. — V. 16-17 : 1ʳᵉ leçon biffée :

Pour ces grottes, ces bois, et ces fraîches haleines
Dont il m'a, du Lion, qui tarit les fontaines, etc.

Puis Chénier a écrit dans l'interl., au-dessus du v. 17, la leçon définitive,

Dont il a du Lion, sur ma docte retraite,
    Tempéré les feux dévorants;

   Ma Muse en poétique offrande
Lui tressa l'amaranthe, immortelle guirlande.   20
    D'où vient donc, etc.

   1. Des Pl., Aratus, v. 263 :

Αἱ μὲν ὅμως ὀλίγαι καὶ ἀφεγγέες, ἀλλ' ὀνομασταὶ
ἤρι (leur lever) καὶ ἑσπέριαι, Ζεὺς δ' αἴτιος, εἰλίσσονται
ὅς σφισι καὶ θέρεος καὶ χείματος ἀρχομένοιο   25
σημαίνειν ἐκέλευσεν, ἐπερχομένου τ' ἀρότοιο.

et v. le scholiaste Théon, quoique interpolé.
Eratosth. Catast., v. Πλειάς :

Μεγίστην δ' ἔχουσι δόξαν ἐν τοῖς ἀνθρώποις ἐπισημαίνουσαι
καθ' ὥραν (de saison en saison).   30

---

et a refait ainsi le vers 16 : *Pour ces bois, ces zéphyrs, ces grottes......*;
il a ensuite biffé : *ces grottes,* et remplacé ces mots par : *l'ombre fraîche
et secrète;* en même temps, il a biffé *bois,* et écrit au-dessous : *eaux* :
enfin, ce mot ne lui paraissant pas bon, il l'a lui-même barré d'un trait
sans le remplacer; nous le reprenons pour faire le vers. — V. 18 : point
et virg. aj. — V. 20-21 : les virg. aj. — L. 22-30 : cette note est écrite
sans aucun renvoi, en face du v. 14, dans la marge de droite. — L. 22 :
deux points et les virg. aj. — L. 28 : virg. aj.; ap. Πλειάς, dans le ms.,
point. — L. 30 : ap. ὥραν, dans le ms., point.

II

AIMÉE FRANQUETOT DE COIGNY, DUCHESSE DE FLEURY

Ode.

« L'épi naissant mûrit de la faux respecté ;
Sans crainte du pressoir, le pampre tout l'été
    Boit les doux présents de l'aurore ;
Et moi, comme lui belle, et jeune comme lui,
Quoi que l'heure présente ait de trouble et d'ennui,   5
    Je ne veux point mourir encore.

Qu'un stoïque aux yeux secs vole embrasser la mort :
Moi je pleure et j'espère. Au noir souffle du nord
    Je plie et relève ma tête.
S'il est des jours amers, il en est de si doux !   10
Hélas ! quel miel jamais n'a laissé de dégoûts ?
    Quelle mer n'a point de tempête ?

L'illusion féconde habite dans mon sein.
D'une prison sur moi les murs pèsent en vain,
    J'ai les ailes de l'espérance.   15
Echappée aux réseaux de l'oiseleur cruel,
Plus vive, plus heureuse, aux campagnes du ciel
    Philomèle chante et s'élance.

I, II. — Le manuscrit de cette ode, après avoir appartenu à Mil-
lin, puis à M. Laverdet, fut acquis en 1856 par M. Giraud de Sa-
vine, pour le compte de M. Dobrée. Il se trouve aujourd'hui au
musée Dobrée, à Nantes. Le conservateur de ce musée, M. P. de
Lisle du Dréneuc, a eu l'obligeance de nous en envoyer une pho-
tographie sur laquelle nous avons établi notre texte. C'est ce
même manuscrit qui a servi à imprimer cette ode dans la *Décade
philosophique* (20 nivôse, an III) et dans l'*Almanach des Muses*
(an IV).

    V. 1 : guillem. aj. ; ap. *respecté*, dans le ms., point. — V. 2 : virg. aj.
— V. 4 : ap. *moi*, virg. aj. — V. 6 : point. aj. — V. 7 : deux points aj. — V.
9 : point aj. — V. 14 : virg. aj. — V. 16 : virg. aj. — V. 18 : point aj.

Est-ce à moi de mourir? Tranquille je m'endors
Et tranquille je veille; et ma veille aux remords   20
    Ni mon sommeil ne sont en proie.
Ma bienvenue au jour me rit dans tous les yeux;
Sur des fronts abattus, mon aspect dans ces lieux
    Ranime presque de la joie.

Mon beau voyage encore est si loin de sa fin!   25
Je pars, et des ormeaux qui bordent le chemin
    J'ai passé les premiers à peine.
Au banquet de la vie à peine commencé,
Un instant seulement mes lèvres ont pressé
    La coupe en mes mains encor pleine.   30

Je ne suis qu'au printemps. Je veux voir la moisson,
Et comme le soleil, de saison en saison,
    Je veux achever mon année.
Brillante sur ma tige et l'honneur du jardin,
Je n'ai vu luire encor que les feux du matin;   35
    Je veux achever ma journée.

O mort! tu peux attendre; éloigne, éloigne-toi;
Va consoler les cœurs que la honte, l'effroi,
    Le pâle désespoir dévore.
Pour moi Palès encore a des asiles verts,   40
Les amours des baisers, les Muses des concerts.
    Je ne veux point mourir encore. »

Ainsi, triste et captif, ma lyre toutefois
S'éveillait, écoutant ces plaintes, cette voix,
    Ces vœux d'une jeune captive;   45
Et secouant le faix de mes jours languissants,
Aux douces lois des vers je pliai les accents
    De sa bouche aimable et naïve.

V. 21-24 : ponctuat. aj. — V. 25-30 : ponctuat. aj. — V. 31 : virg. aj. —
V. 32-41 : ponctuat. aj. — V. 42 : guillem. aj. — V. 43 : ap. *Ainsi*, virg.
aj. — V. 44 : ap. *S'éveillait*, virg. aj. — V. 45-48 : ponctuat. aj.

Ces chants, de ma prison témoins harmonieux,
Feront à quelque amant des loisirs studieux   50
    Chercher quelle fut cette belle.
La grâce décorait son front et ses discours,
Et comme elle craindront de voir finir leurs jours
    Ceux qui les passeront près d'elle.

V. 49 : les virg. aj. — V. 52 : virg. aj.

II

ODES ESPAGNOLES

I

In a spanish Pindar. song (qu'il ne faut pas publier avec le reste).

O saint Ferdinand, sans doute en montant au ciel, où tes vertus plus que ta canonisation t'ont fait monter, plus éclairé, tu pleuras aux pieds de Dieu d'avoir attisé le feu où on allait brûler des hérétiques, et employé à verser le sang de tes sujets une main employée avec tant de gloire à verser celui 5 des musulmans... Et toi, Philippe II, un de tes tourments dans les enfers, c'est d'avoir fait périr dans les flammes un si grand nombre de tes sujets innocents... d'avoir, un jour que tu assistais à cet horrible spectacle, répondu des injures à un malheureux qui te demandait grâce. 10

2

Spanish Πινδαρ.

Réveille-toi, ô Espagne... J'ai traversé tes terres, autrefois

---

II, 1. — Manuscrit, t. IV, f° 336, r°.

    L. 1 : les virg. aj.; les mots : *en montant au ciel* sont écrits dans l'interl. — L. 2 : les virg. aj. — L. 6-7 : ap. *toi* et *enfers,* les virg. aj. ; ap. *II,* dans le ms., point. — L. 8-9 : les virg. aj.

II, 2. — L. 1 à 11, manuscrit, t. IV, f° 339, r°; l. 12 à 18 : *fussiez un,* ibid., f° 336, r°; l. 18 : *coquin,* à la fin, ibid., v°.

    L. 1-2 : sauf ap. *sur toi,* les virg. aj.

si fertiles, aujourd'hui des déserts... J'ai pleuré sur toi, sur tes fers...

O Espagnols, votre mère, votre Espagne pleure et gémit et crie :   5

Autrefois mes enfants généreux étaient libres

and dekinged kings... Aujourd'hui...

J'ai entendu en Angleterre, en France, en Italie, les hommes qui ont inventé les sciences... qui ont secoué les fers honteux... sourire de pitié en parlant de l'Espagne. O Espagnols, 10 ne voulez-vous pas les forcer à se taire ?

Réveille-toi, Espagne...

Rois, n'êtes-vous pas honteux de porter une couronne tribut. du clergé ?

Que leur importe que vous soyez un homme vertueux ? Ils 15 ne connaissent de vertu que de croire aux mensonges qu'ils vous disent et surtout de leur donner bien de l'argent. Ils aimeraient mieux que vous fussiez un coquin. Car alors, ou vous feriez comme eux ; ou, si vous les attaquiez, ils auraient plus beau jeu à vous répondre.   20

3

Sertorius et sa biche... Crassus caché dans la grotte que Plutarque peint si délicieusement.

L. 4-5 : ponctuat. aj. — V. 6 : vers dégagé par nous. — L. 8 : les virg. aj. — L. 10 : virg. aj. — L. 12 : ponctuat. aj. — L. 18-19 : les virg. aj.
II, 3. — Manuscrit, t. IV, f° 339, r°.
L. 2 : point aj.

4

Campos d'Almodovar, dites-nous ce qui se passa à telle et telle bataille...

5

O Nymphes du Mondego... et toi, belle ombre de la belle Inès, qui erres toujours dans les feuilles de ce bocage mélancolique, au bord de cette fontaine... venez m'inspirer...

6

Viens, ô mon imagination, viens voir telle cascade, etc... et chantons[1].

7

J'erre au sommet des montagnes... et comme de là je vois loin sous mes pas

Aux efforts. . . . . . du fleuve tortueux
De ces vallons étroits s'ouvrir les avenues,
Sur la mousse d'un roc élancé dans les nues,   5
Ou sur un tronc que l'âge ou la foudre a brisé,

II, 4. — Manuscrit, t. II, f° 212, r°.
    Virg. aj.

II, 5. — Manuscrit, t. II, f° 212, v°.
    Les virg. aj.

II, 6. — Manuscrit, t. IV, f° 339, r°.
    Point et les virg. aj.

II, 7. — Manuscrit, t. II, f° 212, r°.
    V. 3 : ap. *tortueux*, dans le ms., virg. — V. 4-6 : les virg. aj.

1. Cf. *Élégies*, III, iii, 3, l. 16-19.

Assis *et écrivant,*

J'ouvre enfin un passage aux flots de mes pensées,
En torrents orageux dans mon sein amassées.

In the spanish Pindar. translat. Le grand nombre de mor- 10
ceaux semblables ne me permettra point de l'employer dans
mes Séquan[iennes].

8

End of some span. Pindar.

Qu'un autre compose des odes bien longues... mais que le
feu le plus ardent est celui qui se consume le plus vite; il
brûle et enflamme tout en un instant; et l'on entend de loin
son bruit et son éclat foudroyant...

L. 7 : virg. aj.; les mots en italiques soulignés dans le ms. V. 8 : virg.
aj. — L. 12 : Chénier a écrit *Séquan.*

II, 8. — Manuscrit, t. II, f° 212, r°.

L. 1 : *que* rajouté dans l'interl. — L. 2 : point et virg. aj. — L. 3 : ap.
instant, dans le ms., point.

III

ODES FRANÇAISES

1

Voyez rajeunir d'âge en âge
L'antique et naïve beauté
De ces Muses dont le langage
Est brillant, comme leur visage,
De force et de douceur, de grâce et de fierté.　　5

De ce cortège de la Grèce
Suivez les banquets séducteurs;
Mais fuyez la pesante ivresse
De ce faux et bruyant Permesse
Que du Nord nébuleux boivent les durs chanteurs.　　10

2

Ces droits nés avec la nature,
Contemporains de l'Eternel.

III, 1. — Le manuscrit de ces vers, gardé par H. de Latouche, est perdu. Notre texte est celui de la *Revue de Paris* (mars 1830, tome XII, p. 231-232), où ils ont paru pour la première fois.

II, 2. — V. 1 à 7 : manuscrit, t. IV, f° 284, r°; v. 8 à la fin : le manuscrit de cette ode est perdu; nous reproduisons le texte publié en 1791 par Chénier lui-même (*Le Jeu de Paume* par A. Chénier, Paris, Bleuet, 1791, in-12, 24 pp.).

V. 1-2 : virg. aj.; cf. ci-dessous, v. 265-266, où ces vers ont été employés.

Vaincu par sa propre victoire.

Devant les nations, souverains légitimes,
    Fléchir ce front qui se dit souverain.   5

Ces fiers tyrans, valets sous le tyran suprême.

Punir les erreurs par des crimes.

LE JEU DE PAUME[1]

A LOUIS DAVID, PEINTRE

I

Reprends ta robe d'or, ceins ton riche bandeau,
    Jeune et divine Poésie :
Quoique ces temps d'orage éclipsent ton flambeau,   10
Aux lèvres de David, roi du savant pinceau,
    Porte la coupe d'ambrosie.
La patrie, à son art indiquant nos beaux jours,
    A confirmé mes antiques discours :
Quand je lui répétais que la liberté mâle   15
    Des arts est le génie heureux ;
Que nul talent n'est fils de la faveur royale ;

V. 3 : cf. ci-dessous, v. 292. — V. 4-5 : les virg. aj.; cf. ci-dessous, v.
252-253. — V. 6 : point aj.; cf. ci-dessous, v. 167. — V. 7 : cf. ci-dessous,
v. 311.

1. Cf. dans la *Correspondance* de Chénier la lettre écrite par lui
à Le Brun en lui envoyant ce poème.

Qu'un pays libre est leur terre natale.
    Là, sous un soleil généreux,
Ces arts, fleurs de la vie, et délices du monde,   20
    Forts, à leur croissance livrés,
    Atteignent leur grandeur féconde.
La palette offre l'âme aux regards enivrés.
Les antres de Paros de Dieux peuplent la terre.
L'airain coule et respire. En portiques sacrés   25
    S'élancent le marbre et la pierre.

II

Toi-même, belle vierge à la touchante voix,
    Nymphe ailée, aimable sirène,
Ta langue s'amollit dans le palais des rois,
Ta hauteur se rabaisse, et d'enfantines lois   30
    Oppriment ta marche incertaine;
Ton feu n'est que lueur, ta beauté n'est que fard.
    La liberté du génie et de l'art
T'ouvre tous les trésors. Ta grâce auguste et fière
    De nature et d'éternité   35
Fleurit. Tes pas sont grands. Ton front ceint de lumière
    Touche les cieux. Ta flamme agite, éclaire,
    Dompte les cœurs. La liberté,
Pour dissoudre en secret nos entraves pesantes,
    Arme ton fraternel secours.   40
    C'est de tes lèvres séduisantes
Qu'invisible elle vole; et par d'heureux détours
Trompe les noirs verrous, les fortes citadelles,
Et les mobiles ponts qui défendent les tours,
    Et les nocturnes sentinelles.   45

III

Son règne au loin semé par tes doux entretiens
    Germe dans l'ombre au cœur des sages.

V. 42 : éd. 1791 : ap. *détours,* virg.

Ils attendent son heure, unis par tes liens,
Tous, en un monde à part, frères, concitoyens,
    Dans tous les lieux, dans tous les âges.   50
Tu guidais mon David à la suivre empressé :
    Quand, avec toi, dans le sein du passé,
Fuyant parmi les morts sa patrie asservie,
    Sous sa main, rivale des Dieux,
La toile s'enflammait d'une éloquente vie;   55
    Et la ciguë, instrument de l'envie,
    Portant Socrate dans les cieux;
Et le premier consul, plus citoyen que père,
    Rentré seul par son jugement,
    Aux pieds de sa Rome si chère   60
Savourant de son cœur le glorieux tourment;
L'obole mendié seul appui d'un grand homme;
Et l'Albain terrassé dans le mâle serment
    Des trois frères sauveurs de Rome.

IV

Un plus noble serment d'un si digne pinceau   65
    Appelle aujourd'hui l'industrie.
Marathon, tes Persans et leur sanglant tombéau
Vivaient par ce bel art. Un sublime tableau
    Naît aussi pour notre patrie.
Elle expirait : son sang était tari : ses flancs   70
    Ne portaient plus son poids. Depuis mille ans
A soi-même inconnue, à son heure suprême,
    Ses guides tremblants, incertains
Fuyaient. Il fallut donc, dans le péril extrême,
    De son salut la charger elle-même.   75
    Longtemps, en trois races d'humains,
Chez nous l'homme a maudit ou vanté sa naissance :
    Les ministres de l'encensoir,
    Et les grands, et le peuple immense.
Tous à leurs envoyés confieront leur pouvoir.   80
Versailles les attend. On s'empresse d'élire;

On nomme. Trois palais s'ouvrent pour recevoir
    Les représentants de l'empire.

V

D'abord pontifes, grands, de cent titres ornés,
    Fiers d'un règne antique et farouche,   85
De siècles ignorants à leurs pieds prosternés,
De richesses, d'aïeux vertueux ou prônés.
    Douce Egalité, sur leur bouche,
A ton seul nom pétille un rire âcre et jaloux.
    Ils n'ont point vu sans effroi, sans courroux,   90
Ces élus plébéiens, forts des maux de nos pères,
    Forts de tous nos droits éclaircis,
De la dignité d'homme, et des vastes lumières
    Qui du mensonge ont percé les barrières.
    Le sénat du peuple est assis.   95
Il invite en son sein, où respire la France,
    Les deux fiers sénats; mais leurs cœurs
    N'ont que des refus. Il commence :
Il doit tout voir; créer l'Etat, les lois, les mœurs.
Puissant par notre aveu, sa main sage et profonde   100
Veut sonder notre plaie, et de tant de douleurs
    Dévoiler la source féconde.

VI

On tremble. On croit, n'osant encor lever le bras,
    Les disperser par l'épouvante.
Ils s'assemblaient; leur seuil méconnaissant leurs pas, 105
Les rejette. Contre eux, prête à des attentats,
    Luit la baïonnette insolente.
Dieu! vont-ils fuir? Non, non. Du peuple accompagnés,
    Tous, par la ville, ils errent indignés :
Comme Latone enceinte, et déjà presque mère,   110
    Victime d'un jaloux pouvoir,
Sans asile flottait, courait la terre entière,
    Pour mettre au jour les Dieux de la lumière.

Au loin fut un ample manoir,
Où le réseau noueux en élastique égide,   115
    Arme d'un bras souple et nerveux,
    Repoussant la balle rapide,
Exerçait la jeunesse en de robustes jeux.
Peuple, de tes élus cette retraite obscure
Fut la Délos. O murs! temple à jamais fameux!   120
    Berceau des lois! sainte masure!

VII

N'allons pas d'or, de jaspe, avilir à grands frais
    Cette vénérable demeure;
Sa rouille est son éclat. Qu'immuable à jamais
Elle règne au milieu des dômes, des palais.   125
    Qu'au lit de mort tout Français pleure,
S'il n'a point vu des murs où renaît son pays.
    Que Sion, Delphe, et la Mecque, et Saïs
Aient de moins de croyants attiré l'œil fidèle.
    Que ce voyage souhaité   130
Récompense nos fils. Que ce toit leur rappelle
    Ce tiers état, à la honte rebelle,
    Fondateur de la liberté :
Comme en hâte arrivait la troupe courageuse,
    A travers d'humides torrents   135
    Que versait la nue orageuse;
Cinq prêtres avec eux; tous amis, tous parents,
S'embrassant au hasard dans cette longue enceinte;
Tous juraient de périr ou vaincre les tyrans;
    De ranimer la France éteinte;   140

VIII

De ne se point quitter que nous n'eussions des lois
    Qui nous feraient libres et justes.
Tout un peuple, inondant jusqu'aux faîtes des toits,
De larmes, de silence, ou de confuses voix,
    Applaudissait ces vœux augustes.   145

O jour! jour triomphant! jour saint! jour immortel!
    Jour le plus beau qu'ait fait luire le ciel[1]
Depuis qu'au fier Clovis Bellone fut propice!
      O soleil, ton char étonné
S'arrêta. Du sommet de ton brûlant solstice   150
    Tu contemplais ce divin sacrifice!
      O jour de splendeur couronné,
Tu verras nos neveux, superbes de ta gloire,
      Vers toi d'un œil religieux
      Remonter au loin dans l'histoire.   155
Ton lustre impérissable, honneur de leurs aïeux,
Du dernier avenir ira percer les ombres.
Moins belle la comète aux longs crins radieux
    Enflamme les nuits les plus sombres.

IX

Que faisaient cependant les sénats séparés?   160
    Le front ceint d'un vaste plumage,
Ou de mitres, de croix, d'hermines décorés,
Que tentaient-ils d'efforts pour demeurer sacrés?
    Pour arrêter le noble ouvrage?
Pour n'être point Français? pour commander aux lois?
    Pour ramener ces temps de leurs exploits,
Où ces tyrans, valets sous le tyran suprême,
    Aux cris du peuple indifférents,
Partageaient le trésor, l'État, le diadème?
    Mais l'équité dans leurs sanhédrins même   170
    Trouve des amis. Quelques grands,
Et des dignes pasteurs une troupe fidèle,
    Par ta céleste main poussés,
    Conscience, chaste immortelle,
Viennent aux vrais Français, d'attendre enfin lassés, 175

V. 148 : point d'exclam. aj.

1. Cf. *La France libre,* 4, v. 5-6.

Se joindre ; à leur orgueil abandonnant des prêtres
D'opulence perdus, des nobles insensés
   Ensevelis dans leurs ancêtres.

X

Bientôt ce reste même est contraint de plier.
   O Raison, divine puissance !   180
Ton souffle impérieux dans le même sentier
Les précipite tous. Je vois le fleuve entier
   Rouler en paix son onde immense,
Et dans ce lit commun tous ces faibles ruisseaux
   Perdre à jamais et leurs noms et leurs eaux.   185
O France ! sois heureuse entre toutes les mères.
   Ne pleure plus des fils ingrats,
Qui jadis s'indignaient d'être appelés nos frères ;
   Tous revenus des lointaines chimères,
   La famille est toute en tes bras.   190
Mais que vois-je ? ils feignaient ? Aux bords de notre Seine
   Pourquoi ces belliqueux apprêts ?
   Pourquoi vers notre cité-reine
Ces camps, ces étrangers, ces bataillons français
Traînés à conspirer au trépas de la France ?   195
De quoi rit ce troupeau d'eunuques du palais ?
   Riez, lâche et perfide engeance.

XI

D'un roi facile et bon corrupteurs détrônés,
   Riez ; mais le torrent s'amasse.
Riez ; mais du volcan les feux emprisonnés   200
Bouillonnent. Des lions si longtemps enchaînés
   Vous n'attendiez plus tant d'audace ?
Le peuple est réveillé. Le peuple est souverain.
   Tout est vaincu. La tyrannie en vain,
Monstre aux bouches de bronze, arme pour cette guerre
   Ses cent yeux, ses vingt mille bras,
Ses flancs gros de salpêtre, où mugit le tonnerre :

Sous son pied faible elle sent fuir sa terre ;
    Et meurt sous les pesants éclats
Des créneaux fulminants, des tours et des murailles
    Qui ceignaient son front détesté.
    Déraciné dans ses entrailles,
L'enfer de la Bastille à tous les vents jeté,
Vole, débris infâme, et cendre inanimée ;
Et de ces grands tombeaux, la belle Liberté,   215
    Altière, étincelante, armée,

XII

Sort. Comme un triple foudre éclate au haut des cieux,
    Trois couleurs dans sa main agile
Flottent en long drapeau. Son cri victorieux
Tonne. A sa voix, qui sait, comme la voix des Dieux, 220
    En hommes transformer l'argile,
La terre tressaillit. Elle quitta son deuil.
    Le genre humain d'espérance et d'orgueil
Sourit. Les noirs donjons s'écroulèrent d'eux-mêmes.
    Jusque sur les trônes lointains   225
Les tyrans ébranlés, en hâte à leurs fronts blêmes,
    Pour retenir leurs tremblants diadèmes,
    Portèrent leurs royales mains.
A son souffle de feu, soudain de nos campagnes
    S'écoulent les soldats épars,   230
    Comme les neiges des montagnes ;
Et le fer ennemi tourné vers nos remparts,
Comme aux rayons lancés du centre ardent d'un verre,
Tout à coup à nos yeux fondu de toutes parts,
    Fuit et s'échappe sous la terre.   235

XIII

Il renaît citoyen ; en moisson de soldats
    Se résout la glèbe aguerrie.
Cérès même et sa faux s'arment pour les combats.
Sur tous ses fils, jurant d'affronter le trépas,

Appuyée au loin, la patrie 240
Brave les rois jaloux, le transfuge imposteur,
Des paladins le fer gladiateur,
Des Zoïles verbeux l'hypocrite délire.
Salut, peuple français! ma main
Tresse pour toi les fleurs que fait naître la lyre. 245
Reprends tes droits, rentre dans ton empire.
Par toi sous le niveau divin
La fière Égalité range tout devant elle.
Ton choix, de splendeur revêtu,
Fait les grands. La race mortelle 250
Par toi lève son front si longtemps abattu.
Devant les nations souverains légitimes,
Ces fronts, dits souverains, s'abaissent. La vertu
Des honneurs aplanit les cimes.

XIV

O peuple deux fois né! peuple vieux et nouveau! 255
Tronc rajeuni par les années!
Phénix sorti vivant des cendres du tombeau!
Et vous aussi, salut, vous, porteurs du flambeau
Qui nous montra nos destinées!
Paris vous tend les bras, enfants de notre choix! 260
Pères d'un peuple! architectes des lois!
Vous qui savez fonder, d'une main ferme et sûre,
Pour l'homme un code solennel,
Sur tous ses premiers droits, sa charte antique et pure;
Ses droits sacrés, nés avec la nature, 265
Contemporains de l'éternel.
Vous avez tout dompté. Nul joug ne vous arrête.
Tout obstacle est mort sous vos coups.
Vous voilà montés sur le faîte.
Soyez prompts à fléchir sous vos devoirs jaloux. 270

V. 258 : ap. *vous,* virg. aj.

Bienfaiteurs, il vous reste un grand compte à nous rendre.
Il vous reste à borner et les autres et vous;
    Il vous reste à savoir descendre.

XV

Vos cœurs sont citoyens. Je le veux. Toutefois
    Vous pouvez tout. Vous êtes hommes.   275
Hommes, d'un homme libre écoutez donc la voix.
Ne craignez plus que vous. Magistrats, peuples, rois,
    Citoyens, tous tant que nous sommes,
Tout mortel dans son cœur cache, même à ses yeux,
    L'ambition, serpent insidieux,   280
Arbre impur, que déguise une brillante écorce.
    L'empire, l'absolu pouvoir
Ont, pour la vertu même, une mielleuse amorce.
    Trop de désirs naissent de trop de force.
    Qui peut tout pourra trop vouloir.   285
Il pourra négliger, sûr du commun suffrage,
    Et l'équitable humanité,
    Et la décence au doux langage.
L'obstacle nous fait grands. Par l'obstacle excité,
L'homme, heureux à poursuivre une pénible gloire, 290
Va se perdre à l'écueil de la prospérité,
    Vaincu par sa propre victoire.

XVI

Mais au peuple surtout sauvez l'abus amer
    De sa subite indépendance.
Contenez dans son lit cette orageuse mer.   295
Par vous seuls dépouillé de ses liens de fer,
    Dirigez sa bouillante enfance.
Vers les lois, le devoir, et l'ordre, et l'équité
    Guidez, hélas! sa jeune liberté.
Gardez que nul remords n'en attriste la fête.   300

V. 295 : point aj.

Repoussant d'antiques affronts,
Qu'il brise pour jamais, dans sa noble conquête,
Le joug honteux qui pesait sur sa tête,
Sans le poser sur d'autres fronts.
Ah! ne le laissez pas, dans la sanglante rage   305
D'un ressentiment inhumain,
Souiller sa cause et votre ouvrage.
Ah! ne le laissez pas sans conseil et sans frein,
Armant, pour soutenir ses droits si légitimes,
La torche incendiaire et le fer assassin,   310
Venger la raison par des crimes.

XVII

Peuple! ne croyons pas que tout nous soit permis.
Craignez vos courtisans avides,
O peuple souverain! A votre oreille admis
Cent orateurs bourreaux se nomment vos amis.   315
Ils soufflent des feux homicides.
Aux pieds de notre orgueil prostituant les droits,
Nos passions par eux deviennent lois.
La pensée est livrée à leurs lâches tortures.
Partout cherchant des trahisons,   320
A nos soupçons jaloux, aux haines, aux parjures,
Ils vont forgeant d'exécrables pâtures.
Leurs feuilles, noires de poisons,
Sont autant de gibets affamés de carnage.
Ils attisent de rang en rang   325
La proscription et l'outrage.
Chaque jour dans l'arène ils déchirent le flanc
D'hommes, que nous livrons à la fureur des bêtes.
Ils nous vendent leur mort. Ils emplissent de sang
Les coupes qu'ils nous tiennent prêtes.   330

V. 323 : ap. *feuilles*, virg. aj.

XVIII

Peuple, la Liberté, d'un bras religieux,
    Garde l'immuable équilibre
De tous les droits humains, tous émanés des cieux.
Son courage n'est point féroce et furieux ;
    Et l'oppresseur n'est jamais libre.   335
Périsse l'homme vil ! périssent les flatteurs,
    Des rois, du peuple infâmes corrupteurs !
L'amour du souverain, de la loi salutaire,
    Toujours teint leurs lèvres de miel.
Peur, avarice ou haine est leur Dieu sanguinaire.   340
    Sur la vertu toujours leur langue amère
      Distille l'opprobre et le fiel.
Hydre en vain écrasé, toujours prompt à renaître,
    Séjans, Tigellins empressés
    Vers quiconque est devenu maître ;   345
Si, voués au lacet, de faibles accusés
Expirent sous les mains de leurs coupables frères ;
Si le meurtre est vainqueur ; si des bras insensés
    Forcent des toits héréditaires :

XIX

C'est bien. Fais-toi justice, ô peuple souverain,   350
    Dit cette cour lâche et hardie.
Ils avaient dit : C'est bien, quand, la lyre à la main,
L'incestueux chanteur, ivre de sang romain,
    Applaudissait à l'incendie.
Ainsi de deux partis les aveugles conseils   355
    Chassent la paix. Contraires, mais pareils,
Dans un égal abime, une égale démence
    De tous deux entraine les pas.
L'un, Vandale stupide, en son humble arrogance,

V. 349 : éd. 1791 : ap. *héréditaires,* point et virg. — V. 357 : éd. 1791 :
ap. *démence,* virg.

Veut être esclave et despote, et s'offense   36o
    Que ramper soit honteux et bas.
L'autre arme son poignard du sceau de la loi sainte;
    Il veut du faible sans soutien
    Savourer les pleurs ou la crainte.
L'un du nom de sujet, l'autre de citoyen,   365
Masque son âme inique et de vice flétrie;
L'un sur l'autre acharnés, ils comptent tous pour rien
    Liberté, vérité, patrie.

XX

De prière, d'encens prodigue nuit et jour,
    Le fanatisme se relève.   37o
Martyrs, bourreaux, tyrans, rebelles tour à tour;
Ministres effrayants de concorde et d'amour,
    Venus pour apporter le glaive;
Ardents contre la terre à soulever les cieux,
    Rivaux des lois, d'humbles séditieux,   375
De trouble et d'anathème artisans implacables...
    Mais où vais-je? L'œil tout-puissant
Pénètre seul les cœurs à l'homme impénétrables.
    Laissons cent fois échapper les coupables,
    Plutôt qu'outrager l'innocent.   38o
Si plus d'un, pour tromper, étale un faux scrupule;
    Plus d'un, par les méchants conduit,
    N'est que vertueux et crédule.
De l'exemple éloquent laissons germer le fruit,
La vertu vit encore. Il est, il est des âmes   385
Où la patrie, aimée et sans faste et sans bruit,
    Allume de constantes flammes.

XXI

Par ces sages esprits, forts contre les excès,
    Rocs affermis du sein de l'onde,

V. 386 : ap. *patrie*, virg. aj.

Raison, fille du temps, tes durables succès 390
Sur le pouvoir des lois établiront la paix.
     Et vous, usurpateurs du monde,
Rois, colosses d'orgueil, en délices noyés,
    Ouvrez les yeux : hâtez-vous. Vous voyez
Quel tourbillon divin de vengeances prochaines 395
    S'avance vers vous. Croyez-moi,
Prévenez l'ouragan et vos chutes certaines.
    Aux nations déguisez mieux vos chaînes :
    Allégez-leur le poids d'un roi.
Effacez de leur sein les livides blessures, 400
    Traces de vos pieds oppresseurs.
    Le ciel parle dans leurs murmures.
Si l'aspect d'un bon roi peut adoucir vos mœurs;
Ou si le glaive ami, sauveur de l'esclavage,
Sur vos fronts suspendu, peut éclairer vos cœurs 405
    D'un effroi salutaire et sage;

XXII

Apprenez la justice : apprenez que vos droits
    Ne sont point votre vain caprice.
Si votre sceptre impie ose frapper les lois; 450
Parricides, tremblez; tremblez, indignes rois.
    La Liberté législatrice,
La sainte Liberté, fille du sol français,
    Pour venger l'homme et punir les forfaits,
Va parcourir la terre en arbitre suprême.
    Tremblez; ses yeux lancent l'éclair. 415
Il faudra comparaître et répondre vous-même;
    Nus, sans flatteurs, sans cour, sans diadème,
    Sans gardes hérissés de fer.
La Nécessité traîne, inflexible et puissante [1],
    A ce tribunal souverain, 420
    Votre majesté chancelante :
Là seront recueillis les pleurs du genre humain :

1. Cf. *Hymnes*, III.

Là, juge incorruptible, et la main sur sa foudre,
Elle entendra le peuple, et les sceptres d'airain
Disparaîtront, réduits en poudre. 425

3

Mon f[rère], que jamais la tristesse importune
    Ne trouble ses prospérités !
Qu'il remplisse à la fois la scène et la tribune !
    Que les grandeurs et la fortune
Le comblent de leurs biens qu'il a tant souhaités ! 5

Que les Muses, les arts, toujours d'un nouveau lustre
    Embellissent tous ses travaux ;
Et que, cédant à peine à son vingtième lustre,
    De son tombeau la pierre illustre
S'élève radieuse entre tous les tombeaux ! 10

Mais . . . .
    Infortune, honnêtes douleurs,
Souffrance, des vertus superbe et chaste fille,
    Salut. Mes frères, ma famille,
Sont tous les opprimés, ceux qui versent des pleurs, 15

Ceux que livre à la hache un féroce caprice ;
    Ceux qui brûlent un noble encens
Aux pieds de la vertu que l'on traîne au supplice,
    Et bravent le sceptre du vice,
Ses caresses, ses dons, ses regards menaçants ; 20

Ceux qui devant le crime, idole ensanglantée,

III, 3. — V. 1 à 20 : manuscrit, t. III, f° 180, r° ; v. 21 à 25, ibid., v°.

V. 1 : virg. aj. ; Chénier a écrit *f*. — V. 2-3 : les points d'exclam. aj. —
V. 4 : *les grandeurs* en surcharge de mots illisibles. — V. 5 : ap. *souhaités*, dans le ms., point. — V. 6-8 : ponctuat. aj. — V. 10 : ap. *tombeaux*,
dans le ms., point ; 1ʳᵉ leçon biffée : *S'élève triomphante*. — V. 11 : ap.
Mais, dans le ms., un blanc. — V. 18 : ap. *supplice*, dans le ms., point
et virg. — V. 19 : virg. aj. — V. 20 : ap. *dons*, dans le ms., point et virg. ;
ap. *menaçants*, point. — V. 21-25 : ponctuat. aj.

N'ont jamais fléchi les genoux,
Et soudain, à sa vue impie et détestée,
   Sentent leur poitrine agitée
Et s'enflammer leur front d'un généreux courroux.   25

4

Il sait qu'il doit mourir. A sa vie ajoutées
Quelques heures de plus, au prix du déshonneur,
   Lui sembleraient trop achetées.

Il voit avec mépris le vulgaire imbécile,
   Toujours turbulent et servile,   5
Flotter de maître en maître et d'autel en autel.
. . . . comme l'antique athlète
   Sur le sol où son pied s'arrête,
Où ne peut l'ébranler nul effort d'un mortel.

   Et chaque jour à la fortune   10
Demande à quel autel doit brûler son encens.

Comme . . . .
   Tel . . . .
Sous le joug du mépris un coupable abattu
S'engourdit dans la honte; et son pied sans courage,   15
   Que n'enhardit aucun suffrage,
Ne tente plus un pas qui mène à la vertu.

III, 4. — V. 1 à 17 : manuscrit, t. III, f° 178, r°; v. 18 à 65, ibid.,
f° 177, r°; v. 66 à la fin, ibid., v°.

V. 1-17 : on peut reconnaître dans ces fragments comme une première
ébauche encore informe de la pièce qui suit; les v. 1 à 9 ont fourni en
partie l'antistrophe et l'épode II. — V. 7 : points de susp. aj. — V. 9 :
point aj. — V. 14 : 1ʳᵉ leçon biffée : *le joug de la honte.* — V. 15-16 :
les virg. aj.

Ode.

STROPHE I

O mon esprit, au sein des cieux,
Loin de tes noirs chagrins, une ardente allégresse
Te transporte au banquet des Dieux,   20
Lorsque ta haine vengeresse,
Rallumée à l'aspect et du meurtre et du sang,
Ouvre de ton carquois l'inépuisable flanc.
De là vole aux méchants ta flèche redoutée,
D'un fiel vertueux humectée,   25
Qu'au défaut de la foudre, esclave du plus fort,
Sur tous ces pontifes du crime,
Par qui la France, aveugle et stupide victime,
Palpite et se débat contre une longue mort,
Lance ta fureur magnanime.   30

ANTISTROPHE I

Tu crois, d'un éternel flambeau
Éclairant les forfaits d'une horde ennemie,
Défendre à la nuit du tombeau
D'ensevelir leur infamie.
Déjà tu penses voir, des bouts de l'univers,   35
Sur la foi de ma lyre, au nom de ces pervers,
Frémir l'horreur publique; et d'honneur et de gloire
Fleurir ma tombe et ta mémoire;
Comme autrefois tes Grecs accouraient à des jeux,
Quand l'amoureux fleuve d'Élide   40
Eut de traîtres punis vu triompher Alcide;
Ou quand l'arc Pythien d'un reptile fangeux
Eut purgé les champs de Phocide.

V. 20 : ap. *Dieux*, dans le ms., point et virg. — V. 24 : ap. *vole*, dans le ms., virg. — V. 31 : virg. aj. — V. 37 : 1ʳᵉ leçon non biffée : *Tonner l'horreur*.

ÉPODE I

Vain espoir! inutile soin!
Ramper est des humains l'ambition commune;   45
  C'est leur plaisir, c'est leur besoin.
Voir, fatigue leurs yeux; juger les importune;
  Ils laissent juger la fortune,
Qui fait juste celui qu'elle fait tout-puissant;
Ce n'est point la vertu, c'est la seule victoire   50
  Qui donne et l'honneur et la gloire :
Teint du sang des vaincus, tout glaive est innocent.

STROPHE II

Que tant d'opprimés expirants
Aillent aux cieux enfin réveiller le supplice;
  Que sur ces monstres dévorants   55
  Son bras d'airain s'appesantisse;
Qu'ils tombent : à l'instant vois-tu leurs noms flétris,
Par leur peuple vénal leurs cadavres meurtris,
Et pour jamais transmise à la publique ivresse
  Ta louange avec leur bassesse?   60
Mais si Mars est pour eux, leurs vertus, leurs bienfaits,
  Sont bénis de la terre entière.
Tout s'obscurcit auprès de la splendeur guerrière;
Elle éblouit les yeux, et sur les noirs forfaits
  Etend un voile de lumière.   65

ANTISTROPHE II

Dès lors l'étranger étonné
Se tait avec respect devant leur sceptre immense;
  Leur peuple à leurs pieds enchaîné,
  Vantant jusques à leur clémence,

V. 50 : *Ce n'est point*, en surcharge de mots illisibles. — V. 60 : ap. *bas-sesse,* dans le ms., point.

Nous voue à la risée, à l'opprobre, aux tourments, 70
Nous, de la vertu libre indomptables amants.
Humains, lâche troupeau!.... Mais qu'importent au sage
    Votre blâme, votre suffrage,
Vos encens, vos poignards, et de flux en reflux
    Vos passions précipitées? 75
Il nous faut tous mourir. A sa vie ajoutées,
Au prix du déshonneur, quelques heures de plus
    Lui sembleraient trop achetées.

ÉPODE II

    Lui, grands Dieux! courtisan menteur,
De sa raison céleste abandonner le faîte, 80
    Pour descendre à votre hauteur!
En lui-même affermi, comme l'antique athlète,
    Sur le sol, où son pied s'arrête,
Il reste, inébranlable à tout effort mortel;
Et laisse avec dédain ce vulgaire imbécile, 85
    Toujours turbulent et servile,
Flotter de maître en maître et d'autel en autel.

5

. . . .
. . . . Il demande du pain :
On lui donne du sang. Il voit tomber des têtes ;
    Il chante et ne sent plus la faim.

. . . .

. . . .

. . . .

    . . . .

V. : 70 : ap. *Lui,* virg. aj. — V. 83 : ap. *sol,* virg. aj.
III, 5. — Manuscrit, t. III, f° 179, r°.
    V. 1 : ponctuat. aj.; avant ce vers, dans le ms., un blanc. — V. 3 :
ap. ce vers, Chénier a laissé en blanc la place d'une strophe.

Byzance, mon berceau, jamais tes janissaires
Du musulman paisible ont-ils forcé le seuil ? 5
Vont-ils jusqu'en son lit, nocturnes émissaires,
    Porter l'épouvante et le deuil ?

Son harem ne connaît, invisible retraite,
Le choix, ni les projets, ni le nom des vizirs.
Là, sûr du lendemain, il repose sa tête, 10
    Sans craindre, au sein de ses plaisirs,

Que cent nouvelles lois qu'une nuit a fait naître,
De juges assassins un tribunal pervers,
Lancent sur son réveil, avec le nom de traître,
    La mort, la ruine, ou les fers. 15

Tes mœurs et ton Coran sur ton sultan farouche
Veillent, le glaive nu, s'il croyait tout pouvoir ;
S'il osait tout braver, et dérober sa bouche
    Au frein de l'antique devoir.

Voilà donc une digue où la toute-puissance 20
Voit briser le torrent de ses vastes progrès.
Liberté qui nous fuis, tu ne fuis point Byzance ;
    Tu planes sur ses minarets.

6

Un vulgaire [assassin] va chercher les ténèbres ;
    Il nie, il jure sur l'autel.
Mais nous, grands, libres, fiers, à nos exploits fun[èbres],
    A nos [turpitudes] célèbres,
Nous voulons attacher un éclat imm[ortel]. 5

III, 6. — V. 1 à 23, manuscrit, t. III, f° 184, r° ; v. 24 à la fin, ibid., v°.

V. 1. : point et virg. aj. ; Chénier a écrit : *ass.ss.* — V. 2 : ponctuat.
aj. — V. 3 : les virg. aj. ; Chénier a écrit : *fun.* — V. 4 : virg. aj. ; Chénier a écrit *turp.t.d.* — V. 5 : Chénier a écrit : *imm.*

De l'oubli tacit[urne] et de son onde n[oire]
Nous savons détour[ner] le cours.
Nous appelons sur nous l'étern[elle] mém[oire].
Nos [forfaits], notre unique his[toire],
Parent de nos cités les brillants carrefours.   10

O [gardes] de L[ouis] sous les voûtes royales
Par nos [ménades] déchirés,
Vos têtes sur un fer ont pour nos Bacch[anales]
Orné nos portes [triomph]ales.
A ces bronzes hideux, nos [monuments] sacrés,   15

Tout ce [peuple] hébété que nul rem[ords] ne touche,
Cruel même dans son [repos],
Vient sourire aux succès de sa r[age] f[arouche]
Et, la soif encore à la bouche,
Ruminer tout l[e sang] dont il a bu les flots.   20

Arts dignes de nos yeux! pompe et magnif[icence]
Digne de notre [liberté],
Digne des vils [tyrans] qui dév[astent] la Fr[ance],
Digne de l'atroce démence
Du stupide D[avid] qu'autrefois j'ai chanté[1].   25

. . . .

. . . .

. . . .

V. 6-7 : Chénier a écrit : *tacit., n.*, et *détour.* — V. 8 : Chénier a écrit : *étern.* et *mém.* — V. 9 : les virg. aj.; Chénier a écrit : *frf.* et *hist.* — V. 11 : Chénier a écrit : *g—d. de L.* et, au-dessus du premier mot : δορυφόρ. — V. 12-15 : Chénier a écrit : μαινάδ, *Bacch.*, τριομφ., et, *mon.m.* — V. 16-17 : les virg. aj.; Chénier a écrit : δῆμος, *rem.*, et ήσυχ. — V. 18 : Chénier a écrit : *sa r.-f.* — V. 19 : les virg. aj. — V. 20 : Chénier a écrit : l'αίμα. — V. 21 : Chénier a écrit : *magnif.* — V. 22-23 : les virg. aj.; Chénier a écrit ἐλευθερίας, τυρ., et *dév. la Fr.* — V. 25 : point aj.; Chénier a écrit *D.* et laissé en blanc, après ce vers, la place d'une strophe que nous représentons par des points.

1. Tout ce début fait allusion à la fête du 14 juillet 1793 et à la décoration des arcs de triomphe élevés à cette occasion.

. . . .
. . . .

De Barca, du Niger les désertes arènes
    Nourrissent cérastes ardents,
Tigres à l'œil de flamme, implacables hyènes ;
    Le bitume flotte en leurs veines ;
Une rage homicide aiguillonne leurs dents.   30

A de tels compagnons votre juste message
    Devait ouvrir votre cité.
Se jeter sur le faible est aussi leur courage.
    Ils vivent aussi de carnage.
Voir du sang est aussi leur seule volupté.   35

Mais n'osez plus flétrir de votre ignare estime
    Des mortels semblables aux Dieux[1].
Dans leurs mâles écrits quel foudre magnanime
    Tonne sur vous et sur le crime !
Ah ! si le crime et vous pouviez baisser les yeux !   40

7

ODE

A MARIE-ANNE-CHARLOTTE CORDAY

Quoi ! tandis que partout, ou sincères ou feintes,
Des lâches, des pervers, les larmes et les plaintes

V. 26 : virg. aj. — V. 38-39 : 1ʳᵉ leçon biffée : '
    Voyez dans leurs écrits leur foudre magnanime
    Tonner sur vous et sur le crime !

V. 40 : ap. *Ah*, point d'exclam. aj. ; 1ʳᵉ leçon biffée : *Lisez : sachez rougir, sachez baisser les yeux.*

III, 7. — Le manuscrit de cette ode a été donné par H. de Latouche au marquis de Châteaugiron ; il a appartenu depuis au comte de Crawford : nous ignorons quel en est actuellement

1. Allusion au décret par lequel, dans sa séance du 26 août 1792, l'Assemblée Nationale avait donné le droit de cité à un certain nombre d'étrangers illustres, parmi lesquels Priestley, Payne, Wilberforce, Klopstock et Schiller.

Consacrent leur Marat[1] parmi les immortels ;
Et que, prêtre orgueilleux de cette idole vile,
Des fanges du Parnasse un impudent reptile   5
Vomit un hymne infâme au pied de ses autels ;

La vérité se tait ! Dans sa bouche glacée,
Des liens de la peur sa langue embarrassée
Dérobe un juste hommage aux exploits glorieux !
Vivre est-il donc si doux ? De quel prix est la vie,   10
Quand, sous un joug honteux la pensée asservie,
Tremblante, au fond du cœur se cache à tous les yeux ?

Non, non, je ne veux point t'honorer en silence,
Toi qui crus par ta mort ressusciter la France,
Et dévouas tes jours à punir des forfaits.   15
Le glaive arma ton bras, fille grande et sublime,
Pour faire honte aux Dieux, pour réparer leur crime,
Quand d'un homme à ce monstre ils donnèrent les traits.

Le noir serpent, sorti de sa caverne impure,
A donc vu rompre enfin sous ta main ferme et sûre   20
Le venimeux tissu de ses jours abhorrés !
Aux entrailles du tigre, à ses dents homicides,
Tu vins redemander et les membres livides,
Et le sang des humains qu'il avait dévorés !

Son œil mourant t'a vue, en ta superbe joie,   25
Féliciter ton bras, et contempler ta proie.
Ton regard lui disait : « Va, tyran furieux,
Va, cours frayer la route aux tyrans tes complices.

---

le possesseur. Un fac-similé complet de ce manuscrit a été publié
dans l'*Isographie des hommes célèbres*, tome IV, Paris, Th. Delarue,
1843, in-4°. C'est sur ce fac-similé que notre texte a été établi.

V. 10 : ap. *doux*, dans le ms., point d'exclam. — V. 12 : ap. *yeux*, dans
le ms., point d'exclam.

1. Charlotte Corday assassina Marat le 13 juillet 1793 et fut
exécutée le 18 juillet.

Te baigner dans le sang fut tes seules délices ;
Baigne-toi dans le tien, et reconnais des Dieux. »   30

La Grèce, ô fille illustre, admirant ton courage,
Epuiserait Paros, pour placer ton image
Auprès d'Harmodius, auprès de son ami ;
Et des chœurs sur ta tombe, en une sainte ivresse,
Chanteraient Némésis, la tardive Déesse,   35
Qui frappe le méchant sur son trône endormi.

Mais la France à la hache abandonne ta tête.
C'est au monstre égorgé qu'on prépare une fête,
Parmi ses compagnons, tous dignes de son sort.
Oh ! quel noble dédain fit sourire ta bouche,   40
Quand un brigand, vengeur de ce brigand farouche,
Crut te faire pâlir aux menaces de mort !

C'est lui qui dut pâlir ; et tes juges sinistres,
Et notre affreux sénat, et ses affreux ministres,
Quand, à leur tribunal, sans crainte et sans appui,   45
Ta douceur, ton langage et simple et magnanime,
Leur apprit qu'en effet, tout puissant qu'est le crime,
Qui renonce à la vie est plus puissant que lui.

Longtemps, sous les dehors d'une allégresse aimable,
Dans ses détours profonds ton âme impénétrable   50
Avait tenu cachés les destins du pervers.
Ainsi, dans le secret amassant la tempête,
Rit un beau ciel d'azur, qui cependant s'apprête
A foudroyer les monts, et soulever les mers.

Belle, jeune, brillante, aux bourreaux amenée,   55
Tu semblais t'avancer sur le char d'hyménée.
Ton front resta paisible, et ton regard serein.
Calme sur l'échafaud, tu méprisas la rage

V. 39 : point aj. — V. 40 : point d'exclam. aj. — V. 42 : ap. *mort,* dans
le ms., point.

D'un peuple abject, servile, et fécond en outrage,
Et qui se croit alors et libre et souverain.   60

La vertu seule est libre. Honneur de notre histoire,
Notre immortel opprobre y vit avec ta gloire.
Seule tu fus un homme, et vengeas les humains.
Et nous, eunuques vils, troupeau lâche et sans âme,
Nous savons répéter quelques plaintes de femme,   65
Mais le fer pèserait à nos débiles mains.

Non ; tu ne pensais pas qu'aux mânes de la France
Un seul traître immolé suffît à sa vengeance,
Ou tirât du chaos ses débris dispersés.
Tu voulais, enflammant les courages timides,   70
Réveiller les poignards sur tous ces parricides,
De rapine, de sang, d'infamie engraissés.

Un scélérat de moins rampe dans cette fange.
La vertu t'applaudit. De sa mâle louange
Entends, belle héroïne, entends l'auguste voix.   75
O Vertu, le poignard, seul espoir de la terre,
Est ton arme sacrée, alors que le tonnerre
Laisse régner le crime, et te vend à ses lois.

8

La Déesse aux cent voix bruyantes
A du séjour sacré des âmes innocentes
      Percé les ténébreux chemins.
Là, du jeune La Barre un bois triste et nocturne
Voit à pas lents errer loin de tous les humains   5
      L'ombre superbe et taciturne.

V. 68 : ap. *immolé*, dans le ms., virg. ; ap. *vengeance*, point et virg.

III, 8. — Manuscrit, t. III, f° 173, r°.

V. 3-4 : ponctuat. aj.

La Nymphe ailée auprès de lui
Descend : « Viens, lui dit-elle, il est temps que ta haine
    Pardonne à la race humaine.
    Ta patrie est juste aujourd'hui[1]. »   10

V. 8 : guillem. aj. ; ap. *Descend,* dans le ms., point et virg. — V. 9-10 :
les points et guillem. aj.

1. Le décret réhabilitant la mémoire de La Barre et cassant
les jugements qui l'avaient condamné, fut voté dans la séance de
la Convention du 25 brumaire an II (15 novembre 1793).

IAMBES

I

IAMBES

I

HYMNE

Salut, divin Triomphe! entre dans nos murailles!
    Rends-nous ces guerriers illustrés
Par le sang de Désille, et par les funérailles
    De tant de Français massacrés.
Jamais rien de si grand n'embellit ton entrée,   5
    Ni quand l'ombre de Mirabeau
S'achemina jadis vers la voûte sacrée
    Où la gloire donne un tombeau,
Ni quand Voltaire mort, et sa cendre bannie
    Rentrèrent aux murs de Paris,   10
Vainqueurs du fanatisme et de la calomnie,

I, 1. — A. Chénier a publié ces vers et les réflexions qui les accompagnent dans le *Journal de Paris* du dimanche 15 avril 1792 : c'est le texte du *Journal de Paris* que, sauf indication contraire, nous reproduisons ci-dessus. Mais, comme le tome III du manuscrit contient, au f° 165, r°, un brouillon des v. 1 à 16, et au f° 166 un brouillon des vers 17 à 38 (r°) et 39 à 56 (v°), nous donnons dans nos notes les corrections et les variantes du manuscrit.

V. 1 : ap. *triomphe* et *murailles*, dans le ms., point. — V. 3 : ap. *Désille*, dans le ms., pas de virg. — V. 5 : ap. *entrée*, dans le ms., point. — V. 8 : ap. *tombeau*, dans le ms., point et virg. — V. 9 : dans le ms., pas de virg. — V. 10 : dans le ms., pas de virg.; 1ʳᵉ leçon surchargée : *Rentrés dans....*; 2ᵉ leçon non biffée : *Rentrant....* — V. 11 : dans le ms., pas de virg.; 1ʳᵉ leçon biffée : *Foulaient aux pieds l'erreur, le mensonge et l'envie.*

Prosternés devant ses écrits.
Un seul jour peut atteindre à tant de renommée,
Et ce beau jour luira bientôt !
C'est quand tu conduiras Jourdan à notre armée, 15
Et Lafayette à l'échafaud.
Quelle rage à Coblentz ! quel deuil pour tous ces princes,
Qui partout diffamant nos lois,
Excitent contre nous et contre nos provinces
Et les esclaves et les rois ! 20
Ils voulaient nous voir tous à la folie en proie.
Que leur front doit être abattu !
Tandis que parmi nous quel orgueil, quelle joie,
Pour les amis de la vertu !
Pour vous tous, ô mortels, qui rougissez encore, 25
Et qui savez baisser les yeux !
De voir des échevins, que la Râpée honore,
Asseoir sur un char radieux
Ces héros, que jadis sur les bancs des galères
Assit un arrêt outrageant, 30
Et qui n'ont égorgé que très peu de nos frères,
Et volé que très peu d'argent.
Eh bien, que tardez-vous, harmonieux Orphées ?
Si sur la tombe des Persans
Jadis Pindare, Eschyle, ont dressé des trophées ; 35

V. 12-13 : dans le ms., pas de ponctuat. — V. 14 : ap. *bientôt,* dans le ms., point. — V. 15 : le ms. donne : *quand tu porteras.* — V. 16 : ap. ce vers, Chénier a laissé en blanc, dans le ms., le reste du r° et tout le v° du f° 165 ; la pièce continue par le v. 17 au r° du f° 166, qui forme avec le f° 165 une page double : sans doute Chénier se proposait-il d'abord d'intercaler entre les vers 16 et 17 un développement, qu'il a par la suite renoncé à écrire. — V. 17-18 : dans le ms., pas de ponctuation. — V. 19 : 1re leçon biffée : *Attisent.* — V. 22 : 1re leçon biffée : *Que leur courage est abattu !* — V. 23 : dans le ms., ap. *orgueil,* point d'exclam. ; ap. *joie,* pas de virg. ; 1re leçon biffée : *Mais ici quels transports ! quel orgueil !* — V. 25 : ap. *encore,* dans le ms., pas de virg. — V. 27 : dans le ms., pas de virg. ; 1re leçon biffée : *De voir nos magistrats.* — V. 29 : ap. *héros,* dans le ms., pas de virg. — V. 31-32 : dans le ms., ap. *frères,* pas de virg. ; ap. *argent,* point d'exclam. — V. 33 : ap. *Eh bien,* dans le ms., pas de virg. — V. 35 : dans le ms., ap. *Pindare* et *Eschyle,* pas de virg. ; ap. *trophées,* virg.

Il faut de plus nobles accents.
Quarante meurtriers, chéris de Robespierre,
    Vont s'élever sur nos autels.
Beaux-arts, qui faites vivre et la toile et la pierre,
    Hâtez-vous, rendez immortels   40
Le grand Collot-d'Herbois, ses clients helvétiques,
    Ce front que donne à des héros
La vertu, la taverne, et le secours des piques,
    Peuplez le ciel d'astres nouveaux,
O vous, enfants d'Eudoxe et d'Hipparque et d'Euclide. 45
    C'est par vous que les blonds cheveux
Qui tombèrent du front d'une reine timide,
    Sont tressés en célestes feux.
Par vous l'heureux vaisseau des premiers Argonautes
    Flotte encor dans l'azur des airs.   50
Faites gémir Atlas sous de plus nobles hôtes,
    Comme eux dominateurs des mers.
Que la Nuit de leurs noms embellisse ses voiles,
    Et que le nocher aux abois
Invoque en leur Galère, ornement des étoiles,   55
    Les Suisses de Collot-d'Herbois.

Au reste, puisque tous les magistrats de la capitale nous
assurent que cette fête n'est rien qu'une fête privée et par-
ticulière, et qu'elle n'a *aucun des caractères d'une fête publique,* on ne peut rien faire de mieux que de les croire. Ainsi 60
il faut soigneusement prévenir tous les citoyens, qui pourraient s'égarer en s'abandonnant imprudemment à un peu
de logique, il faut, dis-je, les prévenir de ne point manquer
de foi; et que, malgré toutes les apparences, les ordres qui
interrompent le cours habituel des choses, comme celui de 65

ne point sortir en carrosse, de ne point porter d'armes,
etc., ne sont point *des caractères de fête publique*.

Les discussions au sujet de cette fête, outre quelques
lettres d'un magistrat qui égayeront un jour les lecteurs
par leur bon sens et leur dialectique, ont du moins produit 70
ce bien-ci : c'est de faire connaître par la franchise et la
vigueur avec lesquelles plusieurs citoyens ont défendu l'hon-
nêteté publique, que des siècles d'esclaves, et les efforts
sans nombre qu'on met tous les jours en œuvre pour cor-
rompre et anéantir toutes les idées morales dans l'esprit de 75
la nation, n'ont pas pu réussir à nous ôter le sentiment de
ce qui est bon et vrai.

Il est bien fâcheux que l'on ne se soit pas arrêté dès l'ori-
gine à une fête en l'honneur de la liberté ; fête avec laquelle
les Suisses de Châteauvieux n'auraient rien eu de commun. 80
Alors cette fête n'aurait point dû être et n'aurait point été
une fête privée, mais publique. L'allégresse générale, l'as-
sentiment de tous les citoyens, le concours de toutes les
autorités, les talents de David et des autres artistes, alors
bien employés, lui auraient donné tout ce qu'elle devait 85
avoir de grand et d'auguste ; et tous les bons Français, en
adorant la statue de leur Déesse, n'auraient pas eu le chagrin de la voir en pareille compagnie.

2

« Sa langue est un fer chaud. Dans ses veines brûlées
    Serpentent des fleuves de fiel. »
J'ai douze ans en secret dans les doctes vallées
    Cueilli le poétique miel.
Je veux un jour ouvrir ma ruche tout entière ; 5
    Dans tous mes vers on pourra voir
Si ma Muse naquit haineuse et meurtrière.

L. 67 : les mots : *des...* à *publique*, en italiques dans le *Journal de
Paris*. — L. 88 : à la suite de ces réflexions se trouve, dans le *Journal
de Paris*, la signature : *André Chénier*.

I, 2. — V. 1 à 16, manuscrit, t. III, f° 182, r° ; v. 17 à la fin, ibid., v°.

Frustré d'un amoureux espoir,
Archiloque aux fureurs du belliqueux ïambe
Immole un beau père menteur.   10
Moi, ce n'est point au col d'un perfide Lycambe
Que j'apprête un lacet vengeur.
Ma foudre n'a jamais tonné pour mes injures.
La patrie allume ma voix ;
La paix seule aguerrit mes pieuses morsures ;   15
Et mes fureurs servent les lois.
Contre les noirs Pythons et les hydres fangeuses
Le feu, le fer arment mes mains ;
Extirper sans pitié les bêtes venimeuses,
C'est donner la vie aux humains.   20

3

Voûtes du Panthéon, quel mort illustre et rare
S'ouvre vos dômes glorieux[1] ?
Pourquoi vois-je David qui larmoie, et prépare
Sa palette qui fait des Dieux ?
O ciel ! faut-il le croire ! ô destins ! ô fortune !   5
O cercueil arrosé de pleurs !
Oh ! que ne puis-je ouïr Barère à la tribune,

V. 10-12 : à la fin des vers 10 et 12, Chénier a placé deux petites croix, sans doute pour marquer qu'il se proposait de changer ces vers. — V. 11 : virg. aj. — V. 18 : virg. aj. — V. 19-20 : ponctuat. aj.

I, 3. — V. 1 à 22, manuscrit, t. III, f° 185, v°; v. 23 à 45, ibid., f° 186, r°; v. 46 à la fin, ibid., v°.

V. 1-2 : 1re leçon biffée et surchargée :

Voûtes du Panthéon, pour quelle illustre proie
S'ouvrent vos dômes glorieux ?

V. 3 : 1re leçon biffée : *Pourquoi vois-je David qui larmoie, et qui broie*; 2e leçon biffée : *Me trompé-je ? En un coin David larmoie....* — V. 7 : point d'exclam. aj.

1. La Convention vota les honneurs du Panthéon à Marat dans sa séance du 24 brumaire an II (14 novembre 1793).

Gros de pathos et de douleurs !
Quelle nouvelle en France et quel canon d'alarmes
Dans tous les cœurs a retenti ! 10
Les fils des Jacobins leur *adressent* des larmes.
Brissot, qui n'a jamais menti,
Dit avoir vu dans l'air d'exhalaisons impures
Un noir nuage tournoyer,
Du sang, et de la fange, et toutes les ordures 15
Dont se forme un épais bourbier ;
Et soutient que c'était la sale et vilaine âme
Par qui Marat avait vécu.
De ses jours florissants, par la main d'une femme,
Ce lien aimable est rompu ! 20
Le Calvados en rit. Mais la potence pleure.
Déjà par un fer meurtrier
Pelletier fut placé dans l'auguste demeure.
Marat vaut mieux que Pelletier.
Nul n'aima tant le sang, n'eut tant de soif des crimes. 25
Qu'on parle d'un vil scélérat,
Bien que Lacroix, Bourdon, soient des mortels sublimes,
Nous ne pensons tous qu'à Marat.
Il était né de droit vassal de la potence.
Il était son plus cher trésor. 30
Console-toi, gibet. Tu sauveras la France.
Pour tes bras la Montagne encor
Nourrit bien des héros dans ses nobles repaires :
Le Gendre, *élève de Caton,*

V. 11 : le mot *adressent* souligné dans le ms. — V. 21 : 1ʳᵉ leçon biffée :
L'aristocrate en rit. — V. 22-23 : 1ʳᵉ leçon biffée :

Déjà ce fut un meurtrier
Qui plaça Pelletier dans l'auguste demeure.

V. 25 : les mots : *n'eut tant* sont écrits au-dessus d'une 1ʳᵉ leçon biffée
et illisible : *ne........* — V. 28 : 1ʳᵉ leçon biffée et surchargée : *Chacun
ne pense qu'à.* — V. 29-30 : 1ʳᵉ leçon biffée :

Un tel homme appartient de droit à la potence.
C'est son revenu, son trésor.

V. 33 : ap. *repaires,* dans le ms., point. — V. 34-39 : les mots en italiques soulignés dans le ms.

Le grand Collot d'Herbois, fier *patron* des galères,   35
     Plus d'un Robespierre, et Danton,
Thuriot, et Chabot; enfin toute la bande;
     Et club, commune, tribunal;
Mais qui peut les compter? Je te les recommande.
     Tu feras l'appel nominal.   40
Pour chanter à ces saints de dignes litanies,
     L'un demande Anacharsis Clotz;
L'autre veut Cabanis, ou d'autres grands génies;
     Et qui Grouvelle, et qui Laclos.
Mais non; nous entendrons ces oraisons funèbres   45
     De la bouche du bon Garat;
Puis tu les enverras tous au fond des ténèbres
     Lécher le cul du bon Marat.
Que la tombe sur vous, sur vos reliques chères,
     Soit légère, ô mortels sacrés;   5o
Pour qu'avec moins d'effort, par les dogues vos frères,
     Vos cadavres soient déchirés.

     Par le citoyen Archiloque Mastigophore.

4

On dit que le dédain froid et silencieux
     Devint une ardente colère,
Lorsque le Moniteur vous eut mis sous les yeux
     Le sot fatras du sot Barère[1];

V. 45-46 : les points et virg. aj. — V. 47 : ap. *ténèbres,* dans le ms.,
virg.; 1ʳᵉ leçon biffée et surchargée : *Qui de suite avec eux ira, dans
les ténèbres.*

I, 4. — Manuscrit, t. II, f° 188, r°.

   V. 4 : ap. *Barère,* dans le ms., point.

1. Allusion à un discours de Barère à l'occasion du décret éta-
blissant un instituteur dans les communes des départements où
la langue française était peu répandue. Ce discours, prononcé
dans la séance de la Convention du 8 pluviôse an II (27 janvier
1794), parut dans le Moniteur le 9 pluviôse. Dans sa pièce le poète
s'adresse aux Muses.

Qu'au phœbus convulsif de l'ignare pédant, 5.
    De honte et de terreur troublées,
Votre front se souvint de ce Thrace impudent,
    Qui vous eût toutes violées.
On dit plus : mais je sais combien chez nos plaisants
    Grâce, pucelage, et faconde, 10
Exposent une belle à des bruits médisants :
    Ils veulent que sur cet immonde
Vous ayez, mais tout bas, aux effroyables sons
    D'apostrophes trop masculines,
Joint pied-plat, gredin, cuistre, et d'autres maudissons, 15
    Peu faits pour vos lèvres divines ;
Dignes de lui, d'accord ; mais indignes de vous.
    Ces gens n'ont point votre langage ;
N'apprenez point le leur. Un ignoble courroux
    Justifie un ignoble outrage. 20

5

[L'échafaud] est pour eux une [source] féconde.
    Ils se travaillent à l'envi
A lui trouver cent noms les plus gentils du monde.

L'un l'appelle la... l'autre la... Il rentre de ce spectacle. Il
y mène sa femme et ceux de ses enfants qui ont été sages ; 5
les autres au retour quittent leur tambour et leurs jeux pour
venir entendre. Il leur conte, quelle mine il avait, etc... Tous
trépignent de joie ; on bénit... Humanité héréditaire. Ceux
qui l'ont vu sont l'objet de l'envie. Puis ils dorment con-

V. 12 : ap. *immonde,* dans le ms., virg.

I, 5. — Manuscrit, t. II, f° 188, v°.

V. 1 : point aj. : Chénier a écrit : ὁ σταυρός *est pour eux une* πηγή
féconde. — V. 2 : 1re leçon non billée : *il faut voir combien leur gen-
tillesse abonde ;* Chénier a écrit au-dessus la 2e leçon qui fait le vers :
Ils se travaillent à l'envi. — V. 3 : point aj. — L. 5 : ap. *femme,* dans le
ms., point et virg. — L. 8 : les mots : *humanité héréditaire* rajoutés dans
l'interl.

tents... d'avoir vu couler aujourd'hui tant de... et la douce 10
assurance

    D'en voir demain couler autant.

Que Dieu les gard' de mal; qu'à leur mort leur âme passe
au corps des loups et des panthères, elle s'y trouvera bien
mieux, etc.   15

... Pour moi, j'ai voulu que leur noble mémoire
    Allât faire vomir un jour
L'érudit qui lira cet hymne de leur gl[oire],
    Monum[ent] d'est[ime] et d'am[our].

———

6

Grâce à notre sénat, le ciel n'est donc plus vide[1]!
    De ses fonctions suspendu,
Dieu. . . . .
    Au siège éternel est rendu.
Il va reprendre en main les rênes de la terre.   5

Il faut espérer qu'après un exil de plusieurs mois, il se
conduira mieux, etc., et que sa première marque de repen-
tance sera de punir ses nouveaux adorateurs. Quoi! Dieu
tout-puissant, tu souffres que de pareils personnages te louent
et t'avouent; tu endures la dérision avec laquelle ils te bra- 10
vent, et croient que tu existes quand ils vivent!

———

V. 12 : vers dégagé par nous. — L. 14 : virg. aj. — L. 15 : ap. *mieux*,
dans le ms., point. — V. 16-19 : ponctuat. aj.; vers dégagés par nous;
Chénier a écrit *gl., monum., est.,* et *am.*

I, 6. — V. 1 à 64 : *De vol, de,* manuscrit, t. III, f° 188, r°;
v. 64 : *massacres,* à la fin, ibid., v°.

V. 1-5 : vers dégagés par nous. — V. 1-2 : les virg. aj. — L. 7 : les
virg. aj. — L. 8 : point d'exclam. aj. — L. 9 : virg. aj. — L. 11 : ap. *vivent,* dans le ms., point; Chénier avait écrit ensuite : *Quoi..,* puis il a
biffé ce mot.

1. Allusion à la fête de l'Etre suprême, établie par un décret de
la Convention du 18 floréal an II (8 mai 1794) et qui fut célébrée
le 20 prairial (9 juin).

Tu ne crains pas qu'au pied de ton superbe trône
    Spinosa, te parlant tout bas,
Vienne te dire encore : Entre nous je soupçonne,
    Seigneur, que vous n'existez pas ?   15

  Que croiront les mortels, quand ils verront que sous tes
yeux le nom de vertu est prononcé par des bouches qui...,
de probité, par des bouches qui..., d'humanité, par des
bouches qui..., et que tout est le sujet de leur basse et déri-
soire hypocrisie... ?   20

Quoi ! ton œil qui voit tout, sans les réduire en cendre,

pénètre dans les antres affreux, où les Co[uthon], les L[e-
quinio], couchés sur des cadavres,

    Rongent des ossements humains.

  Quoi ! tu ne fais point éclater la foudre, lorsque des hom- 25
mes entassés sont écrasés sous leur prison par l'explosion du
canon ! Tu contemples la Loire, le Rhône, la Charente...

Ton œil de leurs pensers sonde les noirs abîmes,
    Ces lacs de soufre et de poisons,
Ces océans bourbeux où fermentent les crimes,   30
    Que de ses plus ardents tisons

dévore la plus lâche Euménide... Car tu n'es pas réduit comme
nous à reconnaître un C[ollot d']H[erbois] à ses actions et à
la bassesse de son affreux visage... Tu vois au lieu d'un
cœur   35

V. 12-15 : vers dégagés par nous. — V. 13 : les virg. aj. — V. 14 : ap.
encore, dans le ms., virg. — V. 15 : virg. aj.; ap. *pas*, dans le ms., point.
L. 16 : virg. aj. — L. 17-20 : point d'interr. et les virg. aj. — V. 21 : point
d'exclam. aj.; vers dégagé par nous. — L. 22-23 : les virg. aj.; Chénier a
écrit *Co.* et *Lq.* — V. 24 : vers dégagé par nous. — L. 25 : ponctuat. aj.
— L. 27 : les virg. aj.; ap. *canon*, dans le ms., point. — V. 28-31 : vers
dégagés par nous. — V. 30 : ap. *crimes*, virg. aj.; — L. 32 : *car* rajouté
dans l'interl. — L. 33 : Chénier a écrit : *C. H.*

Bouillir dans sa poitrine un fétide mélange

de bitume, de rage, de haine pour la vertu,

De vol, de calom[nie], et de merde, et de fange...

d'où par sa bouche impure s'exhale la mort des gens de
bien, etc. Et tu ne tonnes pas et les cris de tant d'infortunés 40
ne montent point jusqu'à toi ! et tu laisses un pauvre diable
de poète se charger de la vengeance et tonner seul sur ces
scélérats, et sur l'horrible [tribunal]... et [jur]y... etc.

Ils croyaient se cacher dans leur bassesse obscure...

            45

Sur ses pieds inégaux l'épode vengeresse
          Saura les atteindre pourtant.
Diamant ceint d'azur, Paros, œil de la Grèce,
          De l'onde Égée astre éclatant,
Dans tes flancs où Nature est sans cesse à l'ouvrage,   50
          Pour le ciseau laborieux
Vit et blanchit le marbre illustre de l'image
          Et des grands hommes et des Dieux.

V. 36 : vers dégagé par nous ; 1ʳᵉ leçon biffée : *Germer dans.* — L.
37 : les virg. aj. — V. 38 : les virg. aj. ; vers dégagé par nous ; Chénier
a écrit : *calom.* — L. 40-47 : ce passage aurait probablement été remplacé
par les vers qu'on trouvera plus loin, cf. v. 74-87. — L. 40 : virg. aj. ; *cris*
en surcharge d'un mot illisible. — L. 41 : ap. *toi,* dans le ms., point. —
L. 43 : ap. *scélérats,* dans le ms., point et virg. ; Chénier a écrit : *dicast.*
et *jur.* — V. 44 : vers dégagé par nous. — V. 45 : nous intercalons ici
une ligne de points. — V. 46-73 : vers dégagés par nous. — V. 48-49 :
ap. *Grèce* et *éclatant,* les virg. aj.; au lieu de ces deux vers, Chénier, à
la suite du v. 47, avait d'abord écrit :

> Que Paros de l'Egée et de toute la Grèce
> Soit le nom le plus éclatant...

puis il a biffé ces mots et refait à la suite les vers tels que nous les donnons ci-dessus. — V. 50 : virg. aj. — V. 52 : 1ʳᵉ leçon non biffée : *Germe
et blanchit le marbre honoré de l'image.* — V. 53 : ap. ce vers, Chénier
avait d'abord écrit les trois vers suivants :

> Et contre les méchants sur des ailes brûlantes
> Tu lanças l'iambe acéré,
> Comme Lemnos forgeait les foudres dévorantes...

puis il les a biffés et a écrit à la suite les v. 54 et suivants.

Mais pour graver aussi la honte ineffaçable,
    Paros de l'ïambe acéré   55
Aiguisa le burin brûlant, impérissable.
      Fils d'Archil[oque], fier A[ndré],
Ne détends point ton arc, fléau de l'imposture.
    Que les passants pleins de tes vers,
Les siècles, l'avenir, que toute la nature   60
    Crie à l'aspect de ces pervers :
Hou, les vils scélérats ! les monstres ! les infâmes !
    De vol, de massacres nourris,
Noirs ivrognes de sang, lâches bourreaux des femmes
    Qui n'égorgent point leurs maris ;   65
Du fils tendre et pieux ; et du malheureux père
    Pleurant son fils assassiné ;
Du frère qui n'a point laissé dans la misère
    Périr son frère abandonné.
Vous n'avez qu'une vie..... ô vampires.....   70
    Et vous n'expierez qu'une fois
Tant de morts et de pleurs, de cendres, de décombres,
    Qui contre vous lèvent la voix !

———

Ils vivent cependant et de tant de victimes
    Les cris ne montent point vers toi.   75
C'est un pauvre poète, ô grand Dieu des armées,
    Qui seul, captif, près de la mort,
Attachant à ses vers les ailes enflammées
    De ton tonnerre qui s'endort,
De la vertu proscrite embrassant la défense,   80

V. 54-58 : les virg. aj.; Chénier a écrit *Archil.* et *A.* — V. 62 : virg.
aj. — V. 63 : ap. *vol*, virg. aj. — V. 67 : point et virg. aj. — V. 72-73 :
ponctuat. aj.; 1ʳᵉ leçon biffée : *Qui lèvent contre vous.* — V. 74-88 : vers
dégagés par nous; ce morceau est à la fois le développement des lignes
40-43 et un remaniement des v. 44-47; à la fin, Chénier a recopié les
mots : *Diamant ceint d'azur*, etc., pour indiquer que ce fragment se
serait intercalé avant le v. 48 qui commence ainsi. — V. 76-77 : les virg.
aj. — V. 80 : virg. aj.; 1ʳᵉ leçon biffée : *De la vertu, ta fille, a seul
pris la défense.*

        Dénonce aux juges infernaux
Ces juges, ces jurés qui frappent l'innocence,
        Hécatombe à leurs tribunaux.
Eh bien, fais-moi donc vivre, et cette horde impure
        Sentira quels traits sont les miens.   85
Ils ne sont point cachés dans leur bassesse impure :
        Je les vois, j'accours, je les tiens.
Diamant ceint d'azur, etc...

    ... O Dieu, la vertu... *ta fille*, l'innocence, la probité, etc.,
ta famille.   90
                    _____

                            7

. . . .

        . . . .
Vingt barques[1], faux tissus de planches fugitives,
        S'entr'ouvrant au milieu des eaux,
Ont-elles par milliers dans les gouffres de Loire
        Vomi des captifs enchaînés,
Au proconsul Carrier, implacable après boire,   5
        Pour son passe-temps amenés ?
Et ces porte-plumets, ces commis de carnage,
        Ces noirs accusateurs Fouquiers,
Des Dumas, ces jurés, horrible aréopage
        De voleurs et de meurtriers,   10

_____

V. 82-84 : les virg. aj. — V. 86 : deux points aj. — V. 87 : les virg. aj.
— V. 88 : virg. aj. — L. 89-90 : point ap. *famille* et les virg. aj. ; les
mots en italiques soulignés dans le ms.

I, 7. — Manuscrit, t. III, f° 188, v°.

V. 1 : les virg. aj. ; nous plaçons avant ce vers deux lignes de points.
V. 2 : virg. aj. — V. 4 : virg. aj. ; 1re leçon non biffée : *des Français*. —
V. 5 : les virg. aj. — V. 6 : ap. *amenés*, dans le ms., point. — V. 7 : ap.
porte-plumets, virg. aj. ; avant *commis*, *ces* rajouté dans l'interligne. —
V. 10-11 : les virg. aj.

1. Les noyades de Nantes, organisées par Carrier, avaient eu
lieu en décembre 1793 et janvier 1794. Carrier, rappelé à Paris,
avait quitté Nantes le 16 février 1794.

Les ai-je poursuivis jusqu'en leur bacchanales,
 Lorsque, les yeux encore ardents,
Attablés, le bordeaux de chaleurs plus brutales
 Allumant leurs fronts impudents,
Ivres et bégayant la crapule et les crimes,   15
 Ils rappellent avec des ris
Leurs meurtres d'auj[ourd'hui], leurs futures victimes;
 Et parmi les chansons, les cris,
Trouvent deçà delà, sous leur main, sous leur bo[uche],
 De femmes un vénal essaim,   20
Dépouilles du vaincu, transfuges de sa couche
 Pour la couche de l'assassin.
Car ce sexe ébloui de tout semblant de gloire,
 Né l'héritage du plus fort,
Quel que soit le vainqueur, suit toujours la victoire; 25
 D'une lèvre arbitre de mort
Étale le baiser, le brigue avec audace;
 Et pour nulle oppressive main
Leur jupe n'est pesante et l'épingle tenace
 N'a de pointe autour de leur sein.   30
Le remords est, dit-on, l'enfer où tout s'expie.
 Quel remords agite le flanc,
Tourmente le sommeil du [tribunal] impie
 Qui mange, boit, rote du sang?
Car qui peut noblement de leur bande perverse   35
 Rendre les attentats fameux?
Ces monstres sont impurs : la lance qui les perce
 Sort impure, infecte comme eux.

V. 12 : ap. *Lorsque*, virg. aj. — V. 14 : virg. aj. — V. 17 : virg. aj.;
Chénier a écrit *auj.* — V. 18 : ap. *cris*, virg. aj. — V. 19 : les virg. aj.;
Chénier a écrit *bo.* — V. 21 : virg. aj. — V. 24 : virg. aj.; 1ᵉ leçon non
biffée : *Héritage né du plus fort.* — V. 25-27 : ap. *vainqueur*, virg. aj.;
ap. *victoire* et *audace*, dans le ms., point. — V. 31-32 : les virg. aj. — V.
33 : Chénier a écrit *dicastere*, pour *tribunal.* — V. 34 : les virg. aj.; ap.
sang, dans le ms., point. — V. 37-38 : sauf le point ap. *eux*, ponctuat. aj.;
Chénier a écrit tout ce morceau comme de la prose, sans dégager
aucun vers.

8

Quand au mouton bêlant la sombre boucherie
  Ouvre ses cavernes de mort,
Pâtres, chiens et moutons, toute la bergerie
  Ne s'informe plus de son sort.
Les enfants qui suivaient ses ébats dans la plaine, 5
  Les vierges aux belles couleurs
Qui le baisaient en foule et sur sa blanche laine
  Entrelaçaient rubans et fleurs,
Sans plus penser à lui le mangent s'il est tendre.
  Dans cet abîme enseveli   10
J'ai le même destin. Je m'y devais attendre.
  Accoutumons-nous à l'oubli.
Oubliés comme moi dans cet affreux repaire,
  Mille autres moutons, comme moi,
Pendus aux crocs sanglants du charnier populaire, 15
  Seront servis au peuple roi.
Que pouvaient mes amis? Oui, de leur main chérie
  Un mot à travers ces barreaux
Eût versé quelque baume en mon âme flétrie;
  De l'or peut-être à mes bourreaux..... 20
Mais tout est précipice. Ils ont le droit de vivre.
  Vivez, amis; vivez contents.
En dépit de..... soyez lents à me suivre.
  Peut-être en de plus heureux temps
J'ai moi-même, à l'aspect des pleurs de l'infort[une], 25
  Détourné mes regards distraits.
A mon tour aujourd'hui mon malheur importune.
  Vivez, amis; vivez en paix.

I, 8. — Manuscrit, t. III, f° 189, r°.

V. 3 : ap. *Pâtres*, virg. aj.; ap. *bergerie*, dans le ms., virg. — V. 14-15 :
les virg. aj. — V. 17 : virg. aj. — V. 19 : ap. *flétrie*, dans le ms., point.
— V. 23 : Chénier, ne voulant pas écrire le nom, l'a remplacé par deux
petits tirets. — V. 25 : les virg. aj.; Chénier a écrit : *infort*.

9

J'ai lu qu'un batelier, entrant dans sa nacelle,
  Jetait à l'eau son aviron.
J'ai lu qu'un écuyer noble et fier sur la selle,
  Bien armé d'un double éperon,
D'abord ôtait la bride à son coursier farouche.   5
  J'ai lu qu'un sage renommé,
Avant de s'endormir, dans le fond de sa couche
  Plaçait un tison allumé.
J'ai lu que, pour franchir des routes difficiles,
  Un Automédon pétulant   10
Enlevait les écrous des quatre orbes agiles
  Qui roulaient sous son char brillant.
J'ai lu qu'un Actéon à son tour sur l'arène
  Assouvit la rage et la faim
De ses chiens, par lui seul, pour bien servir sa h[aine], 15
  Accoutumés au sang humain.
L'Automédon meurtri devint un Hippolyte.
  Le sage. . . . .
... l'écuyer à pied descendit au Cocyte.
  Le nocher.   20
Un sot enfant jouait avec des grains de poudre.

  . . . .

. . . .

  . . . .

Un docte à grands projets rassembla des vip[ères]   25
  Et leur prêchait fraternité.
Mais déchiré bientôt par ce peuple de frères,

I, 9. — V. 1 à 28, manuscrit, t. III, f° 189, r°; v. 29 à la fin,
ibid., v°.

V. 1-9 : les virg. aj. — V. 15 : les virg. aj.; 1ʳᵉ leçon non biffée : *comme
instruments de haine*; Chénier a écrit : *sa h.* — V. 17-18 : ponctuat. aj.
— V. 19 : point aj. — V. 20-21 : ponctuat. aj. — V. 22-24 : Chénier a marqué
la place de ces trois vers par trois points dans la marge de gauche. — V.
25 : Chénier a écrit *vip.* — V. 27 : virg. aj.

Il dit : « Je l'ai bien mérité.
Un seul de ces serpents qui se cache sous l'herbe
   Est terrible; et moi.   30
Je les réunis tous. Je joins. . . . . superbe
   Et l'audace aux mauvais penchants. »
J'ai lu maints autres faits, tous fort bons à redire,
   Et tous ces beaux faits que j'ai lus,
Barnave, Chapelier, Duport les devaient lire.   35
   Ceux-ci ne lisent pas non plus.

10

. . . .

   . . . .

On vit; on vit infâme. Eh bien? il fallut l'être;
   L'infâme après tout mange et dort.
Ici même, en ces parcs où la mort nous fait paître,
   Où la hache nous tire au sort,
Beaux poulets sont écrits; maris, amants sont dup[es]; 5
   Caquétage, intrigues de sots.
On y chante; on y joue; on y lève des jupes;
   On y fait chansons et bons mots;
L'un pousse et fait bondir sur les toits, sur les vitr[es],
   Un ballon tout gonflé de vent,   10
Comme sont les discours des [sept cents] plats béli[tres]

V. 28 : deux points et guillem. aj. — V. 30-31 : point de susp. aj.; ap.
terrible dans le ms., point. — V. 32 : guillem. aj. — V. 33-34 : les virg.
aj. — V. 35 : ap. *Duport*, dans le ms., virg.

I, 10. — Manuscrit, t. III, f° 189, v°.

V. 1 : avant ce vers, Chénier a placé des points. — V. 3 : les virg. aj.;
1re leçon surchargée : *en ces lieux.* — V. 4 : virg. aj.; les mots : *la
hache*, sont biffés et non remplacés. — V. 5 : ap. *dupes*, point et virg.
aj.; ap. *amants*, dans le ms., virg.; Chénier a écrit *dup.* — V. 9 : les
virg. aj.; Chénier a écrit *vitr.* — V. 10 : virg. aj. — V. 11-12 : Chénier
a écrit :

   Comme sont les discours des heftsad plats bélit.

      Dont ..., est le plus savant.

Becq de Fouquières (*Documents nouveaux*, p. 359-362) a montré que les

Dont [Barère] est le plus savant.
L'autre court; l'autre saute; et braillent, boivent, rient
     Politiqueurs et raisonneurs;
Et sur les gonds de fer soudain les portes cri[ent].   15
     Des juges tigres nos seigneurs
Le pourvoyeur paraît. Quelle sera la proie
     Que la hache appelle aujourd'hui?
Chacun frisonne, écoute; et chacun avec joie
     Voit que ce n'est pas encor lui :   20
Ce sera toi demain, insensible imbécile.

. . . .

———

I I

Comme un dernier rayon, comme un dernier zéphy[re]
     Animent la fin d'un beau jour,
Au pied de l'échafaud j'essaye encor ma lyre.
     Peut-être est-ce bientôt mon tour.
Peut-être avant que l'heure en cercle promenée   5
     Ait posé sur l'émail brillant,
Dans les soixante pas où sa route est bornée,
     Son pied sonore et vigilant;
Le sommeil du tombeau pressera ma paupière.
     Avant que de ses deux moitiés   10
Ce vers que je commence ait atteint la dernière,
     Peut-être en ces murs effrayés

---

3 caractères arabes (en partant de la droite, un *ba*, un *alif* et un *ra*)
suivis de 3 points, représentaient probablement le nom de Barère, et que
le mot *heftsad* était composé de deux mots persans, signifiant, le premier *hefl*, sept, le second *sad*, cent : il s'agirait des membres de la Convention, qui étaient à peu près au nombre de 700. — V. 15 : Chénier a
écrit : *cri*. — V. 18 : point d'interr. aj. — V. 21 : ap. ce vers nous plaçons une ligne de points.

I, 11. — V. 1 à 77, manuscrit, t. III, fº 190, rº; v. 78 à la fin,
ibid., vº.

V. 1-2 : les virg. aj.; Chénier a écrit *zéphy*. — V. 4-7 : ponctuat. aj.

Le messager de mort, noir recruteur des ombres,
    Escorté d'infâmes soldats,
Ébranlant de mon nom ces longs corridors sombres, 15
    Où seul dans la foule à grands pas
J'erre, aiguisant ces dards persécuteurs du crime,
    Du juste trop faibles soutiens,
Sur mes lèvres soudain va suspendre la rime;
    Et chargeant mes bras de liens, 20
Me traîner, amassant en foule à mon passage
    Mes tristes compagnons reclus,
Qui me connaissaient tous avant l'affreux message,
    Mais qui ne me connaissent plus.
Eh bien! j'ai trop vécu. Quelle franchise auguste, 25
    De mâle constance et d'honneur
Quels exemples sacrés, doux à l'âme du juste,
    Pour lui quelle ombre de bonheur,
Quelle Thémis terrible aux têtes criminelles,
    Quels pleurs d'une noble pitié, 30
Des antiques bienfaits quels souvenirs fidèles,
    Quels beaux échanges d'amitié,
Font digne de regrets l'habitacle des hommes?
    La peur fugitive est leur Dieu;
La bassesse; la feinte. Ah! lâches que nous sommes 35
    Tous, oui, tous. Adieu, terre, adieu.
Vienne, vienne la mort! — Que la mort me délivre!
    Ainsi donc mon cœur abattu
Cède au poids de ses maux? Non, non. Puissé-je vivre!
    Ma vie importe à la vertu. 40
Car l'honnête homme enfin, victime de l'outrage,
    Dans les cachots, près du cercueil,

    V. 15 : virg. aj.; 1ʳᵉ leçon non biffée : *Emplissant.* — V. 17 : ap. *crime,*
virg. aj. — V. 22-23 : les virg. aj. — V. 30 : virg. aj. — V. 34 : 1ʳᵉ leçon
non biffée : *La peur tortueuse;* 2ᵉ leçon non biffée : *La peur blême et
louche;* la 3ᵉ leçon est écrite dans l'interl. du dessous. — V. 35 : 1ʳᵉ leçon : *Le désespoir; la honte.* Puis Chénier, sans biffer *le désespoir,* a
écrit au-dessous : *la bassesse,* et a surchargé le mot *honte* par *feinte.*
— V. 36 : ap. *oui,* virg. aj. — V. 37 : virg. et tiret aj. — V. 39 : virg. aj.
— V. 41 : *honnête* en surcharge d'un mot illisible.

Relève plus altiers son front et son langage,
    Brillants d'un généreux orgueil.
S'il est écrit aux cieux que jamais une épée   45
    N'étincellera dans mes mains;
Dans l'encre et l'amertume une autre arme trempée
    Peut encor servir les humains.
Justice, Vérité, si ma main, si ma bouche,
    Si mes pensers les plus secrets   50
Ne froncèrent jamais votre sourcil farouche,
    Et si les infâmes progrès,
Si la risée atroce, ou, plus atroce injure,
    L'encens de hideux scélérats
Ont pénétré vos cœurs d'une longue blessure;   55
    Sauvez-moi. Conservez un bras
Qui lance votre foudre, un amant qui vous venge.
    Mourir sans vider mon carq[uois]!
Sans percer, sans fouler, sans pétrir dans leur fan[ge]
    Ces bourreaux barbouilleurs de lois!   60
Ces vers cadavéreux de la France asservie,
    Egorgée! O mon cher trésor,
O ma plume! fiel, bile, horreur, Dieux de ma vie!
    Par vous seuls je respire encor :
Comme la poix brûlante agitée en ses veines   65
    Ressuscite un flambeau mourant,
Je souffre; mais je vis. Par vous, loin de mes peines,
    D'espérance un vaste torrent
Me transporte. Sans vous, comme un poison livide,
    L'invisible dent du chagrin,   70
Mes amis opprimés, du menteur homicide
    Les succès, le sceptre d'airain;

V. 49 : les mots : *si ma main, si ma bouche* sont biffés et non remplacés. — V. 51 : Chénier a biffé le mot : *farouche*, et écrit au-dessus
sévère, qui aurait rimé avec la nouvelle leçon qu'il se proposait d'intro-
duire au v. 49. — V. 55 : *Ont pénétré* en surcharge de mots illisibles; le
mot *longue* en surcharge de *large*. — V. 58-59 : Chénier a écrit : *carq*
et *fan*. — V. 66 : virg. aj. — V. 67 : ap. *vous*, virg. aj. — V. 69 : ap.
livide, virg. aj.

Des bons proscrits par lui la mort ou la ruine,
     L'opprobre de subir sa loi,
Tout eût tari ma vie ; ou contre ma poitrine   75
     Dirigé mon poignard. Mais quoi !
Nul ne resterait donc pour attendrir l'histoire
     Sur tant de justes massacrés ?
Pour consoler leurs fils, leurs veuves, leur mém[oire],
     Pour que des brigands abhorrés   80
Frémissent aux portraits noirs de leur ressemblance,
     Pour descendre jusqu'aux enfers
Nouer le triple fouet, le fouet de la vengeance
     Déjà levé sur ces pervers ?
Pour cracher sur leurs noms, pour chanter leur supplice ? 85
     Allons, étouffe tes clameurs ;
Souffre, ô cœur gros de haine, affamé de justice.
     Toi, Vertu, pleure si je meurs.

12

Mais quel est ce grand brun (décrit en 4, 6, ou au plus 8
v.) ? Ne l'ai-je pas connu jadis, le dos couvert de longs cheveux dont il poudrait les fauteuils de damas, et ricanant, et
ne disant rien, et ambitionnant le nom d'homme d'esprit,
etc. ? Et vraiment c'est H., c'est lui-même,   5

     Réputé Cicéron chez toute la basoche
     Et bel esprit chez les catins.

Oh ! qu'il se rend bien justice, quand il se met au dernier
rang des valets, etc.

V. 76 : point d'exclam. aj. — V. 79 : ap. *mémoire,* virg. aj.; Chénier a
écrit *mém.* — V. 81-83 : les virg. aj. — V. 85 : point d'interr. aj. — V. 86 :
virg. aj.

I, 12. — Manuscrit, t. III, f° 190, v°.

L. 1 : les virg. aj. — L. 2 : point d'interr. aj. — L. 5 : point d'interr.
et, ap. *H.* et *lui-même,* les virg. aj. — L. 8 : point d'exclam. aj. — L. 9 :
ap. *valets,* virg. aj.

Tu te croyais trop vil pour avoir rien à cr[aindre],   10
    Et que je ne te verrais pas.
Et peut-être en effet il eût mieux valu feind[re]
    Et ne point descendre si bas.

V. 10 : virg. aj.; Chénier a écrit *cr*. — V. 12 : Chénier a écrit *feind*.

II

VERS ET NOTES SE RATTACHANT AUX IAMBES

I

. . . . Je ne vois plus
Des bras nus pour le meurtre. . . . .

2

La honte en vain lui tend les bras.
Le glaive nu, la mort vers cet horrible asile
Ne tourneront jamais ses pas.

3

(A Némésis.)

Pourquoi sur l'humble sol traînant toujours tes pas
Laisses-tu reposer tes ailes?

II, 1. — Manuscrit, t. III, f° 183, r°.

V. 2 : ap. *meurtre,* dans le ms., point; les mots en italiques soulignés dans le ms.

II, 2. — Manuscrit, t. III, f° 183, r°.

V. 2 : 1re leçon non biffée : *Il ne fuit point la mort dans cet horrible asile;* 2e leçon non biffée : *Le glaive ni la mort vers cet;* 3e leçon non biffée : *La crainte de la mort;* 4e leçon non biffée : *Ni l'effroi, ni la mort.* — V. 3 : 1re leçon non biffée : *Ne précipiteront ses pas;* 2e leçon non biffée : *Ne précipitent point ses pas.*

II, 3. — Manuscrit, t. III, f° 183, r°.

4

Si l'Etna n'opprimait plus Typhée, il serait moins soulagé....

5

Οἱ ἀπόστολοι καὶ πρέσβεις hinc inde discurrentes διὰ τῆς χώ-
ρας ἁπάσης, καὶ τῷ λοιμῷ πάντως ὅμοιοι, mentre passa πολλὰς
τοῦ δήμου μυριάδας ἀφαιρέοντι.

6

Il est vrai, plats bavards, canaille inepte et lâche,
Vous êtes sujets du bâton,
. . . . du bourreau, de la hache,
De l'infamie et de C[outhon].

7

Ἴστω νῦν, θεῶν ὅρκος, etc.

Recevez tous ce serment, que je renonce à la paix, etc.;
que toute ma vie je combattrai, etc.

II, 4. — Manuscrit, t. III, f° 183, r°.
   Virg. aj.

II, 5. — Manuscrit, t. III, f° 183, r°.

II, 6. — Manuscrit, t. II, f° 188, r°.
   Ponctuat. aj.; Chénier a écrit C.

II, 7. — Manuscrit, t. III, f° 188, v°.
   Ap. *paix* et *combattrai*, les virg. aj.; ap. *etc.*, point et virg. aj.

✳

POÉSIES DIVERSES

I

POÉSIES DIVERSES

1

Sotto il quadro. In ingles.

« Allons, allons, mes beaux coursiers, courez, volez ; l'aurore est belle, le ciel est pur, un vent frais agite le feuillage,
la terre respire une odeur balsamique ; *courez, volez, mes
beaux coursiers.* »

Ils volent, le char vole. Elle vole, elle fuit   5
Comme l'agile éclair qui brille dans la nuit.

Tous les yeux sont sur elle. L'Envie assise derrière elle
l'accompagne d'un œil oblique et sinistre, l'Admiration la
contemple avec des cris de joie, l'Amour secret et silencieux la suit d'un long regard. Elle n'ose rencontrer l'œil 10
de l'Amour, elle ignore celui de l'Envie, elle sourit à celui
de l'Admiration qui la contemple. Debout sur son char, elle
élève sa tête divine, ses cheveux sont relevés négligemment
et flottent derrière elle sous un casque couvert de plumes

I, 1. — L. 1 à 31, *harnais,* manuscrit, t. II, f° 213, r° ; l. 31 : *sont
blanchis,* à 40, ibid., v° ; v. 41 à la fin, ibid., f° 214, r°.

L. 1-7 : cf. ci-dessous, v. 43-51. — L. 1 : guillem. et virg. ap. *Allons*
aj. ; ap. *volez,* dans le ms., virg. — L. 3 : les virg. aj. ; ap. *balsamique,*
dans le ms., virg. — L. 4 : guillem. aj. ; les mots en italiques soulignés
dans le ms. — V. 5-6 : ap. *elle vole,* dans le ms., point ; ces vers sont
rajoutés dans l'interligne au-dessus d'une 1re leçon non biffée et soulignée que voici : *Elle vole, les coursiers volent, elle passe comme un
éclair...* — L. 7-12 : cf. ci-dessous, v. 53-62. — L. 11-13 : les virg. aj.

agiles ; son fouet frappe les airs, elle agite les rênes, elle 15
anime ses coursiers orgueilleux d'un si beau fardeau. « *Cou-*
rez, volez, mes beaux coursiers. Quoi ! (un nom de cheval), tu
te ralentis ! C'est donc en vain que tu as des jambes si fines,
c'est donc en vain que je t'aimais ?..... Tes yeux roulaient
du feu quand tu me voyais venir te caresser..... Va, je n'irai 20
plus moi-même présenter à ta bouche le frein qui doit te
conduire ; mes doigts n'iront plus s'envelopper dans ta cri-
nière dorée et ma main caressante ne fera plus retentir tes
flancs ni ta poitrine. Et vous (d'autres noms de chevaux),
redoublez d'ardeur. Je vous ferai faire de beaux harnais ; 25
j'entrelacerai moi-même des rubans dans vos crinières flot-
tantes ; vous mangerez du pain dans ma belle main. *Courez,*
volez, mes beaux coursiers. » Ils reconnaissent la voix de
l'héroïne. Ils frémissent, ils bondissent, leurs yeux s'enflamment, leurs oreilles se dressent devant eux, le feu sort de 30
leurs naseaux, leurs harnais sont blanchis de sueur et leur
frein d'écume.

Ils volent. Le char vole. Elle vole, elle fuit
Comme l'agile éclair qui brille dans la nuit.

Le vent ne peut les suivre et le ciel répète au loin tout à 35
la fois

Les seize pieds ferrés, la bruyante narine,

L. 15 : ponctuat. aj. — L. 16-17 : guillem. et les virg. aj. ; les mots en
italiques soulignés dans le ms. — L. 18-20 : ap. *va*, virg. aj. ; ap. *ralen-*
tis, dans le ms., point ; les mots : *c'est donc... à : te caresser*, sont ajou-
tés dans l'interl. au-dessus d'une 1re leçon biffée : *As-tu donc oublié que*
je te regardais avec indulgence ? — L. 24 : virg. aj. — L. 27-28 : guillem.
et les virg. aj. ; les mots en italiques soulignés dans le ms. — L. 28-35 : cf. ci-
dessous, v. 71-83. — L. 29-31 : les virg. aj. — V. 33-34 : ap. *elle vole*, dans le
ms., point ; ces vers sont rajoutés dans l'interl. au-dessus d'une 1re leçon
non biffée et soulignée, qui est : *Ils volent, le char vole, elle vole. Elle*
passe comme un éclair. — L. 35 : les mots : *le vent*, à : *les suivre*, rajoutés dans l'interl. — V. 37 : les virg. aj. ; ce vers est rajouté dans l'interl.
au-dessus de la ligne 39 ; il est évidemment destiné à remplacer une
1re leçon que voici : *tout à la fois les hennissements des coursiers, les*
pieds frappant la terre, les roues ; Chénier avait d'abord biffé : *des*
coursiers, et corrigé : *leurs pieds* ; puis il a imaginé, pour le substituer
à ce passage, le v. 37.

les roues de fer, le fouet et la belle voix qui excitent les
coursiers, et les cris de l'admirateur qui s'élancent après la
belle héroïne.   40

. . . .

. . . .

« L'aurore est belle et pure et le ciel sans nuage ;
Un souffle doux et frais caresse le feuillage. »
. . . .   45

. . . .

. . . .

. . . .

Ils volent, le char vole, elle vole, elle fuit
Comme l'agile éclair qui brille dans la nuit.   5o
Tous les yeux sont sur elle. . . . . . .
. . . .

L'Envie, au front paré d'un sourire d'apprêt,
D'un œil oblique et faux l'accompagne et se tait.
L'Admiration rit, la contemplant si belle,   55
Et d'un cri l'applaudit et s'élance après elle.
L'Amour silencieux dans le bois à l'écart,
Seul, timide, inconnu, la suit d'un long regard.
Elle n'ose point voir l'œil de l'Amour timide ;
Elle ignore l'Envie à l'œil faux et livide ;   6o
Elle sourit aux cris du tumulte joyeux
Qui l'applaudit de loin, le plaisir dans les yeux.

. . . . ;

. . . .

. . . .   65

. . . .

L. 39 : virg. aj. — L. 40 : point aj. — V. 43-44 : guillemets et ponctuat. aj.; nous intercalons avant le v. 43. deux lignes de points ; entre le
v. 44 et le v. 49, dans le ms., un blanc. — V. 49-51 : ponctuat. aj. — V
52 : un point dans la marge de gauche marque la place de ce vers. —
V. 53-56 : ponctuat. aj. — V. 57 : virg. aj. 1ʳᵉ leçon non biffée : *L'Amour
mystérieux.* — V. 58 : ponctuat. aj.; 1ʳᵉ leçon non biffée : *timide, muet.* —
V. 5g-6o : les points et virg. aj. — V. 62 : virg. aj.; entre ce vers et le
v. 67, sur le ms., un blanc.

Sous la dent de l'acier aux pointes lumineuses
Joignant d'un velours noir les bandes sinueuses,
Un camée éclatant, sur l'argile d'azur,
Presse contre son flanc le basin frais et pur. 70

Ils reconnaissent tous la voix de l'héroïne,
Ils tressaillent, saisis à cette voix divine,
Roulent leurs pieds dans l'air, lèvent leurs fronts ardents ;
L'or du frein tortueux résonne entre leurs dents.
Courbant leur col nerveux, tous, en chutes pareilles 75
Précipités, leurs yeux s'enflamment, leurs oreilles
Se dressent devant eux ; hérissés et fumants,
Leur narine bondit en longs frémissements ;
Mors et harnais sont blancs de sueur et d'écume ;
La roue échappe aux yeux ; l'axe bouillant s'allume. 80
Ils volent. Le char vole, elle vole, elle fuit
Comme l'agile éclair qui brille dans la nuit ;
Le vent ne peut les suivre. . . . . . .
. . . .

V. 68-69 : les virg. aj. — V. 71-72 : sauf ap. *divine,* les virg. aj.; 1re
leçon :

Ils connaissent la voix de la belle héroïne,
Tressaillent, foudroyés à cette voix divine.

Puis Chénier a corrigé *connaissent,* en *reconnaissent,* ajouté *ils* devant *tressaillent,* biffé *foudroyés,* remplacé par *saisis,* et écrit *tous* dans
l'interl., sans rien changer à la fin du v. 71 ; nous conjecturons la leçon :
de l'héroïne. — V. 73 : point et virg. aj. — V. 75 : les virg. aj.; 1re leçon
non biffée :

Courbant leur cou nerveux en mesures pareilles.

2e leçon non biffée : *en des chutes pareilles.* — V. 76 : 1re leçon non
biffée : *leurs yeux pétillent.* — V. 77 : virg. aj. — V. 78 : ap. *frémisse-*
ments, dans le ms., virg. — V. 79 : point et virg. aj. — V. 80 : point aj. —
V. 83 : points de susp. aj.; nous plaçons ap. ce vers une ligne de points.

2

. . . .

D'un cœur moins agité la mère chaque jour
Du soigneux Esculape attendant le retour,
Avec moins de terreur et moins de défiance
Consulte ses regards, ses discours, son silence.
« Oh! sois heureux! Sur toi que les Dieux bienfaisants   5
Versent tout ce qu'ils ont de plus riches présents!

. . . .

Et si ton lit connut les dons de l'hyménée,
Que tes fils, à travers les biens et les douceurs,
D'une longue vieillesse atteignent les honneurs;   10
Que longtemps de leur père antique et vénérable
Leur cohorte brillante environne la table;
Mortel égal aux Dieux, dont les savantes mains
Font obéir la vie aux désirs des humains!
Tu reprends au tombeau son innocente proie;   15
Dans la maison du deuil tu ranimes la joie;
D'un corps débile et lent tu chasses les douleurs;
Dans ces yeux maternels tu sais tarir les pleurs.

3

Si jamais je deviens riche, il faut faire une pièce intitulée :
mes souvenirs.

.... Jadis je ne souhaitais qu'une fortune médiocre, un toit

I, 2. — Manuscrit, t. II, f° 211, r°.

V. 1 : avant ce vers, nous plaçons une ligne de points. — V. 2 : virg.
aj. — V. 5 : guillem. aj. — V. 6 : ap. *présents*, dans le ms., point. —
V. 7 : un point dans la marge de gauche marque la place de ce vers. —
V. 8 : virg. aj. — V. 9 : ap. *fils*, virg. aj.; ap. *biens*, dans le ms., virg. —
V. 14-15 : ap. *humains* et *proie* dans le ms., point. — V. 16-17 : les points
et virg. aj.

I, 3. — Manuscrit, t. IV, f° 26, r°.

L. 1 : deux points aj. — L. 3 : virg. aj.

socratique.... Je suis riche.... mais je me rappelle avec plaisir ce temps où, quoique pauvre et mal aisé, je n'étais pas   5
malheureux..... Mais vous tous, hommes de bien.... qui
souffrez.... qui pleurez dans l'indigence...

Venez, ne pleurez plus, nous avons fait fortune....

Venez..... Autrefois, jeune, sans mes amis (qu'il faut nommer), j'aurais souvent pleuré comme vous........ Et vous, 10
mes utiles souvenirs, ne souffrez pas que la richesse endur-
cisse mon cœur...... et si elle m'inspirait un peu d'orgueil,
rappelez-moi le temps où......

4

Fable.
(Horace, satire 6, livre II.)

Un jour le rat des champs, ami du rat de ville,
Invita son ami dans son rustique asile.
Il était économe et soigneux de son bien :
Mais l'hospitalité, leur antique lien,
Fit les frais de ce jour comme d'un jour de fête.   5
Tout fut prêt, lard, raisin, et fromage et noisette.
Il cherchait par le luxe et la variété
A vaincre les dégoûts d'un hôte rebuté,
Qui, parcourant de l'œil sa table officieuse,
Jetait sur tout à peine une dent dédaigneuse.   10
Et lui, d'orge et de blé faisant tout son repas,
Laissait au citadin les mets plus délicats.

« Ami, dit celui-ci, veux-tu dans la misère
Vivre au dos escarpé de ce mont solitaire,

L. 5-6 : les virg. aj. — V. 8 : vers dégagé par nous. — L. 9-10 : sauf
ap. *vous,* les virg. aj. — L. 12 : virg. aj.

I, 4. — Édition de 1819, p. 262-264. Le manuscrit, gardé par H. de
Latouche, est perdu.

V. 9 : ap. *qui,* virg. aj. — V. 13 : éd. 1819 : ap. *misère,* virg.

Ou préférer le monde à tes tristes forêts? 15
Viens; crois-moi, suis mes pas; la ville est ici près :
Festins, fêtes, plaisirs y sont en abondance.
L'heure s'écoule, ami; tout fuit; la mort s'avance :
Les grands ni les petits n'échappent à ses lois;
Jouis, et te souviens qu'on ne vit qu'une fois. » 20

Le villageois écoute, accepte la partie :
On se lève, et d'aller. Tous deux de compagnie,
Nocturnes voyageurs, dans des sentiers obscurs,
Se glissent vers la ville et rampent sous les murs.

La nuit quittait les cieux, quand notre couple avide 25
Arrive en un palais opulent et splendide,
Et voit fumer encor dans des plats de vermeil
Des restes d'un souper le brillant appareil.
L'un s'écrie; et, riant de sa frayeur naïve,
L'autre sur le duvet fait placer son convive, 30
S'empresse de servir, ordonner, disposer,
Va, vient, fait les honneurs, le priant d'excuser.

Le campagnard bénit sa nouvelle fortune;
Sa vie en ses déserts était âpre, importune :
La tristesse, l'ennui, le travail et la faim. 35
Ici, l'on y peut vivre. Et de rire. Et soudain
Des volets à grand bruit interrompent la fête.
On court, on vole, on fuit; nul coin, nulle retraite.
Les dogues réveillés les glacent par leurs voix;
Toute la maison tremble au bruit de leurs abois. 40
Alors le campagnard, honteux de son délire :
« Soyez heureux, dit-il; adieu, je me retire,
Et je vais dans mon trou rejoindre en sûreté
Le sommeil, un peu d'orge, et la tranquillité. »

V. 29 : ap. *et*, virg. aj. — V. 34 : éd. 1819 : ap. *importune*, point.

5

Ce livre[1] chaste et simple à tout âge est utile :
Il est sage et pensif pour plaire au bon vieillard,
Fier et nerveux pour l'homme, et pour l'enfant docile
Comme lui doux et pur, et comme lui sans art.

Chaque vers dans ce livre est une vérité.   5
Leur sens précis et vrai s'imprime en la mémoire.
L'homme y lit son état; l'enfant ce qu'il doit croire ;
Le vieillard ce qu'il a dit, fait, ou médité.

Haïssons les tyrans, perdons la tyrannie.
Qu'il soit déclaré traître et proscrit en tout lieu   10
L'impie, et l'inhumain, prêcheur de calomnie,
Qui dit que les tyrans sont l'image de Dieu.

Parents, prenez ces vers, et par des prix de gloire
Récompensez l'enfant qui les récite bien.
Que leur sens vertueux germe dans sa mémoire :   15
Il sera fils, ami, père, époux, citoyen.

Qui peut plaire longtemps? Rien que la vérité.
Elle est simple, elle est nue, et n'en est que plus belle.
Ce livre écrit par elle est simple et nu comme elle ;
Et comme elle en naissant il sera rebuté.   20

Toi qui crains de mentir et n'as point d'autre crainte,

1, 5. — V. 1 à 20, manuscrit, t. II, f° 221, r°; v. 21 à la fin, ibid., v°.

    V. 1-3 : ponctuat. aj. — V. 5-6 : les points aj. — V. 7 : ap. *état* et *croire*, dans le ms., point. — V. 8 : point aj. — V. 9 : 1re leçon surchargée : *frappons la tyrannie*. — L. 11 : ap. *calomnie*, virg. aj. — V. 15 : deux points aj. — V. 17 : point aj. — V. 18 : les virg. aj. — V. 19 : ap. *elle*, dans le ms., point. — V. 20 : point aj.; 1re leçon non biffée : *d'abord il sera*. — V. 21 : virg. aj.

    1. Le manuscrit n'indique pas de quel ouvrage il s'agit; d'après G. de Chénier, ce serait le *Catéchisme français ou principes de morale républicaine à l'usage des écoles primaires*, par La Chabeaussière.

Et par qui sur son char le vice est combattu,
Heureux de qui l'on dit : C'est la vérité sainte
Qui dicta ses écrits amis de la vertu.

———————

V. 23 : 1ʳᵉ leçon non biffée : *Sois heureux; l'on dira.*

II

FRAGMENTS DE POÈMES

I

Περὶ ποιητ. [1].

Après la prise de Constant. et la renaissance des lettres,
lorsque l'étude de la langue grecque et romaine fut répandue jusque dans le Nord...

Pour entendre ce chœur de cygnes étrangers,
Le vaste écho des monts que la Baltique embrasse,　　　5
Hérissé de forêts, de ses antres de glace
Sortit, et, souriant, pour la première fois
Il se plut à s'entendre et méconnut sa voix.

Quoique les pays du Nord aient eu de très beaux génies,
il semble que les pieds délicats des Muses aient peine à s'ac-　10
coutumer à marcher sur tels et tels sommets.....

II, 1. — L. 1 à v. 8, manuscrit, t. II, f° 205, r°; l. 9-11, ibid., v°;
l. 12 à v. 22, ibid., r°; v. 23 à la fin, ibid., v°.

V. 4-6: les virg. aj. — V. 7 : sauf ap. *sortit,* les virg. aj. — L. 9 : virg. aj.

1. Ces fragments semblent avoir été composés pour prendre
place dans l'ouvrage *Sur les causes et les effets de la perfection et
de la décadence des lettres* (cf. *Œuvres en prose*), à l'époque où
Chénier se proposait de l'écrire en vers.

Quand les Anglais commencèrent à cultiver la poésie...
Milton... homme sublime, qui a quelques taches comme le
soleil.... Pope... Thomps[on].... aussi d'autres étincellent
quelquefois de beautés, comme les volcans qui lancent du 15
feu au milieu des cendres et de la fumée...

Les poëtes anglais, trop fiers pour être esclaves,
Ont même du bon sens rejeté les entraves.
Dans leur ton uniforme, en leur vaine splendeur,
Haletant pour atteindre une fausse grandeur,   20
Tristes comme leur ciel toujours ceint de nuages;
Enflés comme la mer qui blanchit leurs rivages
Et sombres et pesants comme l'air nébuleux
Que leur île farouche épaissit autour d'eux;
D'un génie étranger détracteurs ridicules   25
Et d'eux-même et d'eux seuls admirateurs crédules,
Et certes quelquefois, dans leurs écrits nombreux,
Dignes d'être admirés par d'autres que par eux.

.... Le beau siècle des Grecs n'est pas celui d'Alexandre...
Leurs triomphes dans les lettres sont du même temps que 3o
leurs victoires pour la liberté... Toutes les îles... le Pélopon-
nèse... étaient pleins de poètes lyriques... Thespis parut...
Alors la comédie... la tragédie... (les peindre allégorique-
ment). Les Perses viennent... Thémistocle... Minerve sur
les remparts de sa ville chérie secoua sa redoutable égide... 35
Le Sunium trembla... Elle secoua sa lance, elle lança la
foudre... Xerxès s'en retourna... son char.... (faire allusion
au songe de sa mère dans Eschyle)... Sophocle, Phidias,
etc... Salut, divine contrée où l'on a vu ensemble ce que l'on

----

L. 14 : Chénier a écrit *Thomps.* — V. 17 : les virg. aj.; les mots : *Les
poètes anglais* en surcharge de : *Mais tous sont guindés.* — V. 19 : les
virg. aj. — V. 20 : ap. *grandeur,* dans le ms., point; *Haletant* en surcharge d'un mot illisible. — V. 22 : 1ʳᵉ leçon non biffée : *qui frappe.* —
V. 24 : ap. *eux,* dans le ms., point. — V. 25 : les mots : *D'un génie étranger*
biffés et non remplacés. — V. 26-27 : les virg. aj. — L. 34 : point aj. —
L. 36 : virg. aj. — L. 37 : les mots : *son char,* rajoutés dans l'interl. —
L. 38-39 : les mots : *Sophocle, Phidias, etc.,* rajoutés dans l'interl. ; ap.
Salut, virg. aj.

n'a point vu depuis et ce que peut-être on ne verra plus... 4(
les arts, la puissance, et la liberté réunis ensemble.

2

Oui, partout invoquant le sceptre ou la tiare,
Partout de l'ignorance appui lâche et barbare,
Partout d'un fer absurde armant ses viles mains,
Partout au nom des Dieux écrasant les humains,
La stupidité règne, insolente, impunie,
Tourmente les talents, opprime le génie,
Punit la vérité du courageux affront
Qui, sous le diadème, a fait rougir son front.

Εἴ μοί ποτε ἐκ παρρησίας καὶ ἀληθείας τι παθεῖν ἢ φεύγειν τύχη,
ὥσπερ πολλοῖς ἀγαθοῖς ἀνδράσι, οὕτως εἴη τὸ τέλος τινὶ βιβλίῳ 10
τοῦ ἐπικοῦ ποιήματος[1].

3

En supposant un réquisitoire, un bannissement[2]...... Qu'un

II, 2. — Manuscrit, t. II, fᵒ 129, rᵒ.

V. 1 : ap. *Oui*, virg. aj. — V. 6 : *Tourmente* en surcharge d'un mot
illisible. — L. 10 : Chénier a écrit : οὗτος εἴην ὁ τέλος.

II, 3. — L. 1 à 10 : *Aulu-Gelle*, manuscrit, t. IV, fᵒ 221, rᵒ; l. 10 :
ils m'ont, à 13, ibid., vᵒ; l. 14 à 21, ibid., fᵒ 40, vᵒ; v. 23 à la fin,
ibid., rᵒ.

1. Nous ne savons à quel poème épique Chénier pensait : il ne
serait pas impossible qu'il s'agit de l'*Hermès*, à propos duquel, en
prévision de poursuites possibles, le poète avait préparé une
Apologie.

2. Ces fragments étaient destinés à l'*Apologie*, que Chénier se
proposait d'écrire, si la publication de l'*Hermès* avait entraîné des
poursuites contre lui (cf. *Œuvres en prose*) : il avait d'abord pensé
composer cet ouvrage en vers : cf. aussi, *Élégies*, III, III, 8, v. 21-
34 et note.

S., après avoir fait des chansons de bordel....... .... O imbé-
ciles sénateurs..... je vous remercie de ce que vous m'avez
tout de suite mis au rang des Galilée, des Bayle, des Rous-
seau..... que les Séguier d'autrefois... Mais on nous chasse 5
partout..... L'honnête homme est bien partout.... O stupide
ignominie..... Viens, viens, ô mon génie. Mon vengeur.....
viens. C'est à eux à trembler.... Peut-être emportons-nous
ensemble de quoi faire rougir..... Tacit., in Agric. Scilicet
illo igne.... Metellus Numid. dans Aulu Gelle. Ils m'ont 10
banni de France.... et moi, je les bannis de la raison, de la
vérité, de l'honneur, je les bannis de l'amitié, de l'estime de
tous les gens de bien.

Secundum scientiam vestram et ego novi, nec inferior ves-
tri sum..... 15
Prius vos ostendens fabricatores mendacii et custodes per-
versorum dogmatum.
Atque utinam taceretis ut putaremini esse sapientes....
Num quid Deus indiget vestro mendacio, ut pro illo lo-
quemini dolos? 20
Ces paroles sont tirées du Livre de Job, ch. 13.

. . . .
Quand je n'ignore pas sous quel antre cachée
Cette infâme Arachné tient sa toile attachée;
Quand j'y compte de loin flottant de toutes parts 25
D'insectes innocents les cadavres épars;
Quand je sais que, pour peu qu'une mouche imprudente
Touche et fasse frémir sa toile vigilante,
Implacable elle sort, l'entoure de ses rets,
Et s'élance, et de sang se nourrit à longs traits. 30

L. 2-7 : les virg. aj. — L. 8 : après *trembler*, Chénier avait d'abord
écrit : *c'est moi qu[i]...*; puis il a biffé ces mots. — L. 9-12 : les virg. aj.
— L. 13 : point aj. — L. 17 : point aj. — L. 21 : virg. aj. — V. 23 : av.
ce vers, Chénier a indiqué une ligne de points. — V. 24 : point et virg. aj.
— V. 27-28 : les virg. aj.

In apologia.....

. . . .
Qui toujours, en dépit de ta lâche fureur,
Et malgré la jeunesse et quelque folle erreur
Qu'entraîne la jeunesse et qui n'est point un crime,
Est estimé de ceux que tout le monde estime.   35

Fin.

4

. . . . C'est la Frivolité[1],
Mère du vain Caprice et du léger Prestige.
La Fantaisie ailée autour d'elle voltige,
Nymphe au corps ondoyant né de lumière et d'air,
Qui, mieux que l'onde agile ou le rapide éclair,   5
Ou la glace inquiète au soleil présentée,
S'allume en un instant, purpurine, argentée,

V. 32 : les virg. aj.; av. ce vers, Chénier a indiqué une ligne de points — V. 34-35 : ponctuat. aj.

II, 4. — Manuscrit, t. II, f° 202, r°.

V. 1 : ponctuat. aj. — V. 3 : ap. *voltige*, dans le ms., deux points. — V. 4-7 : les virg. aj.; au-dessus des mots : *ondoyant* et *onde*, Chénier a mis deux petites croix, pour marquer qu'il fallait en changer un; il avait mis le même signe au-dessus du mot *ondoyante*, au v. 6, où il avait écrit d'abord : *la glace ondoyante;* puis il a biffé *ondoyante* et écrit au-dessus : *inquiète.*

1. Dans un *Discours sur la langue et la poésie française*, resté inédit, et que le comte R. et le comte J. de Roquefeuil, ses arrière-petits-fils, ont bien voulu nous laisser consulter, le marquis de Brazais, ami de Chénier, écrit : « A. Chénier avait commencé un poème de l'*Art d'aimer*, en 4 chants... Je me souviens, entre autres morceaux, de la description légère, aérienne et vaporeuse du temple de la Fantaisie, qu'il me lut et dont je fus ravi. » On ne peut guère douter qu'il ne s'agisse du morceau ci-dessus, qui aurait ainsi été écrit d'abord pour l'*Art d'aimer*. Rien sur le manuscrit ne permet de dire quelle destination Chénier se proposait par la suite de donner à ces vers et s'il les aurait ou non laissés dans ce poème. Aussi les mettons-nous ici.

Ou s'enflamme de rose, ou pétille d'azur.
Un vol la précipite, inégal et peu sûr.
La Déesse jamais ne connut d'autre guide.   10
Les Rêves transparents, troupe vaine et fluide,
D'un vol étincelant caressent ses lambris.
Auprès d'elle à toute heure elle occupe les Ris.
L'un pétrit les baisers des bouches embaumées ;
L'autre, le jeune éclat des lèvres enflammées ;   15
L'autre, inutile et seul, au bout d'un chalumeau
En globe aérien souffle une goutte d'eau.
La reine, en cette cour qu'anime la folie,
Va, vient, chante, se tait, regarde, écoute, oublie,
Et, dans mille cristaux qui portent son palais,   20
Rit de voir mille fois étinceler ses traits.

5

. . . .

Magellan[1], fils du Tage, et Dracke, et Bougainville,
Et l'Anglais dont Neptune aux plus lointains climats
Reconnaissait la voile et respectait les pas.
Le Cancer sous les feux de son brûlant tropique
L'attire entre l'Asie et la vaste Amérique,   5

V. 8-12 : les virg. aj.; Chénier a mis de petites croix, comme ci-dessus, en face des vers 8 et 9, qu'il ne jugeait sans doute pas bons, et au-dessus du mot *vol* au vers 9 et des mots *vol* et *étincelant*, au v. 12. — V. 14-16 : ponctuat. aj. — V. 18-20 : les virg. aj.

II, 5. — Le manuscrit de ce morceau appartient à M. Pierre de Fouquières, qui a bien voulu nous en envoyer un fac-similé très exact sur lequel est établi notre texte. Au r° sont les vers 1 à 21, au v° les vers 22 à la fin.

V. 1 : les virg. aj.; nous plaçons avant ce vers une ligne de points. — V. 5 : virg. aj.; dans la 1ʳᵉ rédaction, Chénier avait d'abord écrit : *L'attire entre les bords d'Asie et d'Amérique,* et laissé un blanc entre ce

1. Ce fragment, sans rapport avec l'*Amérique*, nous semble-t-il, était peut-être destiné à former le prologue d'un poème sur les navigateurs.

En des ports où jadis il entra le premier.
Là l'insulaire ardent, jadis hospitalier,
L'environne : il périt. Sa grande âme indignée
Sur les flots, son domaine, à jamais promenée,
D'ouragans ténébreux bat le sinistre bord   10
Où son nom, ses vertus n'ont point fléchi la mort.
J'accuserai les vents et cette mer jalouse
Qui retient, qui peut-être a ravi La Peyrouse.
Il partit. L'amitié, les sciences, l'amour,
Et la gloire française imploraient son retour;   15
Six ans sont écoulés sans que la renommée
De son trépas au moins soit encore informée.
Malheureux! un rocher inconnu, sous les eaux,
A-t-il, brisant les flancs de tes hardis vaisseaux,
Dispersé ta dépouille au sein du gouffre immense?   20
Ou, le nombre et la fraude opprimant ta vaillance,
Nu, captif, désarmé, du sauvage inhumain
As-tu vu s'apprêter l'exécrable festin?
Ou plutôt dans une île, assis sur le rivage,
Attends-tu ton ami voguant de plage en plage;   25
Ton ami qui partout, jusqu'aux bornes des mers
Où d'éternelles nuits et d'éternels hivers
Font plier notre globe entre deux monts de glace,
Aux flots de l'Océan court demander ta trace?
Malheureux, tes amis souvent dans leurs banquets   30
Disent en soupirant : « Reviendra-t-il jamais? »
Ta femme à son espoir, à ses vœux enchaînée,

---

vers et le v. 8, dont le début était autre ; plus tard, d'une encre très pâle,
il a corrigé ce vers et le v. 8, et écrit entre ces deux vers les v. 6 et 7. —
V. 7 : les virg. aj. — V. 8 : deux points aj.; 1ʳᵉ leçon surchargée : *Il succombe, il n'est plus.* — V. 9-11 : les virg. aj. — V. 13 : virg. aj. — V. 18 :
les virg. aj. — V. 19 : ap. *vaisseaux,* virg. aj. — V. 21 : les virg. aj. —
V. 23 : ap. ce vers, Chénier avait d'abord écrit le commencement du
v. 30 : *Malheureux, tes amis...*; puis il a biffé ces mots et continué par
le v. 24. — V. 24 : les virg. aj. — V. 25 : ap. *plage,* dans le ms., point
d'interr. — V. 26-28 : les virg. aj. — V. 29 : ap. *trace,* dans le ms., point.
— V. 31 : deux points et les guillem. aj. — V. 32 : les virg. aj.; 1ʳᵉ leçon biffée : *Ta femme à l'espérance ;* la correction est de la même encre
très pâle employée aux v. 5-8.

Doutant de son veuvage ou de son hyménée,
N'entend, ne voit que toi dans ses chastes douleurs,
Se reproche un sourire, et tout entière aux pleurs 35
Cherche en son lit désert, peuplé de ton image,
Un pénible sommeil que trouble ton naufrage.

6

Kunhius, p. 536, 1, 2.
Mén., 2, 6, 3 et p. 384, art. 7, 1.
Graev., 5.
Diog. in Pyth., 1 ; in Emp., p. 530, 9, 1, 4, 10, 2, 2. et in
not., p. 538, 5, 7, 2.

Méconnaissant un fils sous sa forme nouvelle[1],
Un père le saisit d'un bras religieux
Et l'insensé l'égorge en invoquant les Dieux.

V. 33 : virg. aj. — V. 34 : ap. *entend*, virg. aj. — V. 36 : les virg. aj.
— V. 37 : ap. ce vers, se trouve, toujours de la même encre très pâle
la signature : *André Chénier.*

II, 6. — Manuscrit, t. IV, f° 285, r°.

V. 1 : virg. aj.; avant ce vers, Chénier a placé une petite croix, qu'il a
reproduite après le mot *Mén.* et avant le chiffre 2, rajouté dans l'interl.,
sans doute pour indiquer d'où il avait tiré ces 3 vers.

1. Peut-être faut-il voir là un fragment destiné à l'*Hermès* : il
aurait alors pris place au chant II, au milieu des vers consacrés
aux superstitions primitives. Toutefois c'est là une simple hypo-
thèse.

III

FRAGMENTS SATIRIQUES

I

Qui voyage beaucoup voit beaucoup de choses..... J'allai
voir un groupe de marbre digne de Polyclète ou Scopas. Il
était d'un peuple de figures. J'ignorais ce qu'il représentait.
On me dit que c'étaient les Muses. Mais je ne pus le croire.
Je vis bien neuf sœurs avec lyre.... et tous les attributs   5
que les peintres et poètes donnent aux Muses. Mais elles
avaient un air effronté. Les unes couronnaient d'or et habil-
laient de pourpre des hommes qui, à pleines mains, leur
versaient de l'or, mais dont la figure ignoble, basse, infâme,
contrastait ridiculement avec les ornements dont ces sœurs 10
les décoraient. D'autres sœurs repoussaient avec dédain et
outrages d'autres hommes couverts de haillons; mais au travers de ces haillons poudreux

Un calme auguste et fier gravait sur leur visage
Des plus nobles vertus la belle et sainte image.   15
Les autres sœurs avec des regards caressants

appelaient, en leur tendant des couronnes de laurier
diverses en grandeur, une troupe de gens qui se consultaient
entre eux ;

III, 1. — L. 1 à v. 16 : *avec*, manuscrit, t. IV, f° 212, r°; v. 16 : *des
regards*, à la fin, ibid., v°.

L. 2 : *groupe* en surcharge de *chef [d'œuvre]*. — L. 7 : *les unes*, en
surcharge de mots illisibles. — L. 8-9 : les virg. aj. — V. 14-16 : vers
dégagés par nous. — L. 17-19 : ponctuat. aj.

Et, la bourse à la main, ils calculaient d'avance   20
Combien chaque laurier valait de récompense.

Aux pieds de ces neuf sœurs, on lisait ces vers :

Venez, accourez tous ; nous vendons de la gloire.
C'est par nous que les noms vivent dans la mémoire.
Accourez tous. Payez. Car la gloire est sans prix.   25
Voyez quels plats mortels, de cent vices flétris,
Par nos savantes mains ceints d'un beau diadème,

. . . .

Voilà ce que j'ai vu dans mes voyages. A mon retour mes
amis, à qui je l'ai conté, m'ont dit que j'avais fait comme ceux 3o
qui vont chercher bien loin ce qui dort à leur porte ;

Que, si j'avais voulu, de ces groupes fidèles
Au milieu de Paris j'aurais vu les modèles.

2

Comm.
O retraite du cabinet..... qui consoles.... solitude chérie,

Non pour s'envelopper d'une hauteur colère....

atrabilaire, et vanter son grand amour pour toute la race
humaine, afin de pouvoir haïr et dénigrer chaque homme
en particulier..... mais pour, etc.....   5

V. 20-21 : les virg. aj.; vers dégagés par nous. — L. 22 : virg. aj.;
ap. *vers,* dans le ms., point. — V. 23-28 : vers dégagés par nous. — V.
23 : virg. et point et virg. aj. — V. 26-27 : les virg. aj.; 1re leçon surchargée : *par vingt vices.* — L. 3o : les virg. aj. — L. 3i : ap. *porte,* dans le
ms., point. — V. 32-33 : ponctuat. aj.; vers dégagés par nous.

III, 2. — L. 1 à 21 : *sont,* manuscrit, t. IV, f° 2o8, r°; l. 21, *dans,*
à la fin, ibid., v°.

L. 1 : virg. aj. — V. 2 : vers dégagé par nous. — L. 3-5 : les virg. aj

O Damasippe, ce manteau, cette longue barbe annoncent
que tu es un grand philosophe. Mais quoi! Tu es toujours
en colère.... tu détestes tout le genre humain.... C'est ton
système habituel.... Tu outrages philosophiquement tous
tes amis.... Tes soupçons, ton orgueil, ton inquiétude 10
troublent sans cesse leur repos et le tien.... Eh! allons, on
peut être sage sans tout cela.... Va dépouiller ton manteau
cynique,

Fais venir un barbier; aime, ris, mange, boi.
Grand fou, sois indulgent pour de moins fous que toi. 15

Le philosophe barbu doit commencer ce dialogue par :
« Tous les hommes sont ceci, cela.... et toi, poète qui
écris...... »
Dans le cours du dialogue, comme il témoigne sa colère
sur les perfidies littéraires qu'il essuie, le poète lui dira : 20
« As-tu vu au microscope ces animaux qui sont dans de la
poussière de fromage, comme ils font des efforts, nouveaux
Sisyphes, pour pousser ces masses énormes..... tels que les
Titans.....? »

<hr />

3

O messieurs les gens de lettres, vous vivez comme des corsaires....... Vous cherchez à faire des dupes. Vous vous
adresseriez à moi qui suis fait pour cela, dont l'amour-pro-
pre ne rougit point d'être dupe..... qui trouve moins honteux de l'être que d'en faire. Et si ma crédule bonté me fai- 5
sait être abusé par vous, je trouverais cela fort juste et que

<hr />

L. 6 : les virg. aj. — L. 7 : point d'exclam. aj. — L. 10 : les virg. aj. —
L. 11 : point d'exclam. et virg. aj. — L. 13 : virg. aj. — V. 14-15 : sauf
le point ap. *toi*, ponctuat. aj.; vers dégagés par nous. — L. 17-22 les
guillem. et les virg. aj. — L. 23 : guillem. et point d'interr. aj.

III, 3. — L. 1 à 7, *rôle*, manuscrit, t. IV, f° 165, r°; l. 7 : *j'irai*, à
9, ibid., v°; v. 10 à 18, ibid., t. II, f° 190, r°; l. 19 à la fin, ibid.,
t. IV, f° 165, v°.

L. 1 : virg. aj.

nous aurions joué chacun notre rôle. J'irai vivre loin de
vous.....

———

Il a dans son cabinet ses livres.... et le rire à l'œil fin.

———

. . . . pour lui   10
L'ombre du cabinet en délices abonde.
S'il fuit les graves riens, noble ennui du beau monde,
Ou si, chez la beauté qui l'admit en secret,
Las de parler enfin, il demeure muet ;
Il regagne à grands pas son asile et l'étude.   15
Il y trouve la paix, la douce solitude,
Ses livres, et sa plume au bec noir et malin,
Et la sage folie, et le rire à l'œil fin.

———

Il n'y a point de morgue qui approche de celle d'un
auteur qu'une académie a revêtu de la magistrature du
génie[1]......

———

4

Or venez maintenant, graves déclamateurs,
D'almanachs, de journaux, savants compilateurs.
Déployez pour mes vers vos balances critiques,
Flétrissez-les du sceau *des lettres italiques,*
Citez faux de grands noms, épouvantail des sots,   5
Aux lourds raisonnements joignez de lourds bons mots ;
Assurez que ma Muse est froide ou téméraire,

———

L. 9 : point aj. ; cette ligne est biffée sur le ms. et Chénier a écrit
au-dessous : *c'est fait ;* cf. ci-dessous, v. 10-18. — V. 10 : points de susp.
aj. — V. 11 : 1ʳᵉ leçon non biffée : *de délices.*

III, 4. — Manuscrit, t. II, f° 185, r°.

V. 1 : les virg. aj. — V. 2 : point aj. — V. 3-5 : les virg. aj.; les mots
en italiques soulignés dans le ms. — V. 7-8 : ponctuat. aj.

1. Cf. *République des lettres,* II, 3, 1. 6-7.

Que mes vers sont mauvais, que ma rime est vulgaire.
Je l'ai bien fait exprès; votre chagrin m'est doux.
Je serais bien fâché qu'ils fussent bons pour vous.   10
Mon Dieu! lorsque imitant ce bon roi de Phrygie,
Vous jugez ou le drame, ou l'ode, ou l'élégie,
Faut-il que nul démon, ami du genre humain,
Jamais à votre front ne porte votre main!
Vous connaîtriez au moins combien les doctes veilles 15
Sur votre tête auguste allongent vos oreilles.

5

La couronne toujours ne fait pas la victoire.
Que Voltaire partout, à l'encens immortel
Aille de son Quinault recommander l'autel;
A juger des bons vers les oreilles bien nées,
De ses hymnes pompeux justement étonnées,   5
Ne trouvent, quoi qu'ait dit un si grand défenseur,
Dans cet amas d'écrits humbles, nus, sans couleur,
Se traînant sur leur molle et rampante harmonie,
Rien qu'un rimeur glacé, sans verve, sans génie,
Que trente vers charmants, dans ce recueil épars,   10
N'auraient point dû si fort grandir à ses regards.

6

C'est son chef-d'œuvre, il lit. Studieux auditeur,
Admirez. Ce matin, fougueux déclamateur,

V. 9 : point et virg. aj.

III, 5. — Manuscrit, t. II, f° 187, r°.

V. 3-5 : ponctuat. aj. — V. 6-7 : ap. *défenseur,* et *couleur,* les virg. aj.
— V. 8 : virg. aj. — V. 10 : les virg. aj.

III, 6. — Manuscrit, t. II, f° 186, r°.

V. 1 : ap. *auditeur,* virg. aj. — V. 2 : 1ʳᵉ leçon surchargée : *pompeux
déclamateur.*

Loin du bruyant démon qui le presse et l'agite
Maîtres, valets, portier, ils ont tous pris la fuite.
L'escalier a tremblé des éclats de sa voix.   5
Il s'est gratté le front. Il s'est rongé les doigts.
Pour être un grand rimeur il sait ce qu'il en coûte.
Ses ongles en entier disparaîtront, sans doute,
S'il faut qu'une autre fois Apollon, qui lui rit,
D'un tel moment de verve échauffe son esprit.   10

7

. . . .

Alors pour son argent il a danse, musique,
Goût, talents, grâce, esprit, fauteuil académique,
Grand cercle de beautés qui viennent chaque nuit
Le bercer, l'endormir, veiller près de son lit ;
Maîtresse au nez fripon qui l'aime et le ruine ;   5
Rimeurs, toujours amis de ceux chez qui l'on dîne ;
Tous pirates rusés qui s'entendent fort bien ;
Vrais barbiers de Midas, qui du bon Phrygien
Par eux loué, flatté, mis au rang des merveilles,
Sous un bandeau royal déguisent les oreilles.   10

8

. . . .

Le bon Chartrain, vieil imbécile honnête,

V. 8-9 : les virg. aj.

III, 7. — Manuscrit, t. II, f° 184, r°.

V. 1 : avant ce vers, Chénier a indiqué une ligne de points. — V. 2 :
ap. *académique,* virg. aj. — V. 7 : ap. *bien,* dans le ms., point. — V. 9 :
ap. *merveilles,* virg. aj.

III, 8. — V. 1 à 4, manuscrit, t. II, f° 192, r°; v. 6 à 25, ibid., v°;
v. 26 à 47, ibid., f° 194, r°; v. 53 à la fin, ibid., v°.

V. 1 : avant ce vers, nous plaçons une ligne de points; ap. *honnête,*
virg. aj.

La larme à l'œil, les sens toujours bouffis
D'un froid pathos, dit : Courage, mon fils,
Cela promet. . . . .
. . . . 5
. . . . et le grand Jean Fréron,
Digne héritier du grand Aliboron,
Fils glorieux d'un si glorieux père.
De cette gent l'étoile est bien prospère !
O renommée ! ô sort ! ô Dieux jaloux ! 10
Quoi ! la faveur gouverne aussi chez vous !
Voilà Gorsas dont la faconde aimable
Sans Durosoy serait incomparable.
Quel art, quel goût, quelle âme, juste ciel !
Sont dévoilés par Pierre Manuel ! 15
Burke est sublime, et d'Entragues l'admire ;
Et Coquillart rit et ne fait point rire.
Ces grands esprits, vains jouets du trépas,
Sont inconnus, comme s'ils n'étaient pas.
Et les Frérons accaparent l'histoire. 20
D'un œil d'amour les Muses et la Gloire
Veillent sur eux, illuminent leurs fronts.
Et ce grand nom de Frérons en Frérons
Doit à jamais lasser le cul poète
De la Déesse à la double trompette. 25

. . . . . . les sublimes destins
Du sieur Bagnols, le Boileau des catins.

. . . .
. . . .

V. 4 : ap. *promet*, dans le ms., point ; entre ce vers, le dernier qui
soit au r° du feuillet, et le vers 6, qui commence le v°, nous intercalons
des points. — V. 6-7 : ponctual. aj. — V. 14 : ap. *âme*, virg. aj.; ap. *art*
et *goût*, dans le ms., point d'exclam. — V. 16 : ap. *admire*, dans le ms.,
point. — V. 22 : ap. *eux*, dans le ms., point et virg. — V. 26 : points de
susp. aj. — V. 27 : entre ce vers et le v. 30, sur le ms., il y a un léger
blanc : nous intercalons deux lignes de points.

Un marquis bègue et qui n'est des plus sots,   30
Gros chansonnier qui crève de bons mots,
Contre eux aiguise, en sa gaîté caustique,
Vingt calembours pétris de sel attique.

. . . .
. . . .   35

Ainsi souvent quand, d'une égale haleine
Six forts coursiers font voler sur la plaine
D'un char léger les quatre orbes roulants;
Le poil dressé, vingt dogues turbulents,
Précipités dans leur rage imbécile,   40
Viennent en vain mordre la roue agile.
La roue agile et les coursiers nerveux,
Sans écouter ces cris tumultueux,
Sans se hâter, poursuivent leur carrière.
Le char bondit et couvre de poussière   45
Le sot troupeau dont l'importune voix
Le suit de loin par de rauques abois.

. . . .
. . . .
. . . .   50
. . . .

De recueillir pour double récompense,
Avec l'estime et l'amitié des bons,
Un autre bien, la haine des fripons.   55

9

Ce gros Seffert, dont les yeux, dont la voix

V. 31-32 : les virg. aj. — V. 33 : entre ce vers et le v. 36, sur le ms.,
il y a un blanc : nous intercalons deux lignes de points. — V. 36 : virg.
aj. — V. 39-40 : les virg. aj. — V. 42-44 : les virg. aj. — V. 47 : point
aj.; entre ce vers, le dernier qui soit au r° du feuillet, et le v. 53 qui
commence le v°, nous intercalons cinq lignes de points. — V. 53-55 :
les virg. aj.

III, 9. — Manuscrit, t. II, f° 199, r°.

Respirent sang, rage, audace, et bassesse,
N'est si balourd que son grossier patois.
Du dur vandale admirez la finesse.
Pour mieux remplir son emploi d'assassin,   5
Il a de plus, étant jà médecin,
De patriote acquis brevets et bulles.
« Par là, dit-il, nul ne peut m'échapper,
Malade ou sain. Mes poignards vont frapper
Tous ceux qu'auraient épargnés mes pilules. »   10

V. 8-10 : les guillem. aj.

IV

FRAGMENTS DESTINÉS PEUT-ÊTRE A DES ÉPITRES

I

Comme aux bords d'Eurotas. . . . .
Lorsqu'une épouse est près du terme de Lucine,
On suspend devant elle, en un riche tableau,
Ce que l'art de Zeuxis anima de plus beau ;
Apollon et Bacchus, Hyacinthe, Nirée,   5
Avec les deux Gémeaux leur sœur tant désirée ;
L'épouse les contemple ; elle nourrit ses yeux
De ces objets, honneur de la terre et des cieux ;
Et de son flanc, rempli de ces formes nouvelles,
Sort un fruit noble et beau comme ces beaux modèles ; 10

(V. Oppien, Cynég., l. I, v. 357.)

ainsi je veux qu'on imite les anciens, etc.

. . . . O toi, divin Platon,
Un archevêque russe ose porter ton nom.

IV, 1. — Manuscrit, t. I, f° 87, r°.

V. 1-2 : ponctuat. aj. — V. 3 : ap. *tableau*, virg. aj. — V. 6-7 : ap. *désirée* et *contemple*, dans le ms., point. — V. 9 : les virg. aj. — L. 11 : les parenthèses et les virg. aj. — L. 12 : virg. aj. — V. 13 : ponctuat. aj. ; entre ce vers et la ligne 12, dans le ms., un blanc.

2

Dans un poème sur ce que nous n'avons point de naïveté.....
Je n'irai point au théâtre,
A la cour, à la ville essuyer les caprices
D'un public trop superbe et non moins ignorant...

3

Après avoir détaillé que la reconnaissance n'est point
l'objet d'un bienfaiteur... Il le fait pour... pour se procurer
la jouissance suprême

D'avoir d'un homme enfin soulagé les besoins
Et de voir sur la terre un malheureux de moins;   5

Trompé, trahi par un ingrat, ajouter :

Il pleurait; je pleurai. Non, ce n'est point en moi
Qu'habite l'homme dur, seul, tout entier à soi,
Dont l'œil n'a point de pleurs pour les maux de ses frères,
Qui, lorsque l'indigent, dans ses plaintes amères,   10
Vient répandre à ses pieds les larmes de la faim,
Ferme son cœur farouche et son avare main;
Qui, dans ces longs projets où notre esprit s'élance,
N'a jamais envié la suprême puissance
Que pour voir les humains l'aimer, bénir leur sort,   15
Descendant à pas lents du bonheur à la mort.

Que m'a-t-il enlevé? De l'argent dont j'aurais fait peut-être
un mauvais usage. Mais m'a-t-il enlevé... d'avoir vu la joie
égayer et ranimer un visage flétri de tristesse?...

IV, 2. — Manuscrit, t. II, f° 136, r°.
    L. 2 : virg. aj. — V. 3-4 : virg. aj.; vers dégagés par nous.
IV, 3. — Manuscrit, t. II, f° 142, r°.
    V. 5 : ap. *moins,* dans le ms., point. — L. 6 : ap. *trompé,* virg. aj. —
V. 7 : virg. aj. — V. 8 : les virg. aj.; *l'homme* en surcharge d'un mot
illisible. — V. 9-13 : les virg. aj. — L. 19 : point d'interr. aj.

⊷⊶

V

NOTES ET VERS SANS ATTRIBUTION

I

Il arrange ses projets, il les dispose..... Dans tant d'années, tout cela sera fait..... Alors, dans son lit, se retournant, ne pouvant dormir... il sue, il s'élance dans l'avenir..... Il voudrait que ces années fussent déjà écoulées où il jouira.....

« O mon père, je profit. de vos leçons... Je serai... Je 5
ferai... — Mon fils, la vertu parfaite est dangereuse..... Son éclat peut lui nuire..... Pour apaiser l'envie, il faut souvent qu'elle se cache et se déguise presque sous l'apparence des faiblesses humaines et qu'elle emprunte leurs formes..... Ainsi le soleil se couvre lui-même..... et attire des exhalai- 10
sons grasses et fangeuses de la terre pour en composer un nuage qui le couvre... Ecoute..... (et l'histoire que j'ai en tête...) »

Toi, lecteur, qui viendras m'opposer les règles, je les connais aussi bien que toi...... Mais, dans cet ouvrage, il ne 15
me plaît pas de les suivre.... Il est plus aisé avec un génie

---

V, 1. — L. 1 à 18 : *en s'ouvrant,* manuscrit, t. IV, f° 109, r°; l. 18 : *une route,* à 31, ibid., v°; v. 32 à la fin, ibid., f° 280, r°.

L. 1-3 : sauf ap. *lit,* les virg. aj. — L. 5-7 : guillem., tiret et les virg. aj. — L. 9 : les mots : *et qu'elle,* etc., à : *formes,* rajoutés dans l'interl. — L. 10 : *lui-même* rajouté dans l'interl. — L. 13 : guillem. aj. — L. 14-15 : sauf ap. *règles,* les virg. aj.

médiocre de faire un bon ouvrage en suivant la route tracée
que d'avoir le sens commun en s'ouvrant une route nouvelle..... Je veux m'abandonner à mon imagination.... Je ne
suis point la planète qui reste dans son orbite circulaire.... 20
Je veux être la comète qui erre.... et poursuit sa course
excentrique.....

  Toi donc, ami des règles, qui veux m'y soumettre, crois-
moi, ris des écarts de ma vagabonde plume,

Admire ton savoir et ferme le volume.   25

―――――――

Il faut dans cet ouvrage personnifier et peindre la jalousie... sa figure... sa couleur... faisant du poison des remèdes
qu'on lui présente.... Tout l'inquiète : un air sérieux lui
semble cruel, un sourire une perfidie..... Il faut aussi représenter plusieurs passions humaines qui ne l'aient pas été 30
encore, avec les attributs convenables et entièrement neufs.

―――――――

L'injure à l'œil ardent, aux lèvres palpitantes.

―――――――

L'injure aux cris aigus, de colère étouffés.

―――――――

La colère insensée à la voix rauque et dure.

―――――――

Et la colère blême à la voix égarée.   35

―――――――

―――――――――――

L. 23-24 : sauf ap. *plume*, les virg. aj.; *crois-moi*, rajouté dans l'interl.
― V. 25 : vers dégagé par nous. ― L. 28-29 : virg. et deux points aj. ―
L. 29-31 : cf. ci-dessous, v. 32-38. ― V. 32 : ponctuat. aj. ― V. 33 : virg.
aj. ― V. 34-35 : les points aj.

Et l'étude à l'œil creux, du sommeil ennemie.

L'étude nocturne.

Les rides studieuses.... savantes.

2

Finir un ouvrage ainsi :
Salut, hommes vertueux... Puissent dans le tombeau vos cendres se réjouir de ce que le Grec de Byzance a osé vous chanter.

Tel que tenant en main la coupe étincelante,   5
Où la vigne bouillonne en rosée odorante,
Un père triomphant et de fleurs couronné
Boit, et puis la présente au gendre fortuné
A qui ce doux présent donne, avec des richesses,
D'une vierge aux yeux noirs le lit et les caresses ;   Io
Ainsi, quand des mortels que la vertu conduit
Brillent comme une étoile au milieu de la nuit,
Dans une coupe d'or la chaste Poésie
Leur verse par mes mains l'immortelle ambroisie,
Boisson qui fait des Dieux. I5

Puissent vos saintes ombres se réjouir en écoutant ce qu'a chanté sur vos tombeaux la lyre byzantine, lyre au cœur noble et fier, qui n'a jamais loué que la vertu.

L. 38 : point aj.

V, 2. — Manuscrit, t. II, f° 210, r°.

L. 2 : virg. aj. — L. 4 : point aj. — V. 5-14 : les virg. aj. — V. 15 : points de susp. aj.; ap. ce vers, dans le ms., un blanc. — L. 17-18 : les virg. aj.

3

Ainsi l'homme endormi dans un songe brillant
Croit s'élever de terre; il s'évapore, il nage,
Des liens de son corps s'envole et se dégage;
Loin au-dessus des monts et planant sur la mer
S'écoule, et fuit rapide et léger comme l'air.   5
Son rêve, à son réveil, l'agite. Il s'y replonge.
Il tente; il veut douter que ce puisse être un songe;
Il cherche à s'envoler; et, contraint de rester,
Maudit ce corps pesant qu'on l'oblige à porter.

Cette compar. peut s'appliquer à un homme qui a enfanté
un projet au-dessus de ses forces... C'est un objet de cette
comparaison entre mille; car il y en a beaucoup à choisir
qui sont moins communs... et plus saillants.

4

Plutarque. Au traité qu'un prince doit être savant.

Tout le monde le craint; mais il craint tout le monde.
Le Pont a vu son roi, pendant la nuit profonde,
Enfermé dans un coffre attendre le soleil,
Et dormir en secret d'un horrible sommeil
Que des songes sanglants épouvantaient sans doute;   5
Comme le noir serpent s'éloigne de la route
Et, seul au fond du bois, craignant le fouet vengeur,
Se dérobe sous terre à l'œil du voyageur.

V, 3. — Manuscrit, t. II, f° 223, r°.

V. 5-6 : les virg. aj. — V. 7 : ap. *songe*, point et virg. aj. — V. 8 : virg. aj.
V, 4. — Manuscrit, t. II, f° 215, r°.

V. 2 : les virg. aj.; 1ʳᵉ leçon non biffée : *Le Pont vit un tyran.* — V. 5 :
ap. *sans doute.* dans le ms., point. — V. 6 : *noir* en surcharge de *vil.* —
V. 7 : les virg. aj.

5

Les fers dégradent l'homme, et de la servitude
Il se fait une lâche, une infâme habitude.
Sous un joug qu'il avoue elle sait l'opprimer,
Elle sait l'avilir jusqu'à s'en faire aimer.

6

Tu dors, ô mon génie ! Un Dieu t'appelle ; accours,
Eveille-toi. La vie échappe ; et de nos jours
Il ne reste après nous que ces heures sublimes
[Où dans] la sainte ardeur de nos chants magnanimes
D'un invincible acier notre cœur revêtu   5
A terrassé le crime et vengé la vertu.

7

Une mer menaçante et grosse de naufrages[1].

V, 5. — Manuscrit, t. IV, f° 109, v°.

V. 2 : virg. aj.

V, 6. — Le manuscrit de ces vers, de l'écriture de Mme Chénier, mère du poète, se trouve à la Bibliothèque municipale de Carcassonne, dossier 11.816, B + 3. C'est une copie faite sans doute sur l'original de Chénier, aujourd'hui perdu.

V. 1 : point et virg., et virg. ap. *dors* aj. — V. 4 : le ms. donne : *Du Dieu la sainte ardeur*, ce qui est inintelligible ; nous conjecturons : *Où dans*. — V. 5 : ap. *revêtu*, dans le ms.. point.

V, 7. — Manuscrit, t. IV, f° 280, r°.

1. Signalons enfin que parmi les œuvres en prose de Chénier se trouvent égarés quelques vers. Dans les notes prises par lui sur son exemplaire de Malherbe, on lit celui-ci, traduit du grec :

Le bonheur des méchants est un crime des Dieux,

Et ailleurs, après avoir transcrit la traduction par Chardin d'une poésie de Saâdi, Chénier en a ainsi imité un passage :

. . . . Les héros de l'empire
Se mordaient les cinq doigts pour s'empêcher de rire.

VI

VERS EN LANGUES DIVERSES

I

Senna e Tamigi, unite al fin sorelle,
D'Arno la figlia ammirano, aurea lira
Cui diè il Febo toscan; cui lascio Apelle
Vivo pennel per cui la tela spira;
Che dolce canta, e sulle chiavicelle   5
La dotta mano, o sulle corde gira.
Tue son le Muse, o Coswai, in Pindo amata,
Tu grata a Senna, a Tamigi tu grata.

2

Nec, idem iambus si pede ambulat claudo
Et crure longo et ultimam trahit caudam,
Ideo tamen vel ille debili talo
Stat, vel minori fertur impetu saevus,

VI, 1. — Manuscrit, t. I, f° 135, r°.

Au dos du feuillet où sont écrits ces vers se trouve l'adresse suivante, qui ne semble pas être de la main de Chénier : *Mrs. Cosway, Pall Mall, London.*

VI, 2. — V. 1 à 15, manuscrit, t. IV, f° 305, r°; v. 16 à la fin, ibid., v°.

V. 1-4 : les virg. aj.

Vel molliori dente Bupalum frangit   5
Dum rodit Hipponacteum jecur bilis,
Aut hieme vates esuritor et nudus,
Rubrum misello cui gelu secat nasum
Et acre frigus horridam quatit buccam,
Maiae sibi unam filium rogat chlaenam.   ıo

Et mihi Musa dedit vocales tendere nervos,
Et mihi Pindæis stare cacuminibus.

Excita, Musa, dulci melos barbito creticum.

O rex Apollo, fulminei Jovis
          Canora proles.....   ı5

Turba procellipedum ruunt equorum.

Mane quam vovemus orto lassulam dimittere
Vix latusculum moventem et mille tritam basiis.

Multilingui vos favete virgines Byzantiae lusciniae[1].

1. Trochaïcus pentameter hyper. catal.·Callimach. ap. Heph., ı9.

Fin.

V. 7-9 : les virg. aj. — V. ıı : virg. aj. — V. ı4-ı5 : ponctuat. aj.

3

André, le français byzantin.

Londres, 31 janvier 1789.

Φαμὶ τὸ δ' 'Αρκαδίας πρῶτον, μετὰ Πάνα συρικτὰν
βωκόλος 'Ανδρείας, βωκόλον 'Ακτιάδην.

Acti, romanae magnum decus addite Musae,
    Acti, et Tyrrheni tu decus eloquii,
Pan etiam Arcadia dicit se judice victum   5
    Dum ludis patriis pastor arundinibus.
Dumque iteras Latiam per littora primus avenam
    Delphis Arionius jam tibi terga parat,
Emerguntque freto perque æquora summa choreas
    Ducunt caeruleæ, candida turba, Deæ.   10

4

Nam simul ad rigidos ibat post bella penates
Miles ovans, aderat tum robustissima conjux
Quam peperit castam nemorum pater Apenninus :
Atque ibi gaudebat fortes uxorius artus
Comprimere, ingentemque uterum grandesque lacertos 5
Atque inter crassas per noctem stertere mammas,
Scilicet ignarus quid haberet dulce venustas
Et quid forma teres, blandi quid gratia vultus,
Quid graciles humeri laterisque volubile marmor,
Quid femur ambrosiaeque nates nitidaeque papillae. 10

VI, 3. — Manuscrit, t. IV, f⁰ 24, r°.

    Ces vers sont écrits sur la page de garde détachée d'un livre, peut-être
un exemplaire des œuvres de Sannazar (Actius Sincerus), dont il est
question ici. — V. 9-10 : ap. *freto* et *Ducunt*, sur le ms., virg.

VI, 4. — Manuscrit, t. IV, f° 304, r°.

    V. 3 : deux points aj. — V. 6-9 : les virg. aj. — V. 10 : point aj.

. . . .

. . . .

Nam muros quatere, haud portas aptare corollis,
Debellasse viros, non exorasse puellas,
Hispidaque in duro campo, non glabra cubili 15
In tenero, assidua membra exercere palestra,
Asperaque imperii didicit vel grandia fortis
Verba fori, non quae linguis luctantibus ultro
Molle sonant, priscae barbata inamœnaque Romae
Rusticitas, probitasque ferox, atque horrida virtus. 20

5

Ultima quinetiam in penetralia saepe puellas
Omnes haudquaquam ignaras de more vocabat,
Atque ibi perque jocum pavidas et ficta precantes
Iratae similis spoliabat veste decenti;
Nec minus interea aut ventres aut pectora honesta 5
Aut femur aut niveum latus oscula longa premebant;
Ipsaque perque manus famularum vimine lento
Pulchra flagellabat fugitantis corpora turbae,
Usque adeo stimulos illi venus aegra furentes
Admovet et rabies concham dulcissima hiantem 10
Excitat, eque cavis lumbis salit igneus humor,
Dum sedet attonitisque oculis atque ore micanti
Ebria miraturque fugas, motusque tenellos
Et gemitus, et virgineas sub verbere saevo
Contremuisse nates atque alba rubescere terga. 15

V. 11-12 : un point dans la marge de gauche marque la place de ces deux
vers. — V. 13-16 : les virg. aj. — V. 19 : 1re leçon biffée : *intonsaque
Romae*.

VI, 5. — Manuscrit, t, IV, f° 304, v°.

V. 2 : virg. aj.; 1re leçon biffée : *sub nocte vocabat*. — V. 4-6 : les
points et virg. aj. — V. 8 : virg. aj. — V. 13 : *ebria* rajouté dans l'interl.

6

DELSIO EQUITI ETRUSCO

Tyrrhenae fidicen nempe Musaeque latinae,
   Jam de te queritur multa puella, cave ;
Quippe capillato non una astante senatu
   Tergora nudavit crimine foeda tuo.
Scilicet Etruscus nobis adveneris hospes   5
   Ut pateat laxa barbara clune nurus.
Nare etenim has serus sequeris venator adunca
   Dum recreat latam multa lucerna viam.
Has tu (nec mirum : sub gurgite nam tuus Arnus
   Pro nymphis teneros fertur habere mares),   10
Has, si vera gemunt, conto incurvasse trabali
   Gestis et aversis currere Parthus eques ;
Atque hinc, legali volvenda a judice charta,
   Nunc prostas vero nomine Tuscus eques.

7

Τρὶς μάκαρ ᾿Ανδρεία· τὴν ᾿Αγλαΐην ῥοδόμαζον
   γυμνὴν, λαμπόπυγην, ὡς ἴδες, ὡς ἐμάνης·
ὡς δέ τε, πολλὰ μιγεὶς ἐν σεισοπύγῃ φιλότητι
   μείλιχα στήθεσσιν, χείλεσι, χερσ᾿ ἔπαθες·
ὡς νῦν κ᾿ἔγραψας ἡδὺ πνείουσαν ἑταίραν,   5
   ὄμμασι βακχευθεὶς τὰς φρένας ἡδὲ πόθῳ.

VI, 6. — Manuscrit, t. IV, f° 307, r°.

V. 1 : virg. aj.; 1ʳᵉ leçon surchargée et biffée : *Tyrrhenaeque pater Musae Musaeque;* 2ᵉ leçon non biffée : *Tyrrhenaeque Musae pater Musaeque.* — V. 2-4 : ponctuat. aj. — V. 8-13 : ponctuat. aj.

VI, 7. — V. 1 à 9, manuscrit, t. IV, f° 23, r°; v. 10 à la fin, ibid., v°.

Τήνδ' ὑπ' ἔρωτι δαμεὶς Ἀνδρέας ὁ Ῥοδόπειος
Βυβλίδα λευκοπύγην θήκατο κουριδίην.

—

Ταύτην πέος μὲν οὐδὲ χεὶρ γράφ' εἰκόνα.

—

Παρθενικαὶ νύμφαι τε Βριτανίδες, ἅς ποτὶ κῦμα   10
δίου Θαμέσεος, Λονδείνῳ ἐν εὐρυαγυίᾳ,
Ποσειδῶν κατέχει ἀμφίρροος ἐννοσίγαιος,
εἴδει τε μεγέθει τε θεαί, λευκώλενες, αἰδοῦς
ὄμματα πληθόμεναι, ξανθότριχες, ἁβρὰ γελοῦσαι,
γαῖα κόρας, φημί, οὐ καλλίονας, τρέφει ἄλλη·   15
παρθενικῆς δ' ὑμῶν οὐχ ὑστατίης Καρολίνης
ταύτην εἰκόν' ἐγὼ ἀμωμήτοιο γυναικός,
ἔγραφον ὠνδρείας, Γαλατῶν γένος, ὅν τέκε μήτηρ
Βιστονίς, εὐξείνοιο παρ' ἠϊόνεσσι θαλάσσης.

—

Καὶ ταῦτα Ἀνδρέας, Βυζάντινος ζωγραφῶ̣ν   20

—

Ἀνδρείας ὁ Θρᾲξ νῶτα τῆς ἐρωμένης
οὕτως ἔγραψε, πολλὰ κύσας τὴν πυγήν

TABLE

TABLE

ODES

IMPRIMERIE DELAGRAVE
VILLEFRANCHE-DE-ROUERGUE

COLLECTION ·PALLAS·

Imp. de l'Edition et de l'Industrie, Montrouge (Seine).